REZENSIONEN

„[Jan Moran] ist eine fesselnde Stimme, die man im Auge behalten sollte." *Booklist*

„Romantik-Fans werden von diesem Pageturner mit seiner liebenswerten Heldin begeistert sein! " *Library Journal*

„Dieser Roman berührt das Herz. Man wünscht sich, dass er nie endet." *Book Queen Reviews*

„Eine hinreißend erzählte Geschichte über zwei starke, bemerkenswerte Frauen." *Luxury Reading*

„Einen Toast auf diesen atemberaubend schönen Roman – Familiengeheimnisse und Romantik pur!" *One Book At A Time*

„Jan Moran ist die neue Königin der epischen Liebesgeschichten." *USA Today*-Bestsellerautorin Rebecca Forster

---

„Liebe, Schicksal und zweite Chancen vor der prächtigen Kulisse des Comer Sees. Ein wunderbarer Roman."
— *Kristy Woodson Harvey*

„So sinnlich und atmosphärisch, dass man beim Lesen das Gefühl hat, mitten im Napa Valley und in Italien zu sein." *The Booktrail*

„Ein wunderbarer Roman um Wein, Liebe und Wiedergut-
machung. Jan Moran ist ein Fest für die Sinne
gelungen." *Hook Of A Book*

„Jedes von Jan Morans Büchern ist fesselnd und spiegelt ihre
Liebe zum geschriebenen Wort sowie ihre unersättliche
Neugierde wider." Andrea S.

„Ich liebe es, dass die Heldinnen in Jans Geschichten
mutige, intelligente Geschäftsfrauen sind. Und im Zentrum
aller ihrer Bücher steht eine starke, eng verbundene Familie." B.J.T.

BÜCHER VON JAN MORAN

DEUTSCH

Rückkehr ins Coral Cottage

Neuanfang im Coral Cottage

Weihnachten im Coral Cottage

Hochzeit im Coral Cottage

Sommerfest im Coral Cottage

Die Chocolatière

Die Zeit der Traubenblüte

Im Sturm der Jahre

Sterne über dem Comer See

INGLES

Summer Beach Series

Seabreeze Inn

Seabreeze Summer

Seabreeze Sunset

Seabreeze Christmas

Seabreeze Wedding

Seabreeze Book Club

Seabreeze Shores

Seabreeze Reunion

Coral Cottage

Coral Cafe

Coral Holiday

Coral Weddings

Coral Celebration

Beach View Lane

Sunshine Avenue

The Love, California Series

Flawless

Beauty Mark

Runway

Essence

Style

Sparkle

20th-Century Historical

Hepburn's Necklace

The Chocolatier

The Winemakers: A Novel of Wine and Secrets

The Perfumer: Scent of Triumph

RÜCKKEHR INS
Coral Cottage

JAN MORAN

USA TODAY BESTSELLING AUTHOR

RÜCKKEHR INS CORAL COTTAGE

CORAL COTTAGE
BUCH 1

JAN MORAN

Übersetzt von
IVONNE SENN

Library of Congress Cataloging-in-Publication-Daten
Moran, Jan.
/ by Jan Moran

ISBN 978-1-64778-149-1 (ebook)
ISBN 978-1-64778-150-7 (Taschenbuch)
ISBN 978-1-64778-180-4 (Gebundenesbuch)

Herausgegeben von Sunny Palms Press. Umschlaggestaltung von Sleepy Fox Studio. Copyright Titelbilder: DepositPhotos.

Sunny Palms Press
9663 Santa Monica Blvd STE 1158
Beverly Hills, CA 90210 USA
www.sunnypalmspress.com
www.JanMoran.com

Für alle meine den Strand liebenden Leserinnen und Leser

Mein tiefster Dank geht an Ivonne Senn für ihre Akribie bei der Übersetzung dieses Romans. Es ist ein wahres Vergnügen, mit dir an diesem und den anderen Büchern der Reihe zusammenzuarbeiten. Ich freue mich, dass ich die Geschichte mit meinen Leserinnen und Lesern auf Deutsch teilen kann.

1

Summer Beach, Kalifornien

Nur der mitternächtliche Mond erhellte den Weg, als Marina sich unter einem von Geißblatt überwucherten schmiedeeisernen Bogen hindurch duckte und dem Pfad zu dem alten Cottage am Meer folgte, der auf beiden Seiten von tropischer Vegetation bewachsen war. Die frische Meeresluft einzuatmen half, ihre angespannten Nerven zu beruhigen.

Als sie die überdachte Veranda erreichte, wischte sie sich den Sand von ihren High Heels – oh, sie konnte es kaum erwarten, diese Folterinstrumente endlich auszuziehen – und drückte auf die Klingel. Während sie wartete, schaute sie sich um. Neben ihr schwang eine hölzerne Hollywoodschaukel leise knarrend in der frischen Brise, die den Duft des Frühlings mit sich trug. Hinter dem Haus fiel das Mondlicht auf den verschlafenen Ort direkt am Strand des südkalifornischen Pazifiks.

Keine Reaktion. Sie klopfte gegen das Fenster in der von der Sonne ausgebleichten Tür und rief:

„Ginger, ich bin's. Marina."

Die Bougainvillea auf der rechten Seite der breiten Veranda raschelte im Wind und verstreute ihre pinkfarbenen Blütenblätter wie Konfetti. Eines landete auf Marinas Schulter, und sie wischte es fort.

Dann dehnte sie ihren verspannten Nacken. Ihr schmal geschnittener Rock engte sie ein, und sie wünschte, sie hätte Zeit gehabt, sich umzuziehen, bevor sie aus der Stadt geflohen war. Die Fahrt von San Francisco war anstrengend gewesen, was nicht nur an dem zäh fließenden Verkehr rund um Los Angeles gelegen hatte, sondern auch an den Wunden, die ihrem Herzen an diesem Morgen zugefügt worden waren.

Ganz zu schweigen von denen, die mein Ruf erlitten hat, dachte sie und zuckte innerlich zusammen.

Sie sehnte sich danach, sich in die tröstende Umarmung ihrer Großmutter zu kuscheln, so wie sie und ihre Schwestern es immer getan hatten. Sie wollte sich in Gingers weitläufiger, alter Küche verlieren. Als Marina jünger gewesen war, hatte das gemeinsame Kochen mit ihrer Großmutter ihre jugendliche Angst immer beruhigen können.

Ginger hatte sich stets ein Glas Wein eingeschenkt, die Kochsendung ihrer alten Freundin Julia Child angemacht und darauf bestanden, dass sie mit ihr zusammen kochten. Meistens waren sie dabei erfolgreich gewesen, aber manchmal war auch alles schief gegangen. Doch immer war Marina im Glanz von Gingers unerschütterlicher Herangehensweise ans Leben aufgeblüht.

Die Gedanken an diese friedvollen Tage weckten in Marina den Wunsch, sie hätte andere Entscheidungen getroffen und sich in den letzten zwanzig Jahren einer anderen Karriere gewidmet. Aber könnte sie ihren Lebensunterhalt damit verdienen, zu tun, was sie liebte?

„Hallo? Ginger? Bist du da?" Dieses Mal hämmerte sie an die Tür und schaute dann durch ein Fenster. Das weitläufige Innere des Cottages war in sonnigen Korallentönen gestrichen; sie sah, dass die künstlerischen, aber dennoch bequemen Möbel alle an ihren angestammten Plätzen standen. Doch von Ginger keine Spur.

Angestammte Plätze.

Marinas Schwestern kannten ihren Platz in der Welt. Und auf Außenstehende wirkte es so, als würde Marina den ihren auch kennen. Doch innerlich hatte sie oft das Gefühl, dass sie in Designerschuhe gezwungen worden war, die ihr zwei Nummern zu klein waren.

Von den drei Schwestern war Marina immer die pragmatische gewesen, die ehrgeizige, die mutig voranschritt und nicht von ihrem Kurs abwich – auch wenn es zu ihrem Nachteil war. Kai, die Jüngste, war ein Freigeist, eine Tänzerin, die derzeit mit einem Musiktheater auf Tournee war. Die mittlere Schwester, Brooke, war die Häusliche der Familie. Sie hatte drei ungestüme Jungs, und ihr Mann war Captain der Feuerwehr. Sie verbrachte ihre Tage damit, Streits zu schlichten und sich um ihren gut gedeihenden Gemüsegarten zu kümmern.

Marinas Leben war unglücklicherweise an diesem Morgen auf spektakuläre Weise explodiert. Und zwar live auf KSFB – einem regionalen Fernsehsender in San Francisco –, wo sie seit beinahe zwei Jahrzehnten die Morgennachrichten präsentierte. Und heute war Marina selbst Teil dieser Nachrichten gewesen.

Wie immer war sie vor Sonnenaufgang im Studio gewesen, bereit, den Frühaufstehern von San Francisco die aktuellsten Nachrichten zu präsentieren. Als sie an Babe Barstow vorbeigekommen war, die für Unterhaltung und Lokalnachrichten zuständig war, hatte die jüngere Frau sie mit einer seltsam selbstzufriedenen Miene angeschaut. Aber daran war Marina gewöhnt. Sie wusste, dass Babe auf ihren Job aus war.

Wenn die Kameras liefen, waren sie professionell und freundlich zueinander. Babe war fünfzehn Jahre jünger als Marina und hatte noch viel zu lernen. Zum Beispiel, dass es für sie schwer werden würde, als Nachrichtensprecherin ernst genommen zu werden, wenn sie weiterhin darauf bestand, bei ihrem etwas zu süßen Spitznamen genannt zu werden.

Während Marina ihre Notizen durchging, hatte Babe die leichteren Nachrichten verkündet. „Lulu Godiva, deren kürzlich veröffentlichter Song *Love Me in the Afternoon* hoch in den Charts eingestiegen ist, hat die Geschichte hinter diesem Lied enthüllt und sagte, dass ein Mann aus San Francisco sie dazu inspiriert habe." Babe legte eine dramatische Pause ein. „Und es ist niemand Geringeres als der hiesige Architekt der Stars, Grady Ashworth, der Lulus Rückzugsort in Napa Valley entworfen hat. Die Sängerin platzte mit der Geschichte heraus, als sie am Wochenende nach ihrem funkelnden Verlobungsring gefragt wurde."

Mit einem selbstzufriedenen Grinsen wandte Babe sich an Marina. „Was sagst du dazu, Marina?"

Während Babe ihren Schuss abfeuerte, richtete sich die Kamera auf Marina.

„Tja, ich denke nicht, dass Grady … Es könnte bedeuten …", stotterte Marina und sagte dann: „Das hier ist keine Klatschsendung, Babe, und ich denke nicht, dass unsere Zuschauer daran interessiert sind, mit wem Grady Ashworth ausgeht."

„Du verstehst nicht, worum es geht", erwiderte Babe kühl. „Lulu Godiva ist ein umwerfender, erfolgreicher Star. Grady ist ein Glückspilz, oder?"

Panisch versuchte Marina, die heißen Tränen der Wut zurückzublinzeln, die ihr in die Augen stiegen. Sie bedeutete dem Kameramann, sie nicht weiter aufzunehmen, doch der schien ihrer Aufgebrachtheit gegenüber blind zu sein und hielt weiter drauf.

Ihre Haut fühlte sich heiß und kribbelig an, und ihr Gesicht war vermutlich knallrot angelaufen. Sie wollte sich mit dem Stuhl umdrehen, um ihren Teil der Nachrichten zu verlesen. Dabei versuchte sie, sich verstohlen eine vorwitzige Träne abzuwischen. Irgendwie verfing sich ihr Absatz dann in einem der Kabel und riss sie vom Stuhl. Ein Schrei kam ihr über die Lippen.

„Und nun zurück zu dir, Marina, für den Rest der morgendlichen Nachrichten", sagte Babe. „Marina?"

Während Marina sich am Tisch hochzog, hörte sie durch ihren Knopf im Ohr den Produzenten der Sendung wilde Flüche ausstoßen.

Das nutzte Babe, um geschmeidig zu übernehmen. „Während Marina verhindert ist, machen wir mit anderen Neuigkeiten aus der Unterhaltungsbranche weiter."

Als sie zur Werbung schalteten, kam ihr Chef hereingestürmt.

„Was ist da gerade passiert?", verlangte er zu wissen. „Moore, ausgerechnet du solltest wissen, dass man in einer Livesendung nicht zusammenbricht."

„Babe hat mich absichtlich auflaufen lassen", sagte Marina, auch wenn sie wusste, dass das eine schwache Entschuldigung war. „Sie hätte vor der Show zu mir kommen und mir die Information mitteilen können, damit ich mich darauf vorbereiten kann."

„Du bist ein Profi, Moore", gab Hal zurück. „Oder das warst du zumindest mal. Ehrlich gesagt gehen die Einschaltquoten nach unten, und es ist an der Zeit, dass wir ein frischeres Gesicht zeigen."

Marina starrte ihn fassungslos an. Nur langsam sackte das, was er gesagt hatte. „Es wird nicht wieder vorkommen", sagte sie und zügelte ihre Wut. Ihr alter Boss hatte sie immer unterstützt, aber als der Sender vor drei Jahren aufgekauft worden war, hatten die neuen Eigentümer Hal Reilly mitgebracht, den Sohn des milliardenschweren Besitzers des Fernsehnetzwerks.

Hal war Ende zwanzig und gefährlich hip. Sein Vater hatte ihn damit beauftragt, das Nachrichtenformat so zu ändern, dass es die Einschaltquoten steigerte. Was bedeutete, mehr kontroverse und aufgeladene Themen.

Mit diesem Ansatz war Marina nicht einverstanden – genauso wenig wie mit Hal. Sie hatte es geschafft, seine ekelhaften, zweideutigen Bemerkungen zu ignorieren und seinen wandernden Händen aus dem Weg zu gehen, war sich aber nicht sicher, ob Babe es genauso gemacht hatte.

Hal und Babe tauschten einen wissenden Blick.

Dann fuhr sich Hal mit der Hand über den kahlgeschorenen Schädel, setzte seine Designerbrille ab und stieß einen Seufzer aus.

„Hör mal, Moore, ich tue dir das nicht gerne an, aber …“

Marina wusste, dass Hal diese Situation genoss. Also unterbrach sie ihn schnell. „Ich reiche hiermit offiziell meine Kündigung ein.“ Auf keinen Fall würde sie vor Babe und der gesamten Crew um ihren Arbeitsplatz betteln. „Ich hole nur meine Sachen und dann gehe ich.“

Was für ein Knall. Mit fünfundvierzig Jahren hatte sie innerhalb von fünf Minuten ihren Job und ihren Verlobten verloren. Das muss ein Rekord sein, dachte sie reumütig. Morgen würde sie ihren Agenten anrufen, aber im Moment wollte sie einfach nur schlafen und vergessen, dass dieser Tag überhaupt stattgefunden hatte.

Was Grady anging – vielleicht hatte er ihr einen Gefallen getan. Sie hatte gewartet, bis ihre Kinder älter waren, bevor sie bereit gewesen war, mit einem Mann auszugehen. Und als sie das erste Mal den großen Zeh in das aufgewühlte Wasser der Dating-See gesteckt hatte, hatte gleich ein Hai angebissen. Sie brauchte keinen Mann, der einen zwanzigjährigen Popstar ihr vorzog. Trotzdem war sie verletzt und fühlte sich gedemütigt. Ganz zu schweigen davon, dass sie nun arbeitslos war.

Wenn sie Babes und Hals Sticheleien nur an sich hätte abprallen lassen.

Sie pustete sich eine Strähne aus dem Gesicht. Hier am Strand verspürte sie wenigstens einen Hauch von Erleichterung. Fernab von der hektischen Welt, in der sie bisher gelebt hatte, konnte sie sich hier verstecken und wieder zu Kräften kommen. Aber nicht allzu lange, weil sie weiterhin die Collegegebühren für ihre Kinder würde zahlen müssen. Heather und Ethan studierten im ersten Jahr an der Ostküste.

Nach dem Auszug der Zwillinge im letzten Jahr hatte in Marinas bis dahin lautem, turbulentem Leben abrupt Stille geherrscht. Und Grady hatte ihre Einsamkeit ausgenutzt.

Wo ist Ginger? Marina drehte den Knauf an der Tür vom Cottage, doch es war abgeschlossen.

Auf der Straße blitzten Scheinwerfer auf. Könnte das ihre Großmutter sein? Oder ein Nachbar, der an diesem Strandabschnitt wohnte?

Der Wagen fuhr am Cottage vorbei und wendete.

Marina tigerte auf der Veranda auf und ab, bevor sie sich auf die Hollywoodschaukel fallen ließ. Die Verzweiflung brach wie eine Brandungswelle über ihr zusammen. Wenn Ginger hier wäre, würde sie Marina in die Arme nehmen und ihr sagen, dass Grady nicht gut genug für sie wäre. Das wusste sie jetzt zwar auch, aber es half nicht, den Schmerz zu lindern.

Schnell blinzelte sie die selbstmitleidigen Tränen fort und sprang auf. Sie wollte endlich ins Haus. Vielleicht hatte Ginger irgendwo ein Fenster offengelassen.

Während sie einmal um das Häuschen herumging und jede Tür, jedes Fenster probierte, dachte sie über ihre Optionen nach. Brooke wohnte eine Stunde südlich von San

Diego in der Nähe der mexikanischen Grenze. Aber es war schon viel zu spät, um sie zu wecken. Außerdem würde Marina in einem Haus voller Teenager auf der Couch schlafen und sich alberne Witze anhören müssen. Und auch wenn sie ihre Neffen liebte, das war nicht das, was sie im Moment brauchte.

Die kühle Meeresbrise ließ sie zittern, als sie so lange an dem Fenster zu ihrem alten Zimmer herumdrückte, bis sie ein leises Knacken hörte. „Wow. Autschi!", schrie sie vor Schmerzen auf und benutzte automatisch eines der weichen Schimpfwörter, die sie sich angewöhnt hatte, als die Kinder noch klein gewesen waren, und die irgendwie hängen geblieben waren.

Das Fenster rührte sich nicht, aber einer ihrer künstlichen Fingernägel war abgefallen und hatte eine Schicht ihres natürlichen Nagels mitgerissen. Marina hielt sich den pochenden Finger vor die Augen und betrachtete den Schaden.

„Das war's. Ihr kommt alle ab." Das war noch ein Teil ihres ehemaligen Lebens, den sie für eine Weile loswerden könnte. Sie schüttelte die Hand.

„Heiliger Bimbam", stieß sie durch zusammengebissene Zähne aus.

Im Fernsehstudio hatte Babe sie einmal fluchen gehört und nur eine tätowierte Augenbraue hochgezogen, um dann kopfschüttelnd weiterzugehen, als wäre Marina ein Dinosaurier.

„Ginger, wo bist du?" Marina schaute durch ein anderes Fenster. Als sie am Morgen die Flucht aus ihrem katastrophalen Leben in San Francisco angetreten hatte, war ihr gar nicht in den Sinn gekommen, dass Ginger nicht zu Hause sein könnte. Außerdem war ihre Großmutter eigentlich eine Nachteule – eine Angewohnheit, die sie aus ihrer Zeit in Europa beibehalten hatte, wo sie eine Zeit lang mit ihrem

Mann Bertrand Delavie, einem hochrangigen Diplomaten, gelebt hatte.

Die eleganten Menschen aßen oft erst nach Mitternacht, meine Liebe.

Diese Erinnerung ließ Marina trotz ihres immer noch schmerzenden Fingers kurz lächeln.

Sie ging zurück zur vorderen Veranda. *Werde kreativ*, würde Ginger jetzt sagen. Sie könnte bis zu ihrer Rückkehr auf der Veranda schlafen, aber es könnte Tage dauern, sollte ihre Großmutter auf Reisen gegangen sein. Oder sie könnte sich ein Motel oder Inn suchen.

Während sie sich unter einem tief hängenden Windspiel hindurch duckte, an das sie sich nicht erinnerte, blieb ihr spitzer, hoher Absatz zwischen zwei Brettern stecken und brach ab. Ihr Knöchel verdrehte sich schmerzhaft, und fluchend versuchte sie, ihr Gleichgewicht zu halten.

„Die kommen auch weg", murmelte sie angewidert und schlüpfte aus den Schuhen. Da gehen zweihundert Dollar im Ausverkauf bei *Nordstrom* den Bach runter, dachte sie. Für das Geld hätte sie sich mehrere bequeme Schuhe oder ein paar schöne Massagen gönnen können – beides hätte wesentlich mehr zu ihrem Wohlbefinden beigetragen.

Sie war es leid, in High Heels herumzulaufen, auch wenn man auf der Arbeit diesen Stil von ihr erwartet hatte. Hal hatte ihre stylishen Kitten-Heels und Ballerinas als *Alte-Lady-Schuhe* bezeichnet und gefragt, ob sie schon so weit wäre, in Rente zu gehen.

Dieser verwöhnte Fratz. Frauen mussten nicht alle wie Babe-die-Barbie aussehen. Sohn eines Milliardärs hin oder her – beim Rausgehen hatte Marina ihm heute früh ganz genau gesagt, was sie von ihm hielt.

Jetzt humpelte sie auf die Hollywoodschaukel zu, um sich um ihre Verletzungen zu kümmern.

Wie oft hatte sie auf dieser Schaukel gesessen, sich den Sand von den nackten Füßen gewischt und ihrer Großmutter zugehört? Niemand konnte so gut Geschichten erzählen wie Ginger – die diesen Spitznamen wegen ihres roten Schopfs bei der Geburt bekommen hatte und ihre Haare noch heute stets perfekt tönte. Doch Marina zog es vor, zu glauben, dass ihre Großmutter den Namen wegen ihrer pikanten Persönlichkeit trug.

Alle von Gingers Geschichten, selbst die, die angeblich wahr waren, veränderten sich bei jeder Erzählung. Einige mochten glauben, das läge daran, dass Ginger inzwischen beinahe achtzig war, aber Marina wusste, dass das nicht stimmte. Solange sie sich zurückerinnern konnte, hatte sie sich Geschichten angehört, die wie die Gezeiten ständig in Bewegung waren.

Ginger schien so viele Leben gelebt zu haben wie eine Katze. Vielleicht erweckte sie diesen Eindruck, um ihre Enkeltöchter zu unterhalten, so wie Pippi Langstrumpf. Wenn man sie auf ein Detail ansprach, das nicht mit einer früheren Version der Geschichte übereinstimmte, setzte Ginger einfach ein Mona-Lisa-Lächeln auf, zog eine Augenbraue in die Höhe und sagte: „So erinnere ich mich aber heute daran."

Marina setzte ihren verletzten Fuß auf und wieder schoss ein scharfer Schmerz durch ihren Knöchel. *Nur noch wenige Schritte.*

Kurz bevor sie die Hollywoodschaukel erreichte, wurde sie von dem Licht einer starken Taschenlampe geblendet.

Dann rief ein Mann: „Wer ist da?"

Mit einem Schrei zuckte Marina zurück, wobei ihr Knöchel unter ihr nachgab. Wie in Zeitlupe fiel sie mit rudernden Armen zu Boden. Pfefferspray, dachte sie panisch, doch das steckte in ihrer Handtasche. Die im Auto lag. Würde sie zu einer Titelgeschichte werden – *Blut und Angst verkaufen sich immer* – wie die, die sie jahrelang vorgetragen hatte? Nein. Das Selbstverteidigungstraining, das die Schwestern auf Gingers Beharren hin hatten absolvieren müssen, setzte ein. Sie konnte vielleicht nicht weglaufen, aber sie konnte zutreten.

„Ma'am, ich werde Ihnen nichts tun", sagte die Stimme. „Ich bin Chief Clarkson von der Polizeidienststelle in Summer Beach. Sind Sie verletzt?"

Mit einer Hand schirmte Marina die Augen ab und sah zu dem über ihr aufragenden Mann auf. Mit seinen kurz geschnittenen, lockigen schwarzen Haaren, dem Hawaii-Hemd und den Bermudashorts sah er aus wie ein Marine-soldat im Urlaub. „Woher soll ich wissen, dass das stimmt?", gab sie zurück. „Warum tragen Sie keine Uniform? Und was schleichen Sie hier um das Haus meiner Großmutter herum?"

Er richtete den Strahl seiner Taschenlampe auf seinen Wagen, der auf der Seite mit *Summer Beach Police Department* beschriftet war. „Hier in Summer Beach haben wir ein Auge auf die Häuser der Bewohner. Wie heißen Sie, Ma'am?"

„Ich bin Marina Moore, Ginger Delavies Enkelin aus San Francisco. Sie ist nicht zu Hause – oder reagiert zumindest nicht auf mein Klingeln und Klopfen. Ich mache mir Sorgen."

„Sie müssen die Sprecherin von der großen Nachrich-tensendung sein." Chief Clarkson grinste breit und streckte Marina die Hand hin, um ihr aufzuhelfen. „Warum haben Sie das nicht gleich gesagt?"

Sie hatte ganz vergessen, wie klein Summer Beach war. Die Einheimischen kannten sich alle und gaben aufeinander acht. Marina kannte auch einige von ihnen aus den Sommern, die sie in ihrer Kindheit hier verbracht hatte. Doch das war lange her.

Sie ergriff die Hand des Chiefs und versuchte, aufzuste-hen. „Autsch", rief sie und hüpfte auf einem Bein. „Ich glaube, ich habe mir den Knöchel verstaucht."

Während er sie auf respektvolle Weise stützte, sagte der Chief: „Wegen Miss Ginger müssen Sie sich keine Sorgen machen. Sie ist für ein paar Tage weggefahren – eine Kreuzfahrt nach Catalina und Ensenada. Hatte sie Ihren Besuch erwartet?"

„Nein. Ich habe spontan beschlossen, herzufahren."

Auf dem Weg hatte sie versucht, ihre Großmutter anzurufen, aber ihr Handyakku war leer gewesen und Grady – bei der Erinnerung an ihn zuckte sie zusammen – hatte ihr Autoladegerät vor ein paar Wochen mitgenommen. Normalerweise fuhr sie mit der Bahn zur Arbeit, deshalb hatte sie vergessen, sich ein neues Ladekabel zu besorgen. Während sie darüber nachdachte, fiel ihr auf, dass Grady sich schon immer alles genommen hatte, was er wollte – er hatte es nur hinter einer Fassade aus Romantik versteckt.

Ethan hatte ihn von Anfang an nicht leiden können. Marina hatte ihren Sohn für zu beschützend gehalten, aber jetzt war ihr klar, dass er Grady durchschaut hatte. Einmal waren die beiden zum Golfen gegangen – ihr Sohn war ein hervorragender Golfer – und Ethan war danach aufgebracht nach Hause gekommen, weil Grady beim Spiel betrogen hatte.

Nun zeigte Marina aufs Haus. „Ich wünschte, ich hätte einen Schlüssel." Den hatte sie eigentlich auch – aber er war in San Francisco. Da sie direkt vom Fernsehstudio aus hergefahren war, hatte sie nicht daran gedacht, ihn mitzunehmen - und in ihrem aufgelösten Zustand war sie davon ausgegangen, dass Ginger hier wäre.

„Da kann ich Ihnen nicht helfen", sagte Chief Clarkson. „Haben Sie einen Platz, wo Sie übernachten können?"

„Ich suche mir ein Motel", antwortete sie. „Kennen Sie eines, das in der Nähe ist?"

„Wir haben ein paar Inns im Ort", sagte er. „In dem einen findet gerade eine große Hochzeit statt, aber Sie könnten es die Straße hinunter im *Seabreeze Inn* versuchen."

„Haben Sie die Adresse?"

Der Chief grinste. „Das ist schwer zu verfehlen. Es ist

das größte Haus am Strand. Vielleicht erinnern Sie sich noch daran, wobei es damals, soweit ich weiß, meistens geschlossen war."

Eine Erinnerung stieg in Marina auf. „Sie meinen das Spukhaus am Strand?"

„Ich glaube nicht, dass es da noch viel spukt." Ein tiefes Lachen rumpelte in seiner Brust.

„Das ist kein Witz." Marina erschauderte. „Es reicht, wenn es da noch ein bisschen spukt."

„Sie werden sich dort wohlfühlen. Es wird jetzt von zwei Frauen, die sehr lebendig sind, geführt." Er schaute zu ihrem Wagen und fügte an: „Ich kann vorausfahren, dann können Sie mir bis dahin folgen."

Gerade wollte Marina einen bissigen Kommentar darüber abgeben, dass er nur sicherstellen wollte, dass sie wirklich dorthin fuhr und nicht hierblieb, um Gingers Haus auszuräumen, aber sie hielt sich zurück. Das hier war nicht die Großstadt. Das Leben in Summer Beach war ein anderes. Selbst Promis wie die berühmte Sängerin Carol Reston, die ein Anwesen oberhalb der Klippen besaß, konnten durch den Ort schlendern, ohne belästigt zu werden.

„Das wäre nett, danke", sagte sie darum. Erneut versuchte sie, mit ihrem verletzten Fuß aufzutreten, doch sobald sie Gewicht darauf gab, schoss der Schmerz durch ihren Knöchel. Widerstrebend fragte sie. „Könnten Sie mir helfen, zum Auto zu kommen?" Sie war es nicht gewohnt, Menschen um Hilfe zu bitten, vor allem nicht Fremde.

„Den Knöchel sollten Sie morgen untersuchen lassen", sagte Chief Clarkson mit Blick auf die Schwellung. „Die Schwestern, die das Seabreeze Inn leiten – Ivy und Shelly – können Ihnen vermutlich einen Termin beim Arzt besorgen." Er nickte in Richtung ihres Wagens. „Ich hoffe, das ist ein Automatik, denn Ihr Kupplungsfuß ist außer Betrieb."

„Das ist er." Marina lachte leise. Früher hatte sie einen SUV gehabt, um ihre Kinder samt Sportausrüstungen herumzufahren, aber nachdem die beiden ausgezogen waren, hatte sie den gegen ein türkisfarbenes Mini-Cabriolet eingetauscht. Damit kam sie in jede noch so kleine Parklücke in der Stadt und konnte an sonnigen Tagen das Verdeck öffnen. Außerdem brachte ihr der Wagen Spaß. Heather hatte versucht, sie zu überreden, Wimpern an die Scheinwerfer zu kleben. *Wenn er dir gehört, kannst du das machen*, hatte sie gesagt.

Der Polizeichef half ihr zu ihrem Wagen, dann folgte sie ihm den kurzen Weg zum Inn. Dort bedeutete er ihr, um die große alte Villa herumzufahren, und stieg aus. Marina blieb sitzen und ließ das Fenster herunter. Sofort drang das Flüstern der Palmwedel im Wind an ihre Ohren.

Der Chief drückte auf einen gelben Klingelknopf, über dem eine fröhliche Hummel gemalt war. Ein handgeschriebenes Schild sagte: *Wir kommen, wenn Sie summen.*

Sofort flammte in einem Fenster über ihnen ein Licht auf. Ein paar Minuten später öffnete eine attraktive Frau mit schulterlangen braunen Haaren die Tür. Vermutlich hatten sie sie geweckt. „Hi Chief, was gibt's?"

Marina beugte sich über das Lenkrad und betrachtete die Frau. Sie kam ihr vage bekannt vor.

Chief Clarkson zeigte mit dem Daumen über seine Schulter. „Wir haben hier die Tochter einer Einheimischen, die ein Zimmer braucht. Ginger Delavie ist auf einer Kreuzfahrt. Oh, und die Frau hat sich den Knöchel verstaucht."

„Wir haben im Anbau ein Zimmer im Erdgeschoss frei", sagte die Frau. Dann zeigte sie an einem riesigen Pool mit Statuen und Säulen vorbei, der aussah, als gehörte er zum berühmten Schloss des ehemaligen Zeitungsverlegers Randolph Hearst.

Marina lehnte sich aus dem Fenster und wedelte mit ihrer Kreditkarte. „Das nehme ich." Sie war mental und körperlich erschöpft und könnte im Moment überall schlafen.

Chief Clarkson half ihr aus dem Wagen und stützte sie, als sie halb hüpfend, halb gehend dem Weg durch den tropischen Garten zu dem Zimmer folgte. Üppig blühende Bougainvilleas, zarte Jasminblüten und glänzende grüne Farne gaben ihr das Gefühl, in einem Ferienresort auf Hawaii zu sein.

Das hier war genau die Oase, die sie brauchte.

Die Frau ging ihnen voraus und schloss die Tür auf. Dann drehte sie sich um und schenkte Marina ein mitfühlendes Lächeln.

„Ich bin Ivy Bay. Wenn Sie irgendetwas brauchen, lassen Sie es mich wissen." Sie nahm eine Karte aus ihrer Tasche. „Das hier ist meine Handynummer. Sie können mich anrufen oder mir eine Textnachricht schicken. Morgen früh sagen Sie einfach Bescheid, wenn Sie frühstücken möchten, und wir bringen Ihnen etwas. Und ich bringe Ihnen auch gleich etwas Eis für Ihren Knöchel. Den sollten sie über Nacht wenn möglich hochlagern."

„Gute Idee", sagte Marina. „Ich bin so dankbar, dass Sie mir aufgemacht haben." *Ivy Bay. Ihr Name kommt mir so bekannt vor.*

„Haben Sie irgendwelches Gepäck, dass ich für Sie hereinbringen kann?", fragte Ivy.

Marina stöhnte. „Ich bin heute früh nur mit meiner Handtasche aus San Francisco losgefahren, weil ich im Haus meiner Großmutter Sachen habe."

Ginger hatte immer sehr gut bestückte Gästezimmer für Marina und ihre Schwestern bereit – Sommerkleider, Badeanzüge, Flipflops und Hüte. Mehr brauchte man in Summer Beach nicht. *Dann werde ich morgen wohl shoppen gehen müssen.*

Nachdem Chief Clarkson gegangen war und Ivy einen Beutel mit Eis vorbeigebracht hatte, zog Marina sich aus und humpelte ins Badezimmer, um ihren Knöchel zu kühlen. Sie ließ sich ein heißes Bad ein und gab das kleine Beutelchen Lavendelpulver dazu, das sie in einem Körbchen auf dem Waschtisch gefunden hatte. Dann lagerte sie ihren verletzten Fuß auf dem Wannenrand, schloss die Augen und lauschte dem beruhigenden Rauschen des Meeres.

Nach dem Bad schlüpfte sie in den bereitliegenden Frotteebademantel und kuschelte sich unter die Daunendecke. Sie fand die Fernbedienung für den Fernseher und machte eine Late-Night-Show an, die sie gerne mochte, aber nur selten gucken konnte, weil sie immer so früh aufstehen musste. Jetzt fühlte sie sich schon ein ganzes Stück besser.

Doch das hielt nicht lange an.

Der Moderator der Sendung hielt gerade seinen Eröffnungsmonolog. „Heute geht der peinlichste Moment des Tages an eine Nachrichtensprecherin in San Francisco, die live in der Morgensendung herausfand, dass ihr Freund sich gerade mit Lulu Godiva verlobt hat. Sie werden ihre Reaktion lieben.“

Mit Entsetzen sah Marina zu, wie der Moderator das Video abspielte, das damit endete, dass sie von ihrem Stuhl fiel.

„Hups. Da geht sie zu Boden, Leute!“ Der Moderator und das Publikum brachen in lautes Lachen aus. „Einen Preis für Eleganz unter Druck gewinnt sie damit nicht, oder?“

Während sie dem spöttischen Gejohle lauschte, stieg Übelkeit in Marina auf. War sie heute nicht schon genug gedemütigt worden? Sie schaltete den Fernseher aus und vergrub ihren Kopf unter den Kissen.

Wie sollte sie das je überstehen und mit ihrem Leben weitermachen?

2

Am nächsten Morgen hatte Marina sich gerade ihr zerknittertes Outfit vom Vortag angezogen, als sie ein Klopfen an der Tür hörte. Sie öffnete und fand eine pinke Strandtasche mit einem Zettel daran.

Für Marina. Von Ivy, Shelly und Poppy des Seabreeze Inn. Rufen Sie uns an, wenn wir Ihnen das Frühstück bringen sollen, oder kommen Sie zu uns ins Esszimmer.

Ein frisch gebügeltes, kornblumenblaues Sommerkleid, dazu passende Flipflops und ein weißer Sonnenhut lugten aus der Tasche. Und neben der Tür lehnte ein Paar Krücken.

„Wie aufmerksam", sagte Marina und presste sich eine Hand aufs Herz. Nach den gestrigen Vorfällen half diese freundliche Geste enorm, ihr Vertrauen in die Menschheit wiederherzustellen.

Sofort zog sie ihre Stadtkleidung aus, dankbar dafür, ein anderes Outfit zu haben. Dann band sie ihre schulterlangen Haare zum Pferdeschwanz, setzte sich auf die Bettkante und schlüpfte in die Flipflops. Dabei überlegte sie ihren nächsten Schritt. *Wortwörtlich.* Ihr Knöchel war geschwollen und reagierte empfindlich auf den leichtesten Druck. Dazu hatte er sich lila verfärbt.

Entweder könnte sie sich in ihrem Zimmer einschließen und weinen, bis ihre Großmutter zurückkäme. Oder sie könnte sich zum Strand schleppen und sich unter dem Hut und ihrer dunklen Sonnenbrille verstecken.

Als letzte Möglichkeit blieb noch, sich der neuen Weltordnung zu stellen und ihr frisch alleinstehendes, beschädigtes Ich den anderen Gästen im Esszimmer zu präsentieren.

Option A klang ziemlich verlockend. Sie zog die Flipflops wieder aus und ließ sich rücklings aufs Bett fallen, woraufhin sich sofort ein pochender Kopfschmerz bemerkbar machte.

Marina stöhnte. Sie wusste, was das bedeutete. Als Moderatorin im Frühstücksfernsehen war sie süchtig nach Kaffee. Und zwar nicht irgendeinem Kaffee, sondern einer dunklen, starken Röstung, die sie auf einen Schlag wach werden ließ. Ohne ihn setzten relativ schnell die Entzugskopfschmerzen ein. Und die konnte sie nun wirklich nicht gebrauchen.

Also setzte sie sich wieder auf, zog die Flipflops an, hüpfte durchs Zimmer und öffnete erneut die Tür. Nachdem sie sich die Krücken genommen hatte, versuchte sie sich an einem ersten Schritt. Zum Glück war derjenige, der die Krücken als Letztes benutzt hatte, genauso klein wie sie.

Über ihr bellte ein Hund, dann schlug eine Tür zu und Schritte kamen die Treppe herunter.

Eine männliche Stimme rief: „Brauchen Sie Hilfe?"

„Ich brauche einen neuen Knöchel." Sie hob ihren geschwollenen Fuß an.

Ein Mann in ungefähr ihrem Alter mit dichten, zerzausten Haaren und einem zerknitterten T-Shirt kam in Sicht. „Autsch. Verstaucht oder gebrochen?"

„Woher soll ich das wissen? Ich bin keine Ärztin." Der Mann war für diese frühe Morgenstunde ein wenig zu fröhlich. Ihre Kopfschmerzen waren von einem dumpfen Pochen zu einem dröhnenden Hämmern angewachsen. Sie hatte länger geschlafen als sonst und brauchte nun wirklich dringend einen Becher Kaffee.

Der Mann schaute sie amüsiert an. Seine blauen Augen funkelten. „Da haben Sie vermutlich recht. Kann ich Ihnen irgendwie helfen?"

„Nein, ich kriege das schon hin." Sie konnte seinen Akzent nicht richtig einordnen. Es war eine seltsame Mischung aus langegezogenen Vokalen und kurzen Silben, als hätte er in verschiedenen Gegenden gewohnt. Vermutlich war er irgendwo auf dem Land aufgewachsen und dann in die Stadt gezogen, überlegte sie. Ihre Arbeit als Nachrichtensprecherin hatte ihr Gehör für diese Dinge geschärft. Sie biss die Zähne zusammen und humpelte los zum Haupthaus.

Der Mann begleitete sie.

„Ich heiße Jack", sagte er. „Ich habe Sie gestern Abend kommen hören und den Streifenwagen gesehen. Hatten Sie einen Unfall?"

Zählen auch emotionale Unfälle? Mit einem Blick auf die Haustür verzog Marina das Gesicht. „Okay, Jack, können Sie die Tür für mich aufmachen?" *Und bitte aufhören zu reden?*

Langsam hüpfte sie die Rampe zum Haus hinauf, dankbar dafür, dass sie keine Treppen gehen musste.

Jack stand neben der offenen Tür. Sein Grinsen reichte bis zu seinen Augen, die zu blau waren, als dass man ihnen vertrauen könnte, und er sah sie an wie jemand, der überlegte, woher er sie kennen könnte. Die Zuschauer der Morgensendung erkannten sie oft, aber wenn sie normale Kleidung trug, war es für die meisten Leute schwer, sie einzuordnen.

„Sie kommen mir bekannt vor. Haben Sie viel Zeit in New York oder Chicago verbracht?", fragte er.

„Nein. San Francisco."

Jack schüttelte den Kopf. „Hm. Nein, das ist es nicht."

„Tja, keine Ahnung." Gequält überlegte Marina, dass er vielleicht auch den Videoclip in der Late-Night-Show gesehen hatte. Mühsam humpelte sie durch die Tür.

„Es fällt mir schon noch ein", sagte er. „Wo wollen Sie hin?"

Warum, um alles in der Welt, interessierte ihn das? „Ich brauche Kaffee."

„Das Esszimmer ist hier entlang. Oder Sie könnten auch ins *Java Beach* gehen. Da hängen die Einheimischen ab."

„Das passiert heute wohl eher nicht." Sie zeigte auf ihren Knöchel. „Aber lassen Sie sich von mir nicht aufhalten."

„Ja, vielleicht mache ich das", erwiderte er mit seinem unerschütterlichen Lächeln.

Er ging voran durch die große Eingangshalle, und Marina folgte ihm, so gut sie konnte. Dabei bewunderte sie die hohen Decken und antiken Kronleuchter des stattlichen alten Strandhauses.

Ihr Knöchel pochte und sie wusste, dass ihre Arme und Schultern später auch wehtun würden. Auf der Highschool in Claremont, einer kleinen Universitätsstadt am Rande von Los Angeles, hatte sie sich einmal den Knöchel verstaucht. Damals war sie im Gymnastikteam gewesen. Sie hatte auf dem Barren das Gleichgewicht verloren und war zu hart aufgekommen.

„Da sind wir schon." Am Eingang zum Esszimmer blieb Jack stehen. „Und viel Glück mit der Verletzung. Wir sehen uns hoffentlich."

In dem eleganten, holzvertäfelten Esszimmer, dem ein Wandbild in frischen Blau- und Türkistönen ein besonderes

Flair verlieh, winkte die Frau, die Marina am Vorabend in Empfang genommen hatte, und kam auf sie zugeeilt. *Ivy Bay.* Warum kam ihr der Name so vertraut vor? Ivy war ungefähr genauso groß wie Marina und hatte strahlend grüne Augen. Und sie sah … glücklich aus. Marina schaute sich um. Alle schienen guter Stimmung zu sein. Niedergeschlagen erkannte sie, dass sie die einzige Ausnahme bildete – wenn auch aus gutem Grund.

„Guten Morgen", begrüßte Ivy sie herzlich. „Ich freue mich, dass Sie uns beim Frühstück Gesellschaft leisten. Aber wir hätten Ihnen auch ein Tablett rüberbringen können."

„Danke, aber ich musste mal raus", sagte Marina. „Und vielen Dank auch für Ihr Carepaket. Sie sind Ivy, richtig?"

„Richtig. Und Sie können mich gerne duzen." Sie zog Marina einen Stuhl vor. „Meine Schwester Sally und ich führen gemeinsam mit unserer Nichte Poppy das Inn. Shelly ist für den Garten und die Yogastunden zuständig, während ich mich um das Haus, die Kunstkurse und die morgendlichen Strandspaziergänge kümmere."

„Ich bin Marina. Und mich brauchst du erst mal für keine der Aktivitäten einzuplanen." Marina ließ sich auf den mit marineblauem Stoff bezogenen Stuhl sinken.

„Die stelle ich für den Moment hier beiseite." Ivy nahm die Krücken und lehnte sie gegen einen anderen Stuhl. „Kann ich dir einen Kaffee bringen?"

„Du bist ein Engel. Sehr, sehr gerne." Marina schaute sich um und ihr fielen immer mehr Details ins Auge – eine Angewohnheit aus ihrer Zeit als Journalistin. Antike Kristallkronleuchter, ein mit Marmor verkleideter Kamin, Parkettfußböden und feinste europäische Antiquitäten. Dazu moderne Bilder vom Meer und Strand an den Wänden.

Als Ivy zurückkehrte, fragte Marina: „Hast du die Bilder gemalt?"

„Die Meereslandschaften sind von mir – es gibt noch mehrere, die im Haus verteilt aufgehängt sind." Ivy stellte ein Tablett auf den Tisch. „Ich habe Blaubeer- und Cranberry-Muffins, Joghurt und Erdbeeren gebracht. Ich kann dir auch Eier machen und wir haben Porridge."

„Die Muffins sehen köstlich aus." Marina trank einen Schluck von ihrem ersehnten Kaffee und brach sich dann ein Stück von einem Cranberry-Muffin ab. *Himmlisch.* Der perfekt gebackene Muffin war mit Zimtstreuseln und Kristallzucker bestreut und barst nur so vor Früchten. Da wusste jemand, was er in der Küche tat. Gestern hatte sie auf dem Weg nur einmal angehalten, um sich Fast Food zu kaufen, das so nach altem Fett geschmeckt hatte, dass sie es nicht hatte aufessen können. Deshalb war sie jetzt kurz vorm Verhungern.

„Wir bekommen unser Gebäck vom Java Beach", erklärte Ivy. „Mitch hat den besten Kaffee und die beste Backstube in Summer Beach."

„Klingt nach einem beliebten Ort." Zu dem Jack gerade unterwegs war. Marina legte ihre Hände um den großen Kaffeebecher und trank einen Schluck. Dann schaute sie an sich herab und sagte: „Ich kaufe später ein paar Sachen in der Stadt und gebe dir das Kleid dann zurück."

„Wenn du magst, kannst du es gern behalten", sagte Ivy. „Die Leute lassen hier alle möglichen Dinge zurück. Darunter auch die Krücken. Einige unserer internationalen Gäste kleiden sich in ihren Ferien neu ein, und wegen der Gewichtsbeschränkungen beim Gepäck lassen sie das, was sie nicht länger wollen, hier. Wir sammeln die Stücke für ein Obdachlosenheim in San Diego."

„Das finde ich gut." Marina schaute sich noch einmal um. „Das ist so ein schönes altes Haus. Als ich jünger war, haben wir es immer das Spukhaus genannt, aber ich weiß nicht, ob da etwas Wahres dran war oder wir nur versucht haben, uns gegenseitig Angst einzujagen. Ich bin neugierig, ob ihr hier je einen Geist gesehen habt."

„Nicht wirklich." Ivy lachte leise, doch ihr Blick schoss zur Seite.

Oh, oh. Hier spukt es definitiv. Marina hatte genügend Leute interviewt, um Körpersprache gut lesen zu können.

Hinter Ivy blieb eine schlanke Frau in Yogakleidung und mit einem unordentlichen Dutt stehen. „Hat jemand wieder einen Geist gesehen?", fragte sie.

„Definitiv nicht." Ivy schüttelte den Kopf. „Marina, das ist meine Unsinn redende Schwester Shelly."

„Wenn es dich tröstet, es ist ein freundlicher Geist", sagte Shelly und zog eine Grimasse in Ivys Richtung. „Ich glaube, es ist die ehemalige Besitzerin, die ab und zu nach dem Rechten sieht. Meine Schwester weigert sich, anzuerkennen, dass Amelia Erickson immer noch hier in ihrem geliebten Zuhause *Las Brisas del Mar* weilt. Wir haben den Namen des Hauses zwar geändert, aber ich glaube nicht, dass das Amelia etwas ausmacht."

Als Ivy gutmütig die Augen verdrehte, konnte Marina das schwesterliche Band beinahe mit Händen greifen.

Nach einem Blick auf die Krücken und Marinas geschwollenen Knöchel wurde Shellys Miene vor Mitgefühl ganz weich. „Du musst diejenige sein, die gestern spätabends gekommen ist. Hat sich schon jemand die Verletzung angesehen?"

Marina schüttelte den Kopf. „Ich sollte vermutlich in die Notaufnahme fahren."

„Wir kennen einen Arzt, der vorbeikommen kann", sagte Shelly. „Er hat sich schon um andere Gäste von uns gekümmert. Wir rufen ihn mal an und gucken, ob er heute Vormittag Zeit hat."

Marina nickte. Dann musterte sie die beiden Frauen, die so freundlich und entspannt wirkten. Sie fragte sich, ob in

Summer Beach zu wohnen wohl auf alle Menschen diese Wirkung hatte.

„Ich rufe eben Dr. Russ an", sagte Shelly und entschuldigte sich.

Marina fragte sich, wie es wohl wäre, ein Unternehmen direkt am Strand zu haben. Nicht, dass sie sich das mit den Studiengebühren für die Zwillinge leisten könnte. Obwohl sie gut verdient hatte, war ihr Budget dank der Lebenshaltungskosten in San Francisco und ihrer Angewohnheit, sich um die zu kümmern, die sie liebte, immer sehr knapp gewesen. Sie schätzte, dass ihre Ersparnisse für ungefähr ein halbes Jahr reichen würden, also musste sie so schnell wie möglich ihre Agentin anrufen.

Dieser Gedanke erinnerte sie an die ganzen anderen Anrufe, die sie noch tätigen musste. „Ich bin ohne mein Ladekabel hergekommen. Das war dumm, ich weiß. Habt ihr eines, das ich mir leihen könnte, bis ich mir nachher eins kaufen kann?"

„Wir haben eine ganze Kiste voller Ladekabel. Poppy wird sich darum kümmern." Ivy winkte eine schlanke junge Frau mit langen blonden Haaren herbei und stellte sie vor. Dann sagte sie. „Könntest du ein Ladekabel für Marinas Handy suchen?"

„Na klar", antwortete Poppy. „Kann ich das Handy dafür kurz mitnehmen?"

„Sehr gerne. Vielen Dank."

Nachdem Poppy gegangen war, beugte Ivy sich interessiert zu Marina herunter. „Du hast gesagt, dass du dich an dieses Haus erinnerst. Bist du aus Summer Beach? Du kommst mir so bekannt vor."

Marina lächelte, obwohl ihr kurz der Clip von der Late-Night-Show durch den Kopf schoss. „Meine Großmutter Ginger Delavie lebt hier. Meine Schwestern und ich haben früher die Sommer bei ihr verbracht."

Dann zögerte sie, weil sie sich an den letzten herrlichen

Sommerurlaub bei Ginger erinnerte, in dem sie förmlich am Strand gelebt hatte und ihre Eltern immer noch so sehr ineinander verliebt gewesen waren wie auf der Highschool.

Vor dem Unfall.

Während ihres ersten Jahres auf dem College waren Marinas Pläne zu einem abrupten Halt gekommen, als ein Autounfall ihr die Eltern genommen hatte. Ginger war bei ihnen eingezogen, um sich um die jüngeren Schwestern zu kümmern. Sie hatte Marina ermutigt, ihr Studium wieder aufzunehmen, und so war Marina tagsüber zum College gegangen und hatte abends in einem Café gearbeitet. Dort hatte sie Stan kennengelernt. Nach ihrer Hochzeit war Ginger mit Brooke und Kai nach Summer Beach zurückgekehrt. Marina und Brooke waren nur zwei Jahre auseinander, aber Kai war eine Überraschung gewesen. Sie war sieben Jahre jünger als Brooke und schon immer der Freigeist der Familie gewesen. Ihre Eltern hatten das Wasser so sehr geliebt, dass sie alle ihre Kinder danach benannt hatten.

„Bist du gesurft?", fragte Ivy.

„So oft ich konnte." Marina schnippte mit den Fingern. „Natürlich! Wir sind einen Sommer lang zusammen gesurft, oder?"

„Und du hast die besten S'mores überm Lagerfeuer gemacht." Ivy lachte und tätschelte ihren Bauch. „Damals habe ich noch anders ausgesehen."

„Du hattest blonde Haare, oder?" Ivy nickte lachend, und Marina trank noch einen Schluck Kaffee. „Damals haben wir uns alle Zitronensaft in die Haare gespritzt, um blonde Strähne zu kriegen. Und wir haben uns mit Bräunungsöl eingerieben." Das war ihr letzter unbeschwerter Sommer vor dem College gewesen. „Es ist so schön, dich wiederzusehen. Bist du die ganze Zeit über hiergeblieben?"

„O nein. Ich bin zum Studieren nach Boston gezogen und erst nach dem Tod meines Mannes wieder zurückgekommen." Ein sehnsüchtiges Lächeln huschte über ihr Gesicht. „Nachdem er gestorben war, habe ich herausgefunden, dass er kurz zuvor unsere gesamten Ersparnisse in den Kauf dieses Hauses gesteckt hatte. Das war nicht leicht für mich, denn die alte Dame brauchte so einige Schönheitsreparaturen."

„Es sieht so aus, als hättet ihr hier viel Arbeit reingesteckt."

„Meine Familie hat mir zum Glück sehr geholfen. Shelly ist von New York hierhergezogen, und unsere Brüder haben bei der Renovierung mit angepackt. Wir haben das Haus in ein Inn verwandelt, das wir letztes Jahr eröffnen konnten. Das Haus hat eine ziemlich interessante Vergangenheit."

„Das mit deinem Mann tut mir leid." Marina berührte kurz Ivys Hand. Selbst achtzehn Jahre später vermisste sie Stan und ihre Eltern noch. Wenn es Ginger nicht gegeben hätte, wären sie und ihre Schwestern völlig auf sich allein gestellt gewesen.

„Danke", sagte Ivy. „Sein Tod kam überraschend, und ich weiß nicht, was ich ohne Shelly und Poppy getan hätte. Nie hätte ich mir träumen lassen, nach Summer Beach zurückzukommen, aber ich bin froh, dass ich es getan habe. Bist du verheiratet?"

„Nicht mehr. Mein Mann ist gestorben, als ich gerade schwanger war. Und nun sind meine Kinder schon auf dem College." Grady erwähnte sie nicht. Auf ihn hatte sie genügend Zeit vergeudet. So sehr sie das auch immer noch traf, im Moment machte sie sich mehr Sorgen um ihre Finanzen und darum, einen neuen Job zu finden, als um ihr verletztes Herz. *Es ist an der Zeit, etwas Neues anzufangen*, würde Ginger sagen.

„Ich habe auch zwei Töchter", erklärte Ivy. „Wir müssen diese Unterhaltung unbedingt fortsetzen. Wir haben so viel gemeinsam."

„Das wäre schön. Ich erinnere mich, dass wir in jenem

Sommer so viel Spaß hatten." Marina probierte den Joghurt, der ebenfalls köstlich war. „Weißt du noch, wie es war, am Strand ums Lagerfeuer herum zu sitzen und dem Surfertypen zuzuhören, wie er auf seiner Gitarre spielt?"

„O ja." Ivy lachte leise. „Dieser Surfer ist jetzt der Bürgermeister. Bennett Dylan. Letztes Jahr ist ein Buschfeuer den Berg heruntergekommen und hat einigen Schaden angerichtet. Mehrere der Einheimischen sind hier eingezogen, während ihre Häuser renoviert wurden, darunter Bennett. Er wohnt jetzt in der alten Chauffeurswohnung über der Garage."

„Du machst Witze!" Marina schüttelte den Kopf. „Ich schätze, wir sind alle erwachsen geworden."

„Und was machst du jetzt?", wollte Ivy wissen.

„Ich war Nachrichtensprecherin bei einem Fernsehsender in San Francisco." Marina zögerte. „Jetzt bin ich gerade dabei, mir eine neue Position zu suchen. Und ich dachte, währenddessen besuche ich mal meine Großmutter."

Ivy lächelte. „Ginger ist so eine Süße. Und sehr interessant."

„Das kann man wohl sagen." Marina fragte sich, ob sie Ginger auf dem Kreuzfahrtschiff erreichen könnte. Nicht, dass das hier ein Notfall war. Wenn man die Situation aus der richtigen Perspektive betrachtete, handelte es sich nur um eine kleine Unannehmlichkeit, also warum sollte sie Ginger stören? Dennoch wäre es nett, zu wissen, wann sie nach Hause käme.

Ginger ging viel auf Reisen. Sie war wahnsinnig unabhängig und zog oft spontan für Urlaube oder Aufträge los. Selbst in ihrem Alter war sie noch gefragt. Marina wusste nur wenig darüber, was ihre Großmutter genau tat. Aber sie war eine erfahrene und talentierte Statistikerin.

Das sind nur Zahlen, Liebes. Das ist lange nicht so glamourös wie das, was du machst. Auf Cocktailpartys interessiert sich nie jemand für meinen Beruf.

Vielleicht liebte Ginger es deshalb so sehr, Geschichten zu erzählen. Ja, sie war ein Mathegenie. Schon ihr ganzes Leben lang hatte sie mit Begeisterung Muster gefunden und erklärt. Und sie hatte ihnen immer bei den Hausaufgaben geholfen. *Wenn ein Kind von einer Farm in Oklahoma gut in Mathe sein kann, kannst du das auch.* Das Bruchrechnen hatte Marina im Alter von fünf Jahren beim Keksebacken mit ihrer Großmutter gelernt.

„Soll ich dir noch Kaffee nachschenken?", fragte Ivy und riss sie damit aus ihren Gedanken.

„Sehr gerne. Vielen Dank."

Nachdem Ivy an den Tisch zurückgekehrt war, setzte sie sich, um Marina beim weiteren Frühstück Gesellschaft zu leisten. Marina war fasziniert von Ivys Geschichte über die wertvollen Artefakte, die in einem versteckten Kellerraum und an anderen Stellen im Haus gefunden worden waren. Sie liebte es generell, Menschen zuzuhören, weshalb sie eine so gute Reporterin gewesen war. Diesen Job hatte sie wesentlich mehr geliebt als den als Nachrichtensprecherin, aber wegen der Zwillinge hatte sie das höhere Gehalt gebraucht.

Während sie sich unterhielten und über gemeinsame Erinnerungen lachten, berührte Marina sanft Ivys Arm. „Ich bin so froh, dass wir uns wiedergefunden haben. Es ist schön, hier eine Freundin zu haben." In Ivys Augen sah sie Güte und Stärke.

„Ich denke, wir werden wieder gute Freundinnen werden", erwiderte Ivy lächelnd. „Hier zu leben wird dir gefallen."

„Ich wünschte, ich könnte bleiben, aber ich muss mir bald einen neuen Job suchen."

„Vielleicht findest du ja hier etwas. Viele Leute arbeiten heutzutage von zu Hause aus."

Der Gedanke war Marina noch gar nicht gekommen, und sie fand ihn faszinierend.

Ein wenig später kam Poppy zu ihnen. Sie hatte Marinas Handy und das Ladekabel bei sich. Als sie ihr beides gab, zog sie besorgt die Augenbrauen zusammen. „Ich habe ein Ladekabel gefunden, das du behalten kannst. Aber während ich einem anderen Gast geholfen habe, sind unzählige Nachrichten auf deinem Handy eingegangen. Es hat den ganzen Weg hierher vibriert."

Marina atmete scharf ein, als sie Heathers Nummer auf dem Display sah. Darunter waren Nachrichten von Ethan, Brooke und Kai. Ihr Herzschlag beschleunigte sich. Was um alles in der Welt war passiert? „Ich muss da sofort zurückrufen. Gibt es hier einen Ort …?" Sie schaute sich um.

„In der Bibliothek", sagte Poppy. „Da hast du Ruhe. Komm, ich helfe dir."

Marina stand auf und folgte Poppy humpelnd zur Bibliothek. Ivy eilte ihr mit einem Glas Wasser nach. Poppy steckte das Ladekabel in eine Steckdose und hängte das Handy daran.

„Sag Bescheid, wenn du etwas brauchst", sagte Ivy und umarmte Marina kurz. Dann schlossen sie und ihre Nichte die Tür hinter sich.

Was kann denn nur passiert sein? Marina presste sich eine Hand aufs Herz und rief ihre Tochter an. Heather ging beim ersten Klingeln ran.

„Mom, wo bist du?", platzte es aus ihr heraus. „Ich versuche seit gestern, dich zu erreichen. Tante Brooke hat die Polizei angerufen, und dein Vermieter hat sie in deine Wohnung gelassen. Du warst nicht da, und ich habe mir solche Sorgen gemacht und …"

„Beruhige dich. Ich bin in Summer Beach. Ich bin hergefahren, um Ginger zu besuchen. Es tut mir leid, dass ich dir Sorgen bereitet habe, aber ich hatte kein Ladekabel für mein Handy dabei. Was ist los?"

Heather zögerte kurz. „Du … du warst noch nicht im Internet?"

„Nein, warum? Sollte ich?" Erschaudernd fragte Marina sich, ob der Videoclip inzwischen viral gegangen war.

„Auf keinen Fall!", rief Heather. „Bitte, Mom, tu es nicht. Es ist schrecklich."

3

Mit klopfendem Herzen starrte Marina auf ihr Handy. Die Stimme ihrer Tochter flehte sie an, nicht ins Internet zu gehen.

Doch das musste sie. Und als sie es tat, wurde ihrem Selbstbewusstsein ein so herber Schlag versetzt, dass sie keuchend nach Luft rang.

Fassungslos starrte sie auf das GIF. Nachdem sie jahrelang hart dafür gearbeitet hatte, sich einen professionellen Ruf aufzubauen, war sie nun zu einem albernen Meme reduziert worden; einem dummen Videoclip, der den schlimmsten Patzer ihrer Karriere wieder und wieder abspielte. Sie sah, wie sie in Tränen ausbrach und am Nachrichtentisch mit den Armen ruderte, bevor sie zu Boden ging. Darunter tauchten immer mehr spöttische Kommentare auf.

Hups – da ist wohl jemand die Karriereleiter heruntergerutscht! Und Liebes, war er es wert? Ha, ha, ha! Typische hohle Nachrichtensprecherin – kein Gehirn im Kopf! Was für eine Idiotin!

Und Schlimmeres. Viel, viel Schlimmeres.

Marina schloss die Augen, um die hasserfüllten Kommentare auszublenden.

„Mom, bist du noch da?"

Seufzend hob sie das Handy wieder ans Ohr. „Ja."

„Du hast nachgeguckt, oder?"

„Ja." Sie zögerte, weil sie ihrer Tochter nicht von der Late-Night-Show erzählen wollte. Doch sie musste sie davor beschützen, davon überrascht zu werden. Also erzählte sie es ihr schnell.

„Das ist schrecklich. Und ich bin so wütend!", rief Heather. „Das ist alles Gradys Schuld. Ethan und ich haben ihn nie leiden können."

„Ich weiß, meine Süße." Damals hatte Marina gedacht, dass ihre Kinder eifersüchtig wären, weil sie ihre Mutter so lange für sich allein gehabt hatten. Doch jetzt wusste sie, dass das nicht der Grund für ihre Ablehnung gewesen war.

„Du warst heute früh nicht auf Sendung", sagte Heather leise.

„Ich habe gekündigt. Wenn ich es nicht getan hätte, wäre ich zehn Sekunden später gefeuert worden. Ich schätze, ich sollte Brooke anrufen, hm?"

„Und Kai. Sie habe ich auch angerufen. Und jeden deiner Freunde, den ich erreichen konnte. Ach Mom, jetzt weiß ich, wie es sich anfühlt, wenn du mich nicht erreichen kannst. Es tut mir so leid, dass ich dir in der Vergangenheit Sorgen gemacht habe. Ich dachte wirklich, dir wäre etwas passiert, dass du vielleicht einen Unfall hattest oder …"

„Mach dir um mich keine Gedanken, Süße", sagte Marina. Noch nie hatte sie so viel Besorgnis in Heathers Stimme gehört, weswegen sie augenblicklich ein schlechtes Gewissen bekam. „Ich werde ein paar Wochen hierbleiben und mein Leben neu sortieren. Bis Ginger zurückkommt, habe ich mich im Seabreeze Inn, einem süßen Bed and Breakfast, eingebucht." Sie zögerte kurz. „Ich sollte auch mit Ethan reden. Ist er da?" Die Zwillinge teilten sich eine Wohnung in der Nähe des Duke-Campus in Durham, North Carolina.

„Er schreibt gerade eine Prüfung, aber du kannst ihn später erreichen."

„Wie läuft sein Studium?" Sie machte sich Sorgen um die Fortschritte ihres Sohnes. Ethan hatte während der Schulzeit mit Dyslexie zu kämpfen gehabt. Doch er hatte eine natürliche Begabung für Sport und ein Golf-Stipendium erhalten. Heather war ihrem Bruder an die Duke gefolgt, um ihn beim Studium zu unterstützen.

„Er wird immer besser", sagte sie fröhlich. „Es ist nicht leicht für ihn, aber er kommt klar. Sein Golfspiel ist so gut wie nie, worüber er ziemlich glücklich ist."

„Danke, dass du ihm hilfst." Doch Marina wusste, dass Ethan vermutlich mehr zu kämpfen hatte, als ihre Kinder zugeben wollten. Sie machte sich Sorgen um ihn. Er war klug, aber er brauchte zum Lernen einfach mehr Zeit, was ihn oft frustrierte.

Nachdem sie ihre Schwestern angerufen und ihnen versichert hatte, dass alles gut war, wählte sie die Nummer ihrer Agentin. „Hi Gwen, ich bin's, Marina."

„Hi Marina. Ich dachte mir, dass ich bald von dir höre."

„Tja, wie es aussieht, bin ich wieder auf dem Markt", sagte Marina leichthin, um die Ernsthaftigkeit der Situation zu überspielen.

„Ja, was das angeht …" Gwen klang unbehaglich. „Ich glaube, du solltest dir eine Zeit lang freinehmen."

„Da tue ich auch. Aber in zwei oder drei Wochen bin ich wieder bereit, an die Arbeit zu gehen."

Gwen seufzte. „Warst du mal im Internet? Oder hast den Fernseher angeschaltet?"

„Das habe ich, und auch wenn diese Videos natürlich unglücklich sind, habe ich eine lange Karriere hinter mir, die für sich spricht."

„In ein paar Monaten, wenn sich die Aufregung gelegt hat, kann ich dich vielleicht in einem kleineren Markt unterbringen."

Marina presste die Lippen zusammen. Das würde bedeuten, dass sie aus San Francisco wegziehen müsste. „Wie viel kleiner?"

„Sehr viel kleiner. Hör mal, angesichts der Ereignisse und deines Alters ..."

„Ich stehe in der Blüte meiner Karriere und sehe für mein Alter noch gut aus", gab Marina zurück. Sie tat alles, was nötig war, um weiterhin kameratauglich auszusehen. Ihr männlicher Kollege konnte einen kleinen Bauch entwickeln, aber sie nicht. Und wenn ihre Frisur oder ihre Kleidung den Zuschauern nicht gefiel, hagelte es Beschwerden. Da war es egal, dass sie die Meldungen schrieb, die Interviews führte und unzählige andere Dinge tat, die zu ihrem Job dazugehörten. „Ich bin mehr als nur eine Nachrichtensprecherin. Du weißt, dass ich in meinem Job immer sehr gut war. Dieser Patzer war ein einmaliges Ereignis, das jedem Mann innerhalb von zehn Minuten verziehen werden würde."

„Du wusstest, dass dieser Moment mal kommen würde", sagte Gwen sanft.

Marina wurde ganz still. „So wie er für dich kam", sagte sie schließlich. Ihre Agentin war mal eine Top-Nachrichtensprecherin gewesen.

„Sobald dieses Fiasko vergessen ist, könntest du vielleicht Spezialinterviews machen. Sanftere Nachrichten, Promi-Interviews. Du könntest immer noch ein großer Fisch in einem kleineren Teich sein. Dazu müsstest du natürlich umziehen."

„Gibt es in San Francisco denn gar nichts?"

„Ich habe schon nachgeguckt", sagte Gwen. „Ich wusste, dass du mich anrufen würdest. Nimm dir eine Auszeit. Sechs Monate, ein Jahr."

„Das kann ich mir nicht leisten. Die Zwillinge haben gerade erst mit ihrem Studium angefangen."

„Es tut mir leid, Marina. Glaub mir, wenn ich eine Position für dich schaffen könnte, würde ich es tun." Sie hielt kurz inne. „Falls es dich tröstet, Babe wurde auch gemaßregelt. Allerdings ist sie immer noch da.“

Marina biss die Zähne zusammen. „Lässt du mich wissen, wenn irgendetwas auftaucht?“

„Natürlich. Probiere für ein paar Monate mal etwas anderes aus. Du könntest ein Buch schreiben, Vorlesungen am College halten oder Tutorin werden.“

Nichts davon würde auch nur ansatzweise das Gehalt einbringen, das sie bisher erhalten hatte. Nachdem Marina aufgelegt hatte, blieb sie in der Stille der alten, mit Mahagoni vertäfelten Bibliothek sitzen. Die ledergebundenen Bücher starrten schweigend auf sie herab.

Wie so oft seit der Geburt von Heather und Ethan dachte sie an Stan und fragte sich, was er ihr wohl raten würde. Er war seit ihrer Kindheit ihr bester Freund gewesen. Das war ähnlich wie bei ihren Eltern, die einander seit der Schulzeit gekannt hatten. Nur hatten sie und Stan im Gegensatz zu ihren Eltern mit dem Kinderkriegen gewartet und nicht gleich nach Abschluss der Highschool geheiratet und eine Familie gegründet.

Als Marina nach dem Unfall ans College zurückgekehrt war, war Stan ihr Fels gewesen. Sie hatten kurz nach dem Abschluss des Studiums geheiratet und es nicht erwarten können, ihr gemeinsames Leben zu beginnen. Er hatte das Offizierstraining der Marine angetreten, und gemeinsam waren sie quer durchs Land von einer Militärbasis zur nächsten gezogen. Marina hatte immer Jobs in Restaurants gefunden, wobei sie kleine, malerische Cafés den Vorzug gegeben hatte. Und gerade, als sie beschlossen hatten, eine Familie zu gründen, war Stan nach Afghanistan entsendet worden.

Einen Monat nach seiner Abreise hatte Marina den Verdacht gehabt, dass sie schwanger sein könnte. Sie war überglücklich gewesen. Als sie Stan erzählte, was sie vermutete, hatte er es kaum glauben können. *Mach einen Test, Süße.*

Ich kann es nicht erwarten, das Ergebnis zu hören. An dem Tag, an dem die Schwangerschaft bestätigt worden war, hatte sie es ihm sofort erzählen wollen.

Doch bevor sie dazu gekommen war, hatten zwei uniformierte Offiziere an ihre Tür geklopft. Noch immer hörte sie ihre Worte: *Der Kommandant des Marine Corps hat uns damit beauftragt, Ihnen sein tiefstes Bedauern auszusprechen …*

Als sie nun an Stan – und seinen Sinn für Humor und Pflichterfüllung – dachte, schämte sie sich noch mehr für ihre Beziehung mit Grady. Wie hatte sie nur so naiv sein und auf jemanden wie ihn hereinfallen können?

Nie wieder.

Sie stemmte sich mit ihren Krücken hoch. So verheerend die Ereignisse der letzten beiden Tage auch gewesen waren, sie würde nicht darunter zusammenbrechen – weder jetzt noch in Zukunft.

Am Nachmittag kam Dr. Russel Stein vorbei. Er legte ihr einen Druckverband an und empfahl ihr, den Knöchel zu kühlen und hochzulagern. Marina beschloss, trotz des verbundenen Knöchels das Beste aus der Situation zu machen und sich an den Pool zu setzen, der an diesem Nachmittag mitten in der Woche verlassen da lag.

Ivy half ihr nach draußen und fand für sie einen Platz auf einer Sonnenliege unter einem marineblauen Sonnenschirm.

„Was für eine spektakuläre Architektur", sagte Marina und schaute zu dem alten, herrschaftlichen Haus hinauf, das von hohen Palmen umstanden war, die wie Wächter aussahen. Sie fragte sich, wie es hier wohl zu seiner Blütezeit in den 1920er- und 1930er-Jahren ausgesehen hatte. Wobei das Haus sich seine Eleganz aus dieser Zeit bewahrt hatte.

„Julia Morgan hat es entworfen", erklärte Ivy. „Sie war die erste Frau, die in Kalifornien als Architektin zugelassen wurde, und hat auch das Hearst Castle für William Randolph Hearst, den Zeitungsmagnaten, entworfen.

Dieses Haus gehörte den Ericksons aus San Francisco. Es war ihr Sommerhaus."

„Was für eine großartige Lage direkt am Strand", sagte Marina. Eine breite Steintreppe führte von der Veranda und den Terrassen direkt zum Sand. Um den mit Marmor- und Serpentin-Kacheln gefliesten Pool standen verschiedene Statuen. „Auch wenn ich mir vorstellen kann, wie die Stromrechnung hier ausfällt."

„Deshalb wohnen wir nicht privat hier, sondern führen es als Inn", erklärte Ivy. „Wobei die Meeresbrise dafür sorgt, dass es im Haus den Großteil des Jahres über angenehm kühl ist."

Marina legte sich ein Kissen unter ihren Fuß, um den Knöchel hochzulagern. „Ich bin beeindruckt, wie du die Situation nach dem Tod deines Mannes gehandhabt hast. Woher wusstest du, was du tun musst?"

„Das wussten wir nicht." Ivy setzte sich auf die Liege neben ihr. „Shelly und ich hatten so einige Herausforderungen zu bestehen, aber wir hatten auch viel Spaß dabei, das Geschäft ans Laufen zu bringen. Nun stehe ich jeden Tag mit einem Lächeln auf. Es fühlt sich überhaupt nicht wie Arbeit an, sondern einfach wie etwas, das ich gerne tue."

Marina hörte aufmerksam zu. Sie konnte sich nicht vorstellen, jemals das Gleiche zu empfinden, was ihre Arbeit anging.

Shelly kam aus der Küche, ein Tablett mit einem hohen Glas in der Hand. „Hier im Inn haben wir ein köstliches Getränk, dass wir Sea Breeze nennen – Grapefruit- und Cranberrysaft mit einem Spritzer Limette."

„Ist das die Mocktail- oder Cocktailversion?", fragte Ivy. „Also mit Wodka oder ohne?"

„Je nach Wunsch", antwortete Shelly.

Marina probierte einen Schluck. „Der ist perfekt, wie er ist. Sehr erfrischend."

„Sag Bescheid, wenn du etwas brauchst", sagte Ivy, bevor sie mit Shelly im Haus verschwand.

Während Marina an ihrem Mocktail nippte, versuchte sie, Ginger anzurufen, erreichte jedoch nur die Mailbox. Sie hinterließ eine Nachricht und versuchte, fröhlich zu klingen. *Ich dachte, ich überrasche dich.*

„Tja, das sieht sehr gemütlich aus", sagte Jack, der an ihrer Sonnenliege vorbeikam.

„Habe ich mir das nicht verdient?" Marina deutete auf ihren Knöchel mit dem Eispack darauf.

„Da Sie es ansprechen – haben Sie herausgefunden, ob er gebrochen oder verstaucht ist?"

„Der Arzt sagt, es wäre eine leichte Verstauchung. Offenbar habe ich sehr jugendliche Sehnen. Wobei es echt verdammt wehtut." Sie zog eine Grimasse und zog die Krempe des Strohhuts, den Ivy ihr gegeben hatte, tiefer ins Gesicht.

„Es freut mich, das zu hören." Jack grinste und zog sich sein T-Shirt aus.

„Was machen Sie da?"

Der Anflug eines Lächelns huschte über sein Gesicht. „Schwimmen gehen. Kommen Sie ja nicht auf irgendwelche Ideen."

Marina verdrehte die Augen. Durch die dunklen Gläser ihrer Sonnenbrille erhaschte sie einen Blick auf seinen muskulösen Rücken, bevor sie den Kopf abwandte. Nicht schlecht, musste sie widerstrebend zugeben. Sekunden später tauchte er in den Pool ein und fing an, seine Bahnen zu ziehen.

Die Arme vor der Brust verschränkt sah Marina zu, wie er das Wasser durchpflügte. Hier saß sie nun also, gefangen mit einem jungenhaften Mann und ohne einen schnellen Fluchtweg. Wenigstens war er unter Wasser. Sie lehnte sich auf der Liege zurück.

Mit einem Mal klingelte ihr Handy.

„Marina, meine Liebe, ich habe gerade deine Nachricht gehört", sagte Ginger. „Ich freue mich, dass du zu Besuch kommst. Wie lange kannst du bleiben."

„Ach, ein paar Wochen oder so." Marina versuchte, nonchalant zu klingen.

„Stimmt was nicht?"

Ginger konnte sie nichts vormachen. „Es ist eine lange Geschichte, aber ich habe meinen Job gekündigt."

„Ich verstehe. Ich bin froh, dass du im Seabreeze Inn bist. Morgen Nachmittag bin ich wieder zu Hause, dann sehen wir uns und können ausgiebig quatschen."

Nachdem sie aufgelegt hat, lehnte Marina sich wieder zurück und schloss die Augen. Das sanfte Rascheln der Palmblätter wiegte sie in eine Entspannung, wie sie sie seit Langem nicht mehr empfunden hatte. In der Ferne hörte sie einen Hund bellen. Es klang, als käme es von irgendwo auf dem Grundstück.

Sie war beinahe eingeschlafen, als Wassertropfen auf ihr Gesicht und ihre Sonnenbrille fielen.

„Hey!", rief sie.

„Oh, tut mir leid." Jack schlang sich ein Handtuch um die Schultern und strich sich die nassen Haare zurück. „Bleiben Sie länger in der Stadt?"

„Nicht wirklich", antwortete sie.

„Mir fällt gerade erst auf, dass ich gar nicht weiß, wie Sie heißen."

Sie seufzte. „Marina. Und was bringt Sie nach Summer Beach?"

„Ich arbeite an einer Geschichte."

„Hm. Journalist oder Autor?"

Er wirkte beeindruckt. „Investigativreporter im Sabbatical. Im Moment spiele ich mit ein paar Buchideen."

„Worum geht es?"

„Das würde ich lieber nicht sagen."

Marina schob die Sonnenbrille ein Stück auf ihrer Nase

herunter und funkelte ihn über den Rand hinweg an. „Ich werde Ihre Idee schon nicht klauen."

„Das wollte ich damit auch nicht andeuten." Er hielt ihren Blick einen Moment länger fest, als nötig war, und schenkte ihr ein Lächeln. „Wir sehen uns."

Marina sah ihm nach. Irgendetwas an diesem Mann irritierte sie. Vielleicht war er zu sehr wie Grady – zu sicher, was ihn selbst und seine Attraktivität anging.

Und das brauchte sie nun ganz gewiss nicht mehr.

AM NÄCHSTEN NACHMITTAG verabschiedete Marina sich von Ivy und Shelly, ließ das Verdeck ihres Minis herunter und genoss den Sonnenschein. Auf dem Weg zum Haus ihrer Großmutter kam sie an dem handbemalten Schild aus Treibholz vorbei, auf dem in korallenroter Schrift: *Coral Cottage* stand. Ihre Tochter Heather hatte das Schild einst für Ginger gemacht. Marina erinnerte sich, als Teenager ein ähnliches Schild angefertigt zu haben.

Dieses Haus steckte voller Erinnerungen. Es war immer für sie da gewesen, genau wie Ginger.

Bei Tageslicht konnte Marina das Cottage, das ebenfalls korallenrot angestrichen war, besser sehen. Es hatte ein mit Terrakottaschindeln gedecktes Dach und einen direkten Blick aufs Meer. Auf einer Seite grenzte das Grundstück an ein Naturschutzgebiet, auf der anderen öffnete es sich Summer Beach. Zum Strand waren es nur wenige Schritte und in den Ort lediglich ein kurzer Spaziergang.

Nachdem sie ihren Wagen abgestellt hatte, stieg Marina aus und angelte die Krücken von der Rückbank. So langsam war sie im Umgang mit ihnen richtig geschickt. Dr. Russ hatte gesagt, er glaube nicht, dass sie die Krücken länger als eine Woche benötigen würde, außer, sie würde noch einmal stürzen. Doch sie hatte ihm versichert, dass das unwahrscheinlich war. Langsam ging sie den Weg zu der breiten

Veranda hinauf, auf der immer eine leichte Meeresbrise wehte.

Die Palmen, die das Haus umstanden, wiegten sich im Wind. Pinke Bougainvillea-Blüten zitterten in der Luft und hatten sich über Nacht wie Konfetti auf dem Rasen verteilt.

Die Tür wurde aufgerissen und dann schlang auch schon eine hochgewachsene, rothaarige Frau die Arme um Marina. „Du Arme! Davon hast du ja gar nichts erzählt. Was ist passiert?"

„Die Rache des Stilettos."

„Aus dem Grund habe ich die schon vor Jahren aufgegeben. Komm rein. Ich bin gerade erst nach Hause gekommen."

Ginger war das genaue Gegenteil von der zierlichen Marina, die definitiv nach der anderen Seite der Familie kam. „Du hast eine Kreuzfahrt gemacht?"

„Ja, einen Kurztrip mit ein paar alten Freunden." Ginger winkte ab. „Niemand, den du kennst. Komm, ich mache uns eine Kanne Earl Grey, wie sie ihn im *Claridge's* in London machen. Da haben Bertrand und ich immer den Prinzen unterhalten. Das Hotel liegt praktisch direkt neben dem Buckingham Palace."

„Ich dachte, es war der Herzog."

„Beide, meine Liebe. Gemeinsam mit einer Horde an Baronen."

Lachend folgte Marina ihrer Großmutter in die große Küche. Sie ließ sich auf einem Stuhl an dem roten Resopal-Tisch mit Chrombeinen nieder. Die Küche stammte aus den frühen 1960er-Jahren. Auf der einen Seite stand der riesige, feuerrote *O'Keefe & Merritt*-Herd mit sechs Platten und zwei Öfen, was für damalige Zeiten sehr fortschrittlich gewesen war. Hier hatte Marina unter Gingers Anleitung das Kochen und Backen gelernt.

Nun schaute sie sich in der Küche um, die zum Esszimmer und dem kleinen Alkoven hin offen war, in dem

Ginger ihren Schreibtisch samt Computer stehen hatte. Das Cottage war vor vielen, vielen Jahren das Hochzeitsgeschenk von Gingers Mann an sie gewesen. Gemeinsam hatten sie als Diplomatenpaar die Welt bereist, waren aber immer nach Summer Beach zurückgekehrt.

Die Einrichtung bestand aus einer bunten Mischung aus Strandchic und Akzenten von Gingers Reisen. Auf einem antiken, handgeschnitzten Tisch, den sie aus Bali importiert hatte, lagen ein Briefbeschwerer aus Muranoglas und ein griechischer Brieföffner. Die weißen Bezüge, die das Sofa und die Sessel schützten, waren ein Zeichen für den Frühlingsputz ihrer Großmutter, den sie jedes Jahr in Vorbereitung auf den Sommer durchführte. Während Ginger herumwuselte, um den Tee zuzubereiten, klapperten ihre Loafer leise auf dem Fußboden aus mexikanischem Terrakotta.

Auf dem Tisch im Esszimmer standen mehrere orange-blaue Strelitzien in einer Vase aus geschliffenem Kristall. Vermutlich stammten die Blumen aus dem eigenen Garten.

Ginger trug eine weiße Bluse, deren Manschetten sie aufgekrempelt hatte, und dazu eine schmal geschnittene blaue Jeans. Ihre Haltung war immer noch aufrecht, und sie bewegte sich mit der Energie von jemandem, der halb so alt war wie sie. Immer, wenn sie beim Arzt ihr Alter verraten musste, oder beim Kauf einer Flasche Wein – *ist es nicht offensichtlich, dass ich alt genug bin, um zu trinken?* – waren die Leute überrascht. Sie führte ihre gute Gesundheit darauf zurück, dass sie großartige Gene hatte, am Strand spazieren ging, im Meer schwamm und sich um ihren Gemüsegarten kümmerte. Und sich ab und zu ein oder zwei Gläser Wein gönnte. *Das ist wichtig fürs Stressmanagement,* sagte sie immer.

Nachdem sie die Teeblätter mit heißem Wasser aufgegossen und die entsprechende Zeit hatte ziehen lassen, stellte sie die Teekanne und zwei Porzellantassen auf den Tisch und setzte sich. Dann schenkte sie mit ruhiger Hand ein. „Also, fang ganz von vorne an und erzähl mir, was passiert ist."

Marina stöhnte. „Es hat alles mit Babe Barstow angefangen." Sie erzählte, wie sie gekündigt hatte, aus San Francisco geflüchtet war und sich im Dunkeln den Knöchel verstaucht hatte.

„Nein, meine Liebe, es fing alles mit Hal, seinem Vater und Grady an. Gib die Schuld denen, zu denen sie gehört. Du warst ein Opfer des Systems. Babe hat sich das zunutze gemacht. Und es hat funktioniert. Zumindest für den Moment."

„Du meinst, ich hätte stärker sein müssen?", fragte Marina.

„Es ist nur selten so einfach." Ginger berührte Marinas Schläfe mit einem Finger. „Was liegt dir noch auf dem Herzen?"

Um Zeit zu gewinnen, trank Marina einen Schluck und starrte dann das Basilikum an, das in einem bunten mexikanischen Terrakottatopf auf der Fensterbank wuchs. Ginger schien immer zu spüren, was unter der Oberfläche lauerte.

„Nachdem Grady mir den Antrag gemacht hat, haben wir darüber gesprochen, in Napa gemeinsam ein Restaurant zu eröffnen und die Welt zu bereisen. Der Gedanke, meinen Job aufzugeben und einen neuen Lebensabschnitt zu beginnen, war aufregend."

Ginger zog eine Augenbraue in die Höhe. „Vielleicht aufregender als der Mann an sich."

„Ich schäme mich, das zuzugeben, aber du hast recht." Bisher hatte sie sich das nicht einmal selbst eingestanden. „In meinem Beruf habe ich die Verantwortung, Nachrichten unparteiisch vorzutragen. Aber ich bin den nicht enden wollenden Strom an menschlichem Leid so satt. Jeder Tag kommt mir schlimmer vor als der vorherige."

„Wenn man seinen Lebenssinn verliert, verliert man auch seine Freude", sagte Ginger und schenkte Marina nach. „Du bist ausgebrannt. Das ist die Wurzel deines Problems."

Marina ließ ihren Blick durch das Fenster zum Meer schweifen. „Es war nicht so, dass ich mit den Anforderungen des Jobs nicht umgehen konnte. Vielmehr war ich nicht mehr mit dem Herzen dabei. Ich habe mich oft gefragt, wie mein Leben wohl verlaufen wäre, wenn ich einen anderen Weg eingeschlagen hätte. Doch jetzt, wo die Zwillinge auf dem College sind, kann ich das nicht. Und das war genau mein gedanklicher Zustand, als Babe mich aus dem Blauen heraus erwischt hat."

Ginger fing Marinas Blick auf. „Zumindest musst du dich nicht mehr mit einem problematischen Mann herumschlagen. Allein dafür hast du dir eine Pause verdient. Probier etwas Neues."

„Mir wird nichts anderes übrig bleiben. Meine Agentin hat mir geraten, mindestens sechs Monate freizunehmen. Und selbst danach werde ich mich auf einem wesentlich kleineren Markt nach einem neuen Job umsehen müssen."

„Man tut, was man tun muss", sagte Ginger. „Aber wenn dem so ist, kannst du genauso gut hierbleiben und dein Geld sparen. Und ich könnte die Gesellschaft gebrauchen."

Marina warf einen Blick zu dem kleinen Häuschen hinter dem Cottage. „Ist das Häuschen vermietet?"

„Noch habe ich es nicht beworben", erwiderte Ginger. „Was ich eigentlich nie tue. Irgendwie scheinen es die richtigen Leute jeden Sommer zu finden."

„Letztes Jahr war es eine Komponistin von Filmmusik, oder? Hast du mal wieder was von ihr gehört?"

Ginger nickte stolz „Sie hat den Auftrag für einen wichtigen neuen Film bekommen. Ich sage dir, das kleine Häuschen ist magisch. Jeder, der sich dort eingemietet hat, hatte danach Glück."

Die Überzeugung in der Stimme ihre Großmutter ließ

Marina lächeln. „Dann sollte ich vielleicht dort einziehen." Sie musste über sich selbst lachen.

„Nimm dein altes Zimmer." Ginger tätschelte ihre Hand. „Ich liebe es, dich in der Nähe zu haben."

„Ich schätze, es ist an der Zeit, mein Leben neu zu erfinden." Das hatte sie schon nach Stans Tod tun müssen. Auch wenn sie es damals geliebt hatte, in dem kleinen Café zu arbeiten, hatte der Verdienst nicht gereicht. Ginger hatte ihr geholfen, doch Marina hatte sich nicht zu sehr auf sie verlassen wollen. Als ein Kunde sie dem Direktor des regionalen Fernsehsenders vorgeschlagen hatte, war sie zu einem Bewerbungsgespräch eingeladen worden. Dort hatte sie dann als Empfangsfrau angefangen und sich stetig nach oben gearbeitet.

„Das ist die richtige Einstellung", sagt Ginger. „Man sollte niemals aufgeben. Ich freue mich, dass du dich entschieden hast, in Summer Beach zu bleiben."

„Zumindest für eine kleine Weile." Marina lächelte. Es hatte keinen Sinn, Ginger zu widersprechen.

Sie war nicht sicher, was sie in Summer Beach tun sollte, aber eines wusste sie: Sie würde eine Entscheidung darüber treffen, was sie mit der zweiten Hälfte ihres Lebens anfangen wollte.

4

urz nach Tagesanbruch schlenderte Jack am Strand entlang und warf ein Stöckchen für Scout. Freudig sprang der gelbe Labrador in die Wellen, um den Stock zu holen, und ließ ihn dann wie einen wertvollen Schatz in Jacks ausgestreckte Hand fallen.

„So ein guter Junge." Jack kraulte Scout hinter den Ohren, bevor er den Stock erneut warf. Der Hund konnte seinen Enthusiasmus kaum im Zaum halten, als er darauf wartete, dass Jack ihm das Signal gab: „Los, hol ihn dir."

Zu dieser frühen Morgenstunde war der Strand menschenleer, was Jack die nötige Einsamkeit schenkte, um nachzudenken. Gestern hatte er einen Anruf erhalten, mit dem er nie gerechnet hätte.

Die Neuigkeit machte ihn immer noch schwindelig, und er war unsicher, ob er ihrem Wahrheitsgehalt trauen konnte. Deshalb hatte er einem Freund aus Collegezeiten, der inzwischen Anwalt in Los Angeles war, eine Nachricht hinterlassen, um seine Meinung einzuholen. Das Warten war das Schlimmste.

Er drehte sich um, um zum Haus zurückzukehren, und sah eine einsame Gestalt am Strand joggen. Es war Bennett

Dylan, der Bürgermeister von Summer Beach, der in einer Wohnung oberhalb der Garage des Seabreeze Inns wohnte. Eines morgens beim Kaffee hatte Bennett ihm erzählt, dass ein Feuer mehrere der Häuser an den Klippen beschädigt hatte, darunter seins. Als er nun auf Jack zugelaufen kam, hob er grüßend die Hand.

Jack tippte sich zur Antwort an den Schirm seiner Baseballkappe. Die Frau mit den Krücken hatte er seit ein paar Tagen nicht mehr gesehen, und er ertappte sich immer wieder dabei, wie er über das Grundstück schlenderte in der Hoffnung, ihr noch einmal über den Weg zu laufen. Er hatte sogar überlegt, an ihre Tür zu klopfen, das aber dann doch zu aufdringlich gefunden. Nun warf er einen Blick zum Seabreeze Inn.

Bald würde Ivy den Strandspaziergang für die Gäste anführen. Es hatte nicht lange gedauert, bis Jack herausgefunden hatte, dass Ivy und Bennett miteinander ausgingen. Sie lächelten sich oft auf diese besondere Art an und waren immer zur Stelle, wenn einer von ihnen Hilfe brauchte. Von anderen Gästen hatte er gehört, dass sowohl Ivy als auch Bennett verwitwet waren, doch auch sonst schienen sie gut zusammenzupassen. Sie zu beobachten weckte in ihm die Sehnsucht, auch einen besonderen Menschen in seinem Leben zu haben.

Eine von Ivys Töchtern wohnte ebenfalls im Inn, genau wie Shelly und ihre Nichte Poppy. Jack mochte die familiäre Atmosphäre des Hauses. Ihm fehlte es, eine eigene Familie zu haben. Doch da er in seinem Beruf ständig Geschichten hinterhergejagt war, hatte er nie genügend Zeit an einem Ort verbracht, um eine langfristige Beziehung aufzubauen.

Das Positive daran war gewesen, dass er sich, wenn er sich in gefährliche Situationen begeben hatte, keine Gedanken über seine Familie hatte machen müssen, so wie einige seiner Kollegen. Er seufzte. Er war einfach nur Jack Ventana, der einsame Kerl. Und dann hatte er diesen Anruf aus Los Angeles erhalten, den er sich nie hätte vorstellen können.

„Hast du Lust, eine Runde mit mir zu laufen?", rief Bennett ihm zu.

„Ein andermal." Mit Bennetts Geschwindigkeit konnte Jack nicht mithalten. Sie waren zwar ungefähr gleich alt, aber Bennett verfügte definitiv über eine bessere Kondition, auch wenn Jack auf Anraten seines Arztes vor zwei Monaten mit dem Rauchen aufgehört hatte.

Bennett verlangsamte und blieb dann stehen, um Scout zu kraulen. Grinsend sagte er: „Darauf nagle ich dich fest, das weißt du, oder?"

„Ich arbeite darauf hin." Jacks Vater hatte während des Krieges angefangen zu rauchen, deshalb war er mit dieser Gewohnheit aufgewachsen. Und sein Chef bei der Zeitung in Dallas, wo er seine Laufbahn begonnen hatte, war Kettenraucher gewesen. Während seiner ersten traumatischen Geschichte war Jack eingeknickt. Das Rauchen hatte ihm geholfen, seinen Stress zu bewältigen. Doch jetzt, mit sechsundvierzig, war es an der Zeit, besser auf seine Gesundheit zu achten. Er stellte sich vor, wie er bald mit Scout den Strand hinunterjoggen würde.

„Fang klein an", riet Bennett ihm. „Und hör auf deine Knie." Scout presste sich an Bennetts Beine und bettelte um mehr Aufmerksamkeit.

„Gib mir ein paar Wochen." Jack hatte sich einmal Ivys Strandspaziergang angeschlossen und am nächsten Tag eine Yogastunde mit Shelly mitgemacht. Doch auch wenn die anderen Gäste interessant waren, brauchte er die Einsamkeit, um herauszufinden, was er mit seinem Leben anstellen sollte.

„Frühstücken wir nachher zusammen?", fragte Bennett und blinzelte in der Morgensonne. Dabei kraulte er Scouts Bauch. „Java Beach. Ich lade ein."

„Dann sehen wir uns dort."

Grinsend drehte Bennett sich um und lief weiter den Strand hinunter.

„Bleib“, sagte Jack und hob den Stock auf.

Der Hund legte den Kopf schief und winselte Bennett nach.

„Verräter.“ Jack warf den Stock. „Hol ihn.“

Mit einem großen Sprung setzte Scout dem Stock nach.

Das hier ist das Leben, dachte Jack. Scout liebte es, in der Brandung zu tollen und die Wellen herauszufordern. Sein Gang war ein wenig ungelenk, aber das machte er mit seinem Enthusiasmus wieder wett.

Könnte das hier ein Ort sein, um sesshaft zu werden? Während er durch den sich langsam auflösenden Morgennebel über den Strand schaute, hatte Jack das Gefühl, er wäre eine Million Meilen von New York entfernt. Oder von Dallas, wo die sich immer weiter ausdehnende Metropole die kleine Farm verschluckt hatte, die er als Kind sein Zuhause genannt hatte.

Zwei Jahrzehnte lang hatte Jack für Zeitungen geschrieben. Erst in Dallas, später dann in Chicago und New York. Er war den Kündigungswellen im Zeitungswesen immer einen Schritt vorausgewesen. Seine Artikel hatten die Geschichte verändert und ihm einen Pulitzerpreis eingebracht, und die Situationen, in die er sich dafür begeben hatte, waren immer brenzliger geworden.

Doch die Leere in seinem Inneren war immer weiter angewachsen. Ständig umzuziehen, niemals Wurzeln zu schlagen, hatte seinen Tribut gefordert. Egal, wo er hinkam, fragte er sich, ob er dort dauerhaft wohnen könnte. Bisher hatte die Antwort immer Nein gelautet.

Nachdem er vor ein paar Monaten eine Geschichte in Los Angeles verfolgt hatte, hatte er sich spontan ein Auto gemietet und war in den Süden gefahren, um den Kopf freizukriegen. Einige Stunden später hatte er den Drang verspürt, den Highway zu verlassen, und sich kurz darauf in einer kleinen, ruhigen Gemeinde an der Küste wiedergefunden.

Sobald er in Summer Beach eingetroffen war, hatte er sich zu Hause gefühlt. Er hatte sich vorgestellt, wie es wäre, in einem Haus an den Klippen zu wohnen, morgens an seinen Büchern zu schreiben und am Nachmittag am Strand laufen zu gehen. Er hatte genügend Geld gespart, um sich ein Jahr eine Auszeit gönnen zu können. Zudem hatte er einen ganzen Ordner mit Ideen für Bücher, die er sich im Laufe der Jahre notiert hatte.

Sein Boss hatte ihm sechs Monate zugestanden. Also hatte Jack eine Tasche gepackt, aus dem iBnB ausgecheckt und sich einen restaurierten VW-Bus gekauft. Inspiriert vom Autor John Steinbeck war er über Land nach Los Angeles gefahren und hatte unterwegs nach dem Herzschlag Amerikas gesucht.

Nun pfiff er nach Scout. Einen Hund hatte er jetzt auch. Beinahe hätte er ihn Charley genannt, nach dem Königspudel von Steinbeck.

Scout kam zu ihm gelaufen, ließ den Stock zu Jacks Füßen fallen und wedelte auffordernd mit dem Schwanz.

„Okay, einmal noch." Wieder ließ Jack den Stock durch die Luft fliegen. Seinen Camper hatte er damals auf dem Grundstück von Freunden in der Nähe des Griffith-Observatoriums in Los Angeles abstellen können. Eines Tages war er auf dem Parkplatz eines Supermarkts an einer Gruppe freiwilliger Tierretter vorbeigekommen.

Nimm noch heute einen Hund bei dir auf, hatte auf einem Schild gestanden. Daneben hatten zwei junge Frauen gestanden, die mehrere Hunde in ihrer Obhut hatten. Ein schlaksiger gelber Labrador hatte ausgesehen, als bräuchte er so dringend eine Umarmung wie Jack selbst.

„Das ist ein ganz Ruhiger", hatte die Frau im Studentenalter gesagt, als der Hund die Ohren in Jacks Richtung aufgestellt hatte. „O mein Gott. Sie sind der Erste heute, für den er Interesse zeigt." Staunend hatte sie zugeschaut, wie Jack mit dem Hund gespielt hatte.

„Wie heißen Sie?" Sie klemmte ein Formular an das Klemmbrett.

„Jack Ventana."

Die Frau nickte wissend. „Schauspieler, richtig?"

„Nein. Warum?" Jack kraulte den Hund so lange hinter den Ohren, bis er anfing, mit einer Hinterpfote auf den Boden zu klopfen.

„Das ist ein totaler Schauspielername."

„Ich bin Autor." Der Hund zog die Lefzen nach hinten, und Jack hätte schwören können, dass er grinste.

„Das ist das Gleiche." Sie zuckte mit den Schultern. „Er humpelt ein wenig, weil er von einem Auto angefahren wurde. Und er ist ein wenig scheu. Vermutlich, weil er nicht gut behandelt wurde." Sie lächelte die beiden an. „Ich glaube, dieser Hund wird Sie nach Hause begleiten. Es ist doch bestimmt einsam, den ganzen Tag allein zu arbeiten. Wo wohnen Sie?"

Jack zögerte. „Summer Beach." Er hatte sowieso vorgehabt, dorthin zu fahren, und nahm an, dass er vor Ort schon einen Platz finden würden. Zur Not könnte er weiterhin in seinem Camper schlafen.

„Mein Hund, hm?", fragte er. Die Idee war gar nicht so schlecht. Auf seiner Fahrt von New York hierher hatte er sich ein wenig einsam gefühlt. Er sah sich den Bewerbungsbogen an. „Das sind acht Seiten."

Die Frau zuckte wieder mit den Schultern. „Ich habe die Regeln nicht gemacht."

Er wollte ihr die Bewerbungsunterlagen schon zurückgeben, als der Hund wimmerte, als würde er ihn anflehen, das Formular auszufüllen. „Okay, okay", sagte er.

Nachdem er sich in einen Coffeeshop zurückgezogen hatte, um den Bogen auszufüllen, beobachtete Jack den Hund noch eine Weile, der sich weigerte, mit irgendjemand anderem in Kontakt zu treten. Er saß einfach nur da und starrte Jack an, als wolle er ihn durch Gedankenkraft dazu bringen, zurückzukommen.

Es gab einen Punkt, an dem Jack kurz davor war, das Formular zu zerknüllen. Neben den üblichen Fragen wollten sie von ihm wissen, wo er arbeitete, wie viele Stunden er täglich außer Haus war und wie seine Sozialisierungspläne für den Hund aussahen.

„Biertrinken am Strand", murmelte er innerlich lachend vor sich hin, schrieb es aber nicht auf. Bald waren alle Fragen bis auf eine beantwortet: *Adresse?*

„Hmm." Er nahm sein Handy und suchte die Adresse vom Seabreeze Inn raus. Dabei sah er, dass sie Zimmer frei hatten. Und hundefreundlich waren. „Das reicht mir." Schnell trug er die Adresse ein.

Sobald er den Coffeeshop verließ, sprang der Hund auf und bellte.

Jack reichte der Frau seine Bewerbung.

„Wir überprüfen das und melden uns."

„Wie lange wird das dauern?", fragte Jack. Aus Vorfreude darauf, bald ein Zuhause zu haben, wedelte der Hund so heftig mit dem Schwanz, dass sein ganzer Körper zitterte.

„Wir beeilen uns", antwortete die Frau und lächelte verständnisvoll.

Jack kraulte den Hund noch einmal hinter den Ohren. „Wir müssen einen neuen Namen für dich finden, Kumpel. Charley ist schon vergeben, aber du siehst aus wie ein Weltmeister – der Weltmeister der Underdogs. Wie wäre es mit Atticus?" Der Hund schüttelte den Kopf. „Ja, du hast recht. Du siehst mehr wie ein Scout aus."

„Das ist ein süßer Name", sagte die Frau. „Scout." Sie trug ihn in das Formular ein.

Keine zwei Stunden später klingelte Jacks Telefon.

„Scout steht für Sie zur Abholung bereit", sagte die

Frau. „Ihr Arbeitgeber ist so unglaublich cool. Wow, ein Hundepark im Büro, jährliche Mitarbeiter-Retreats mit Hunden *und* wöchentliche Hundemassagen. Das ist wirklich unglaublich."

„Äh, ja." Jack rieb sich das Kinn. „Mit wem haben Sie gesprochen?"

„Hank. Er meinte, er wäre Ihr Boss."

„Richtig." Hank war ein Reporterkollege, der immer schon ein Witzbold gewesen war. „Ich komme sofort vorbei."

Als Jack jetzt mit Scout am Strand entlang ging, wurde ihm bewusst, dass er sich für wesentlich mehr als nur einen Hund entschieden hatte – er hatte sich entschieden, ein vollkommen neues Leben zu führen. Hunde mussten gefüttert und regelmäßig ausgelastet werden. Scout brauchte Spielzeuge und Gassigänge. Und vor allem musste er spielen.

So geerdet wie jetzt hatte Jack sich seit Jahren nicht gefühlt. Auch wenn es noch ungewohnt war, gewöhnte er sich langsam daran, Gesellschaft zu haben. Noch einmal pfiff er nach Scout, dann machten sie sich auf den Rückweg zum Inn.

Nachdem er geduscht und sich eine Jeans und ein T-Shirt angezogen hatte, kämmte Jack sich die dichten braunen Haare zurück. Diesen Sommer müsste er nicht mal zum Friseur gehen, wenn er es nicht wollte. Er schlüpfte in seine Flipflops. Als Scout, der in seinem Körbchen neben dem Bett lag, das Klimpern des Zimmerschlüssels hörte, hob er den Kopf.

„Ja, natürlich kommst du mit."

Beim Verlassen seines Zimmers sah Jack die Morgenparade, die hinter Ivy herging. Wieder einmal fragte er sich träge, wohin seine Nachbarin verschwunden war. Nicht, dass sie mit den Krücken am Strandspaziergang teilnehmen könnte, aber er hatte sie auch sonst nirgendwo gesehen. Ihr kleines Auto war auch fort. Er konnte sich gut vorstellen, wie sie in dem winzigen türkisfarbenen Mini durch die Gegend flitzte. Und auch wenn sie stur und voreingenommen gewirkt hatte, mochte er ihre Ausstrahlung. Sie spielte nicht das Opfer, auch wenn sie das gut hätte tun können.

Vermutlich ist sie abgereist, dachte er seufzend. Wieder einmal eine verpasste Gelegenheit.

„Komm, mein Junge." Er leinte Scout an und wandte sich in Richtung des Weges, der zum Java Beach führte.

Als er den Coffeeshop betrat, war Bennett bereits da. Er hatte geduscht und trug ein lässiges Hemd zur Khakihose – was, wie Jack festgestellt hatte, das Standardoutfit von Bürgermeistern kleiner Strandorte zu sein schien.

Bennett unterhielt sich mit einem jüngeren Mann mit stacheligen blonden Haaren. Ein Surfer, wie Jack vermutete. Während er wartete, nahm er die Details des gut besuchten Cafés in sich auf: alte Fischernetze mit Seesternen, Meeresschneckenhäusern und Bojen hingen von den Decken. Polynesische Reiseposter hingen an den Wänden, und leise Reggae-Musik bildete die Untermalung zu dem Stimmengewirr. Die Hintertür zum Strand stand offen und ließ die von ihm so geliebte Meeresbrise herein, die leicht nach Algen und Fisch roch. Von der Sonne ausgebleichte Tisch, Stühle und Sonnenliegen säumten die kleine Terrasse, die direkt in den Strand überging.

Das hier war ein Ort ganz nach seinem Geschmack. Er konnte sich gut vorstellen, hier zu sitzen und zu schreiben.

Scouts Schwanz klopfte gegen Jacks Bein. „Hey, dir gefällt es hier auch, hm?" Er zupfte sanft an der Leine. „Sitz." Scout folgte und schaute dann erwartungsvoll zu Jack hoch, sodass dieser einen Hundekeks aus seiner Tasche nahm und ihm gab. Scout war klug und sprach sehr gut auf das Training an.

„Hi Jack", sagte Bennett und schüttelte seine Hand. „Kennst du Mitch schon?"

„Wir wurden uns noch nicht offiziell vorgestellt." Jack gab Mitch die Hand. „Das ist der beste Kaffee, den ich in Summer Beach hatte."

„Bist du auf der Durchreise oder bleibst du eine Weile?", wollte Mitch wissen.

Jack fuhr sich mit der Hand durch die Haare. „Ich habe noch fünf Monate von meiner Auszeit, um ein Buch zu schreiben. Danach werden wir weitersehen."

„Cool." Mitch schüttelte den Kopf. „Es wird schwer, danach hier wegzugehen."

„Das kommt drauf an", erwiderte Jack. „Hey, kennt ihr jemanden, der ein Haus vermietet, in dem Hunde erlaubt sind? Scout braucht mehr Platz, und Ivy meinte, dass mein Zimmer schon reserviert ist. Sie sagte, sie könnte mich in einem der Zimmer im Dachgeschoss unterbringen, aber das geht mit Scout nicht. Er hat einmal die Fährte von dem Chihuahua aufgenommen und ist sofort durchgedreht."

„Das muss Pixie gewesen sein", sagte Mitch lachend. „Sie gehört Gilda, einer der Einheimischen, die im ersten Stock wohnt. Wenn du was vermisst, stehen die Chancen gut, dass Pixie dahintersteckt."

„Ein kleptomanischer Chihuahua?" Jack grinste. „Klingt nach einer guten Story." Aber nicht von der Art, wie er sie normalerweise schrieb.

Lächelnd schüttelte Mitch den Kopf. „Du hast keine Ahnung, was für Geschichten Summer Beach bereithält."

„Ha, mir fällt gerade etwas ein, das funktionieren könnte". Bennett schnippte mit den Fingern. „Ginger Delavie hat ein Haus am Strand und vermietet im Sommer das Gästehäuschen auf ihrem Grundstück. Ich glaube nicht, dass es ihr was ausmacht, wenn du einen Hund mitbringst. Der letzte Gast hatte einen kleinen Terrier."

„Ginger ist cool", warf Mitch ein. „Eine kluge Lady. Sie ist schon älter, aber geistig immer noch voll auf der Höhe."

„Das klingt gut", sagte Jack. *Ginger Delavie.* Irgendwie

kam ihm der Name bekannt vor. Vielleicht hatte er ihn mal bei den Recherchen für eine Geschichte gehört. Da er im Laufe seiner Karriere Hunderte Artikel geschrieben hatte, war das durchaus möglich.

„Ich rufe sie gleich mal an, um zu hören, ob das Gästehaus noch frei ist", sagte Bennett.

Jack war kurz vorm Verhungern, deshalb schaute er zu der handgeschriebenen Speisekarte an der Wand. „Woraus besteht das California-Omelette?"

„Oh, das ist ein Liebling der Massen", sagte Mitch. „Es wird mit Avocados, Tomaten, Schnittlauch, geröstetem Mais, Gruyère- und Cheddarkäse zubereitet. Auf Wunsch kannst du es auch mit Bacon haben."

Beim Wort „Bacon" winselte Scout leise. Jack wusste, dass er ihn bereits verwöhnt hatte.

„Das klingt gut. Und bring eine kleine Extraportion für meinen Freund hier." Nach allem, was Jack bisher beobachtet hatte, wechselte das Speiseangebot täglich. „Wie sind die Croissants?"

„Super", erklärte Mitch. „Ich habe sie heute früh frisch zubereitet."

„Du machst die selbst?", fragte Jack überrascht.

„Klar. Wenn man einmal weiß, wie es geht, ist das nicht schwer." Mitch lachte leise.

„Ich bin ein harscher Kritiker", warnte Jack ihn. „Weil ich viel Zeit in Paris verbracht habe." Das war zu seiner Zeit als Auslandskorrespondent gewesen.

„Kumpel, ich glaube, du wirst überrascht sein", erwiderte Mitch grinsend.

„Wenn sie so gut sind wie der Kaffee, bin ich dabei." Jack streckte eine Hand aus, um Scout hinter dem Ohr zu kraulen.

„Und ich bringe Wasser und einen Snack für den Hund", sagte Mitch.

Jack ging nach draußen und setzte sich an einen Tisch,

von dem aus Scout die über ihnen fliegenden Möwen und die Leute beobachten konnte, die ihre Handtücher für einen Tag am Strand ausbreiteten. Bennett tätigte den versprochenen Anruf.

Ein paar Minuten später legte er auf. „Ginger meinte, sie würde sich gerne mit dir unterhalten, und fragte, ob du nach dem Frühstück vorbeikommen möchtest."

„Ich hoffe, es ist nicht zu früh." Es war erst acht Uhr, und das hier war ein Strandort.

Bennett winkte ab. „Ich sehe sie oft in der Früh am Strand. Und sie hätte es nicht angeboten, wenn sie es nicht so gemeint hätte."

Während sie auf ihr Essen warteten, unterhielten sie sich. Jack erzählte von seiner Auszeit. „Es ist das erste Mal, dass ich die Chance habe, mich außerhalb meines Jobs aufs Schreiben zu konzentrieren."

„Was genau schreibst du denn? Ich meine, wenn du darüber reden kannst."

Jack schüttelte den Kopf. „Lustigerweise weiß ich es noch nicht. Ich habe so viele Ideen, aber ich brauche Zeit, sie durchzugehen und mich für etwas zu entscheiden."

„Schreibst du jeden Tag oder wartetest du darauf, dass dich die Muse küsst?"

„Wenn ich in meinem Beruf auf die Muse warten würde, würde ich verhungern." Jack ging es finanziell ziemlich gut, was vor allem daran lag, dass er keine Zeit hatte, sein Geld auszugeben. Er reiste mit leichtem Gepäck – keine Frau, kein Haus, keine Studiengebühren.

Mitch rief ihre Bestellung aus.

„Ich gehe schon." Bennett stand auf.

Scout, der zu Jacks Füßen lag, hob den Kopf, wie um zu fragen, wo sein Essen blieb. „Das kommt noch, mein Junge", beruhigte Jack ihn.

Während Jack die heranrollenden Wellen beobachtete, dachte er wieder an die Frau, die er im Inn getroffen hatte.

Marina. Sie hatten nur wenige Worte gewechselt, aber irgendetwas an ihr faszinierte ihn.

Nicht, dass er sie je wiedersehen würde. Denn eines hatte er gelernt: Wenn man eine Frau in einem Hotel traf, waren beide auf der Durchreise.

„Was auch in Ordnung ist", murmelte er vor sich hin. Er hatte sowieso zu viel zu tun.

5

Marina wurde von Stimmen vor ihrem Fenster geweckt. Sie schaute auf den alten Wecker auf dem Nachttisch. Es war beinahe zehn. Vorhin hatte sie ihren Alarm ausgestellt, weil sie den Schlaf brauchte. Ginger hatte ihr gestern Abend erlaubt, ein wenig in Selbstmitleid zu baden – *Komm, lass es raus*, waren ihre Worte gewesen, während sie ihr Wein nachgeschenkt hatte.

Nun streckte sie sich unter der Daunendecke mit dem weißen Baumwollbezug und schaute sich in dem Zimmer um, in dem sie als Kind immer übernachtet hatte.

Auf dem Fensterbrett standen immer noch die Einmachgläser mit ihrer Muschelsammlung. Ein ausgewaschenes Sommerkleid hing an dem antiken Holzschrank, und neben der Tür stand ein Korb mit Flipflops. Die Wände zierte eine Bordüre, die Ginger mit codierten Nachrichten bemalt hatte, die Marina immer zum Lächeln brachten.

Sie schwang die Beine über die Kante des alten, schmiedeeisernen Betts und setzte ihren verletzten Fuß vorsichtig auf. Der Knöchel schmerzte schon nicht mehr ganz so stark. Dafür pochte ihr Kopf ein wenig von dem Wein.

Oder von Gingers *Coral Cottage Coolers*, die sie zuerst getrunken hatten? Vorsichtig hüpfte Marina über den Holzfußboden und zog die blauen Vorhänge beiseite, um die Morgensonne hereinzulassen. Vor dem Haus stand ein alter VW-Bus, doch von Ginger und ihrem Gast war nichts zu sehen. Vielleicht waren sie hinten. Marina schob das Fenster auf und wurde sofort von einer frischen Brise umweht.

Sie streckte sich im Sonnenschein wie eine Pflanze nach einem langen Winter. Das Essen am Vorabend war köstlich gewesen. Ginger hatte gegrillten Lachs, Gemüse und braunen Reis serviert, und Marina hatte sich nicht nur nachgenommen, sondern dazu auch frisches, dick mit Butter bestrichenes Sauerteigbrot genossen. Und dann war da noch das unwiderstehliche Schokomousse mit Schlagsahne und Streuseln aus Maya-Schokolade gewesen. Von dem Wein ganz zu schwiegen.

Bei ihrer zierlichen Figur musste Marina immer darauf achten, was sie aß. Es half auch nicht, dass die Kamera sie im Gesicht immer fülliger hatte wirken lassen. Gestern Abend war sie so erleichtert gewesen, dass sie endlich einmal hatte essen können, was sie wollte. Und heute Abend würde sie es genauso machen.

Denn seit beinahe zwei Jahrzehnten war sie ständig hungrig.

In San Francisco hatte Marina an den Wochenenden meistens Bauernmärkte besucht, von denen es in ihrem Viertel eine ganze Menge gab. Oder sie war zu dem Markt am Ferry Building gegangen, immer auf der Suche nach frischem Gemüse und handgemachten Spezialitäten. Sie liebt es, mit Rezepten zu spielen und sich neue Gerichte einfallen zu lassen. Das Vergnügen auf den Gesichtern ihrer Kinder und Freunde zu sehen war ihre schönste Belohnung.

Jetzt entschied sie, dass sie sich das Recht verdient hatte, sich kleine Speckröllchen anzufuttern, wenn sie wollte.

Wenn sie einen Job in einem kleineren Markt finden würde, wären die

Erwartungen an sie vielleicht nicht ganz so hoch, was ihr nur recht wäre. Doch selbst wenn ihre Agentin innerhalb von sechs Monaten oder einem Jahr eine neue Position fand, blieb die Frage, ob sie überhaupt in ihren alten Beruf zurückkehren wollte?

Und wenn nicht, was würde sie dann tun? Trotz ihres Studiums in Kommunikationswissenschaften hatte sie es damals, als sie und Stan noch jung gewesen und kreuz und quer durchs Land gezogen waren, geliebt, in Cafés zu arbeiten. Sie hatte oft lachend mit Stan darüber diskutiert, dass Essen für sie eine Form von interkultureller Kommunikation war.

Am glücklichsten war sie schon immer gewesen, wenn sie in der Küche herumwerkeln und kochen konnte. Doch das bezahlte keine Rechnungen. Für ein paar Minuten drehte sie diesen Gedanken in ihrem Kopf hin und her. Gingers Worte kamen ihr wieder in den Sinn: *Probleme lösen sich nicht von allein.*

Schließlich schnappte sie sich ihre Krücken und humpelte durch das Haus, das sie so sehr liebte. Der Frühlingsputz war für Ginger ein heiliges Ritual. Sie holte die weißen Überzüge heraus, die sie über die modernen Möbel aus der Mitte des letzten Jahrhunderts legte, die schon seit Jahren zu dem Cottage gehörten. Angefangen hatte Ginger die Tradition als Schutz gegen nasse, sandige Badeanzüge, wenn die Mädchen für die Sommerferien eintrafen.

Aquamarinfarbene Kissen in Muschelform brachten Farbe in die weißen Überzüge, und der Kamin, vor dem sie am gestrigen Abend gesessen hatten, wurde von bunten mexikanischen Keramiken flankiert. Anthurien und Friedenslilien reinigten auf stille Weise die Luft, und ihre roten und weißen Blütenstände waren wie Wächter gegen den in der Luft liegenden Staub.

Im Haus war es ganz still. Marina setzte eine Kanne Kaffee auf, und während sie wartete, dass er durchlief, schaute sie aus dem Küchenfenster.

Ein großer, schlaksiger Hund buddelte energisch in Gingers frisch bepflanztem Garten.

Mithilfe ihrer Krücken humpelte Marina zur Küchentür, zog sie auf und wedelte mit den Armen. „Hey, du! Raus da!"

Der Labrador hob den Kopf und sah sie fragend an. Einige Setzlinge lagen abgebrochen und zertreten auf dem Boden, andere waren von den Pfoten nach hinten geschleudert worden und verwelkten langsam in der Sonne.

„Schluss damit!"

Der Hund rollte sich auf den Rücken, bevor er aufsprang und mit lauter Erde im Fell auf sie zugelaufen kam. Er schnappte nach dem Ende einer ihrer Krücken und kaute verspielt daran herum, bevor Marina ihn abschütteln konnte.

„Stopp. Aus. Sitz", sagte sie in der Hoffnung, dass er eines der Kommandos kannte.

Und tatsächlich, der Hund macht sofort Sitz – und zwar auf ihrem Fuß.

„Igitt, nasser Hund." Sie zog ihren Fuß zurück. Das Fell des Hundes war mit Sand und Gingers Biokompost verkrustet; vermutlich war er vorher am Strand herumgetollt, bevor er hier in den Garten gekommen war.

„Wo ist dein Herrchen?" Sie schaute in Richtung Strand, doch da war niemand, der aussah, als würde er nach seinem Hund suchen. Sie würde sich also wohl auf die Suche nach dem Besitzer machen müssen.

Und das, wo sie nur eine winzige Schlafshorts und ein etwas eingelaufenes Tanktop mit dem Wort *Dream!* in pinken Pailletten trug, das vermutlich ihre Schwester Kai hiergelassen hatte. Sie streckte einen Arm in die Küche und nahm sich ein paar Flipflops aus dem dort stehenden Korb.

„Komm mit. Vielleicht gehörst du irgendjemandem da draußen."

Der Hund sah sie hechelnd an, was ihn aussehen ließ, als würde er grinsen.

„Mit diesem albernen Gesichtsausdruck musst du ein Junge sein." Sie beugte sich vor. „Jupp. Definitiv ein Rüde. Okay, los. Komm. Oder bei Fuß. Kennst du diese Kommandos?"

Sie schlug sich gegen den Oberschenkel und ging los. Der Hund folgte ihr tatsächlich zum Strand. Mit Krücken im Sand zu gehen war nicht leicht.

Sie sah Leute und rief ihnen zu: „Hat jemand von Ihnen einen Hund verloren?"

Ein paar Köpfe drehten sich in ihre Richtung, aber niemand meldete sich. Also drehte sie sich um, und kurz darauf rannte der Hund in Richtung Wasser und sprang hinein.

„Danach ist er wenigstens ein bisschen sauberer", murmelte sie.

Doch die Freude darüber währte nicht lange, denn nachdem der Hund sich geschüttelt hatte, ließ er sich fallen und rollte sich wieder im Sand.

„Du bist ein kleiner Chaot. Komm, bei Fuß."

Der Hund gehorchte.

„Zum Glück hat dich jemand ausgebildet. Ich wünschte, derjenige hätte dir auch beigebracht, Gärten zu respektieren."

Marina humpelte zum Cottage zurück. Sie glaubte, in einer der Küchenschubladen eine Leine gesehen zu haben. Nach einer kurzen Suche fand sie sie. Gerade, als sie die Leine herausnehmen wollte, ging die Hintertür auf.

Da sie dachte, es wäre Ginger, drehte Marina sich um. „Hast du den Hund ... nein!"

Der Hund hatte es irgendwie geschafft, die Tür zu öffnen, und schlenderte durch die Küche. Marina versuchte, ihn zu fassen zu kriegen, doch er entwand sich ihr und tapste mit klappernden Krallen in Richtung Wohnzimmer.

„Stopp!", rief sie, doch es war zu spät.

Er war auf die Couch gesprungen und rollte sich dort nun zusammen, als fordere er sie heraus, zu versuchen, ihn zu vertreiben. Seine Zunge hing seitlich aus dem Maul, und er grinste sie wieder an.

„Runter", sagte sie mit fester Stimme, wobei sie mit den Fingern schnippte und auf den Boden zeigte.

Der Hund legte den Kopf auf die Vorderpfoten und sah sie aus großen Welpenaugen an. „Nein, so nicht." Sie humpelte zu ihm und packte ihn am Nackenfell, um ihn von der Couch zu ziehen.

Doch er rührte sich nicht. Marina verlor das Gleichgewicht und fiel auf ihn. Nasser Sand und Hundehaare klebten an ihrem Top und ihrem Dekolleté. Prustend spuckte sie ein paar Hundehaare aus.

„Das ist doch lächerlich."

Der Hund rieb seinen Kopf an ihrem Gesicht und schleckte ihr dann über die Wange.

„Hör auf damit. Auf Küsse falle ich nicht mehr herein." Sie verschränkte die Arme und sah ihn an. Der Hund wog beinahe so viel wie sie und war zweifelsohne muskulöser, also würde sie mit reiner Kraft nicht weiterkommen.

Seufzend hüpfte sie in ihr Zimmer, um ihr Handy zu holen. In Summer Beach gab es doch sicherlich einen Verein, der sich um entlaufene Tiere kümmerte. Dann kehrte sie ins Wohnzimmer zurück, um den Hund im Auge zu behalten. Jetzt, wo sie auch voller Sand war, gab es nur einen Platz, an den sie sich setzen konnte, ohne noch einen Überzug dreckig zu machen.

Neben dem Hund.

„Sorry, dass ich dich ins Hundegefängnis schicke, aber wir müssen deinen Besitzer finden." Sie fing an, im Internet nach einer Nummer zu suchen.

In dem Moment ging die Haustür auf und Ginger trat ein. Als sie Marina und den Hund sah, riss sie die Augen auf. „Was um alles in der Welt ist denn hier los?“

Hinter ihr stand der freche Kerl aus dem Inn. *Jack.*

„Hey Scout, komm her.“ Er funkelte Marina an. „Was haben Sie mit meinem Hund gemacht?“

Der Hund sprang von der Couch und rannte auf Jack zu.

„Sitz“, sagte er, und sofort setzte Scout sich zu seinen Füßen.

„Was *ich* gemacht habe?“ Sie zeigte in Richtung Garten. „Ihr Hund hat den frisch gepflanzten Garten meiner Großmutter zerstört.“

Ginger verdrehte die Augen. „Ach je. Nun ja, dann pflanzen wir eben neu. Ich hatte gerade erst angefangen, so schlimm ist es also nicht.“

Marina erwiderte Jacks bösen Blick und wedelte mit ihrem Handy.

„Sie können Ihren Hund nicht einfach so frei herumlaufen lassen. Ich wollte gerade das Tierheim anrufen.“

„Er lief nicht frei herum“, wehrte Jack sich. „Er war im Gästehaus.“

Marina verschränkte die Arme vor der Brust. „Warum?“

„Weil Mr. Ventana das Häuschen gemietet hat“, erklärte Ginger. „Wir sind zur Bank gegangen, damit er Geld holen konnte.“

„Bitte nennen Sie mich Jack, Ma’am.“

Ginger presste eine Hand an ihre Brust und lächelte. „Und du kannst mich Ginger nennen.“ Dann wandte sie sich wieder an Marina. „Marina, ich weiß, dass du Hunde liebst, aber du hättest ihn nicht hier hereinlassen dürfen. Jetzt musst du den Überzug waschen.“

Marina stand auf, wobei sie leicht zusammenzuckte. Der Knöchel war doch noch nicht so weit geheilt, wie sie gedacht hatte. Auf Scout zeigend sagte sie. „Dieser Hund kann Türen öffnen. Ich habe nach einer Leine gesucht, als er die Hintertür aufgemacht hat und an mir vorbei zum Sofa gerannt ist."

„Es sieht so aus, als hätten Sie mit Scout gerungen." Mit einem kaum unterdrückten Lächeln nickte Jack in Marinas Richtung.

„Nettes Outfit übrigens."

„Ach, halten Sie den Mund." Marina zog den Ausschnitt des Tanktops höher, der, wie sie jetzt feststellte, heruntergerutscht war. Sie spürte, wie ihr Blutdruck stieg.

„Marina, das ist keine Art, mit unserem Gast zu reden", rügte Ginger sie. „Warum nimmst du nicht ein Bad, während ich das Frühstück zubereite?"

„Er bleibt hier?" Marina warf Jack einen Blick zu.

„Natürlich. Er zieht heute ein."

„Wir haben doch gerade erst darüber gesprochen", sagte Marina. „Meinst du nicht, dass du vorher mit mir darüber hättest reden sollen?"

Ginger sah sie gezielt an. „Du solltest noch mal über das nachdenken, was du da gerade gesagt hast." An Jack gewandt fügte sie an: „Sie müssen die Manieren meiner Enkelin verzeihen. Sie hat gerade ihren Job verloren."

„Das ist bestimmt hart", sagte Jack. Und an Marina gewandt: „Ich dachte doch, dass ich Sie von irgendwoher kenne."

Marina wünschte, sie könnte im Erdboden verschwinden. Er hatte das Meme gesehen. Oder die Late-Night-Show. Oder sogar beides.

Er befestigte die Leine an Scouts Halsband und ging mit ihm nach draußen.

Durch das Fenster sah Marina, dass er Scout an der Hollywoodschaukel anband, bevor er wieder hereinkam. Stöhnend humpelte sie in die Küche. So eine Aufregung, und das bevor sie ihren ersten Kaffee gehabt hatte. Schnell schenkte sie sich einen Becher ein, doch es war schwer, ihn mit Krücken zu tragen.

Jack sah, dass sie Probleme hatte, und sagte: „Lassen Sie mich das machen. Wo wollen Sie hin?"

„Zurück ins Bett." Sie machte sich auf in Richtung ihres Zimmers. „Wenn Sie schon eine Bestie in unserer Mitte losgelassen haben, können Sie sich wenigstens nützlich machen."

Jack folgte ihr in ihr Zimmer und stellte den Becher auf den Nachttisch.

„Danke", murmelte sie. Wenn sie nicht verkatert wäre, verzweifelt einen Schuss Koffein bräuchte und nach *Eau de nasser Hund* riechen würde, hätte sie vielleicht über die absurde Situation gelacht.

„Kann ich sonst noch etwas für Sie tun?", fragte Jack und verbeugte sich.

„Das bezweifle ich." Sie ließ ihre Krücken fallen.

Und dann fiel es ihr auf. Jack hatte das gleiche alberne Grinsen wie sein Hund. „Bitte machen Sie die Tür hinter sich zu."

Nachdem er gegangen war, trank sie einen großen Schluck Kaffee, bevor sie ihre stinkenden Klamotten auszog. Sie ließ sich ein schnelles Bad ein, schlüpfte danach in ihren Morgenmantel und ging ins Bett zurück, um ihren inzwischen nur noch lauwarmen Kaffee auszutrinken.

Sie hörte Ginger in der Küche lachen und reden, und Jack, der sie mit Fragen bombardierte. Da fiel es ihr wie Schuppen von den Augen.

Jack flirtete mit Ginger.

Die Augen leicht zusammengekniffen fragte sie sich, was er im Schilde führte. Sie hatte oft genug von Fällen gehört, in denen sich jüngere Männer an ältere Frauen ranmachten.

Normalerweise nahm das kein gutes Ende. Ab und zu endeten die Folgen dieser Beziehungen in den Frühnachrichten, weil ein Partner erschossen, erwürgt oder vergiftet worden war.

Marina schüttelte sich. Könnte Ginger in Gefahr sein? Vielleicht war sie übervorsichtig, aber sie würde definitiv eine Internetrecherche über diesen Mann durchführen.

Obwohl ihr Magen nach Frühstück schrie, schloss Marina die Augen und versuchte, Jack mit Gedankenkraft dazu zu bringen, zu gehen, damit sie in die Küche zurückkehren konnte.

Dann klingelte ihr Handy, und sie ging ran. „Hallo Kai, wie ist das Theaterleben?" Nach dem Telefonat mit Heather hatte sie ihrer jüngsten Schwester eine Nachricht geschickt, um ihr zu sagen, dass es ihr gut ginge und sie in Summer Beach wäre. Mit Brooke, die mit ihrer Familie alle Hände voll zu tun hatte, hatte sie ebenfalls geschrieben.

„Hey du. Schön, deine Stimme zu hören", kam Kais melodische Stimme durch die Leitung.

„Sorry, dass ich euch Sorgen gemacht habe."

„Ich bin froh, dass es dir gut geht", sagte Kai. „Hat Ginger dir erzählt, was passiert ist?"

Marina setzte sich auf und umklammerte ihr Handy fester. „Was ist los?"

„In dem letzten Theater, das für das Musical gebucht war, hat es ein Feuer gegeben, und nun ist es wegen Renovierung geschlossen. Das bedeutet, ich habe den ganzen Sommer offiziell frei und komme für ein paar Wochen zu euch."

„Wann?" Marina zog die Beine unter. Abgesehen von Feiertagen hatten Kai und sie seit ihrer Kindheit nur selten Gelegenheit gehabt, Zeit miteinander zu verbringen.

„Ich bin schon fast da!" Kai quiekte beinahe vor Aufregung. „Ich habe eine Mitfahrgelegenheit vom Flughafen gefunden und bin bereits auf dem Weg. Wir werden diesen Sommer über so viel Spaß haben."

Marina hätte ihre Schwester vom Flughafen abholen

können, aber Kai war genauso unabhängig wie Ginger. Dennoch stieg ihre Laune sofort. Kai war immer die Entertainerin der Familie gewesen. Schon mit drei Jahren hatte sie in ihrem Kindersitz im Auto gesessen und aus voller Kehle Kinderlieder gesungen, während ihre Eltern mit eingefallen waren. Mit sieben hatte sie jeden Disney-Song gekannt, und mit zwölf war sie auf Musicals umgestiegen. Kais natürliche Ausgelassenheit hatte sich ihr ganzes Leben lang in Singen und Tanzen manifestiert.

Nachdem sie aufgelegt hatte, ging Marina in das Zimmer nebenan und öffnete die Fenster, um den Raum zu lüften.

Von draußen drangen Stimmen herein.

„Hey, hallo schöner Mann", hörte sie Kai flirtend sagen. „Bist du ein Freund von Ginger?"

Marina schaute hinaus. Kai war in einer Glitzerwolke mit einem Haufen Gepäck im Leopardenmuster angekommen. Bei ihr standen Jack und Scout.

Jack hakte die Daumen in die Gürtelschlaufen seiner Jeans. „Ich habe gerade das Gästehaus über den Sommer gemietet."

Kai streckte ihm die Hand hin. „Ich bin Kai, Gingers Enkelin."

Jack nahm ihre Hand und grinste dabei wie sein Hund. „Jack Ventana."

Die Haustür ging auf, und Ginger kam mit ausgebreiteten Armen heraus. „Hallo mein Liebling. Wie ich sehe, hast du meinen neuen Sommermieter schon kennengelernt. Jack schreibt ein Buch." Sie umarmte ihre Enkelin und gab ihr einen Kuss auf die Wange.

Marina verdrehte die Augen. Sie spürte schon die Probleme, die auf sie zukommen würden. Sie trat näher ans Fenster und rief hinaus: „Kai, dein altes Zimmer ist fertig!"

„Ich komme sofort." Kai warf einen Blick auf ihr Gepäck, dann sah sie Jack an. „Wärst du so lieb und …?"

„Natürlich." Jack grinste. „Ich kenne den Weg."

Nachdem er Kais Koffer hereingebracht hatte und wieder gegangen war, machte Marina es sich auf der weißen Chenilledecke auf dem Bett gemütlich und beobachtete ihre Schwester beim Auspacken.

Das Tanzen in einem Musical-Ensemble sorgte dafür, dass Kai in fabelhafter Form war. Sie war die größte der drei Schwestern und kam ganz nach Ginger. Ihre fuchsroten Haare fielen ihr über den Rücken, und ihre grünen Augen funkelten oft schelmisch.

Marina betete ihre lebhafte jüngere Schwester an, aber sie fragte sich auch oft, ob Kai wirklich glücklich war oder nur einfach rund um die Uhr beschäftigt.

Nachdem sie den großen Koffer geöffnet hatte, nahm Kai ein paar schicke Cocktailkleider samt Kleiderbügeln heraus und hängte sie in den Schrank. Die Kleider passten eher in eine glitzernde Metropole als in einen trägen kalifornischen Strandort.

„Du packst wie ein Profi", sagte Marina bewundernd.

Kai hielt inne und stemmte die Hände in die Hüften. „Wenn man so viel reist wie ich, lernt man, in Rekordzeit ein- und auszupacken." Sie warf zwei Netztaschen mit Reißverschluss, in denen sich ihre Dessous befanden, in eine Kommodenschublade. Aus einem anderen Koffer holte sie kleinere Taschen mit Jeans und T-Shirts darin. Und aus dem kleinsten Koffer folgten schließlich ihre High Heels, Ballerinas und ihr Kosmetikkoffer. Was Effizienz anging, war sie sogar Ginger um Längen voraus.

„So", sagte sie schließlich und rieb sich die Hände. „Alles in weniger als fünf Minuten erledigt. Warst du schon im Ort?"

„Mit diesem Knöchel? Nein. Willst du dich nicht umziehen? Glitzer und Gold könnten für den Strand ein bisschen zu viel sein."

„Oh, stimmt ja." Kai schlüpfte aus ihren High Heels

und ihrer Reisekleidung und zog sich schnell ein butterblumengelbes Sommerkleid über, das ihre Haarfarbe betonte.

„Ich habe dich mit Jack flirten gehört", sagte Marina. „Hallo mein Schöner."

„Ehrlich gesagt habe ich mit dem Hund gesprochen." Kai grinste. „Eifersüchtig?"

„Jack sieht vielleicht gut aus, aber er ist nicht mein Typ", wehrte Marina ab.

„Für mich ist er viel zu alt." Ein Strahlen ging über Kais Gesicht. „Er hat ungefähr dein Alter, oder?"

„Autsch. Du jetzt auch?"

Kai lachte. „Das war nicht so gemeint. Aber nach dem Grady-Debakel hast du dir diesen Sommer ein wenig Spaß verdient."

„Aber nicht mit dieser Art Mann", sagte Marina kopfschüttelnd. „Außerdem muss ich einen neuen Job finden."

„Du klingst nicht so, als würdest du dich darüber freuen." Kai hängte ihre Reisekleidung auf und drehte sich dann zu Marina um, wobei sie ihre fein gezeichneten Augenbrauen hob. „Findest du es nicht interessant, dass Brooke als Einzige von uns glücklich verheiratet ist?"

„Du vergisst, dass ich das einst auch war."

„Ich weiß." Sie setzte sich neben Marina und nahm ihre Hand. „Aber das ist so lange her."

„Achtzehn Jahre." Marina blinzelte. *Und es kommt mir immer noch so vor, als wäre es erst gestern gewesen.* Jedes Mal, wenn sie ihre Kinder anschaute, sah sie ihren Ehemann in ihnen. Ihr Lächeln und die blau-grauen Augen hatte Heather von Stan, und Ethan war beinahe sein genaues Ebenbild – bis hin zu seinem Golfschwung. Es war nahezu unheimlich, wie Ethans Bewegungen denen von seinem Vater glichen; als wäre jede Muskelerinnerung mit der DNA weitergegeben worden. Stan war alles gewesen, was sie je in einem Mann gewollt hatte; er war gütig und ausgeglichen und hatte einen großartigen Sinn für Humor gehabt.

„Dieser Grady war nie gut genug für dich", sagte Kai. „Hattest du mit ihm wenigstens Spaß?"

„Er war anders, das steht mal fest. Er hat mir vom ersten Date an seine unsterbliche Ergebenheit erklärt. Jetzt weiß ich, dass ich solch schnellen Liebeserklärungen keinen Glauben schenken darf." Sie verzog den Mund. „Ich war wirklich zu alt, um darauf reinzufallen."

„Du warst nur aus der Übung." Kai legte ihren Kopf an Marinas Schulter. „Würdest du mich für verrückt halten, wenn ich dir sage, dass ich mit einem ähnlichen Problem zu kämpfen habe?"

„Du triffst dich mit jemandem?"

Kai spielte mit einer Haarsträhne. „Es ist alles so schnell gegangen. Wir gehen gerade mal seit einem Monat miteinander, und er hat mir schon einen Antrag gemacht."

„Und was hast du gesagt?"

Kai stand auf und öffnete ihre Handtasche. Sie nahm ein kleines Kästchen heraus und ließ den Deckel aufschnappen. Ein großer, von Diamanten umgebener Smaragd funkelte im Sonnenlicht. „Was sollte ich dazu sagen?"

„Wow, das ist mal eine Ansage", sagte Marina. „Aber du trägst ihn nicht. Was so einiges aussagt."

Kai steckte den Ring wieder weg. „Ich bin mir nicht sicher."

„Warum die Eile?", wollte Marina wissen.

Kai schüttelte den Kopf. „Es ist kompliziert. Ich erzähle es dir später. Komm, lass uns gucken, was Ginger so treibt."

6

Jack schaute auf und sah Mitch quer über die Terrasse des Java Beach auf sich zukommen. Er schob sein Notizbuch zur Seite. Zwar hatte er vorgehabt, zu schreiben, aber in seinem Kopf kreisten zu viele Gedanken, als dass er sich hätte konzentrieren können. Deshalb hatte er nur kleine Skizzen von Möwen für seine Nichten und Neffen in Texas gezeichnet.

Jack musste mit jemandem reden, der über mehr Erfahrung mit seiner ungewöhnlichen Situation verfügte als er.

„Einmal das heutige California-Omelette mit einem getoasteten Zwiebelbagel“, sagte Mitch und stellte den Teller vor Jack auf den Tisch. Sein Batik-T-Shirt war ein bunter Fleck an diesem bewölkten Morgen.

„Super, danke.“ Jack hätte sich auch etwas in der kleinen Küche in seinem Ferienhäuschen kochen können, aber er mochte es, zu Fuß hierher zu gehen und den Unterhaltungen um sich herum zu lauschen. So fühlte er sich weniger allein. Mit einem Blick auf die großzügige Portion sagte er: „Wenn das hier Frühstück ist, was gibt es dann zum Dinner?“

„Java Beach ist abends geschlossen“, erklärte Mitch.

„Anfangs war ich ganz allein und konnte nur eine gewisse Anzahl an Stunden pro Tag arbeiten, wenn ich das Leben hier ein bisschen genießen wollte. Ich habe ein Boot, mit dem ich an ein paar Nachmittagen in der Woche Touristen mit aufs Meer nehme."

„Klingt, als wärst du ziemlich beschäftigt."

„Ach, heute ist es nicht so schlimm wie sonst." Mitch zog die Stirn kraus, und Jack entdeckte einen Anflug von Besorgnis in der Miene seines neuen Freundes.

„Gibt es dafür einen speziellen Grund?"

Mitch zeigte mit dem Daumen in Richtung Süden. „Die angrenzende Gemeinde hat ein paar große Läden und Restaurant-Ketten hereingelassen, die mit billigen Angeboten werben und uns die Touristen sowie einige der Einheimischen klauen. Heute ist *Frühstück ohne Ende*-Tag."

„Ich verstehe nicht, wie jemand mehr wollen kann als das hier", sagte Jack und zeigte auf sein Omelett.

„Ich weiß. Aber davon sind mehrere der örtlichen Restaurants und Läden betroffen. Einige werden den Verlust vermutlich nicht überstehen."

„Das ist hart." Sofort fühlte Jack sich schrecklich. Er hatte vorgehabt, zu einem der großen Läden zu fahren, um die Pflanzen für Gingers Garten zu ersetzen. Er streckte eine Hand nach unten und gab Scout ein Stück krossen Bacon. „Sag mal, gibt es hier im Ort ein Gartencenter?"

„Darauf kannst du wetten. *The Hidden Garden* ist ungefähr drei Blocks entfernt auf der linken Seite. Sag Leilani und Roy, dass ich dich geschickt habe."

„Meinst du, die haben auch Gemüsepflanzen?"

„Die besten. Da bekomme ich meine auch her." Er nickte zu dem Hochbeet, das vor Kräutern und jungen Gemüsepflanzen nur so barst. „Was willst du anpflanzen?"

Jack fuhr sich mit der Hand durch die zerzausten Haare. „Vermutlich Tomaten, Paprika und das Übliche. Ich habe Ginger versprochen, die Pflanzen zu ersetzen, die

Scout aus ihren Beeten ausgebuddelt hat." Bei der Erwähnung seines Namens hob Scout den Kopf. „Ja, ich rede von dir, Großer. Wer hätte geahnt, dass dieser Hund weiß, wie man Türen öffnet?" Er musste jetzt immer sicherstellen, dass seine Tür abgeschlossen war, wenn er Scout allein ließ.

Mitch verzog mitfühlend das Gesicht. „Oh, habt ihr einen rauen Start gehabt?"

„Ginger ist super, aber ihre Enkelin befindet sich in ständiger Angriffshaltung." Jack schüttelte den Kopf. „Ich bin mir sicher, dass sie wütend ist, weil sie ihren Job verloren hat, und ich fürchte, ich habe in der Sache nicht wirklich geholfen. Kennst du Marina?"

„Nicht wirklich. Kai kommt im Sommer immer in den Spielpausen vorbei, aber auch sie sehe ich meist nur mit Ginger zusammen. Ich glaube, Ivy kennt Marina noch von früher." Eine Frau mit königsblauen Haaren und einer mit Strasssteinen besetzten Sonnenblende rief nach Mitch. Er warf ihr einen Blick zu und sagte dann zu Jack: „Ich muss eben nach Darla sehen, aber lass mich wissen, wenn du noch was brauchst."

Jack machte sich an sein Omelett, das ebenso leicht und voller Aromen war wie alle, die er bisher hier gegessen hatte. Heute war es mit Frühlingszwiebeln, orangenen Tomaten und Lachs gefüllt. Dazu gab es cremige Avocadoscheiben und orangen Tobiko, einen Kaviar, den er auch oft für sein Lieblingssushi bestellte. Eines war klar: verhungern würde er in Summer Beach nicht.

Gerade hatte er aufgegessen, als sein Handy klingelte.

„Jack."

„Hi. Mein Name ist Imani Jones. Mir scheint, wir haben einen gemeinsamen Freund in L.A."

Das war die Anwältin, die sein Freund ihm empfohlen hatte. „Danke für den Rückruf", sagte er. „Besteht die Chance, dass wir uns heute auf einen Kaffee treffen? Es dauert nicht lange, aber ich könnte einen guten Rat gebrauchen."

Sie zögerte. „Um was für ein Problem handelt es sich?"

„Das Thema ist ein wenig sensibel." Jack senkt die Stimme. „Können wir das persönlich besprechen?"

„Okay. Aber nur damit Sie es wissen, ich praktiziere quasi nicht mehr", erwiderte Imani. „Das Hamsterrad habe ich in der Stadt zurückgelassen. Sie können aber gerne bei *Blossoms*, meinem Blumenstand im Ort, vorbeikommen. Dann können wir uns unterhalten und ich kann Ihnen eine Richtung weisen."

„Das wäre super. Wo finde ich *Blossoms*?"

„Wo sind Sie jetzt?"

„Im Java Beach."

„Ah, grüßen Sie Mitch lieb von mir. Gehen Sie einfach am Eisenwarenhandel *Nailed It* vorbei in Richtung Strand. Mein Stand ist nicht zu übersehen."

„Und wie erkenne ich Sie?" Zu spät erkannte er, dass das eine dumme Frage war.

„Sie sind noch nicht lange in Summer Beach, oder?"

„Nein, Ma'am."

„Halten Sie Ausschau nach einer Frau mit langen schwarzen Haaren und einem Sonnenhut."

„Ich bin der Kerl mit dem gelben Labrador."

Sie lachte. „Das habe ich schon gehört."

Nachdem er aufgelegt hatte, bezahlte Jack und verließ mit Scout an der Leine das Café. Noch nie hatte er sich in einer Situation wie dieser wiedergefunden, aber er war jemand, der sich seiner Verantwortung stellte. Auch wenn das hier eine enorme Verpflichtung darstellte, die sein Leben verändern würde. Auf dem Weg zu *Blossoms* wurde er von den unterschiedlichsten Gefühlen heimgesucht.

Imani hatte recht. Der Blumenstand war nicht schwer zu finden. Der Duft von Rosen, Lilien und Tuberosen lag in der Luft. Pfingstrosen und Sonnenblumen reckten ihre fröhlichen Blütenblätter der Sonne entgegen. In der Mitte von all dem stand eine Frau in einem pflaumenfarbenen Batik-kleid, die einen breitkrempigen Sonnenhut auf ihren langen Sisterlocks trug und sich um die Kunden kümmerte.

Jack wartete, bis sie für eine junge Frau einen Strauß gelber Rosen eingewickelt hatte. „Sind Sie Imani?"

„Ja. Und Sie müssen Jack sein." Sie schüttelte ihm die Hand. „Willkommen in Summer Beach. Bleiben Sie länger hier?"

Er erzählte ihr von seiner Auszeit. „Das könnte sich jedoch ändern – das hängt von der erwähnten Situation ab." Vielleicht müsste er nach Los Angeles zurückkehren.

„Und wie sieht diese Situation aus?"

Jack schaute sich um. Es war nicht so, dass er sich schämte, aber er war auch noch nicht bereit, eine große Verkündung zu machen. Bei seinen Besuchen im Java Beach hatte er schnell herausgefunden, dass sich Klatsch und Tratsch in Summer Beach schnell verbreiteten.

„Ich habe einen Anruf von einer Frau erhalten, die ich vor zehn Jahren kannte. Damals haben wir beide eine Geschichte an einem gefährlichen Ort verfolgt." Er hielt inne und erinnerte sich an die Pattsituation zwischen dem FBI und einer schwer bewaffneten, pseudo-religiösen Sekte. Zum Glück waren die Kinder frühzeitig freigelassen worden. Am Ende war niemand verletzt worden, doch die Anspannung war unerträglich hoch gewesen. „Jetzt geht es ihr nicht gut und sie hat ein paar letzte Wünsche, die mich betreffen."

„Und was sind das für Wünsche?"

Jack wusste nicht, wie er das erklären sollte. „Sie möchte, dass ich mich nach ihrem Tod um ihren Sohn kümmere." Er musterte Imani abwartend, doch sie ließ sich keine Reak-tion anmerken. Er würde wetten, dass sie gut im Pokern war.

Dann räusperte sie sich. „Das mag gefühllos klingen,

aber sind Sie sicher, dass die Frau kurz vor dem Tod steht oder ist das nur ein Trick, um finanzielle Unterstützung von Ihnen zu bekommen?"

Daran hatte Jack noch gar nicht gedacht, doch Vanessa war immer eine aufrechte Reporterin gewesen, die stets nach der Wahrheit gesucht hatte. „Ich glaube leider, dass es die Wahrheit ist."

„Wie alt ist das Kind?"

„Er ist zehn."

„Haben Sie ihn schon mal getroffen?"

„Nein."

Imani schwieg einen Moment. „Und warum glauben Sie, dass diese Frau ihr Kind jemandem geben würde, den sie seit Jahren nicht gesehen hat und selbst damals kaum kannte?"

Jack strich sich übers Kinn. „Sie glaubt, dass ich vielleicht der Vater des Kindes bin."

„Ah. Jetzt kommen wir langsam voran." Sie schenkte ihm ein mitfühlendes Lächeln. „Ist es das erste Mal, dass Sie von diesem Jungen hören?"

Jack nickte. „Ich hatte keine Ahnung von seiner Existenz. Als ich sie gefragt habe, warum sie es mir nicht erzählt hat, meinte sie, ihre Familie hätte das nicht gutgeheißen. Deshalb hat Vanessa nie versucht, mich zu kontaktieren." Er schüttelte den Kopf. „Ich wünschte, sie hätte es getan. Also zumindest, wenn sie sich sicher ist."

„Glauben Sie, das sie jetzt die Wahrheit sagt? Ich habe gehört, dass sie ein versierter Journalist sind, mit Pulitzerpreis und allem. Bestimmt haben Sie ein paar Ersparnisse."

„Stimmt", gab er zu. „Aber ich glaube nicht, dass es bei dieser Sache um Geld geht. Vanessa verdient selbst gut. Aber jetzt kämpft sie gegen eine seltene Krankheit. Ich bin mir nicht sicher, wie viel Zeit ihr noch bleibt, aber es ist nicht mehr lang und sie hat niemanden, der sich um ihren

Sohn kümmern kann. Sie meinte, sie wolle, dass er seinen Vater kennenlernt."

Er schluckte schwer. Es war für ihn unvorstellbar, sich allein so einer Situation stellen zu müssen, und sein Herz schmerzte für Vanessa und ihren Sohn. „Der Junge heißt Leonardo. Sie nennt ihn Leo."

Imani sah ihn eindringlich an, als versuche sie, in seine Seele zu schauen und die Aufrichtigkeit seiner Worte zu beurteilen. „Als Erstes sollten Sie die Vaterschaft sicherstellen. Und dann werden Sie – und ein Gericht – tun, was im besten Interesse des Kindes ist."

Jack nickte stumm. Neben ihm winselte Scout, als könne er seinen Schmerz spüren. „Sie meinen, einen DNA-Test?"

„Das ist eine Möglichkeit", sagte Imani. „Sie können auch eine freiwillige Vaterschaftserklärung abgeben. Ab dem Punkt haben Sie die legalen Rechte und Verantwortungen, die damit einhergehen, Eltern zu sein. Das bedeutet das Besuchs- und Sorgerecht sowie die finanziellen Verpflichtungen, die dazugehören."

Jack atmete hörbar aus. „Wenn ich das tue, ist ein Test nicht nötig?"

„Würden Sie es nicht lieber mit Sicherheit wissen wollen?"

„Das ist eine gute Frage, aber ich bin mir nicht sicher." So wie er die Sache sah, stand ein kleiner Junge kurz davor, ganz allein auf der Welt zu sein. Und Vanessa hatte ihn um Hilfe gebeten. Sie glaubte, dass er den Job übernehmen könnte. Wollte er die Sache mit einem Vaterschaftstest verkomplizieren?

„Entschuldigen Sie mich bitte", sagte Imani, als ein Mann bat, einen Strauß Lilien zu bezahlen.

Jack trat beiseite und wippte auf den Fersen, während er nachdachte. Vielleicht hatte Vanessa mehr Zutrauen in ihn, als gerechtfertigt war. Was, wenn er der Aufgabe nicht gewachsen war? Er hatte keinen Zweifel daran, dass es

Menschen gab, die geeigneter wären, sich um einen kleinen Jungen zu kümmern.

Und doch – wenn er wüsste, dass er der Vater wäre, würde Jack sich Sorgen machen, dass er sich in dem Gefühl des Vaterseins verlieren und dann nicht unbedingt das tun würde, was für den Jungen wirklich am besten wäre.

Seine investigativen Geschichten hatten ihn oft in letzter Minute in die entlegensten Gegenden geführt – er war noch nie der Typ für ein Häuschen mit Jägerzaun gewesen. Wenn er nicht zu seinem Nomadendasein zurückkehrte, was würde er dann tun? Ein Buch zu schreiben war sein Traum für eine sechsmonatige Auszeit gewesen, aber nicht für den Rest seines Lebens. Wenn er für ein Kind aufkommen müsste, könnte er nicht einfach in seinen VW-Bus steigen und mit Scout losfahren. Dann bräuchte er eine sichere Einkommensquelle.

Dieses Dilemma beschäftigte ihn schon seit Tagen. Als er erwähnt hatte, dass er nach Summer Beach fahren würde, hatte Vanessa gesagt, dass es dort ein Hospiz gab. Sie sehnte sich danach, Los Angeles den Rücken zu kehren und ihre letzten Tage an einem ruhigeren Ort am Meer zu verbringen. Was wäre, wenn er sie hierherholen würde?

Schuldgefühle stiegen in ihm auf. Sich hier zu verstecken und ein Buch zu schreiben kam ihm im Gegensatz zu dem, was Vanessa ertragen musste, auf einmal so trivial vor.

Als Imani zu ihm zurückkehrte, merkte Jack, dass er schon sehr viel ihrer Zeit in Anspruch genommen hatte. „Wie es aussieht, haben Sie einige Kunden", sagte er und blinzelte die in ihm aufwallenden Gefühle weg.

„Ich bin gleich bei Ihnen!", rief Imani einem für den Strand gekleideten Pärchen zu. Dann sah sie wieder Jack an. „Das Leben eines kleinen Jungen hängt womöglich an Ihnen und Ihrer Entscheidung. Ich würde gerne ausführlicher mit Ihnen darüber reden."

„Das wäre schön", sagte er. Er war erleichtert, endlich

eine Vertraute zu haben, denn er musste sich bald bei Vanessa melden.

„Ich rufe Sie später an", sagte Imani, bevor sie sich wieder ihren Kunden zuwandte.

Jack schlenderte durch das Dorf zum Gartencenter, wobei er sich die kleinen Läden anschaute. Er kam an *Antique Times*, Rosas Fisch-Taco-Stand, mehreren Boutiquen und der *First Summer Beach Bank* vorbei, zu der Ginger ihn am ersten Tag begleitet hatte.

Ein paar Minuten später sah Jack ein hölzernes Schild mit der Aufschrift: *The Hidden Garden*. Er musste den Kopf einziehen, um durch den rosenbewachsenen Torbogen zu gehen, und dann stand er auch schon mitten in einer Oase. Es gab Körbe mit violetten Petunien, Töpfe mit mauvefarbenen Hortensien und Eimer voller blutroter Bougainvilleas, die alle sehr gesund und gepflegt aussahen. Die Ruhe des Ortes spülte über ihn hinweg, und er hieß sie willkommen.

„Hallo. Suchen Sie nach etwas Bestimmtem?"

„Nach Gemüse", sagte Jack und drehte sich zu einem Mann seines Alters um, der robust und freundlich wirkte. „Was für ein toller Ort. Mitch vom Java Beach hat mich hergeschickt. Sind Sie Roy?"

„Schuldig", erwiderte der Mann. „Womit kann ich Ihnen heute helfen?"

„Dieser große Kerl hier", er kraulte Scout am Hals, „hat einen frisch angepflanzten Garten zerstört. Und ich muss ihn ersetzen."

„Wissen Sie, welche Pflanzen Sie dafür benötigen?"

„Ich habe die Überreste von Tomaten, Paprikas, Gurken und vermutlich noch ein paar anderen Dingen gesehen. Vielleicht kennen Sie Ginger Delavie?" Da das hier ein kleiner Ort war und die meisten einander kannten, dachte er, dass das ein guter Anfang wäre.

„Na sicher. Meine Frau hilft ihr normalerweise. Einen Moment." Roy winkte eine Frau herbei, deren dunkler, geflochtener Zopf mit Jasminblüten verziert war, was Jack an seine Reise nach Hawaii im letzten Jahr erinnerte, bei der er über einen aktiven Vulkan berichtet hatte.

„Leilani, erinnerst du dich noch, was Ginger für ihren Gemüsegarten gekauft hat?"

Sie näherte sich mit einem sonnigen Lächeln im Gesicht. „Na klar. Warum?"

Wieder kraulte Jack seinen Hund. „Mein Kumpel hier hat ihn zerstört und ich muss die Pflanzen ersetzen."

Leilani stemmte die Hände in die Hüften und bedachte Scout mit einem ernsten Blick. „Das machst du aber nicht wieder, oder?"

„Daran arbeiten wir." Jack sah Scout stirnrunzelnd an. „Er ist noch dabei, die Regeln zu lernen."

Leilani lachte. „Ringelblumen sind gut, um Hunde abzuhalten. Genauso wie andere Schädlinge. Die Blumen sind hübsch, aber ihr Geruch wirkt auf sie abstoßend. Die sollten wir Ihrer Bestellung definitiv hinzufügen. Sie können auch andere Maßnahmen treffen, wie zum Beispiel dornige Rosen zu pflanzen oder einen Zaun zu ziehen. Während Sie sich umschauen, gehe ich mal rein und gucke, ob ich Gingers Bestellung finde."

Roy nickte in Richtung seiner sich entfernenden Frau. „Sie wird sie finden. Leilani ist der organisierteste Mensch, den ich kenne. Sind sie im Urlaub oder wohnen Sie hier?"

„Ich habe den Sommer über Gingers Gästehäuschen gemietet", antwortete Jack. „Das ist der perfekte Ort, um ein wenig zu schreiben." Noch immer wusste er nicht, woher er Gingers Namen kannte, aber er hatte eine Menge alte Notizen, die er durchsehen konnte.

„Das stimmt." Roy hakte seine Daumen in die Taschen seiner Jeans. „Und wo sind Sie zu Hause?"

„Zuletzt in New York."

„Da gibt es guten Baseball, hm?"

Jack lachte leise. „Das kommt darauf an, für welche Mannschaft man ist."

Sie unterhielten sich ein wenig über die aktuellen Sportereignisse, dann kehrte Leilani zurück. Sie wedelte mit der Bestellung, als wäre es eine Trophäe. „Da haben wir es. Verschiedene Tomatensorten, Gurken, Paprika, Schnittlauch, Zwiebeln und noch ein paar andere Dinge. Wollen Sie das alles?"

„Ja. Und noch irgendetwas Besonderes", antwortete Jack und verlagerte unbehaglich das Gewicht. „Als Entschuldigung."

„Ginger hatte sich unsere Töpfe mit den roten Anthurien angeschaut, die toll für drinnen sind." Leilani zeigte auf eine üppige grüne Pflanze mit wächsernen roten Blüten. „Das wäre ein gutes *Es tut mir leid*-Geschenk."

„Die nehme ich." Jack war erleichtert, dass Leilani wusste, welche Pflanzen er ersetzen musste. „Und was immer Ihrer Meinung nach sonst noch dort wächst. Salat und Erdbeeren könnten sich in diesem Klima gut machen, oder?"

„Sicher. Leilani wird Ihnen helfen", sagte Roy. „Ich fahre heute Nachmittag Lieferungen aus, da kann ich alles bei Ihnen vorbeibringen."

„Super. Ich möchte die Sachen so schnell wie möglich pflanzen."

„Jack ist aus New York City", sagte Roy zu seiner Frau und zog eine Augenbraue hoch.

Leilani tauschte einen Blick mit ihm. „Jack, haben Sie jemals zuvor einen Garten angepflanzt?"

„Ja. Wobei das schon eine Weile her ist", gestand er. „Ich glaube, ich brauche auch ein paar dieser Rankhilfen."

„Wir liefern Ihnen besser ein paar Anleitungen mit", sagte sie und ging auf eine Reihe Pflanzen zu.

„Keine Sorge", wiegelte Roy ab. „Ginger hat auch ein paar gute Tipps."

Innerlich lachend dachte Jack daran, wie hart er in New York und Chicago daran gearbeitet hatte, sich seinen texanischen Akzent abzugewöhnen. Es war lustig, dass die Leute ihn damals als Landei angesehen hatten und ihn nun für einen Großstadtmenschen hielten.

Nachdem die Bestellung fertig war, kehrte Jack nach Hause zurück und fing an, einen Brief an Vanessa zu verfassen. Er hätte ihr auch eine E-Mail oder Textnachricht schicken können, doch die Worte per Hand zu schreiben gab ihm die Möglichkeit, innezuhalten und zu überlegen, wie er seine Gedanken am besten formulieren konnte. Er war beinahe fertig, als er Roy vorfahren sah. Schnell drehte er das Blatt Papier um und legte seinen Stift darauf.

Nachdem er sichergestellt hatte, dass Scout mit ausreichend Futter und Wasser versorgt war, schloss Jack die Tür ab, damit der Schlingel nicht wieder ausbrechen konnte, und ging nach vorne, um Roy in Empfang zu nehmen. Während er ihm half, die Pflanzen in den Garten zu tragen, kam Marina aus dem Haus. Unter einem Arm hatte sie ein Paar Ofenhandschuhe klemmen, und auf ihrem luftigen blauen Sommerkleid war ein bisschen Mehl. Durch das offene Küchenfenster wehte ein köstlicher Duft.

„Heute ohne Krücken?", sagte er freundlich.

Sie zuckte mit einer Schulter. „Der Knöchel ist schon wesentlich besser."

„Das ist gut."

„Wollen Sie die alle einpflanzen?", fragte sie.

„Darauf können Sie wetten." Das würde seine Hände beschäftigt halten, was die größte Herausforderung war, wenn man das Rauchen aufgab. Er schien ständig nach einer Packung Zigaretten zu greifen, die er aber klugerweise niemals in der Nähe hatte.

Roy überreichte ihm mehrere Seiten mit Pflanzanweisungen, die Leilani für ihn ausgedruckt hatte. Jack dankte ihm, faltete die Blätter und steckte sie in die hintere Tasche seiner Jeans. Dann hob er zwei große Anthurien an. „Die sind für Ginger", sagte er zu Marina. „Die gehören nach drinnen."

„Das war nett von Ihnen. Ich nehme sie." Marina schenkte ihm einen seltsamen Blick, bevor sie die Pflanzen in die Arme nahm und wieder im Haus verschwand.

„Viel Glück", sagte Roy. „Rufen Sie uns an, wenn Sie noch etwas brauchen."

„Danke. Das mache ich", versprach Jack und schlenderte in Richtung Garten. Vor dem Beet ging er in die Hocke und strich die Erde mit den Händen glatt. Er genoss das Gefühl des frisch umgegrabenen Bodens unter seinen Fingern. Mit dem Taschenmesser, das er immer in der Hosentasche trug, fing er an, im handbreiten Abstand kleine Löcher in die Erde zu stoßen.

Er war gerade bei der zweiten Reihe, als ein Schatten über ihn fiel. Er sah auf und schirmte die Augen gegen die Sonne ab.

Marina stand neben ihm, die Hände in die Hüften gestemmt. „Das kann nicht Ihr Ernst sein", sagte sie.

7

„ *D*ie Tomaten würden zu dicht beieinanderstehen",
sagte Marina und zeigte auf die entsprechenden
Pflanzen.

Ganz eindeutig hatte dieser Jack noch nie einen Garten
bepflanzt. Auch wenn Marina seit Jahren nicht mehr gegärtnert hatte – in San Francisco wohnte sie in einer Altbau-
wohnung mit Blick über die Bucht – hatte sie Ginger früher
oft geholfen, den Gemüsegarten anzulegen. Jack hatte nicht
einmal richtige Gartenwerkzeuge, sondern nutzte sein
Taschenmesser. Um Himmels willen!

„Das ist für den Koriander", sagte Jack und zeigte auf
die erste Reihe.

„Das ist aber kein Koriander." Neben den Löchern, die
er gemacht hatte, standen Tomatensetzlinge. Marina war
sicher, dass Jack keine Ahnung hatte, was er da tat.

Nun deckte er ein Loch zwischen zwei anderen wieder
zu. „Okay. Ist das besser?"

„Machen Sie einfach erst mal nicht weiter, okay?" Dieser
Kerl würde noch eine weitere Fuhre Pflanzen zerstören,
wenn sie nicht etwas unternähme. „Geben Sie mir eine

Minute, dann helfe ich Ihnen. Ich muss nur erst das Brot aus dem Ofen nehmen."

„Okay. Ich bereite schon mal die Pflanzen vor." Jack nahm einen Setzling aus seinem Topf.

„Seien Sie vorsichtig mit der armen Pflanze", bat Marina verzweifelt. Dann sah sie ein leichtes Grinsen um seine Mundwinkel. Diese kleine Bewegung erinnerte sie an Kai, die Marina oft darauf hinwies, wie herrisch sie war. Geschlagen hob sie die Hände. „Kommen Sie mit rein. Sie könnten ein Glas frische Limonade trinken, während Sie auf mich warten."

„Das klingt gut." Jack klappte das Taschenmesser zu, stand auf und wischte sich die Hände an der Jeans ab.

Marina eilte hinein, um nach ihrem Brot zu sehen. Jack folgte ihr und setzte sich an den Küchentisch. Sie spürte seinen Blick, aber da die zwei Brotlaibe Gefahr liefen, zu verbrennen, war ihr diese Ablenkung gar nicht recht. „Ich wäre sehr dankbar, wenn Sie aufhören würden, mich anzu-starren", sagte sie, als sie das erste Brot aus dem Ofen holte.

„Sorry, dass ich Sie enttäuschen muss, aber mein Blick war auf das Brot gerichtet. Was ist es für eins?"

Sie hatte es schon wieder gemacht – etwas angenommen, wofür es keine Beweise gab, wie Ginger immer sagte. „Das hier ist mit Rosmarin und das andere ist ein Schokoladen-Zimt-Zopf." Sie griff nach dem zweiten Brot und spürte, dass ihre Wangen brannten. Bestimmt von der Wärme des Ofens und nicht von etwas anderem, redete sie sich ein.

„Das klingt wie Babka. Backen Sie oft?"

„Nicht so oft, wie ich möchte", gestand sie. „Aber jetzt habe ich die Zeit und es hilft mir beim Nachdenken."

„Darüber, was für ein Arsch Ihr neuer Nachbar ist?" Jack spreizte die Finger. „Das bin ich wirklich nicht. Ich kann Empfehlungsschreiben von mehreren sehr versierten Frauen vorweisen."

Marina seufzte. „Wie Sie vielleicht bemerkt haben, befinde ich mich derzeit nicht in einer sonderlich guten Phase meines Lebens." Normalerweise ließ sie ihre Gefühle nicht an anderen aus, aber sie hatte viel im Kopf. Möglicherweise hatte sie Jack bisher nicht fair beurteilt.

„Ach, die dummen Videos und Memes laufen sich irgendwann tot."

Also hatte er sie gesehen. Ihre Wangen wurden noch heißer.

Jack schaute sich in der Küche um. „Das hier wirkt wie ein guter Ort, um zu verarbeiten, was auch immer Sie verarbeiten müssen. Dieser Ofen ist großartig."

„Er ist beinahe antik", sagte sie. „Meine Schwestern und ich können uns sehr glücklich schätzen, Ginger zu haben." Sie zog die Ofenhandschuhe aus und öffnete den Kühlschrank. Nachdem sie den Krug mit der Limonade herausgenommen hatte, die sie mit Zitronen aus Gingers Garten zubereitet hatte, schenkte sie zwei Gläser ein und reichte Jack eines. „Unsere Eltern sind gestorben, sodass sie die Einzige ist, die wir noch haben. Nur für den Fall, dass Sie sich irgendwelche Illusionen darüber machen, eine ältere reiche Frau zu daten."

Jack riss erstaunt die Augen auf. „Wie bitte? Ihre Großmutter ist sehr nett, aber ich versichere Ihnen, dass mir dieser Gedanke nie gekommen ist." Er schüttelte den Kopf und zog die dunklen Augenbrauen zusammen. „Das mit Ihren Eltern tut mir leid. Das war bestimmt ein schwerer Schlag."

Peinlich berührt von ihrer Annahme konzentrierte Marina sich darauf, einen Zitronenkern aus ihrem Glas zu fischen. „Ich vermisse sie immer noch jeden Tag. Was ist mit Ihrer Familie? Wo sind Sie aufgewachsen?"

„In Texas, auch wenn ich da seit dem Schulabschluss nicht mehr gewohnt habe. Meine Eltern leben auch nicht mehr, doch ich habe eine ziemlich verantwortungsbewusste Schwester in Dallas."

„Und wie sind Sie zu dem Entschluss gekommen, sich eine Auszeit zu nehmen, um ein Buch zu schreiben?" So frei zu sein fand sie faszinierend.

„Ich kenne ein paar Lektoren in Verlagen, und sie haben Interesse daran ausgedrückt, zu sehen, was ich schreiben kann."

Marina lehnte sich gegen die Arbeitsplatte und erinnerte sich an ihre kurze Unterhaltung am Pool vom Inn. „Können Sie inzwischen sagen, woran Sie arbeiten, oder ist das immer noch geheim?"

„Im Moment gehe ich meine Ideen durch", erklärte Jack. „Ich finde Geschichten von normalen Menschen, die sich ungewöhnlichen Aktivitäten verschrieben haben, faszinierend. Manchmal sind es unsere Nachbarn oder Familienmitglieder. Wie die Lehrerin, die immer sparsam gelebt und ihr Geld an der Börse investiert hat, um ein Vermögen zu hinterlassen, das nach ihrem Tod für Stipendien von Studenten ihrer alten Alma Mater verwendet werden sollte. Niemand hat irgendetwas davon geahnt."

Während er weitersprach, sah Marina ein aufgeregtes Funkeln in seinen Augen. „Ich habe über Anführer von Bürgerrechtsbewegungen recherchiert, Mutter Theresa, Ärzte ohne Grenzen … Es gibt Unmengen an inspirierenden Geschichten über normale Menschen, die sich außergewöhnlichen Aufgaben verschrieben haben und damit am Ende das Leben vieler anderer verändern konnten. Inmitten der Dunkelheit möchte ich einen Scheinwerfer auf die Hoffnung, auf den Sieg der Menschlichkeit und auf die Suche der Menschen nach einem Lebenssinn richten."

„Oh. Wow." Erstaunt sah Marina ihn an. Er hatte mehr Tiefe, als sie sich vorgestellt hatte. War das hier derselbe Mann, der sie bei ihrem ersten Treffen im Inn mit diesem albernen Grinsen begrüßt hatte? Ihr dämmerte, dass sie ihn vielleicht falsch eingeschätzt hatte. Gradys Gefühllosigkeit hatte sie so blind gemacht, dass sie ebenfalls gefühllos geworden war. Wie lautete noch das Sprichwort? Wie man in den Wald hineinruft …?

Jack trank seine Limonade aus. „Wollen wir gucken, dass wir im Garten vorankommen?"

„Ja. Vielleicht können wir fertig sein, bevor Ginger nach Hause kommt." Marina nahm den Gärtnerkorb, den sie einst Ginger geschenkt hatte, von dem Regal neben der Hintertür. „Sie begleitet Kai, die heute vor einer Gruppe Highschool-Schüler spricht. Meine Großmutter bringt Schüler mit Mentoren in der Gemeinde zusammen. Viele Kids wollen aufs College gehen, aber es gibt auch einige, die noch etwas ziellos durchs Leben wandern. Ginger glaubt, dass die Gemeinde für diese Kinder da sein sollte."

„Das ist nobel", sagte Jack und schaute dann den Korb in Marinas Hand an. „Damit wollen Sie arbeiten?"

„Natürlich. Wieso?" Sie schaute auf die mit einem Blumenmuster bemalte Schaufel und zog sich dann die Gartenhandschuhe an, die noch wie neu aussahen.

„Nur so. Es ist … süß." Er stellte sein Glas in die Spüle und ging nach draußen.

Marina schaltete den Ofen aus und folgte Jack in den Garten. In San Francisco war sie gerne auf den Bauernmarkt am Ferry Building gegangen. Dieses Stadtviertel direkt am Meer mit Blick auf die Bucht war ihre Lieblingsgegend gewesen. Umgeben von den frischesten Produkten und den köstlichsten Düften und Aromen hatte sie sich gefühlt wie im Himmel.

Marina erinnerte sich daran, dass es in Summer Beach einst auch einen Bauernmarkt gegeben hatte. Sie überlegte, ob es den wohl immer noch gab, und machte sich eine mentale Notiz, Ginger danach zu fragen.

Jack kniete bereits auf dem Boden und arrangierte die Setzlinge.

„Im letzten Jahr hat Ginger die Tomaten da drüben gepflanzt", sagte Marina und zeigte auf die Stelle. „Da sollten wir sie wieder hinmachen."

„Es ist besser, die Bepflanzung jährlich zu wechseln", sagte Jack und schüttelte den Kopf. „Wie wäre es damit?" Er zeigte auf eine andere Stelle. „Ich habe auch ein paar Rankhilfen liefern lassen, weil ich nicht wusste, ob Ginger welche hat. Aber diese Babys werden schnell wachsen. Die frühe Variante ist in fünf bis sechs Wochen erntereif."

Marina starrte ihn an. „Ich dachte, Sie hätten noch nie zuvor gegärtnert."

Jack lehnte sich auf den Fersen zurück und legte die Hände auf die Oberschenkel. „Tja, es ist eine Weile her, aber meine Eltern hatten eine Farm, und ich habe ihnen geholfen."

Marina musste über sich selbst lachen. „Ich dachte, Sie wären ein Anfänger."

Jack hätte prahlen können, doch er zuckte nur mit den Schultern. „Wir alle müssen essen. Ich kann Ginger den Sommer über helfen, sich um den Garten zu kümmern." Er hielt inne und sah sie an. „Also, falls das in Ordnung ist. Beim Arbeiten im Garten kann ich gut nachdenken."

„Ich bin mir sicher, dass Ginger dafür sehr dankbar wäre. Meine Gartenkünste sind ein wenig eingerostet."

„Die kommen wieder." Er machte sich wieder an die Arbeit. „Scout hat das Chaos hier angerichtet. Ich komme auch allein klar, wenn Sie andere Dinge zu tun haben."

„Nein, ist schon gut. Ich habe es vermisst, in der Erde zu wühlen." Sie raffte ihren Rock und kniete sich Jack gegenüber auf den Rasen. Dabei merkte sie, dass sie ihn längst nicht mehr so irritierend fand wie am Anfang.

Die Sicherheit, mit der er arbeitete, zeigte seine Erfahrung. Ohne viel zu reden, machten sie sich ans Werk und hatten bald alle Setzlinge eingepflanzt.

Marina erhob sich. Ihr Rücken schmerzte vom vorgebeugten Sitzen. „Danke, dass Sie Gingers Garten wieder hergerichtet haben. Und die Ringelblumen sind hübsch. Das war wirklich sehr aufmerksam."

„Die Besitzer von *The Hidden Garden* haben mir gesagt, dass Hunde den Geruch der Blumen nicht mögen", erklärte er. „Außerdem arbeite ich mit Scout an seiner Impulskontrolle, um ihn vom Garten fernzuhalten. Falls das nicht funktionieren sollte, kann ich einen Zaun ziehen, der später wieder abgebaut werden kann."

„Das wird Ginger zu schätzen wissen."

„Es ist das Mindeste, das ich tun kann."

Marina beobachtete, wie das Sonnenlicht auf seinen braunen Haaren spielte und seine blauen Augen aufleuchten ließ. Auch wenn er unbeschwert wirkte, lagen eine Intensität und Intelligenz in seinem Blick, die verrieten, dass ihm nur wenig entging. Überraschenderweise hatte sie seine Gesellschaft heute genossen. „Meinen Sie, sie können ein paar Scheiben warmes Brot vertragen?"

„Ich werde mein Bestes geben", erwiderte er grinsend.

Während Jack nach Scout schaute, schnitt Marina das Rosmarinbrot und den Schokozopf auf, weil sie beides probieren wollte. Sie arrangierte die Scheiben auf einem Tablett und stellte einen Krug mit Eiswasser dazu.

Die Haustür fiel zu, und Marina schaute auf und sah, dass Ginger und Kai zurück waren. „Irgendetwas riecht hier ganz köstlich", rief Ginger.

„Ich bin in der Küche", erwiderte Marina. Ihre Großmutter und Schwester gesellten sich zu ihr. Kai summte ein Lied aus einer Broadway-Show. „Ist das ‚Aquarius'?"

Sofort sang Kai ein paar Zeilen aus dem berühmten Musical.

Ginger lachte. „Das ist aus *Hair.* Ich erinnere mich noch an die erste Aufführung im Biltmore Theater. Das war 1968, ein paar Monaten, bevor es an den Broadway kam."

Kai riss die Augen auf. „War das nicht das ohne, äh, Kostüme?"

„Nur kurz und nur am Ende des ersten Akts", sagte Ginger. „Und es herrschte eine sehr schummrige Beleuchtung, sodass man kaum was erkennen konnte. Du solltest deine Theatergeschichte wirklich kennen, Kai. Ich dachte, das hätte ich dir beigebracht."

Marina und Kai tauschten einen Blick. Gingers Einwurf sollte sie nicht überraschen. Ihre Großmutter war oft im Zentrum von kulturellen Ereignissen gewesen und hatte sie sogar zur Off-Broadway-Premiere von *Hamilton* mitgenommen.

Ginger zeigte nach draußen. „Wer hat denn den Garten neu bepflanzt? Das sieht noch besser aus als vorher."

„Das war Jack", sagte Marina. „Und er hat dir zwei wunderschöne Anthurien mitgebracht." Sie zeigte in Richtung Esszimmer, wo sie die Pflanzen auf den Tisch gestellt hatte.

„Das hat mal Klasse", sagte Ginger, und ein Lächeln huschte über ihr Gesicht.

„O nein, das wirst du nicht tun." Marina wusste genau, was ihre Großmutter dachte. Darüber würde sie später mit ihr reden müssen. *Keine Männer mehr.* Schnell wechselte sie das Thema. „Möchtet ihr eine Scheibe frisches Brot? Ich habe es quasi gerade erst aus dem Ofen geholt."

Kais Antwort bestand darin, sich eine Scheibe von dem Schoko-Zimt-Zopf zu nehmen und hineinzubeißen. „Das ist himmlisch. O mein Gott, du solltest es verkaufen."

„Meinst du?" Marina wandte sich an Ginger. „Sag mal, gibt es eigentlich noch den Bauernmarkt im Ort?"

„O ja", antwortete Ginger. „Ich kann dich mit der Organisatorin in Kontakt bringen."

Marina stemmte die Hände in die Hüften und überlegte. „Das könnte eine Möglichkeit sein, mir die Zeit zu vertreiben und ein wenig Geld zu verdienen, während ich mir überlege, was ich mit meinem Leben anstellen will." Wobei sie mehr Geld brauchen würde, als sie mit ein paar Broten verdienen konnte. Die Studiengebühren und die Miete der Wohnung für die Zwillinge waren nicht billig.

„Ein kleiner Markttest?", fragte Jack, der in diesem Moment durch die Hintertür hereinkam.

Marina fiel auf, dass er sich ein frisches Hemd angezogen und die Haare gekämmt hatte.

„Macht man das nicht so, bevor man ein neues Business aufbaut?" Marina legte eine Scheibe Rosmarinbrot auf einen kleinen Teller und reichte sie Jack, der sie in ein paar Bissen verschlang.

Kais Augen leuchteten auf. „Du denkst ernsthaft daran, daraus ein Geschäft zu machen? Das finde ich super."

„Hmm, das könnte sie definitiv", sagte Jack. „Das hier ist eine ernsthafte Konkurrenz für das Brot vom Java Beach."

„Das sollte es auch sein", warf Ginger ein. „Was glaubst du, wer Mitch das Backen beigebracht hat? Danke übrigens für das Bepflanzen des Gartens."

„Ich werde dafür sorgen, dass Scout sich fernhält."

Marina verzog den Mund und sah ihre Großmutter an. „Ich hoffe, dass du meine Brotrezepte nicht mit Mitch geteilt hast."

„Nun, sie gehörten gar nicht dir, oder?", fragte Ginger. „Aber nein, das habe ich nicht. Als Mitch in Summer Beach eintraf, war er kaum mehr als ein Kind. Er hat Kaffee am Strand verkauft und ist gerade so über die Runden gekommen. Aber er kam gut mit den Kunden klar, und sie haben seinen Kaffee geliebt. Das ist Bennett aufgefallen, und so hat er mich gefragt, ob ich ihm mit den Zahlen für seinen Businessplan helfen könnte."

Marina lächelte. Solche Dinge tat Ginger oft, ohne darüber zu reden. „Und wo kam das Backen ins Spiel?"

„Bennett hat das Geschäft finanziert, und Mitch hat hart gearbeitet. Während wir uns seine Ausgaben und

Einnahmen angeschaut haben, haben wir gebacken – Croissants, Bagels, Muffins, Kekse. Mitch war ein eifriger Student und hat schnell gelernt."

„Kein Wunder, dass ich da so gerne frühstücke", sagte Kai. „Ich fand immer, dass es wie hausgemacht schmeckt."

Offensichtlich fasziniert lehnte Jack sich gegen die Arbeitsplatte. „Und wo hast du gelernt, so zu backen?"

„Das war in den Sechzigerjahren in Cambridge", sagte Ginger mit versonnenem Blick. „Betrand und ich haben die Childs kennengelernt, und Julia hat mir neben anderen kulinarischen Köstlichkeiten beigebracht, wie man die butterweichsten Croissants macht. Ich bin mir sicher, dass du weißt, dass sie und Paul mehrere Jahre in Frankreich gelebt haben. Ach, das waren noch Zeiten."

„Damit ich das richtig verstehe …" Jack beugte sich gefesselt vor. „Du hast unter Julia Child studiert?"

„Studieren würde ich es nicht nennen", sagte Ginger. „Wir hatten einfach eine fabelhafte Zeit. Julia war so ein lustiger Mensch in der Küche und so unglaublich versiert. Betrand und ich haben immer den Wein mitgebracht – und zwar den guten. Mit einfachem Wein brauchte man Julia nicht kommen. Ihr Mann Paul war ein Genie darin, Cocktails zu mixen. Einmal, beim Brunch, haben wir den *Coral Cottage Cooler* kreiert. Champagner oder Sekt mit frisch gepresstem Blutorangensaft, Erdbeeren und Pfefferminze. Das ist wunderbar erfrischend."

Marina lachte. „Unsere Großmutter überrascht uns ständig. Warten Sie nur ab, die Geschichten werden noch besser. Vor allem, wenn man eine Flasche Wein geöffnet hat."

„Vorzugsweise den besten", warf Kai ein und brach sich ein Stück vom Rosmarinbrot ab.

Ginger zuckte mit den Schultern. „Jeder ist in irgendetwas gut."

Nachdem Kai den letzten Happen von dem Brot

gegessen hatte, leckte sie sich die Finger ab und sagte: „Ginger ist auch ein Mathegenie. Sie hat uns beigebracht, Muster und sowas zu erkennen. Wir waren den anderen in der Schule immer weit voraus."

„Und was hast du mit diesem Talent gemacht?", wollte Jack von Ginger wissen.

Marina musterte ihn und spürte, wie gut er darin war, Menschen zu interviewen. Im Moment schien Ginger noch Spaß daran zu haben, über sich zu reden, aber wie lange noch? Sie lehnte sich vor und hörte zu.

„Oh, ich bin jahrelang Statistikerin gewesen", antwortete Ginger und machte eine vage Geste mit der Hand. „Aber jetzt entschuldigt mich bitte, mir fällt gerade ein, dass ich noch einen Anruf tätigen muss."

„Das ist für heute das Ende des Interviews", sagte Marina und trat an die Spüle, um die Brotformen in Wasser einzuweichen.

„Ihre Großmutter wirkt wie eine Frau, die ihrer Zeit weit voraus war", sagte Jack, während er Ginger hinterherschaute.

„Unser Großvater war Diplomat, deshalb hat Ginger überall auf der Welt gelebt und gearbeitet", erklärte Marina. „Aber sie redet nur selten darüber." Obwohl Marina sich durch Interviews im Nachrichtengewerbe die Karriereleiter hochgearbeitet hatte, war ihre Großmutter ihr immer noch ein Rätsel.

„Der beste Ort, um sie zum Reden zu bringen, ist der Strand", sagte Kai. „Aber man muss früh aufstehen, um mit ihr mitzuhalten."

Nachdem Jack kurz darauf ins Gästehäuschen zurückgekehrt war, setzten Marina und Kai sich auf die Hollywoodschaukel auf der Veranda vor dem Haus und schauten über den Strand zum Meer. Watvögel flitzten in ihrer endlosen Suche nach Futter über den Sand.

Kai hatte ihnen zwei Gläser eiskalten Prosecco eingeschenkt und stieß nun mit Marina an. „Auf das neue Leben, das vor dir liegt."

„Ja, auf neue Anfänge", antwortete Marina. „Also, erzähl mir von dem geheimnisvollen Mann mit dem großen Smaragd."

Kai stieß hörbar den Atem aus. „Er heißt Dimitri."

„Wie romantisch." Marina nippte an ihrem Glas. „Vor allem angesichts der Größe des Rings. Ist er das auch?"

„Sogar sehr." Kai lächelte scheu. „Seitdem ich abgereist bin, hat er mich mehrmals täglich angerufen. Er ist einer der Produzenten der Show und investiert auch in andere Theaterproduktionen. Von Anfang an dachte ich, dass das mit uns was Echtes sein könnte. Die wahre Liebe."

Den verträumten Ausdruck in Kais Augen kannte Marina nur zu gut. Ihre jüngere Schwester war schon immer verliebt in die Liebe gewesen. Vielleicht gehörte das zu ihrer kreativen Persönlichkeit. Dennoch, um eine lebenslange Verbindung einzugehen brauchte es mehr. „Und bist du dir dessen jetzt sicher?"

Kai trank einen Schluck. „Vielleicht."

„Es klingt zumindest, als hättet ihr viel gemeinsam." Marina versuchte, ihre Schwester zu unterstützen, auch wenn sie wusste, dass man für eine Ehe mehr benötigte.

„Wir passen gut zusammen, aber diese Beziehung ging so schnell. Ich meine, es ist genau das, was ich will, aber …" Ihre Stimme verebbte.

„Könnt ihr nicht etwas auf die Bremse treten und euch erst einmal besser kennenlernen?" Wobei, als Marina ihren Stan das erste Mal getroffen hatte, hatte sie gleich gewusst, dass er der Eine war. Wenn man den Richtigen traf, wusste man es einfach. Das Problem war, dass man seinem eigenen Urteilsvermögen so selten traute.

„Ich schätze, das könnten wir." Kai schaute übers Meer. „Ich habe mich immer mit eigenen Kindern gesehen. Und in meinem Alter sollte ich damit langsam mal anfangen."

Marina hörte das Stocken in der Stimme ihrer Schwester. „Gibt es da ein Problem?"

„Auf der Abschlussparty haben uns alle zu unserer Verlobung gratuliert. Einer der Schauspieler hat uns aufgezogen und gefragt, wie viele Kinder wir haben wollen. Es war ein wenig albern, aber wir hatten Champagner getrunken und waren ein wenig albern. Dimitri war schon mal verheiratet und hat drei erwachsene Kinder. Dennoch hatte ich gehofft, dass wir wenigstens ein gemeinsames Kind haben würden. Als ich das gesagt habe, meinte er, dass er mit dem Kinderkriegen durch wäre."

„Ihr seid erst seit einem Monat zusammen", sagte Marina. „Er könnte seine Meinung noch ändern."

„Nein, er ist wirklich durch damit. Und damit meine ich, dass er eine Vasektomie hatte. Ich habe ihn gefragt, wann er vorgehabt hatte, mir davon zu erzählen." Sie seufzte. „Daraufhin war er beleidigt und hat mich gefragt, ob ich ihn als Mann oder nur als Babymacher ansehen würde. Ich meine, das ist normalerweise das Argument von Frauen, also was sollte ich dazu schon sagen? Ich habe das Thema Adoption angesprochen, aber er meinte, er möchte keine weiteren Kinder mehr großziehen. Jetzt muss ich mich entscheiden, ob ich Dimitri heiraten oder versuchen soll, jemanden kennenzulernen, der auch Kinder haben möchte. Und die Männer stehen bei mir nicht gerade Schlange."

„Ich verstehe", sagte Marina leise. Sie konnte sich nicht vorstellen, warum ein Mann ihre wunderschöne Schwester nicht heiraten wollen würde, aber sie wusste auch, dass Kais extrovertierte Persönlichkeit einschüchternd sein konnte. Sie nahm Kais Hand. „Es tut mir leid, dass du dich damit herumquälen musst."

Kai wischte sich die Tränen von den Wangen. „Ich bin mir ziemlich sicher, dass ich Dimitri liebe, aber ich will auch Mutter sein. Mit der Theatergruppe auf Tournee zu gehen war ein Traum, aber ich will mehr. Ich will eine Familie, so wie du und Brooke. Warum bekomme ich das nie richtig hin?"

Marina wollte sie so gerne ermutigen und ihr ein hübsches Bild der Zukunft malen, doch für Märchen waren sie beide zu alt. Jetzt war die Wahrheit wichtiger. „Das Leben gibt uns nicht immer das, was wir wollen, aber es gibt uns das, was wir brauchen, um uns stärker und widerstandsfähiger zu machen. Darauf musst du einfach vertrauen."

Für einen Moment dachte Kai schweigend nach. „Du meinst, so wie unsere Eltern und Stan?"

Marina nickte. „Wir hatten unseren Anteil an Herzschmerz. Nachdem Stan gestorben war, war der Gedanke daran, ein Baby – ganz zu schweigen von zweien – zu kriegen überwältigend. Aber jetzt bin ich so dankbar für meine Kinder. Und du warst immer eine so wundervolle Tante für Heather und Ethan. Ob du ihnen Eintrittskarten für deine Stücke geschickt oder ihnen das Klavierspielen beigebracht hast … Das sind alles so kostbare Erinnerungen für sie."

„Ich werde die Familie, die ich habe, immer schätzen und lieben", sagte Kai. „Dennoch möchte ich mir auch irgendwo ein eigenes Zuhause aufbauen." Sie reckte das Kinn. „Ich weiß, was ich will."

„Dann mache es, wie Ginger immer rät: Verfolge es mit unerschütterlicher Leidenschaft."

Sie lehnten sich aneinander, um sich angesichts der Wechselfälle des Lebens gegenseitig Trost zu spenden. Marina strich Kai übers Haar. *Denn so machen Schwestern das.*

Am Abend, nachdem sie mit Ginger und Kai gekocht und sie eine Runde Domino gespielt hatten, ging Marina in ihr Zimmer. Als sie sich bettfertig machte, hörte sie ihr Handy piepen. Es war eine Nachricht von Gwen, ihrer Agentin.

• • •

DRINGEND! Ich bin auf einer Dinnerparty und kann gerade nicht reden, aber ruf mich bitte gleich morgen früh zurück.

MARINA SCHLÜPFTE unter die weiche Decke und überlegte, welche Neuigkeiten Gwen wohl hatte. Ein Teil von ihr hoffte, dass es sich um ein Jobangebot handelte, während ein anderer Teil von ihr sich fragte, ob die aktuellen Ereignisse nicht vielleicht ein Zeichen des Universums waren, dass sie Dinge in ihrem Leben ändern sollte.

Und zwar so, wie sie es Kai geraten hatte: *Mit unerschütterlicher Leidenschaft.*

Bevor sie einschlief, beschloss sie, es herauszufinden. Sie war kein Kind mehr, und wenn sie vorhatte, ihr Leben zu ihren Bedingungen zu leben, musste sie damit jetzt anfangen.

8

Marina schlenderte kurz nach Sonnenaufgang am Wasser entlang und spürte den feuchten, kühlen Sand unter ihren Füßen. Die Flipflops trug sie in der Hand. Weiße Möwen mit breiten Flügeln und rosafarbenen Beinen segelten hoch über ihr am Himmel. Seeschwalben mit orangeroten Schnäbeln tauchten ins Wasser, um ihr Frühstück zu fangen, während Watvögel um sie herum im Sand pickten. Die Geräusche der Natur – das Singen der Vögel und das Rauschen der Wellen – halfen, ihre Nerven zu beruhigen. Während sie darauf wartete, dass Gwen ranging, umklammerte sie ihr Handy fester.

„Marina, ich bin so froh, dass du anrufst", meldete sich ihre Agentin schließlich.

„Ich hoffe, du hast gute Neuigkeiten", entschied Marina sich für einen positiven Einstieg in das Gespräch.

Gwen zögerte. „Tut mir leid. Ich fürchte, die habe ich nicht. Aber du musst davon erfahren. Dein alter Boss war gestern Abend auf der Dinnerparty."

Marina wappnete sich und bat Gwen, fortzufahren.

„Hal gibt die Schuld an den sinkenden Einschaltquoten deinem Ausstieg", erklärte sie. „Er hat Babe eine Chance gegeben, aber sie konnte ihre zuckersüße Art und ihr Gekicher nicht weit genug herunterschrauben, um die Nachrichten zu verlesen. Doch bevor du jetzt anfängst, dich zu freuen: Er wirft dir vor, gegen deinen Arbeitsvertrag verstoßen zu haben. Hal sagt, dass dein Handeln den Absturz der Einschaltquoten verursacht und damit dem Sender großen Schaden zugefügt hat." Sie hielt kurz inne. „Marina, ich dachte, er hätte dich gefeuert. So hat er es mir zumindest am Anfang gesagt. Was ist wirklich passiert?"

Marinas Herz wurde schwer. „Ich habe ihn um wenige Sekunden geschlagen." *Schaden zugefügt.* Sie wusste sofort, was das bedeutete. „Er hat vor, mich zu verklagen, oder?"

„Ich fürchte, ja", bestätigte Gwen. „Hal hat ordentlich bei den Martinis zugegriffen und mehr gesagt, als er hätte sagen sollen. Ich würde von ihm kein Empfehlungsschreiben erwarten."

Eine kalte Welle umspülte Marinas Waden und brachte sie beinahe aus dem Gleichgewicht. „Ich schätze, das wird meine Jobsuche weiter erschweren."

Dem stimmte Gwen zu. „Hal erzählt allen, dass es schwierig ist, mit dir zu arbeiten. Was Code für *Stell sie besser nicht ein* ist. Aber ich verspreche, mein Bestes für dich zu geben. Außerdem übergebe ich die Sache zur Überprüfung meinem Anwalt für Vertragsrecht."

Auch wenn Gwen versuchte, ihr Mut zuzusprechen, hörte Marina den Zweifel in ihrer Stimme. Jetzt, wo ihr ehemaliges Leben immer mehr um sie herum zusammenbrach, wurde ihr noch klarer, dass sie die Kontrolle übernehmen und einen alternativen Weg finden musste. Aber welchen?

Marina dankte Gwen und legte auf. Mit Blick auf das Meer atmete sie die Seeluft tief ein, um ihren Kopf zu klären. Sobald sie sich wieder gefasst hatte, drehte sie um. Auf dem Weg aus dem Haus hatte Ginger vorhin erwähnt, dass heute der Bauernmarkt im Ort wäre. Marina wollte etwas frisches Obst und Gemüse kaufen und gucken, ob es irgendwo noch ein Plätzchen für ihre selbst gebackenen Brote und Kekse gäbe.

Auf dem Weg ins Dorf sah sie Ivy in die gleiche Richtung gehen und rief ihren Namen.

„Hey, es ist so schön, dich zu sehen", sagte Ivy und kam zu ihr, um sie zu umarmen. „Wie geht es dem Knöchel?"

„Schon viel besser", antwortete Marina. „Der Arzt meinte, es wäre nur eine leichte Verstauchung, und solange ich es nicht übertreibe, sollte alles gut sein." Sie lüpfte ihren langen, korallenfarbenen Rock, um den Kompressionsstrumpf zu zeigen, den sie trug. „Ich bin auf dem Weg zum Markt. Hast du Lust, mitzukommen?"

„Sehr gern, da will ich nämlich auch hin", sagte Ivy.

Seite an Seite setzten sie den Weg fort und unterhielten sich dabei über die alten Zeiten in Summer Beach, was Marina half, sich von ihrer Unterhaltung mit Gwen abzulenken.

Als sie sich den Ständen mit frischem Salat, Orangen, Erdbeeren, Tomaten und Avocados näherten, spürte Marina, wie ihre Laune sich hob. Sie liebte die Energie, die sie hier spürte. Aber könnte sie hier wohnen und ihren Lebensunterhalt verdienen? Sie wandte sich an Ivy. „Bist du froh, dass du nach Summer Beach zurückgezogen bist?"

Ivy lächelte. „Letztes Jahr um diese Zeit war mein Leben das reinste Chaos. Als Shelly und ich hier angekommen sind, haben wir uns vielen Herausforderungen gegenübergesehen, aber die meisten dieser Hindernisse haben wir inzwischen gemeistert. Ehrlich gesagt wollte ich nicht mehr irgendwo anders leben."

„War es schwer, allein noch einmal neu anzufangen?"

„Ja, aber es hat geholfen, dass Shelly und Poppy da waren", antwortete Ivy. „Was die eine von uns nicht konnte, konnte eine der anderen."

Marina dachte über diese Worte nach, während sie

zwischen den Verkaufsständen umherschlenderten. „Meine Schwester Kai ist für ein paar Wochen hier. Gestern Abend hatten wir nach langer Zeit mal wieder eine richtig gute Unterhaltung. Wir stehen beide gerade an einem Scheideweg in unserem Leben." Sie stoppte, um ein Körbchen mit perfekten Erdbeeren zu kaufen, und die Marktfrau gab ihr ein paar Himbeeren zum Probieren.

„Mmm. Von denen nehme ich auch ein Körbchen." Marina überlegte spontan, Beerentartes zu machen. „Und von den Blaubeeren."

„Wenn du tun könntest, was du wolltest, was würdest du dann machen?", fragte Ivy.

Marina machte eine Geste, die den gesamten Markt einschloss. „Ich würde mich mit großartigem Essen und Menschen umgeben, die eine gute Zeit haben. So wie hier." Sie bezahlte die Beeren, und sie setzten ihren Weg fort.

„Bedeutet das, dass du über einen Berufswechsel nachdenkst?", wollte Ivy wissen.

„Vielleicht." In Marinas Kopf nahm eine Idee immer mehr Gestalt an. Sie könnte sich hier einen Stand mieten und sich einen Kundenstamm aufbauen. „Aber zuerst möchte ich ein paar Rezepte ausprobieren. Früher habe ich viel in Cafés gearbeitet, doch inzwischen bin ich ein wenig eingerostet. In einem der Cafés habe ich als Kellnerin angefangen und dann die Küche übernommen, nachdem die Köchin gekündigt hatte und die Besitzerin, die im achten Monat schwanger war, den Job nicht mehr machen konnte."

„Ich werde oft nach Restaurantempfehlungen gefragt", sagte Ivy nachdenklich. „Wenn du ein Café eröffnest, kann ich dir Gäste schicken."

Marina schwirrte der Kopf. Als sie noch im Inn gewohnt hatte, war sie eines Abends ins Haupthaus gehumpelt und hatte sich mit den anderen Gästen im Musikzimmer auf einen Plausch getroffen. „Was hältst du davon, wenn ich ein paar Hors d'œuvres für eure nachmittägliche Happy Hour liefere?"

„Die Gäste würden es lieben", sagte Ivy. „Aber ich würde darauf bestehen, dich dafür zu bezahlen."

Marina wollte ihrer Freundin schon versichern, dass das nicht nötig sei, doch angesichts ihrer finanziellen Lage war jeder Cent willkommen. Außerdem musste sie die Kosten für die Zutaten bedenken.

„Danke", sagte sie deshalb also nur.

Ivy lächelte sie an. „Dafür sind Freunde da. Wir unterstützen einander."

Zum ersten Mal seit Jahren verspürte Marina Aufregung über ein Projekt. Allerdings mischte sich darunter auch Besorgnis, denn ein Café zu eröffnen, würde eine große finanzielle Verpflichtung bedeuten.

„Bevor ich mich wirklich mit so etwas selbstständig machen will, gibt es aber noch viel zu tun", sagte sie. „Abgesehen davon, dass ich die Gerichte aussuchen und ausprobieren muss, müsste ich ein Ladenlokal finden, die entsprechenden Lizenzen beantragen und herausfinden, wie ich damit Geld verdienen kann."

„Hi Ladys!" Bennett kam auf sie zu.

„Hier ist der Mann, der dir damit weiterhelfen kann", sagte Ivy und lächelte, als Bennett sich vorbeugte und ihr einen Kuss auf die Wange gab. „Was würde der Bürgermeister einer Frau raten, die darüber nachdenkt, ein Café zu eröffnen? Wo sollte sie anfangen?"

Bennett strahlte. „Summer Beach könnte ein weiteres gutes Restaurant gebrauchen. Hast du Erfahrungen auf dem Gebiet?"

„Nicht als Eigentümerin. Aber ich habe früher in Restaurants gearbeitet", sagte Marina. „Und Ginger hat mir viel übers Kochen und Backen beigebracht."

Bennett grinste. „Ich habe gehört, dass sie gut mit Julia Child befreundet war."

„Jupp, so ist Ginger." Marina dachte noch mal an das Risiko und die Kosten, die damit einhergingen, ein Restaurant ohne ein Konzept, das sich bereits bewiesen hatte, zu eröffnen. „Gleich voll einzusteigen und ein eigenes Café zu eröffnen ist vielleicht ein wenig riskant, aber das Coral Cottage hat eine große Terrasse. Gibt es ein Gesetz, das es mir verbietet, dort Dinnerpartys zu geben? So eine Art Pop-up-Restaurant am Abend für zahlende Gäste."

Marina sah die Abende mit gutem Essen, hervorragenden Weinen und netter Gesellschaft schon förmlich vor sich. Ginger könnte alle mit ihren Geschichten unterhalten. Und wenn die Partys ein Erfolg wären, könnte sie die Terrasse ausbauen. Im Moment passte nur ein großer Tisch darauf und die Ecke war ein wenig dunkel.

Bennett strich sich gedankenverloren übers Kinn. „Es gibt neue Gesetze bezüglich Pop-up-Restaurants und Restaurationsbetrieben, die aus der heimischen Küche heraus operieren. Du müsstest die entsprechenden Genehmigungen einholen und dich an die Richtlinien halten, aber das Gesetz ist dazu gedacht, Menschen zu helfen, Geld zu verdienen und andere zu unterhalten – solange es keinen Widerstand von den Nachbarn gibt." Er und Ivy tauschten einen Blick.

„Ist das in der Vergangenheit ein Problem gewesen?", wollte Marina wissen.

„Ich werde nicht in der Öffentlichkeit über meine Nachbarn tratschen", sagte Ivy. „Aber ja, du solltest darauf vorbereitet sein."

„Komm einfach mal ins Rathaus, dann können wir dir bei den ersten Schritten helfen", schlug Bennett vor.

„Das mache ich." Sofort fühlte Marina sich so hoffnungsvoll und selbstsicher wie schon lange nicht mehr. Der Tag, der mit Gwens Anruf so fürchterlich begonnen hatte, wirkte auf einmal viel heller.

Aus dem Augenwinkel sah sie, wie Ivy in stummer

Dankbarkeit Bennetts Hand drückte. Die beiden wirkten so verliebt. Und Marina? Sie hatte sich mit einem Typen wie Grady herumschlagen müssen.

Doch seltsamerweise empfand sie beinahe Dankbarkeit dafür, dass er sie zu dieser Veränderung in ihrem Leben gezwungen hatte.

Beinahe.

„Ich habe einen Termin im Rathaus, aber es war schön, dich wiederzusehen", sagte Bennett zu Marina. „Wenn du Testesser brauchst, weißt du, wo du mich finden kannst."

Ivy zwinkerte ihr zu, und Marina lächelte. Sie war froh darüber, dass sie diese alte Freundschaft wieder hatten aufleben lassen.

Während sie ihren Einkauf fortsetzten, stellte Ivy sie mehreren Leuten vor. „Das hier ist Jen, die *Nailed It*, den Eisenwarenhandel führt. Und Arthur, der alles über Antiquitäten weiß. Ihn findest du in *Antique Times*. Seine Frau Nan arbeitet mit Bennett im Rathaus."

„Wie schön, euch kennenzulernen", sagte Marina und versuchte, sich alle Namen und Gesichter zu merken.

Sie winkten Imani zu, die ebenfalls im Seabreeze Inn wohnte, während ihr Haus nach dem Feuer neu aufgebaut wurde. Die Blumenverkäuferin stellte ihnen ihren Sohn Jamir vor, einen großen, schlaksigen jungen Mann, der gerade sein Medizinstudium an der University of California in San Diego begonnen hatte.

Auch Gilda war mit ihrem nervösen Chihuahua Pixie da. Marina hatte die Zeitungsredakteurin im Seabreeze Inn kennengelernt. Die Reparaturarbeiten an ihrem Haus waren beinahe beendet.

Kurz darauf sah Marina ein nur allzu vertrautes Gesicht am Blumenstand: Jack. Er und Imani schienen in eine ernsthafte Unterhaltung vertieft. Sie fragte sich, was da wohl los war – nicht, dass es sie etwas anginge.

Ivy hielt wieder inne, um mit Freunden zu reden, die

mal im Seabreeze Inn gewohnt hatten. „Das hier sind Celia und Tyler. Sie sind Sponsoren des Musikprogramms in den Schulen."

„Wie schön, dich kennenzulernen", sagte Celia und warf sich die dunkle Mähne über die Schultern. „Wir alle hier beten Ginger förmlich an. Wenn du gerne segelst, würden wir euch beide gerne auf unser Boot einladen. Und komm unbedingt beim Tag der offenen Tür im Jachthafen vorbei. Das ist eine Spendenveranstaltung mit gutem Essen und Unterhaltung. Wir servieren die geheimen chinesischen Rezepte meiner Großmutter."

„Das mache ich gerne", sagte Marina.

Tyler nahm die Hand seiner Frau. „Ivy, wir haben ein paar Freunde, die gerne im Sommer für ein paar Wochen eine deiner Sonnenuntergangs-Suiten mieten würden."

„Besprecht das ganz in Ruhe", sagte Marina. „Ginger meinte, ich sollte eine Frau namens Cookie aufsuchen, bevor ich gehe."

Ivy stellte sich auf die Zehenspitzen, um über die Köpfe der anderen Marktbesucher hinwegsehen zu können. „Da ist sie. Die Frau mit der weißen Schürze."

Marina ging auf die Frau zu, die laut Ginger die Organisatorin des Bauernmarkts war.

„Hallo, ich bin Marina Moore, eine von Ginger Delavies Enkeltöchtern."

„Hier nennen mich alle Cookie", antwortete die Frau und streckte Marina die Hand hin. „Vermutlich erinnerst du dich nicht an mich, aber ich habe dich und deine Schwestern hier aufwachsen sehen. Ich hatte jahrelang die Bäckerei in der Main Street."

„Ach ja." Marina erinnerte sich, dass Ginger sie und ihre Schwestern immer zur Bäckerei mitgenommen hatte, um dort weiche Hafer-Rosinen- und Schachbrettkekse zu kaufen. Cookie hatte noch dasselbe runde, fröhliche Gesicht, an das sie sich von damals erinnerte. „Haben Sie die Bäckerei noch?"

„Ich bin im Ruhestand – also abgesehen davon, dass ich den Bauernmarkt organisiere", antwortete Cookie. „Leider musste die Bäckerei schließen. Das Pärchen aus Los Angeles, das sie gekauft hat, glaubte, sie könnten sie aus der Ferne führen." Sie schüttelte den Kopf. „Sie haben die Leitung einem ihrer wilden, jungen Kinder überlassen, was eine Katastrophe war. Es dauerte nicht lange, bis sie schließen mussten, aber dafür ist da ein weiteres Eiscafé eingezogen."

„Es ist immer so traurig, wenn alteingesessene Läden schließen", sagte Marina. „Ich habe die Idee, ein Café zu eröffnen, aber ich würde gerne zuerst einen Kundenstamm aufbauen. Deshalb dachte ich, ich könnte meine Backwaren, Konfitüren und Nachtische erst einmal auf dem Markt verkaufen, um die Leute kennenzulernen."

Cookie nickte nachdenklich. „Das ist ein kluger Ansatz. Benutzt du Gingers berühmte Rezepte?"

„Ein paar, aber ich habe auch eigene." Marina konnte es kaum erwarten, ihre Kochkünste auf Vordermann zu bringen und neue Gerichte auszuprobieren.

In San Francisco hatte sie in vielen feinen Restaurants gegessen. Sie war ein großer Fan von Alice Waters und ihrem Restaurant *Chez Panisse* in Berkeley. Vor allem ihr „Von der Farm auf den Tisch"-Konzept hatte es ihr angetan. Für sie war saisonales Gemüse ein wahres Kunstwerk. Einfach, frisch und voller Geschmack. Abgesehen von einigen Kochkursen, die sie während eines Urlaubs im *Rancho La Puerta*-Spa in Mexiko und auf einem Weingut in Frankreich gemacht hatte, war sie weder ausgebildete Köchin noch besonders raffiniert, was ihre Koch-künste anging. Doch mit gutem Essen kannte sie sich aus.

Genauso einen Ort brauchte Summer Beach.

Und sie brauchte es auch.

Cookie musterte sie. „Fang nicht damit an, dein

gesamtes Geld dafür auszugeben, ein Lokal zu mieten und einzurichten", sagte sie und wischte sich die Hände an der Schürze ab. „Ich habe einen Gemeinschaftsstand, bei dem du mitmachen kannst. Das ist eine Art Inkubator. Du kannst eine Ecke besetzen und gucken, ob du Interesse generierst." Ihre Miene wurde weicher. „Ich habe gehört, dass du in San Francisco eine harte Zeit hattest. Das war reinstes Mobbing."

Marina blinzelte bestürzt. Ihr Meme hatte sogar die Bewohner von Summer Beach erreicht. Doch trotz der Demütigung und der Drohungen von Hal musste sie weitermachen. „Ja, aber das ist jetzt vorbei. Ich nehme das Angebot gerne an."

„Der Markt ist immer dienstags und freitags", sagte Cookie. „Da triffst du alle, die hier wohnen."

Marina wählte ein hübsches, frisches Römersalatherz aus und legte es in ihre Tasche. Von einem anderen Händler kaufte sie noch ein Glas Honig. Bald schon wäre sie eine von ihnen.

Die Vorfreude darauf hob ihre Laune.

Auf dem Weg zurück zu Ivy nahm sie eine Abkürzung hinter den Ständen. Wieder stieß sie auf Jack und Imani, die immer noch in eine privat wirkende Unterhaltung vertieft waren. Marina wollte nicht lauschen, kam aber nicht umhin, zu hören, wie Imani fragte: „Kannst du jetzt schon Arrangements für den Jungen treffen?"

Jack stieß einen Seufzer aus. „Da er mein Sohn ist, muss ich das wohl."

Ein Kind. Marina fragte sich, was da los war. Vielleicht war Jack verheiratet gewesen – oder war es immer noch.

Jacks Privatleben geht mich nichts an, ermahnte sie sich. Er war Gingers Sommergast, nicht ihrer.

Dennoch verstörte sie die Unterhaltung. Warum würde Jack sich nicht um sein Kind kümmern wollen?

9

___

Früh am Morgen hatte Jack seinen Hund mit ausreichend Futter und Wasser für den Tag im Haus zurückgelassen. Er hatte Kai gebeten, ihn ein- oder zweimal rauszulassen, und sie hatte ihm versichert, dass sie mit Scout an den Strand gehen würde, damit er sich austoben konnte. Dann war er in sein Auto gestiegen und die zwei Stunden in Richtung Norden nach Los Angeles gefahren. Nun hielt er vor einem zweistöckigen Haus in Santa Monica an und stellte den Motor aus.

Mit einem Blick auf das „Parken verboten"-Schild mit verschiedenen Angaben über Wochentage und Uhrzeiten kalkulierte er, dass er zwei Stunden hier stehen bleiben dürfte. Nachdem er noch einmal die Adresse und die Nummer an der Hauswand überprüft hatte, war er sich sicher, am richtigen Haus zu sein.

An Vanessas Haus.

Die großen Blätter einer Bananenpflanze bogen sich vor der sonnig-gelben Fassade, und knallrote Geranien blühten an der Brüstung der Veranda. Ein Mädchen und ein Junge auf Skateboards flitzten auf der ruhigen Straße an ihm vorbei. Der Junge drehte sich grinsend zu Jack um und machte mit den Fingern das Peace-Zeichen. Dann hielten die beiden an, hoben ihre Skateboards auf und liefen zu dem Haus nebenan, in dessen Vorgarten ein *Zu verkaufen*-Schild stand.

Jack atmete kurz ein, um sich zu sammeln.

Wenn das, was Vanessa ihm erzählt hatte, wahr war, würde er gleich zum ersten Mal seinen Sohn treffen. Er strich sich übers Kinn. Für den Anlass hatte er sich extra rasiert und seine beste Jeans angezogen, doch er fragte sich, ob er sich noch mehr Mühe hätte geben müssen, um seinen Respekt zu zeigen.

Sein Magen zog sich vor Anspannung zusammen. Noch nie hatte er sich so verloren gefühlt. In Momenten wie diesen wünschte er, er könnte seine Mutter oder seinen Vater anrufen und um Rat fragen, doch beide waren vor ein paar Jahren verstorben. Er war so dankbar für das, was sie ihm als Kind ermöglicht hatten. Vielleicht würde er später seine Schwester in Texas anrufen, obwohl er wusste, was sie zu sagen hätte. Nein, es wäre besser, wenn er sie anrief, sobald er wusste, was er tun wollte.

Imani, die er als Beraterin engagiert hatte, hatte ihn gewarnt, nicht nur seinem Herzen zu folgen, sondern sich die Situation zuerst genau anzuschauen. Auch wenn das zu seiner beruflichen Ausbildung gehörte, war er nicht sicher, ob er das konnte.

„Ich kann gerne mitkommen“, hatte Imani ihm bei ihrem Treffen auf dem Markt angeboten.

„Danke, aber als alter Freund und Kollege bin ich es Vanessa schuldig, mich erst einmal allein mit ihr zu treffen.“ *Und als intimer Freund.* Während ihres gefährlichen Einsatzes waren mehrere Reporter, darunter sie beide, ins Kreuzfeuer geraten. Ein Reporter war schwer verwundet und mit dem Helikopter ins Krankenhaus gebracht worden. Danach waren die Nerven aller zum Zerreißen angespannt gewesen. In solchen Situationen passierten die verrücktesten Dinge, und er und Vanessa hatten beieinander Trost gesucht. Niemand hatte gewusst, ob dieser Tag vielleicht ihr letzter sein würde.

„Frag sie nach dem Namen ihres Anwalts", hatte Imani ihm geraten. „Wenn sie so gut organisiert ist, wie du sie in Erinnerung hast, hat sie alles genau durchdacht, bevor sie sich bei dir gemeldet hat. Und vermutlich hat sie dann auch ihre Sachen in Ordnung gebracht. Wenn sie keinen Anwalt hat, ist das ein Warnsignal."

Jack hatte Vanessa als Kollegin zutiefst respektiert. Nach ihrem Einsatz hatte er sie sogar mehrmals angerufen, weil er geglaubt hatte, zwischen ihnen könnte sich vielleicht eine Beziehung entwickeln. Doch sie hatte seine Anrufe nie angenommen. Und als sie sich schließlich irgendwann bei ihm zurückgemeldet hatte, hatte sie ihm erklärt, dass das mit ihnen vorbei sei.

Mehrere Jahre hatte er ihre Karriere verfolgt. Ab und zu hatte er einen Kommentar unter einem ihrer Artikel hinterlassen. Vanessa war immer höflich gewesen, hatte aber keinerlei Hinweise darauf gegeben, dass sie mehr als eine berufliche Beziehung zu ihm haben wollte.

Jetzt erregte die Bewegung eines Vorhangs im Fenster seine Aufmerksamkeit. Aus Reflex griff er nach seiner Brusttasche, um sich eine Zigarette herauszuholen, bevor er sich daran erinnerte, dass er nicht mehr rauchte. Wenn er je ein paar Züge gebraucht hätte, dann jetzt. Stattdessen packte er das Lenkrad fester und atmete noch einmal tief durch. In wenigen Augenblicken würde sich sein Leben ändern.

Er stieg aus.

Die Haustür ging auf, bevor er sie erreicht hatte. Die dünne Frau, die herausschaute, erkannte er kaum wieder.

„Jack." Lächelnd hielt Vanessa ihm die Tür auf.

Um den Kopf hatte sie ein buntes, orange-gelbes Tuch gewickelt, dessen Fransen ihr über die Schulter fielen. Von der vollen, glänzend schwarzen Mähne, an die er sich erinnerte, war nichts mehr zu sehen. Doch er erkannte die dunklen Augen, in denen Intelligenz und Mitgefühl schimmerten.

„Vanessa." Jack betrat die Veranda und versuchte, sich seinen Schock nicht anmerken zu lassen. „Ich bin so froh, dass du dich gemeldet hast."

Mit einem leisen Lachen sagte sie: „Ich habe mich sehr verändert, oder?"

Sein Herz brach für sie, und er schüttelte den Kopf. „Du bist so schön wie immer."

Sie grinste schief. „Ich weiß, dass das gelogen ist, aber danke trotzdem. Komm rein."

„Vanessa, es tut mir so leid, dass du krank bist." Etwas ungelenk machte Jack Anstalten, sie zu umarmen, doch sie hielt ihn mit einem Finger gegen die Brust auf.

„Mein Immunsystem ist ziemlich am Boden", erklärte sie und trat einen Schritt zurück. „Danke für dein Verständnis."

„Oh, klar." Jack kam sich vor wie ein Idiot. „Wie geht es dir?" Sobald die Worte raus waren, wünschte er, er könnte sie zurücknehmen. „Tut mir leid. Das war die falsche Frage, oder?"

Vanessa schüttelte den Kopf. „Ist schon gut. Das hier ist für alle schwer." Sie hielt kurz inne. „Für den Fall, dass du dich fragst: Ich habe eine seltene Krankheit. Sie ist sogar so selten, dass es kaum Studien dazu gibt – außer von Forschern, die auf Kuriositäten stehen." Sie brachte ein schiefes Lächeln zustande. „Entschuldige den Sarkasmus. Ich habe wundervolle Ärzte, Krankenschwestern und medizinische Unterstützung. Aber sie können alle nicht zaubern."

Jack musste es einfach fragen: „Hast du große Schmerzen?"

„Nur wenn die Wirkung der Medikamente nachlässt", antwortete sie. „Und keine Sorge – ich bin nicht ansteckend.

Mein Zustand ist durch jahrelanges Rauchen verstärkt worden, also hoffe ich sehr, dass du damit aufgehört hast.“

„Äh, ja, das habe ich.“ Kalter Schweiß brach ihm aus. *Warum musste ihr das passieren?* Er wünschte, er könnte mit ihr tauschen. Auch wenn niemand das Leben überlebte, war es ihr und ihrem Sohn gegenüber unfair, dass sie auf diese Weise gehen musste.

Er trat ein und schaute sich in dem weitläufigen Wohnzimmer um, das in hellen, fröhlichen Farben eingerichtet war. Vanessa hatte einen tadellosen Geschmack. Eine gewebte, mexikanische Serape-Decke in Rot, Blau und Grün lag über dem kornblumenblauen Sofa. In einer lichterfüllten Ecke stand eine Sammlung aus Farnen und Orchideen in bunten Töpfen. Große Bilder hingen über dunklen, auf Hochglanz polierten und mit feinen Schnitzereien versehenen Möbeln. Und in der Luft lag der Duft von Orangenöl.

Vanessa, die seinem Blick gefolgt war, sagte: „Meine Eltern haben die Werke von mexikanischen Künstlern gesammelt, lange bevor das in war – Frida Kahlo, Diego Rivera, Rufino Tamayo. Als sie starben, haben sie einen Großteil der Sammlung einem Museum vermacht. Das hier sind meine Lieblingsstücke. Sie sind nicht so wertvoll wie die der Meister, aber sie haben für mich eine Bedeutung. Ich hätte gerne, dass Leo sie bekommt.“

Jack fehlten die Worte. Er schaute sich um und fragte sich, wo der Junge wohl war.

„Komm, setzen wir uns“, sagte Vanessa. Sie sah müde aus. Als könnte sie Jacks Gedanken lesen, fügte sie an: „Leo ist nebenan bei einer Freundin.“

Jack setzte sich aufs Sofa. „Hat er ein Skateboard?“

„Ja. Warum?“

„Dann habe ich ihn eben gesehen. Er ist ein gut aussehender Junge.“ Sie hatten Helme getragen, aber was sollte er sonst sagen? „Vanessa, das ist alles meine Schuld. Ich hätte vorsichtiger sein müssen, und ich hätte dich öfter anrufen …"

„Jack, lass mich bitte reden." Vanessa griff nach einem Glas mit Wasser und trank einen Schluck. „Ich wusste, was ich tat. Auch wenn ich damals nicht geplant hatte, schwanger zu werden, war ich glücklich. Ich wollte nie heiraten, wusste aber, dass meine Mutter sich über ein Enkelkind freuen würde. Und das hat sie getan."

Das konnte Jack verstehen. In ihrem Beruf waren viele Ehen unter dem Stress der Reisen und der Sorgen zerbrochen.

Vanessa presste sich eine Hand aufs Herz und schaute zu einer Sammlung an Fotos, die auf dem Klavier in der Ecke stand. „Das sind meine Eltern mit Leo."

Jack stand auf, um sich die Fotos anzuschauen. „Sie sehen aus, als hätten sie Spaß."

Vanessa nickte. „Sie haben viel Zeit zusammen verbracht, und Leo hat sie sehr geliebt. Ich wünschte, sie wären noch bei uns, aber so ist das Leben." Sie lächelte sehnsüchtig. „Ich bin so froh, dass du gekommen bist. Ich war mir nicht sicher, ob du es verstehen würdest."

Jack setzte sich in einen Sessel neben ihr, behielt aber trotzdem einen sicheren Abstand. „Dich so zu sehen … du musst nichts erklären. Wir beide wissen, was damals passiert ist."

Vanessa trank noch einen Schluck. „Lass uns ehrlich sein. Wir waren nie verliebt, auch wenn ich dich immer respektiert habe. Ich hätte dir von Leo erzählen können – und vielleicht hätte ich es sogar tun müssen – aber meine Eltern waren sehr traditionell. Um es für alle leichter zu machen, habe ich ihnen gesagt, dass ich nicht wüsste, wer Leos Vater sei. Ich habe gelogen, um nicht in eine Ehe gezwungen zu werden."

„Aber Vanessa …", setzte Jack an.

Sie hob eine Hand. „Hätte mein Vater gewusst, wer du

bist … Ich mag mir gar nicht vorstellen, was er in seiner Wut getan hätte. Papa war ein guter Mann, aber er war nicht perfekt. Vor allem, wenn es darum ging, meine Ehre zu verteidigen. Es wäre nichts Gutes dabei herausgekommen, wenn ich enthüllt hätte, dass du der Vater bist."

Jack nickte. „Okay, das verstehe ich." Er musste nun auch ehrlich sein. „Vanessa, wenn du es mir gesagt hättest, hätte ich das Richtige getan. Dich geheiratet, dich unterstützt, was immer du gewollt hättest."

„Ich habe das bekommen, was ich wollte." Sie reckte das Kinn. „Ich brauchte dein Geld nicht, und ich wollte mit niemandem verheiratet sein. Nimm es nicht persönlich. Für mich war eine Ehe einfach nicht notwendig. Meine Groß-mutter hatte eine große Ranch geerbt. Die originale Haci-enda steht noch immer auf dem Grundstück als historisches Monument an die Zeit, in der Kalifornien Teil unserer Nachbarn im Süden war. Im Laufe der Jahre haben meine Großeltern Anteile an dem Grundstück verkauft und die Erlöse in einen Trustfonds gesteckt. Ich war gut versorgt, und Leo wird es auch sein. Ich bitte dich nicht, ihn finanziell zu unterstützen. Ich bitte dich nur darum, jetzt ein Teil seines Lebens zu werden."

Ihre Worte nagten an Jacks männlichem Blick auf sich. Und doch sprach sie da einen wichtigen Punkt an. „Ich schätze, du musstest nicht gerettet werden."

Sie lächelte. „Meiner Mutter hätte das gefallen. Und ich glaube, sie hätte dich gemocht. Mama hat sich für mich immer eine große kirchliche Hochzeit gewünscht. Dass ich unverheiratet ein Kind bekommen habe, war für sie schwer, aber ich war nicht gewillt, meine Prinzipien und Wünsche ihretwegen zu verraten."

Nach einem tiefen Atemzug wischte sie sich eine Träne von der Wange, bevor sie fortfuhr. „Ich weiß, es klingt, als wäre mein Papa ein schlimmer Mensch gewesen, aber das war er nicht. Meine Eltern waren sehr stolz, und sie haben sich Sorgen um mich gemacht. Aber sie haben immer noch an der Vergangenheit festgehalten."

„Das verstehe ich", sagte Jack leise. Die Welt um sie herum hatte sich so schnell verändert, und Vanessa war ihre kostbare Tochter, ihre Zukunft. Vielleicht stimmte er ihr nicht in allem zu, aber er respektierte ihre Sicht der Dinge.

„Das hoffe ich", sagte sie und streckte eine Hand in Richtung seines Arms aus. „Als Teenager habe ich gegen die Traditionen rebelliert. Als ich herausfand, dass ich schwanger war, dachte ich, dass es an der Zeit sei, etwas für sie zu tun. Und das war, ihnen das Enkelkind zu geben, das sie sich immer gewünscht hatten. Sie hatten sich nach einer großen Familie gesehnt, doch nach meiner Geburt konnte meine Mutter keine weiteren Kinder bekommen. Ich war ihre einzige Hoffnung darauf, die Familie fortzuführen."

Sie hielt inne und blinzelte ein paar Tränen fort. „Es tut mir leid. Ich fühle mich immer so schuldig, weil ich dir Leo vorenthalten habe. Ich dachte, ich wäre unabhängig, aber jetzt erkenne ich, dass wir alle eine größere Verbindung miteinander haben. Und die brauchen wir auch."

„Hey, ist schon gut." Jack erblickte eine Packung Taschentücher und reichte sie Vanessa. „Das liegt alles in der Vergangenheit. Du hast getan, was du damals für richtig gehalten hast", sagte er, auch wenn es ihn schmerzte. Er hätte gerne die Gelegenheit gehabt, in Leos frühen Jahren dabei gewesen zu sein. Doch jetzt war es zu spät, und es hatte keinen Sinn, sich deswegen zu streiten.

„Ich sage nicht, dass das, was ich getan habe, für dich oder Leo richtig war. Das sehe ich jetzt. Deshalb habe ich mich auch bei dir gemeldet. Vielleicht ist es noch nicht zu spät, die Dinge geradezurücken."

Darüber musste Jack einen Moment nachdenken. Einige Dinge würden sein Leben auf den Kopf stellen, aber das Leben und die emotionale Gesundheit eines kleinen Jungen – nein, *seines Sohnes* – standen auf dem Spiel.

Mit Tränen in den Augen schüttelte Vanessa den Kopf. „Nachdem meine Eltern gestorben waren, hätte ich dich anrufen können. Aber da war schon so viel Zeit vergangen, dass ich nicht wusste, was ich sagen sollte. Ich fürchtete, du würdest verärgert reagieren. Oder schlimmer noch, dass es dir egal wäre. Also habe ich nichts getan. Ich war ein Feigling.“

Jack schüttelte heftig den Kopf. „Das Wort würde ich nie benutzen, um dich zu beschreiben. Was du getan hast, war unglaublich mutig und wohlüberlegt. Ich war einfach irgendein Typ, aber du hast versucht, deinen Eltern Schmerz zu ersparen und allein ein Kind aufzuziehen.“ Er konnte nicht leugnen, dass er einen Hauch gekränkter Eitelkeit empfand, doch angesichts der Umstände würde er sich wie ein großer Junge verhalten. Und im Gegensatz zu der couragierten Frau, die ihm gegenübersaß, würde er überleben.

„Danke, dass du das sagst.“ Sie sah ihn an. „Ich habe dir ja gesagt, dass es kompliziert ist.“

Kinderlachen hallte durch das offene Fenster.

„Es klingt, als wären die Kids im Garten.“ Vanessa stand auf und trat an die Glasschiebetür an der Seite des Hauses. „Leo ist im letzten Jahr so sehr gewachsen.“

Jack gesellte sich zu ihr, und gemeinsam schauten sie hinaus und beobachteten die Kinder, die hinter dem alten Maschendrahtzaun spielten.

„Denise trimmt die Hecke auf ihrer Seite immer kurz, damit ich Leo mit Samantha spielen sehen kann. Denise und John sind so gute Nachbarn gewesen.“

„Steht ihr euch nahe?“

„Sie sind ein Jahr nach Leos Geburt hergezogen, also sind unsere Kinder gemeinsam aufgewachsen. Samantha wird ihm sehr fehlen.“ Vanessa legte ihre Hand an die Scheibe. „Die Technikfirma, für die John arbeitet, wurde aufgekauft, sodass sie am Ende des Jahres nach Oregon ziehen."

„Was Leo angeht …" Jack zögerte. Er wollte Vanessa zu nichts drängen, aber er musste wissen, was sie von ihm erwartete.

Sie schaute zu ihm hoch. In dem schmalen Gesicht wirkten ihre dunkelbraunen Augen riesig. „Er ist dein Sohn, Jack. Du musst eine Entscheidung treffen. Das kann ich dir nicht abnehmen."

Imanis Rat kam ihm in den Kopf. Er musste wissen, welche Optionen es gab. „Und wenn ich es nicht tue …"

„Mom, guck mal!", rief Leo.

„Ich gucke, *mi hijo*", sagte sie laut, doch ihre Stimme klang angestrengt. Dennoch lächelte sie tapfer und winkte ihrem Sohn zu.

Leo schaukelte immer höher. Seine braunen Haare wurden vom Wind zerzaust. Dann sprang er an der höchsten Stelle ab, machte einen Salto und rollte über den Rasen. Grinsend richtete er sich auf. „Ich hab's geschafft! Mom, hast du das gesehen?"

„Das habe ich, mein Süßer. Das war super." Vanessa klatschte in die Hände und reckte dann den Daumen nach oben. Dabei geriet sie ein wenig ins Schwanken.

Da Jack hinter ihr stand, legte er seine Hände unter ihre Ellbogen, um sie zu stützen. Sie umklammerte seine Arme und sah zu ihm hoch.

„Danke. Manchmal bin ich ein wenig wackelig auf den Beinen."

„Vielleicht solltest du dich ein wenig ausruhen, um Kraft zu sammeln", erwiderte er. „Du kannst das hier immer noch besiegen. Es gibt viele neue Medikamente …" Er brach ab, als er den Ausdruck in ihren Augen sah.

„Ich neige nicht dazu, aufzugeben, aber ich weiß, wenn ich besiegt bin. Ich hatte Operationen und experimentelle Behandlungen. Mein Arzt hat mir geraten, meine Angelegenheiten zu regeln und es mir so lange wie möglich behaglich zu machen. Und wenn die Zeit kommt und der Schmerz zu groß wird, gehe ich in ein Hospiz."

Jack wischte sich über die Augen und nickte. Ihr blieb keine andere Wahl. „Ich tue, was immer du willst."

„Ich weiß, was ich mir für Leo wünsche", sagte Vanessa leise. „Und ich weiß auch, dass es eine verdammt große Bitte ist. Aber die Entscheidung musst schlussendlich du treffen."

Leo rannte zum Zaun und schlüpfte in seine Turnschuhe, dann zog er sich am Zaun hoch. „Samanthas Mom ruft sie zum Essen."

Vanessa hob den Kopf. „Dann komm her. Ich habe hier einen Freund, den ich dir vorstellen möchte. Vergiss dein Skateboard nicht."

Während Leo loslief, um sein Skateboard zu holen, drehte Vanessa sich zu Jack um und legte ihre Hände an seine Brust. Wortlos nahm Jack sie in die Arme und hielt ihren zitternden Körper.

„So bin ich schon so lange nicht mehr gehalten worden", sagt sie und fügte dann leise lachend an: „Aber komm nicht wieder auf irgendwelche Ideen."

Während Jack ihr tröstend den Rücken streichelte, spürte er ihre zarten Knochen unter dem weiten Leinenhemd. Das Hemd hat ihr vermutlich mal gepasst, dachte er, und in diesem Moment traf ihn das Ausmaß der Situation mit solcher Wucht, dass er schlucken musste.

„Mach dir um deinen Sohn keine Sorgen", sagte er, um sich sofort zu korrigieren. „Um *unseren* Sohn. Ich will, dass du die Zeit, die dir mit ihm noch bleibt, genießt." Er half ihr zum Sofa, und während sie sich setzte, platzte Leo mit dem Skateboard unter dem Arm herein. In der anderen Hand hielt er eine mit Folie bedeckte Schüssel.

„Samanthas Mom hat mir Spaghetti mitgegeben", sagte er.

„Stell sie in die Küche und komm dann wieder her. Ich möchte, dass du …" Achselzuckend brach sie ab, weil Leo schon in die Küche gelaufen war.

Jack bewunderte die Energie des Jungen. Er wirkte auch sehr groß für seine zehn Jahre. Leo war solide gebaut und hatte welliges braunes Haar.

Wie ich, erkannte Jack. *Mein Sohn.* Seine Hand ging erneut zu seiner Brusttasche, bevor er sich zurückhalten konnte. Als er zu Vanessa schaute, sah er, dass sie sehr flach atmete.

Ernüchtert ließ er die Hand fallen und rieb die Fingerspitzen aneinander, um seine Nerven zu beruhigen.

Leo kehrte ins Wohnzimmer zurück und setzte sich neben seine Mutter. „Hi", sagte er zu Jack.

Vanessa zog ihren Sohn an sich. „Das ist ein alter Freund von mir. Jack Ventana. Er ist Reporter, und wir haben mal zusammengearbeitet."

„Cool." Leo streckte ihm die Hand hin.

Grinsend schüttelte Jack sie. „Wow, was für ein Griff. Ich habe dich auf dem Skateboard gesehen. Nicht schlecht."

„Danke", sagte Leo und strich sich die Haare aus der Stirn.

Jack schaute sich den Jungen genau an. Er hatte Vanessas braune Augen, doch ansonsten hatte Jack das Gefühl, ein Foto von sich im selben Alter anzusehen. Kurz warf er Vanessa einen Blick zu, und sie nickte. Sie hatte eine Miniversion von Jack aufgezogen. Für einen Moment war Jack so überwältigt, dass ihm die Worte fehlten.

„Vielleicht kannst du zum Abendessen bleiben", sagte Vanessa. „Denise schickt uns immer ausreichend zu essen."

„Und ihre Fleischklößchen sind wirklich lecker", warf Leo ein und lehnte seinen Kopf an die Schulter seiner Mutter.

„Hat Lupita Salat im Kühlschrank gelassen?", fragte sie.

„Ja", antwortete Leo. „Soll ich den Tisch

decken?"„Dabei kann ich dir helfen", schlug Jack vor, was Leo zu freuen schien.

Vanessa nickte. „Aber wasch dir erst die Hände, *mi hijo*."

Leo umarmte seine Mutter, bevor er aufsprang und den Flur hinunter ging.

Jack sah ihm nach, immer noch erstaunt darüber, dass er einen Sohn hatte. Er suchte nach den richtigen Worten, doch es gab keine, um das Ausmaß dessen, was er gerade erlebte, zu beschreiben. Nachdem er einmal schwer geschluckt hatte, um seine Emotionen in den Griff zu kriegen, sagte er schließlich: „Er wirkt wie ein guter Junge."

„Er ist der Beste."

Beim Abendessen saß Jack seinem Sohn gegenüber und staunte immer noch darüber, dass es ihn gab. Er versuchte, sich jedes Detail einzuprägen. Ihm fiel auch auf, dass Vanessa nur wenig aß und Leo sich rührend um sie kümmerte. Es fiel ihm schwer, seine Gefühle unter Kontrolle zu behalten, und er musste immer wieder gegen den Kloß in seiner Kehle anschlucken.

„Jack, ich würde Summer Beach so gerne noch einmal sehen", sagte Vanessa. „Es ist einer meiner Lieblingsorte. Und die Wellen sind zum Surfen perfekt." Sie umfasste Leos Hand. „Da du das ja immer mal probieren wolltest, dachte ich, wir sollten bald für einen Besuch hinfahren."

Besorgt zog Leo die Stirn kraus. „Das müssen wir nicht, Mom."

„Ich will es aber", sagte sie mit einer gewissen Dringlichkeit in der Stimme. „Ich will es für dich. Und mach dir keine Sorgen, für einen kurzen Trip geht es mir gut genug."

Jack war sich da nicht so sicher. Er sah den Schmerz, der sich in Vanessas Gesicht gegraben hatte, auch wenn sie versuchte, sich nichts anmerken zu lassen. Als sie ein Gähnen unterdrückte, stand er auf. „Leo, ich wasche ab, falls du deiner Mom helfen willst. Es ist schon spät."

Vanessa schüttelte den Kopf. „Ich komme allein zurecht. Kümmert ihr beide euch um die Küche."

Nachdem Jack ihr vom Tisch aufgeholfen hatte, trug er das Geschirr in die Küche.

Leo kam mit den restlichen Sachen hinterher und stellte sie in den Kühlschrank. Dann setzte er sich auf einen der Hocker am Tresen und musterte Jack. „Du kennst meine Mom schon eine ganze Weile, oder?"

„Das stimmt. Und es tut mir sehr leid, dass sie so krank ist." Langsam kratzte Jack die Essensreste von den Tellern in den Mülleimer, weil er ganz auf Leo fokussiert war.

Der Junge wippte nervös mit den Beinen vor und zurück. „Mom weiß davon nichts, aber ich habe sie vor ein paar Tagen am Telefon gehört. Ich hatte mein Handy vergessen, das ich immer bei mir haben soll, deshalb bin ich noch mal zurückgekommen. Sie hat deinen Namen erwähnt."

Jack grinste mit geübter Nonchalance. „Ich hoffe, es war nicht allzu schlimm."

„Sie hat übers *Hospiz* geredet." Er spuckte das Wort förmlich aus. „Ich weiß, was das ist. Bist du hier, um mich ihr wegzunehmen? Heute noch?"

Leos Worte waren wie ein Messer in den Magen. Jack stellte den Teller ab und suchte verzweifelt nach den richtigen Worten, doch die gab es nicht. Nicht in einer Situation wie dieser.

„Nicht heute", sagte er schließlich. „Aber du bist ein kluger junger Mann und ich glaube, du weißt, was irgendwann bevorsteht."

Leo senkte den Kopf und nickte. Sein kleines Gesicht wurde rot, und Jack spürte, dass er seine Gefühle in sich verschlossen hielt. Ohne zu zögern, streckte Jack die Arme nach seinem Sohn aus.

Verwirrt rutschte Leo vom Stuhl. Doch anstatt sich von Jack trösten zu lassen, zog er sich aus der Küche zurück, das

Gesicht vor Wut und Trauer verzerrt. „Nein! Ich lasse nicht zu, dass du sie mir wegnimmst. Das hier ist unser Zuhause, und hier werde ich bleiben. Verschwinde!" Er drehte sich um und rannte los. Kurz darauf knallte eine Tür zu.

Jack beendete den Abwasch und ging dann in Richtung der Schlafzimmer. Er klopfte an eine Tür und wartete auf eine Reaktion. Als sie nicht kam, drückte er die Klinke herunter und spähte ins Zimmer.

Vanessa lag schlafend im Bett. Leo lag neben ihr und schlief ebenfalls.

Er brachte es nicht über sie, sie zu wecken. Also schloss er die Tür leise wieder und verließ das Haus. Sein Herz schmerzte unter all dem, was Vanessa und Leo durchmachen mussten.

Am Auto riss Jack das Ticket fürs Falschparken unter dem Scheibenwischer heraus und stieg ein. Gerade als er gedacht hatte, er und Leo würden gut miteinander auskommen, war der Junge wütend geworden. Was verständlich war, denn er stand unter einem unvorstellbaren Stress.

Ein Wirbelwind aus Gedanken fegte durch Jacks Kopf. Was wäre die beste Option für Leo? Der Junge würde eine Menge Trauerbegleitung benötigen. Als Jack den Motor startete, schaute er noch einmal zum Haus zurück.

Selbst wenn er bereit wäre, Leo in seinem Leben aufzunehmen – würde Leo ihn jemals akzeptieren?

„Du gibst deine Wohnung auf?", fragte Kai, während sie mit ihrer Schwester über den Steg schlenderte.

„Jetzt, wo die Zwillinge auf dem College sind, brauche ich nicht mehr so viel Platz", erklärte Marina. Sie trug zwar noch ihre Bandage, doch ihr Knöchel fühlte sich schon wesentlich besser an.

Ivy und Bennett hatten sie zum Tag der offenen Tür im Jachthafen eingeladen, der zugunsten des Musikprogramms ihrer Freundin Celia veranstaltet wurde. Marina hatte die dicken blonden Haare ihrer Schwester zu einem Zopf geflochten, und sie beide trugen Tanktops und Shorts, um den Sonnenschein zu genießen.

„Ich wohne schon seit Jahren zur Miete", fuhr Marina fort. „Die Immobilienpreise in San Francisco sind so viel schneller gestiegen als mein Gehalt, dass ich es mir nie leisten konnte, mir etwas zu kaufen. Meine Agentin bezweifelt, dass sie dort noch mal einen Arbeitsplatz für mich findet, und ich muss mit meinen Ersparnissen haushalten, um die Studiengebühren der Kinder zu bezahlen."

Kai legte ihr einen Arm um die Schultern. „Das ist ein kluger Schritt. Aber wird dir San Francisco nicht fehlen?"

„Die Kinder und ich hatten dort eine schöne Zeit", sagte Marina. „So oft haben wir mit Blick auf die Bucht Clam Chowder gegessen oder sind in den botanischen Garten im Golden Gate Park gegangen. An den Wochenenden sind wir mit dem Cable Car zum Union Square gefahren. Und wir haben es geliebt, mit der Fähre nach Sausalito überzusetzen und das Kunstfestival zu besuchen. Aber diese Zeiten sind vorbei." Sie verspürte einen Anflug von Bedauern, doch sie musste jetzt praktisch denken.

Marina und Kai stellten sich an der kurzen Schlange vor dem Smoothie-Stand an und bewunderten dabei die unterschiedlich geschmückten Boote. Ein Bootseigner hatte klassische Surfbretter ausgestellt und spielte dazu laut Musik der Beach Boys. Ein anderer spielte Jazz-Saxofon und bot Jambalaya im New-Orleans-Stil an. Und Bennetts Boot, das am Ende des Stegs vertäut war, war mit hawaiianischen Blumen und Tiki-Fackeln geschmückt.

Während sie warteten, summte Kai „Let It Go", den Song aus dem Film *Frozen*, vor sich hin. Als sie an der Reihe waren, gab Marina eine Spende im Austausch für zwei eiskalte, fruchtige Smoothies. Sie genoss die Wärme und den langsameren Rhythmus von Summer Beach.

„Ginger hat es geschafft, fast ihr gesamtes Leben in Summer Beach zu leben", sagte Kai und nippte an ihrem Mango-Smoothie.

„Aber sie hat nie wirklich hier gearbeitet", entgegnete Marina. „Ständig ist sie für irgendwelche Aufträge auf Reisen gewesen. Nun ja, ich werde nächste Woche mein Debüt auf dem Markt geben."

„O mein Gott", sagte Kai. „Dann musst du unbedingt den Schoko-Zimt-Zopf machen, den du vor Kurzem gebacken hast."

„Und noch sehr viel mehr."

Ginger, die am eleganten, altmodischen Boot des Bürgermeisters stand, winkte ihnen zu. Sie unterhielt sich mit Ivy, und neben ihr saß Scout, der gerade von zwei Kindern gestreichelt wurde.

„Geht das nur mir so, oder grinst dieser Hund wirklich?", fragte Marina.

„So wie sein Herrchen." Kai lachte. „Ist dir mal aufgefallen, wie viele Hunde ihren Besitzern ähnlich sehen?"

„Ach, hör auf." Marina lachte ebenfalls. „Ich frage mich, wo Jack wohl ist? Er hält sich in letzter Zeit viel in seinem Häuschen auf. Ich sehe ihn eigentlich nur morgens, wenn er mit Scout spazieren geht."

Kai warf ihr einen Blick zu. „Sieh einer an, wer da ein Auge auf den süßen Mieter geworfen hat. Ich glaube, du bist an ihm interessiert."

„Wohl kaum." Marina stupste ihre Schwester mit dem Ellbogen an. „Er ist Autor, was bedeutet, dass er vermutlich hart arbeitet."

„Willkommen zu unserem Luau!", rief Ivy ihnen zu. „Wir servieren gegrillte Ananas- und Pfirsichscheiben mit Kokosnusseis oder geschabtem Eis, ganz nach Wunsch." Sie trug einen hawaiianischen Sarong und eine Blumenkette.

„Das klingt lecker", sagte Kai und zog Marina mit sich auf das Boot zu.

„Leilani und Roy sind die eigentlichen Gastgeber", erklärte Bennett, der am Grill stand. „Ich bin nur der Grillmeister."

Die Töne von *Somewhere Over the Rainbow* von dem geliebten hawaiianischen Sänger Iz Israel Kamakawiwo'ole wehten durch die Luft, und Kai begann, mitzusingen. Marina fiel lachend mit ein, und bald sangen alle mit.

Bennett zeigte mit seiner Grillzange auf den Grill. „Wir haben außerdem gegrillte Shrimps mit verschiedenen Dips: Koriander und Limette, Soja-Sesam oder süßsaure Barbecue-Soße. Dazu hausgemachte Eiscreme. Alles nach Rezepten von Leilanis Mutter.“

Ivy stellte ihnen Leilani und Roy vor. Marina erfuhr, dass die beiden jeden Winter ein paar Monate im Haus von Leilanis Familie auf Kauai verbrachten.

„Ihr seid also Gingers Enkelinnen“, sagte Leilani lächelnd. „Wir freuen uns, euch endlich kennenzulernen. Uns gehört *The Hidden Garden* im Ort. Ich hoffe, Gingers Garten blüht und gedeiht jetzt?“

„Solange wir Mr. Happyface von ihm fernhalten“, antwortete Marina und zeigte auf Scout.

Ein weiteres Paar, das sie nicht kannte, trat beiseite. Hinter ihnen sah sie Jack, der bei einem kleinen Jungen kniete, der ihm wie aus dem Gesicht geschnitten war. Neben ihm stand ein kleines Mädchen. Marina fühlte sich auf unerklärliche Weise von Jack angezogen, aber vermutlich ging das vielen Frauen so. Bei ihm befand sich eine bezaubernde Frau mit einem bunten Turban, die im Rollstuhl saß.

Jack schaute auf, und ihre Blicke trafen sich.

„Hi Jack. Was für eine tolle Party.“ Seitdem sie gemeinsam den Garten bepflanzt hatten, hatte sie nicht viel von ihm gesehen. Nun fiel ihr wieder die Unterhaltung ein, die sie auf dem Markt zwischen Jack und Imani gehört hatte, und sie lächelte. „Ist das dein Sohn?“

Ein seltsamer Ausdruck, den sie nicht deuten konnte, huschte über sein Gesicht. Er wurde rot und wirkte irgendwie ertappt.

„Ah, das sind Leo und Samantha“, sagte er. „Und das ist Leos Mutter Vanessa.“

Die Kinder schienen seine Reaktion nicht zu bemerken und schauten zu Marina hoch. „Hi“, sagten sie.

Die Frau in dem Rollstuhl schenkte ihr ein schwaches Lächeln.

„Schön, euch alle kennenzulernen“, sagte Marina.

„Gleichfalls", antwortete Vanessa. „Die Kinder haben so viel Spaß."

Ein weiteres Paar, das sie nicht kannte, drehte sich um. „Samantha gehört zu uns", sagte die Frau lächelnd. „Ich bin Denise, und das hier ist mein Mann John."

„Wie geht es euch?" John schüttelte Marina und Kai die Hand. „Vanessa und Leo sind unsere Nachbarn. Wir sind aus Santa Monica zu Besuch, und da wir im Seabreeze Inn wohnen, hat Ivy uns gezwungen, herzukommen."

„Wie hätten wir dem widerstehen können?" Denise hakte sich bei ihrem Mann unter. „Ich habe mich gefragt, warum wir nicht hier leben."

„Das hier ist Scout", schaltete Leo sich ein und tätschelte den Hund, der immer noch um Aufmerksamkeit bettelte. „Ich wünschte, ich hätte auch so einen Hund." Er schlang die Arme um Scouts Hals und vergrub sein Gesicht im Fell. Scout saß ganz ruhig da und stupste ihn ab und zu mit der Schnauze an.

„Ja, wir kennen Scout", sagte Marina. „Er ist im Ort berühmt."

„Und nicht unbedingt aus den richtigen Gründen", warf Jack ein. „Haben Sie den Garten gesehen? Die Tomatenpflanzen sind gut angewachsen."

Erst jetzt fiel Marina auf, dass sie sich mit allen duzte, nur mit Jack nicht. Wie albern, dachte sie und lächelte ihn an. „Wollen wir nicht auch Du sagen?", fragte sie.

Jack nickte und schenkte ihr ein kleines Lächeln. „Ich bin Jack", sagte er, was sie zum Lachen brachte.

Während sie sich weiter über den Garten unterhielten, leistete Kai eine Spende und kehrte mit einem Teller mit Shrimps und gegrillten Pfirsich- und Ananasscheiben zurück.

„Du musst unbedingt die Ananas mit den Soßen probieren", sagte sie. „Das ist so unglaublich lecker."

Marina dippte ein Stück warme Ananas in eine der

Soßen. Der rauchige Grillgeschmack gepaart mit der Süße der Frucht und dem Koriander-Limetten-Dip war einfach perfekt. „Vor- oder Nachspeise", überlegte sie laut.

„Oder als Beilage zu gegrilltem Gemüse und Fleisch", sagte Leilani. „Ananas ist ziemlich vielseitig. Auf Hawaii bereiten wir sie auf ganz viele Arten zu."

„Köstlich", sagte Marina. „Wie schafft ihr es, euer Geschäft den Winter über zu schließen?"

„Wir hängen einfach ein Schild auf", antwortete Leilani. „Gegen Ende des Jahres gibt es noch mal einen Run auf Weihnachtssterne, und dann schließen wir bis zum ersten März. Wenn wir Pflanzen übrighaben, stellen wir Schüler vom Gartenklub der Highschool an, die sich bis zu unserer Rückkehr um sie kümmern." Sie nickte zu Leo und Samantha. „Unsere Kinder sind jetzt schon erwachsen, aber früher haben wir sie im Winter immer auf Kauai in der Schule angemeldet. Sie haben es geliebt und sehr viel aus der Erfahrung gelernt. Wir arbeiten, um das Leben zu führen, das wir uns wünschen."

„Anstatt nur zu leben, um zu arbeiten", merkte Marina an.

Ginger, die einen Becher mit hawaiianischem Schabeeis in der Hand hielt, drehte sich um. „Seht ihr? Was habe ich euch immer gesagt?"

„Ja, langsam fange ich an, das Konzept zu verstehen", sagte Marina. Die Leute in Summer Beach hatten einen anderen Blick aufs Leben. Der Rhythmus war langsamer, aber es wirkte auch, als würden die Einheimischen das, was sie machten, lieben. Und irgendwie schien es für sie in der modernen Welt zu funktionieren.

„Vielleicht sollten wir den Sommer hier verbringen", schlug Denise ihrem Mann vor.

„Das ist ein guter Gedanke." John legte einen Arm um ihre Taille. „Ich wette, ich könnte viele Dinge vom Homeoffice aus machen, und wenn ein Meeting ansteht, ist es nur eine Fahrt von knapp zwei Stunden.“

Ein Strahlen legte sich über das Gesicht ihrer Tochter. „Au ja, können wir das machen? Und kann Leo auch mitkommen?“

Leos Mutter zerzauste ihm die Haare. „Ich glaube, das würde gehen. Mir gefällt es hier auch sehr gut.“ Dann formte sie ein stummes *Dankeschön* in Denises Richtung, die nickte.

Marina spürte eine Geschichte hinter diesem Austausch.

Denise wirkte aufgeregt. „Ivy, ist es möglich, unsere Zimmer den gesamten Sommer über zu mieten?“

„Es tut mir leid, wir sind dieses Jahr schon komplett ausgebucht“, antwortete sie. „Aber es gibt andere Ferienunterkünfte im Ort. Bennett kann euch damit helfen. Er hat eine Maklerlizenz, und wenn er nicht gerade bürgermeistert, hilft er den Leuten mit ihren Häusern.“

Bennett, der immer noch am Grill stand, wedelte mit seiner Grillzange. „Das mache ich gerne“, sagte er. „Sobald die Sommerferien anfangen, sind die Unterkünfte schnell weg. Aber wenn ihr euch dieses Wochenende etwas ansehen wollt, kann ich das arrangieren.“

„Es ist nicht mehr lange bis zu den Ferien“, sagte Denise. „Da sollten wir uns besser beeilen.“

Marina hörte eine gewisse Dringlichkeit in Denises Worten, konnte sich jedoch nicht erklären, warum. Vielleicht waren sie ausgebrannt, wie so viele Menschen, und benötigten eine Auszeit.

„Ich hoffe, dann mehr von euch allen zu sehen“, sagte sie zu Denise und John. „Jack hat das Gästehaus auf dem Grundstück meiner Mutter gemietet. Wenn Leo und Samantha also Scout besuchen, können wir auf der Terrasse ein paar Hors d’œvres zu uns nehmen.“

„Das wäre schön“, sagte Vanessa und ergriff Denises Hand.

Die beiden Frauen wirkten wie sehr gute Freundinnen, die ein besonderes Band teilten. Marina sah, dass es Vanessa nicht gut ging, und ihr Herz schwoll für sie an.

„Mom, kann ich noch was von dem Obst haben?", fragte Leo. „Das ist echt lecker."

Vanessa nickte und griff nach ihrem Portemonnaie.

„Ich mach das", sagte Marina und ging zu Bennetts Grill, wo sie ein paar Scheine in das Spendenglas steckte. Der kleine Junge hatte etwas an sich, das an ihrem Herzen zupfte. Er war so liebevoll zu seiner Mutter, aber da war noch mehr. Marina hatte selbst zwei Kinder großgezogen und erkannte die süße Verletzlichkeit in dem Jungen.

Bennett schaute zu ihr auf. „Nachschlag?"

„Für Leo."

Er nickte und gab eine extra große Portion auf einen Teller.

Als Marina damit zu Leo zurückkehrte, weiteten sich seine Augen vor Freude. Er dankte ihr mit einer Umarmung und bot den Teller erst seiner Mutter an, die jedoch ablehnte, und dann seiner Freundin Samantha. Mithilfe von Jack kletterten die beiden Kinder aufs Boot, wo sie sich setzten und ihre Beute gemeinsam vertilgten.

„Ich liebe Kinder in diesem Alter", sagte Marina, während sie die beiden beobachtete. Sie spürte Jacks Blick auf sich und drehte sich zu ihm um. Tiefe Emotionen spiegelte sich in seiner Miene. In diesem Moment hätte sie sich Hals über Kopf in ihn verlieben können, deshalb wandte sie schnell den Blick ab. So war es ihr mit Grady auch gegangen. Doch es war von ihm nur vorgespielt gewesen, was sie damals allerdings nicht gewusst hatte. Momentan traute sie sich jedoch nicht zu, den Unterschied zu erkennen.

Sie verspürte eine leichte Nervosität, weshalb sie ihre Schwester fragte: „Wollen wir dann mal wieder los?"

Kai verzog das Gesicht. „Du machst Witze. Das hier ist eine tolle Party." Dann bemerkte sie Jack und nickte. „Ich glaube, ich verstehe dein Problem. Aber bitte bleib noch. Wenn du das machst, komme ich mit dir nach San Francisco und helfe dir beim Packen."

So ein Angebot konnte Marina nicht ausschlagen. „Nächstes Wochenende?"

„Versprochen."

„Okay. Ich glaube, ich bin jetzt bereit für ein Schabeeis."

Kai umfasste ihren Ellbogen und zeigte zum Bug des Bootes. „Shelly mixt gerade ihre speziellen Sea Breeze-Cocktails. Bitte sie um die alkoholische Variante. Die ist nur für Freunde und Familie. Sie meinte, das Passwort wäre *woohoo*. Und lass uns eine großzügige Spende machen. Es ist immerhin für einen guten Zweck, oder?"

„Gut, dass wir zu Fuß hier sind." Marina musste lachen. Ihre Schwester und Shelly waren ungefähr im gleichen Alter und hatten sich von Anfang an gut verstanden. Sie hatten sich im Java Beach kennengelernt, und Shelly hatte Kai zu ihrer morgendlichen Yogaklasse eingeladen.

Nachdem Shelly ihnen die Cocktails gemixt hatte, fand Marina einen Platz in der Kajüte, wo sie sich hinsetzen und ihren Fuß für einen Moment hochlegen konnte. Alle hatten so viel Spaß, und sie war froh, geblieben zu sein.

Ginger kam in die Kajüte und setzte sich ihr gegenüber. „Aha, hier hast du dich also versteckt."

„Ich muss mich immer noch ein wenig schonen", sagte Marina und nippte an ihrem eiskalten Drink.

„Kai meinte, dass du nächstes Wochenende deine Wohnung ausräumen willst."

„Das stimmt."

Ginger beugte sich vor. „Es ist schön, zu sehen, dass du deine Kosten reduzierst und Entscheidungen triffst. Wie lautet der Plan?"

Wie üblich war sie ziemlich direkt.

„Ich dachte, ich fange klein an und baue mir auf dem Markt einen Kundenstamm auf", erklärte Marina. „Wenn es für dich in Ordnung ist, würde ich gerne über den Sommer Pop-up-Dinner auf der Terrasse anbieten. Sobald ich genügend Geld gespart habe, könnte ich ein Ladenlokal mieten und ein Restaurant eröffnen. Ich habe schon mit Bennett darüber gesprochen, welche Lizenzen und Genehmigungen ich benötigen würde. Wärst du damit einverstanden? Es wäre nur für den Sommer. Danach sollte ich wissen, ob mein Konzept trägt."

Ginger legte die Fingerspitzen aneinander und dachte nach. „Das Cottage war mein Hochzeitsgeschenk von Bertrand, und wir haben einander versprochen, es für unsere Kinder, Enkelkinder und deren Kinder zu behalten."

Das Boot wiegte sich sanft im Hafen. Marina legte Ginger eine Hand auf die Schulter. „Das Cottage bedeutet mir auch sehr viel. Genau wie Heather, Ethan und Brookes Jungs, auch wenn sie ihre Gefühle nicht oft laut aussprechen."

Ginger streichelte Marinas Hand und lächelte. „Es ist lustig, dass du die Idee mit den Pop-up-Dinners hast. Du weißt es vielleicht nicht, aber nachdem ich mich mit Julia Child angefreundet habe, habe ich oft davon geträumt, selbst ein kleines Café zu eröffnen. Summer Beach ist dafür der perfekte Ort, doch in meinem Alter genieße ich meine Freiheit."

Marina hörte zu und fragte sich, worauf ihre Großmutter hinauswollte. Sie könnte sich immer noch nach einem anderen Platz umsehen. Vielleicht im Seabreeze Inn. Da müsste sie mal mit Ivy und Shelly reden.

Gingers Augen funkelten. „Mir gefällt es, dass du dein Leben in die Hand nimmst. Vielleicht sollte mein Traum der deine sein. Du musst natürlich gucken, was das kostet, aber ich spüre, wie entschlossen du bist. Ich würde sagen: Mach es. Nutz die Terrasse für deine Dinnerpartys."

Die Vorstellung, das wirklich durchzuziehen, ließ Marinas Magen aufgeregt kribbeln. Ihr Blick schweifte über das Wasser, bis sie das Cottage erblickte. „Meinst du das ernst?"

Ein Lächeln umspielte Gingers Mundwinkel. „Warum nicht? Etwas mehr Gesellschaft würde mir guttun. Bleib in Summer Beach und gib dem Ganzen eine Chance."

„Das würde ich sehr gerne tun." Marina umarmte sie. „Ich kann es schon vor mir sehen – Lichterketten und Blumen. Wir würden nur abends öffnen. Ivy und Shelly schicken ihre Gäste zu mir, und Ivy möchte außerdem gerne Appetithäppchen für ihre Happy Hour haben."

„Ich denke, mit diesen Partys werden wir alle viel Spaß haben", sagte Ginger. „Aber wir brauchen eine größere Terrasse."

„Darüber habe ich schon nachgedacht. Ivy hat einen Bauunternehmer erwähnt, der viele der bei dem Feuer zerstörten oder beschädigten Häuser wieder aufbaut. Ich frage sie mal nach seinem Namen."

Ginger nickte. „Das könnte allerdings teuer werden."

„Nicht wenn wir es so machen, wie ich es mir vorstelle. Wenn der Bauunternehmer sich um das Gerüst und die Elektrik kümmert, können wir den Rest, glaube ich, selbst machen. Ich könnte auch Brookes Jungs fragen, ob sie helfen. Was ich an Miete spare, weil ich die Wohnung in San Francisco aufgebe, sollte die Kosten decken."

„Gute Idee." Ginger zog die Stirn kraus. „Aber unter einer Bedingung."

„Was immer du willst."

Nun breitete sich ein Lächeln auf Gingers Gesicht aus. „Du musst ein Gericht nach mir benennen."

Marina lehnte sich zurück und verschränkte die Arme vor der Brust. „Nur wenn ich einige deiner Rezepte benutzen darf."

„Einverstanden." Sie schüttelten einander die Hand. „Solange es nicht Julias Rezepte sind. Auch wenn ich viele von denen verändert habe“, fügte sie mit einem verschmitzten Lächeln an.

Zum ersten Mal seit Jahren wurde Marina von einem Gefühl der Freiheit erfüllt. Sie liebte es, ein neues Projekt zu haben. Es würde sicherlich ein unvergesslicher Sommer werden.

Sie hörte, wie Jack auf dem Steg nach Scout rief, was sie lächeln ließ. Selbst Jack kam ihr nicht mehr so nervtötend vor. Und außerdem würde er nach dem Sommer weiterziehen, und sie wäre die seltsamen Gefühle los, die immer in ihr aufstiegen, wenn er in der Nähe war.

Diese Gefühle haben nichts zu bedeuten, sagte sie sich. Denn dank Grady hatte sie gelernt, dass sie ganz schlecht darin war, Männer einzuschätzen.

Deshalb hatte sie beschlossen, sich endgültig vom Dating zu verabschieden und den Rest ihres Lebens glücklich allein zu sein.

11

arina lenkte ihren türkisfarbenen Mini Cooper auf den kleinen Parkplatz vor dem Rathaus von Summer Beach. Das Dach hatte sie runtergelassen.

„Ich liebe dein kleines Auto", sagte Ivy, die neben ihr saß. „Ich habe einen Chevy, einen Oldtimer, den Bennett normalerweise top in Schuss hält, aber heute hat der Motor beschlossen, sich einen Tag freizunehmen. Ich hoffe, es ist nur die Batterie."

„Ich kann es ihm nicht verdenken. Manchmal frage ich mich, wie sich hier am Strand überhaupt jemand dazu motivieren kann, zur Arbeit zu gehen."

Ivy schob sich eine Strähne hinters Ohr und lachte. „Wenn man das, was man tut, liebt …"

„… muss man in seinem Leben nie wieder arbeiten", beendete Marina den Satz und lächelte ihre Freundin an. „Ich liebe dieses Zitat."

Von ihrem erhöhten Punkt auf einem Hügel konnte Marina die Boote im Hafen sehen und die Surfer, die über die endlos an den Strand rollenden Wellen ritten.

Am Morgen hatte Marina sich mit Ivy und Shelly im

Seabreeze Inn getroffen, um über die Appetithäppchen zu sprechen, die sie ihren Gästen bei der täglichen Happy Hour servieren wollten.

„Bist du sicher, dass Mitch nicht das Gefühl hat, ich wolle ihm sein Geschäft streitig machen?", fragte sie.

„Er beliefert uns mit Keksen und Gebäck, aber hauptsächlich kommt er jeden Tag vorbei, um Shelly zu sehen." Ivy lachte leise. „Sie sind jetzt schon seit einer ganzen Weile zusammen. Unsere Gäste werden begeistert sein, von deinen Pop-up-Dinners zu hören. Ich glaube, du wirst überrascht sein."

„Shelly und Mitch wirken, als ob sie gut zusammenpassen", sagte Marina. Shelly hatte einen bunten, unkonventionellen Yoga-Stil, der gut zu Mitchs entspannter Surfer-Energie passte. „Mitch hat so ein Glück, dass er das tun kann, was er liebt."

„Am Morgen surfen, wenn die Wellen am besten sind, dann Kaffee kochen und mit den Einheimischen und Touristen plaudern meinst du?" Ivy nahm ihre Handtasche. „Das ist auch für Shelly ein gutes Leben. Abgesehen davon, dass sie mit Poppy und mir das Inn leitet, macht sie auch Lifestyle-Videos. Im letzten Jahr hat ihr Vlog sich vom New Yorker Chic zum lässigen Strandstyle verwandelt. Und ihre Follower lieben es. Sie hat Gartenbau studiert und auch die Gartengestaltung des Inn übernommen."

„Das Inn ist ganz bezaubernd", sagte Marina. „Hat die Renovierung lange gedauert?"

„Sie ist immer noch nicht ganz abgeschlossen", antwortete Ivy und stieg aus dem Wagen. „Wir arbeiten noch an dem Kellergeschoss, das jahrelang versiegelt war."

Sie gingen auf das Rathaus zu. „Was machst du in deiner Freizeit?", wollte Marina wissen.

„Ach, es ist immer irgendetwas los." Ivys türkises Top flatterte in der Brise. „Die große Feier zum Unabhängigkeitstag, unzählige Grillpartys am Strand. Zwischen der

Gästebetreuung und den Arbeiten am Inn schaffe ich es auch immer wieder, mir ein wenig Zeit zum Malen zu nehmen. Das ist meine Leidenschaft. Im letzten Jahr haben wir eine Kunstausstellung organisiert, die so beliebt war, dass wir sie dieses Jahr wiederholen.“

„Hier hat sich nicht viel verändert, seit ich ein Kind war“, sagte Marina. „Ich frage mich, wie ich Summer Beach wohl sehen würde, wenn ich hiergeblieben wäre.“

Im Laufe der Jahre war Marina immer, wenn sie konnte, mit den Zwillingen hergekommen, doch normalerweise hatte Ginger sie in San Francisco besucht, weil das mit Marinas Job einfacher gewesen war. Vermutlich hatten ihre Kinder im Laufe der Jahre mehr Zeit in Summer Beach verbracht als sie selbst. Nach ein paar Wochen waren sie dann mit sonnenverbrannten Nasen und strahlenden Gesichtern wieder heimgekommen. Oft hatte sie sich gewünscht, sie begleiten zu können. Und jetzt war sie hier. Vielleicht sogar für immer.

Die Sonne schien warm auf ihre Schultern. Obwohl sie San Francisco ab und zu vermisste, fehlte ihr die Kälte nicht, die sich gerne vom Meer anschlich und selbst an Sommertagen die Stadt oft in dichten Nebel hüllte.

Sie kamen an lilafarbenen Bougainvilleas und einigen Wüstenpflanzen vorbei, bevor sie das Gebäude aus der Mitte des letzten Jahrhunderts erreichten.

Marina beschattete ihre Augen und sagte: „Das sieht nach klassischer kalifornischer Architektur aus.“

„Warte nur, bis du es von innen siehst“, antwortete Ivy.

Als Marina die von Licht durchdrungene Struktur betrat, wurde ihr Blick sofort von der hohen Decke angezogen. Sonnenlicht fiel durch die Fenster in den Dachgauben. Eine Wand aus Bleiglasfenstern gab den Blick über die Bucht frei. Und über dem Empfangstisch hing ein Banner mit der Aufschrift: *Das Leben ist besser in Summer Beach.*

Das hoffte Marina aus vollem Herzen.

Eine Frauenstimme hallte durch die Luft. „Guten Morgen an diesem wundervollen Tag in Summer Beach. Wie kann ich Ihnen helfen, meine Liebe?"

Ivy tauchte hinter Marina auf. „Guten Morgen, Nan. Kennst du Marina schon?"

Die Frau Mitte fünfzig mit roten Locken ließ ein breites Lächeln aufblitzen. „Noch nicht persönlich. Aber mein Mann Arthur und ich haben gerade heute früh im Java Beach über dich gesprochen. Willkommen in Summer Beach, Liebes."

Ivy trat an den Empfangstresen und hielt inne, um an einem Strauß Gartenrosen zu riechen, der in einer Vase darauf stand. Dabei unterdrückte sie ein Lächeln. „Neuigkeiten verbreiten sich hier schnell."

Innerlich zuckte Marina zusammen. Es würde dauern, sich an den Klatsch und Tratsch in einem so kleinen Ort zu gewöhnen. Aber so würde sich auch die Neuigkeit über ihren Backstand und die Pop-up-Dinner schnell herumsprechen. Was zugleich gut und schlecht war. Sie konnte sich keine Fehler erlauben.

„Es ist kaum zu glauben, dass es erst ein Jahr her ist, dass ich an dieser Stelle gestanden und nach einem Antrag für einen Gewerbeschein gefragt habe", sagte Ivy.

„Deswegen bin ich auch hier", erklärte Marina an Nan gewandt.

„Ja, das dachte ich mir." Nan beugte sich vor und senkte die Stimme zu einem verschwörerischen Flüstern. „Mitch hat mir gesagt, dass du einige von Gingers Rezepten hast – die, die sie nicht mit ihm teilen wollte. Sie ist unsere ganz eigene geheimnisvolle Lady, diese Ginger."

„Ich weiß nicht, ob das stimmt", antwortete Marina. „Aber Ginger hat mir das Versprechen abgenommen, eines meiner Gerichte nach ihr zu benennen."

„Oh, du solltest alle Gerichte nach Einheimischen

benennen", sagte Nan und ihre Augen funkelten vergnügt. „Wäre das nicht lustig?"

„Vielleicht sobald ich sie kennengelernt habe", erwiderte Marina, weil sie nichts versprechen wollte. „Wo kann ich die notwendigen Genehmigungen beantragen?"

„Dabei kann dir Jim Boz helfen. Er kümmert sich um alles, was mit Stadtplanung und Flächennutzung zu tun hat, und wenn er nicht zu beschäftigt ist, auch um Gewerbescheine." Nan nahm ein Formular aus einer Mappe und klemmte es auf ein Klemmbrett. „Füll das einfach aus, und danach kannst du gleich in sein Büro gehen." Sie zeigte in die Richtung. „Ich sage Boz Bescheid, dass du hier bist. Und Ivy, erwartet Bennett dich?"

„Ja, aber wenn er beschäftigt ist, musst du ihn nicht stören. Ich werde erst mal Marina helfen."

„Es war schön, dich kennengelernt zu haben, Nan", sagte Marina, bevor sie in die angegebene Richtung ging, wobei sie an einem robusten Gummibaum vorbeikam, der sich dem Licht entgegenstreckte.

„Nan ist wirklich süß", flüsterte Ivy. „Vielleicht tratscht sie ein wenig zu gern, aber sie hat keine bösen Absichten."

„Im Gegensatz zu den Leuten, mit denen ich bisher zusammengearbeitet habe." Marina dachte an Babe Barstow, die Königin des Klatsches. Babe liebte es, wenn sie irgendein Gerücht kannte, mit dem sie einem einen Schlag versetzen konnte. Aber das lag zum Glück in der Vergangenheit.

„Vermisst du dein altes Leben?", fragte Ivy.

„Manchmal. Ich liebe San Francisco, aber das hier fühlt sich jeden Tag mehr wie mein Zuhause an. Ginger will, dass ich bleibe, und ich muss auch an sie denken. Sie wird nicht jünger, auch wenn sie immer noch rüstig ist. Wohnen deine Eltern in der Nähe?"

„Ja. Und sie sind immer noch sehr aktiv. Wann immer sie können, segeln sie oder schmeißen Partys. Unsere Zwillingsbrüder wohnen mit ihren Familien auch hier. Wobei ihre Kinder inzwischen schon groß sind."

„Und wie geht es deinen beiden Töchtern?"

„Gut. Die Ältere ist Schauspielerin an der Ostküste, aber ab und zu kommt sie zu Werbeaufnahmen hierher. Vor ein paar Monaten hat sie die Pilotsendung einer neuen Serie gedreht, aber ihre wahre Liebe gehört dem Theater." Ivy schüttelte den Kopf. „Meine jüngere Tochter fährt jeden Tag nach San Diego zur Uni. Es ist ihr letztes Jahr, und es war nicht leicht, sie hierherzuholen."

„Das kann ich mir vorstellen." Marina dachte an ihre Kinder. Heather hatte sie angerufen, um ihr zu sagen, dass Ethan eine wichtige Prüfung nicht bestanden hatte und danach ein paar Vorlesungen hatte ausfallen lassen, um Golf zu spielen. Marina hatte versucht, ihn anzurufen, doch er war nicht rangegangen.

Nachdem sie eine ruhige Ecke gefunden hatte, füllte Marina schnell das Formular aus, während Ivy ein paar Nachrichten mit ihrem Handy verschickte.

„Ginger und ich habe darüber gesprochen, die Terrasse zu erweitern", sagte Marina, als sie mit dem Formular fertig war. „Du hast mal einen Bauunternehmer erwähnt, der die Häuser auf den Klippen wiederaufbaut. „Ich habe mich gefragt, ob er wohl Zeit für einen kleinen Job hätte."

„Axe hat ein ganzes Team, das für ihn arbeitet, und sie übernehmen auch kleinere Jobs", antwortete Ivy und scrollte schon durch ihre Kontaktliste. „Hier, ich gebe dir seine Nummer."

„Axe?" Marina zog die Augenbrauen hoch. „Sollte ich mir Sorgen machen?"

Ivy lachte. „Das ist nur sein Spitzname. Axel Woodson ist ein außergewöhnlich netter Mann aus Montana."

Während Marina die Nummer in ihr Handy speicherte, steckte ein jung aussehender Mann mit dichten, grau melierten Haaren den Kopf aus einer der Türen.

„Einen schönen Tag, Ladys. Was kann ich für euch tun?"

„Das ist Jim Boz." Ivy stellte sie einander vor. „Marina ist eine von Gingers Enkelinnen."

„Die aus San Francisco, wenn ich richtig informiert bin. Kommt doch herein."

„Stimmt", bestätigte Marina und folgte seiner Aufforderung. „Bennett sagte, ich könnte hier die Genehmigungen beantragen, die ich benötige, um meine hausgemachten Speisen auf dem Markt zu verkaufen und Pop-up-Dinner in Gingers Cottage anzubieten. Wenn das Konzept sich als tragfähig erweist, würde ich später gerne ein eigenes Café eröffnen."

Nachdem alle sich gesetzt hatten, sagte Boz: „Es ist klug, das langsam aufzubauen." Er schüttelte den Kopf. „Im Moment sind es harte Zeiten für die Restaurants im Ort."

„Warum?", fragte Marina.

„Unsere Nachbargemeinde hat im letzten Jahr ein paar große Restaurantketten zugelassen", erklärte er. „Sie betreiben heftige Werbung und bieten Deals an, bei denen unsere Restaurants nicht mithalten können. Auch wenn ihr Angebot nicht ansatzweise so gut ist, haben sie große Unternehmen hinter sich. Die Touristen fliegen darauf und lassen unsere Restaurants mit leeren Händen dastehen."

Ivy nickte wissend. „Den Gästen des Inns empfehlen wir immer die einheimischen Cafés und Restaurants, aber die Angebote der großen Ketten sind ziemlich attraktiv. Trotzdem bekommen die Besucher in unseren Restaurants wesentlich besseres Essen."

„Das ist die Herdenmentalität", fügte Boz an. „Und die ist in diesem Jahr ein größeres Problem als je zuvor. Ich weiß nicht, wie lange einige unserer Leute noch durchhalten können. Die Ketten fangen schon an, hier herumzuschnüffeln, um von denen, die es nicht schaffen, zu mieten oder zu kaufen."

Das fand Marina verstörend. „Das würde aber einen Teil dessen kaputtmachen, was Summer Beach ausmacht."

„Genau das ist das Problem", stimmte Boz ihr zu. „Abgesehen davon, dass es vielen unserer Einheimischen wehtun würde. Java Beach, das *Starfish Café*, Rosas Fisch-Taco-Stand. Das sind nur ein paar von denen, deren Umsätze eingebrochen sind."

„Das klingt, als könnte mein Timing besser sein", überlegte Marina laut. Noch ein Grund mehr, klein anzufangen, dachte sie. Die Veränderungen im Markt waren besorgniserregend – nicht nur für sie, sondern für alle örtlichen Restaurants und deren Gäste. Sie fragte sich, was man dagegen wohl unternehmen könnte.

„Ich sehe, Nan hat dir schon den Antrag auf einen Gewerbeschein gegeben." Boz holte noch ein weiteres Formular heraus. „Wir müssen eine Begehung der Örtlichkeiten vornehmen. Wie wäre es mit morgen?"

„Wow, so bald schon." Sofort dachte Marina daran, wie viel sie noch zu putzen hatte. Nicht, dass die Küche schmutzig wäre, aber würden sie hinter den Kühlschrank gucken? Oder hinter Old Myrtle, den roten Herd?

Boz zog eine Augenbraue in die Höhe. „Gibt es damit ein Problem?"

Seine Tonlage verriet ihr, dass er bereits Fragen hatte. „Wirst du die Begehung durchführen?"

Boz klickte ein paar Mal mit seinem Kuli. „Dafür haben wir eine freie Mitarbeiterin, die sich mit dir am Haus trifft. Ich weiß, wo das Cottage ist, aber sie vielleicht nicht. Adresse?"

„Oh, richtig." Mit einem Mal war Marina nervös. Sie würde das Haus heute Nachmittag einer rigorosen Grundreinigung unterziehen müssen.

Das Telefon auf dem Schreibtisch klingelte, und Boz ging ran. „Ja, das ist sie. Soll ich sie zu dir schicken?" Er warf Ivy einen Blick zu. „Der große Mann ist bereit für das Pastrami-Sandwich."

„Wir sehen uns später, Marina", sagte Ivy. „Danke fürs Mitnehmen." Sie umarmte Marina und machte sich dann auf den Weg zu Bennetts Büro.

Boz überflog Marinas Antrag. „Hast du irgendwelche Erfahrungen mit dieser Art von Geschäft?"

„Nein. Aber ich habe mein Leben lang mit Ginger zusammen gekocht."

„Du musst an einem Lehrgang zum Umgang mit Lebensmitteln teilnehmen und brauchst ein Gesundheits- zeugnis. Außerdem musst du dich an die in Kalifornien geltenden Gesundheits- und Hygieneregeln halten." Er schob ihr eine Informationsbroschüre zu. „Hier steht alles drin, was du wissen musst."

Mit einem Mal vibrierte ihr Handy, und sie warf einen Blick darauf. Eine Nachricht von ihrer Agentin erschien auf dem Display. *Ruf mich sofort an. Es geht um Hal.*

Marina seufzte. Der Gedanke an diese Ratte vernebelte ihr das Gehirn. Irritiert stieß sie einen lauten Seufzer aus. „Wie lange wir das alles dauern? Ich hatte gehofft, dass ich diese Woche auf dem Markt anfangen könnte." Sie presste die Lippen zusammen. Das hatte nicht so schnippisch klingen sollen.

Boz legte ein weiteres Formular vor sie. „In dem Fall brauchst du eine vorübergehende Lizenz zum Verkauf von Nahrungsmitteln."

Genervt von dem wachsenden Berg an Formularen pustete Marina sich eine Strähne aus der Stirn. Sie konnte nicht glauben, was alles nötig war, damit sie ein paar Brote verkaufen konnte. Und sie musste noch die Kosten kalkulie- ren, um ihre Gewinnmarge auszurechnen. Und die Rezepte ausprobieren. Und Menüs überlegen. Ganz zu schweigen davon, dass sie die Speisen für die Webseite und die sozialen

Medien fotografieren musste. „Du machst Witze. Ich will doch nur ein paar Brote verkaufen."

Boz legte den Kopf schief und sah sie unter hochgezogenen Augenbrauen an. „Ich habe die Regeln nicht gemacht, Ma'am."

Marina massierte sich die Schläfen. Auf einmal wirkte das alles zu viel. Sie hatte noch nie zuvor ein Unternehmen gegründet. „Und wenn ich die Terrasse erweitern will?"

„Das kommt darauf an, was du vorhast. Wird das ein Profi übernehmen?"

„Ich glaube ja."

„Das würde ich empfehlen." Er schob noch ein Formular über den Schreibtisch.

„Wow." Marina wollte nicht unhöflich sein, aber sich selbstständig zu machen war wesentlich komplizierter, als sich für einen Job zu bewerben. „Danke."

„Wenn du noch Fragen hast, ruf uns gerne an", sagte Boz fröhlich. „Wir sind hier, um zu helfen, nicht, um dir Hindernisse in den Weg zu legen. Auch wenn es im Moment vielleicht so aussieht."

Marina verzog das Gesicht und sammelte die Papiere ein. Dann verabschiedete sie sich und verließ das Rathaus. Zum Glück stand die fröhliche Nan nicht am Empfang, denn Marinas Bedarf an Menschen, die ihr helfen wollten, war für diesen Tag gedeckt.

Auf dem Parkplatz blieb sie neben ihrem Auto stehen und atmete ein paar Mal tief durch, um ihren Frust loszuwerden. Dann fiel ihr die Nachricht von Gwen ein, und sie wählte ihre Nummer, wurde aber sofort auf die Mailbox weitergeleitet. Wenn es um Hal ging, konnte es nichts Gutes sein. Bei dem Gedanken an ihren alten Boss erschauderte sie und hinterließ ihrer Agentin eine Nachricht.

Dann betrachtete sie den Ort von ihrem erhöhten Aussichtspunkt. Die Sonne wärmte ihr Gesicht, und der

Blick über das Meer beruhigte ihre Seele. Mit jedem Tag, der verging, fühlte sie sich ein wenig leichter. Sie musste zugeben, dass das Leben in Summer Beach wirklich gut war.

Kein Hal mehr, keine Babe, kein Grady. Sie hatte die Chance, ihr Leben neu zu starten. Innerlich lachend schüttelte sie den Kopf. Nicht, dass ihr eine große Wahl blieb. Das hatte Gwen nur zu deutlich gemacht.

Doch sie war entschlossen, proaktiv zu handeln und das Beste aus ihrer Situation zu machen.

Erneut nahm sie ihr Handy heraus und wählte die Nummer des Bauunternehmers. Er ging sofort ran.

„Axe", sagte eine selbstbewusste, angenehme Stimme. „Wie kann ich Ihnen helfen?"

Marina erklärte kurz, wer sie war und was sie brauchte. „Wann könnten Sie vorbeikommen, um sich die Terrasse anzusehen?"

„Wie wäre es heute?"

Seine tiefe, sonore Stimme wäre perfekt für einen Synchronsprecher, dachte Marina. „Gern. Ich bin gerade auf dem Weg dorthin."

„Dann treffen wir uns in einer halben Stunde dort", sagte Axe.

Marina stimmte zu und stieg in ihren Wagen. Das Leben hier hatte eine Leichtigkeit, die sie sehr ansprechend fand.

Als sie am Coral Cottage ankam, sah sie Kai draußen in der Sonne liegen. Sie trug einen Hut mit breiter Krempe, der ihr Gesicht schützte, und einen goldfarbenen Retro-Bikini, der ihren schlanken Körper und die langen Beine gut zur Geltung brachte. Das Tanzen sorgte dafür, dass sie perfekt in Form war.

Marina hatte wegen ihres Jobs immer aus reiner Notwendigkeit auf ihre Figur geachtet, doch in den letzten Wochen, während sie gebacken und neue Rezepte auspro-biert hatte, war ihr aufgefallen, dass sie um die Hüften herum ein wenig zugenommen hatte. Das Schöne daran war: Es war ihr vollkommen egal. Ihr gefiel, wie sie jetzt aussah. Nicht mehr so hager und wesentlich glücklicher. Hier konnte sie sein, wer sie wollte.

Vorzugsweise sie selbst.

Als sie auf ihre Schwester zuging, sah sie aus dem Augenwinkel Jack auf der vorderen Veranda des Gästehäuschens sitzen. Er war über seinen Laptop gebeugt und arbeitete. Scout lag schlafend zu seinen Füßen. Ein seltsames Gefühl zupfte an ihr und schnell richtete sie ihre Aufmerksamkeit wieder auf Kai, die vor sich hin summte.

„Hey du." Sie tippte ihrer Schwester auf die Schulter. „Wir bekommen Gesellschaft."

Kai schob den Hut ein wenig aus der Stirn. „Werden meine Dienste benötigt?"

„Gleich kommt ein Bauunternehmer, um sich die Terrasse anzusehen. Er soll mir einen Kostenvoranschlag für die grundlegenden Arbeiten machen. Um die Kosten niedrig zu halten, möchte ich, dass wir so viel wie möglich selbst machen."

„Und wer genau gehört zu diesem *wir*, von dem du sprichst?"

Marina setzte sich auf die Kante der Sonnenliege. „Ich, Brookes Jungs und du."

Kai stützte sich auf einen Ellbogen und griff nach der Thermosflasche, die neben ihr auf dem Boden stand. Nachdem sie einen Schluck getrunken hatte, sah sie Marina unter hochgezogenen Augenbrauen an. „Das ist das erste Mal, dass ich davon höre."

„Komm schon, Kai. Das wird lustig." Marina streckte die Hand nach der Thermosflasche aus. „Ich bin am Verdursten. Gibst du mir einen Schluck von deinem Wasser?"

Kai zögerte. „Das ist Saft", sagte sie und gab ihr die Flasche.

Marina nahm einen großen Schluck und verschluckt sich beinahe. „Wow. Was ist das?“

„Das ist der Spezial-Cocktail von Shelly“, antwortete Kai lachend.

„Du hast mir nicht gesagt, dass da Wodka drin ist.“

„Überraschung! Genau wie du mich mit der Arbeit an der Terrasse überrascht hast.“ Kai lehnte sich wieder zurück und zog den Hut tief ins Gesicht.

„Komm schon, Kai. Denk an all die Male, als ich dir mit deinen Hausaufgaben geholfen habe.“

„Das wirst du mir bis zum Ende meines Lebens vorhalten, oder?“ Sie streckte eine Hand aus und wackelte mit den Fingern. „Kann ich mein Getränk bitte zurückhaben?“

Marina trank noch einen Schluck. *Das ist so erfrischend.* Nach einem weiteren Schluck gab sie Kai die Flasche zurück.

Sie hörte ein Geräusch und drehte sich in dem Moment um, in dem ein Truck auf den Weg zum Cottage einbog. „Ich glaube, das ist der Bauunternehmer. Steh auf. Außerdem hast du schon einen leichten Sonnenbrand.“

„Habe ich gar nicht. Weck mich, wenn er wieder weg ist.“

Der Truck hielt neben Marinas Auto an, und ein großer Mann stieg aus. Die von der Sonne gebleichten Haare hatte er aus dem Gesicht gekämmt, und eine Pilotenbrille verdeckte seine Augen. Zu seiner gut sitzenden Jeans trug Axe ein T-Shirt und Stiefel. Es fehlte nur noch der Cowboyhut, dann hätte er Werbung für seinen Heimatstaat Montana machen können.

Marina stieß ihre Schwester an. „Das willst du sehen.“

„Lass mich aus der Sache raus.“

Axe kam auf sie zu. „Sind Sie Marina Moore?“ Seine tiefe Stimme passte zu seiner Erscheinung.

Marina stand auf. „Das bin ich. Und das da unter dem Hut ist meine Schwester Kai.“

Kai lugte unter ihrem Hut hervor. „Oh, hi!“, sagte sie überrascht.

„Hallo.“ Axe tippte sich mit einem Finger an die Stirn, als säße da ein Hut.

Ein Cowboyhut, wie Marina wetten würde.

Sie sah, dass sein Blick kurz zu Kai glitt – was verständlich war – doch dann schaute er wieder sie an. „Wo ist die Terrasse?“

„Kommen Sie mit, ich zeige sie Ihnen.“

Kai setzte sich abrupt auf. „Ich komme auch mit.“

„Das musst du nicht. Wir kriegen das allein hin.“ Marina musste ein Lachen unterdrücken.

Kai stand auf. Oder besser gesagt, sie versuchte es, doch plötzlich sackte sie zusammen und ihr Sonnenhut rollte davon.

„Wow“, sagte Axe und fing sie auf, bevor sie fallen konnte.

„Oh. Das tut mir so leid.“ Kai errötete. „Meine Beine sind eingeschlafen.“

„Oder vielleicht ist dein Saft dir zu Kopf gestiegen“, merkte Marina an.

Während Kai ihre Beine ausschüttelte, blieb Axe neben ihr stehen und stützte sie. Dabei versuchte er, eine respektable Distanz zu halten. „Sie sollten sich wieder setzen, Ma’am.“

Kai schenkte ihm ein strahlendes Lächeln. „Die *Ma’am* ist meine Schwester. Ich bin wesentlich jünger und deshalb immer noch eine *Miss*.“

Marina verdrehte die Augen. „Meine Schwester ist Musicaldarstellerin. Merkt man gar nicht, oder?“

„Ich habe gehört, dass Sie diesen Sommer wieder hier sind“, sagte Axe und beugte sich vor, um ihren Hut aufzuheben. „Vor Jahren habe ich mal in einer kleinen Sommerproduktion mitgespielt und gesungen. Aber zurück zum Thema – die Terrasse?“

Bei seiner wohlklingenden Stimme konnte Marina sich das gut vorstellen. Und sie sah, dass auch Kai entsprechende Bilder im Kopf hatte. „Hier entlang.“ Nachdem Kai ihr einen vernichtenden Blick geschenkt hatte, ging Marina in Richtung Terrasse. Ihre Schwester folgte ihr auf noch unsicheren Beinen.

„Kai, meine Liebe, du willst dir vielleicht etwas überziehen.“ Marina deutete auf Kais kaum vorhandenen Bikini. „Ich will nicht, dass du dich verbrennst, und unser Gast hat bereits gesehen, was du anzubieten hast.“ Sie wollte Axes volle Aufmerksamkeit – und außerdem konnte sie sich nicht verkneifen, ihre Schwester ein wenig aufzuziehen.

„Also wirklich, Marina!“ Kai riss sich den Hut vom Kopf und ging ins Haus.

Während Marina beschrieb, was sie sich vorstellte, wanderte Axe auf der kleinen Terrasse hin und her. „Wir müssten entweder den Boden angleichen oder die Erweiterung auf Stelzen stellen.“

„Das klingt schön. Und ich würde gerne Lichterketten aufhängen, um eine gemütliche Atmosphäre zu schaffen. Vielleicht sogar eine Feuerstelle, wo wir schon dabei sind.“

„Wir können alles machen, was Sie sich wünschen.“ Axe nahm die Sonnenbrille ab und schlug ein kleines Fotoalbum auf, das er dabei hatte. „Hier sind einige der Projekte, die wir gebaut haben. Vielleicht gefällt Ihnen etwas davon. Oder wenn Sie Fotos von etwas haben, das dem ähnelt, was Ihnen vorschwebt, können wir das vermutlich nachbauen.“

Während Marina durch die Fotos blätterte, biss sie sich auf die Unterlippe. „Ich fürchte, mein Geschmack übersteigt mein Budget. Ich hatte gehofft, dass ich einen Teil der Arbeiten selbst erledigen kann, wie das Installieren der Lichterketten und so.“

„Kein Problem. Ich kann Ihnen gerne einen entsprechenden Vorschlag machen“, sagte er lächelnd, und an seinen Augenwinkeln bildeten sich kleine Fältchen.

Marina schätzte ihn auf Kais Alter, also Mitte bis Ende dreißig. „Sie haben so viele Projekte durchgeführt. Wohnen Sie schon lange in Summer Beach?"

„Lange genug, um es jetzt meine Heimat zu nennen." Er grinste. „Meine Familie ist immer noch in Montana, und ich besuche sie oft auf der Ranch oder um ein wenig Ski zu fahren, aber das ist ein anderes Leben."

„Ihre Familie vermisst Sie bestimmt."

„Ich habe fünf Geschwister, die noch dort leben. Da bleibt wenig Zeit, mich zu vermissen. Und sie kommen mich besuchen, wenn der Schnee zu heftig wird."

Marina fragte sich, ob er wohl verheiratet war - natürlich nicht ihretwegen. Sie sah keinen Ring an seinem Finger, doch das hatte nicht unbedingt etwas zu bedeuten.

Sie tippte auf ein Foto. „Das Deck hier gefällt mir."

„Sie können die Kosten reduzieren, wenn Sie eine fertige Feuerstelle kaufen."

„Danke für den Tipp."

„Für Ginger würde ich alles tun", sagte Axe. „Sie hat so viel für die Gemeinde getan." Sein Handy vibrierte, und er schaltete es aus. „Lassen Sie mich wissen, wenn Sie noch etwas sehen, das Ihnen gefällt. In der Zwischenzeit mache ich Ihnen einen Kostenvoranschlag für das hier fertig."

„Danke. Das mache ich."

Während Marina ihm hinterherschaute, als er zu seinem Truck ging, kam Kai aus dem Haus. Sie hatte sich einen teilweise durchsichtigen, fließenden Kaftan übergezogen, sich geschminkt, die Haare gekämmt und Parfüm aufgelegt.

Nun sah sie den Truck davonfahren. Axe winkte ihr zwar noch mal zu, hielt aber nicht an. „Warum hast du ihn nicht aufgehalten?"

„Ich wusste nicht, dass ich das sollte."

„Aber du wusstest, dass ich zurückkommen würde. Du bist mir ja eine schöne Schwester."

„Sorry, ich habe mein Lasso in San Francisco gelassen. Aber bist du nicht verlobt?"

„Der Ring ist in meiner Handtasche, nicht an meinem Finger." Kai ließ sich auf eine Treppenstufe sinken, nahm einen Stock in die Hand und malte damit im Sand. „Du findest mich vermutlich albern, und vielleicht habe ich ein wenig zu viel Sonne abbekommen und getrunken. Oder ich bin einfach nur süchtig nach Aufmerksamkeit." Sie fuhr sich mit der Hand übers Gesicht.

Marina setzte sich neben sie. „Sei nicht so hart zu dir. Es tut mir leid, dass ich dich aufgezogen habe. Ich kann es dir nicht verübeln – Axe ist ein gut aussehender Mann."

„War ich zu offensichtlich?" Kai lehnte ihren Kopf an Marinas Schulter.

„Nur ein bisschen", antwortete sie lächelnd.

Kai kniff die Augen zusammen und stieß einen Schrei aus. „Das mache ich immer. Und damit vertreibe ich sie."

„Ich kann mir nicht vorstellen, dass du allzu viele Männer vertreibst."

„Ein paar haben mir vorgeworfen, zu sehr zu klammern."

Da Kai noch jung gewesen war, als ihre Eltern gestorben waren, konnte Marina sich vorstellen, dass ein Therapeut da vermutlich einen Zusammenhang entdecken würde. Von den Schwestern hatte Kai mehr Zeit mit Ginger in Summer Beach verbracht als Marina oder Brooke. Aber sie hatten ja auch Familien gehabt, um die sich hatten kümmern müssen.

„Ist schon gut." Sie tätschelte Kais Arm. „Wenn er mir einen guten Preis macht, kommt er ja zurück, um das Deck zu bauen."

Kai schniefte. „Ich muss eine Entscheidung treffen, was Dimitri angeht, oder?"

„Nein. Du musst eine Entscheidung treffen, was *dich* angeht."

12

Jack rief nach Scout, der auf der Jagd nach einem Eichhörnchen vor ihm den Weg die Klippen hinaufgelaufen war.

„Verdammter Hund." Während Jack durch das Gestrüpp stapfte, stieg ihm der Duft von wildem Rosmarin in die Nase. Er steckte zwei Finger zwischen die Lippen und stieß den schrillen Pfiff aus, den er sonst nur bei Baseballspielen von sich gab.

Es funktionierte. Scout blieb stehen und wirbelte mit einem lustigen kleinen Sprung herum. Den Blick fest auf eine Stelle im Gebüsch gerichtet, die Jack nicht sehen konnte, wimmerte er. Dann lief er auf und ab, als hätte er ein Tier in die Ecke gedrängt.

„Komm, mein Junge." Schnaubend kletterte Jack durch das Gestrüpp weiter. Er war entschlossen, seine Lungenkapazität so weit wie möglich wieder herzustellen.

Eine Stimme durchbrach die Stille. „Er hat eine Klapperschlange", sagte eine ruhige Frauenstimme. „Nicht bewegen."

Jack wirbelte herum. Auf einem großen Felsen saß

Ginger und starrte in einer Art Meditation auf das blau-graue Meer hinaus. Sie trug Jeans und eine Windjacke.

Der Wind hier oben war schneidend, und Jack schloss den Reißverschluss seiner Sweatshirtjacke.

„Woher weißt du, dass es eine Klapperschlange ist?"

„Hör einfach hin, Farmjunge." Sie zwinkerte ihm zu. „Oder ist es zu lange her?"

„Autsch." Doch er hielt inne und lauschte. Dann hörte er es – ein leises, entferntes Zischen wie von einer Sprinkler-anlage. Doch anstelle von Wasser wartete es darauf, einem Gift in die Adern zu spritzen. Als Junge war er einmal nach einem Schlangenbiss in einem Wettlauf gegen die Zeit ins Krankenhaus gefahren worden.

Ginger bedeutete ihm, näherzukommen. „Das war ein beeindruckender Pfiff. Aber ruf den Hund lieber ruhig zu dir."

Das tat Jack, und als Scout ihn sah, ließ er die Schlange widerstrebend zurück und kam tänzelnd auf ihn zu.

Jack kletterte auf den Rand des massiven, flachen Felsens, der aussah, als wäre er von einem alten Vulkan in Richtung Meer geworfen worden und hätte das Ziel verpasst. Um sie herum schwankten orangefarbene Mohn-blumen mit seidigen Blütenblättern im Wind, die dunklen Augen der Sonne zugewandt. Gelbe Goldfield-Blumen und purpurfarbene Lupinen zogen sich wie ein Gemälde den Hügel hinunter.

„Was für ein außergewöhnlicher Ausguck", sagte Jack immer noch um Atem ringend. Ginger war beinahe doppelt so alt wie er, und doch saß sie hier vollkommen ruhig, die langen Beine vor sich ausgestreckt. Ihr feines, fuchsrotes Haar wirkte wie ein Heiligenschein um ihr von nur wenigen Falten gezeichnetes Gesicht.

„Ich klettere seit beinahe sechzig Jahren diesen Hügel hinauf", sagte sie. „Immer, wenn ich nicht gerade mit Bertrand um die Welt gereist bin."

„Wie war es hier damals?“

„Ruhiger. Weniger Autos. Einfachere Zeiten.“ Ihre feurigen grünen Augen funkelten unter den hellen Wimpern. „Ich habe es geliebt, neue Ort zu erkunden, aber hierherzukommen war immer eine willkommene Rückkehr zur Natur.“

„Eine Gelegenheit, aufzutanken.“ Jack hob einen trockenen Ast auf, brach ihn in der Mitte durch und warf die eine Hälfte für Scout in die der Schlange entgegengesetzten Richtung. „Hat dein Mann seine Bücher im Cottage geschrieben?“

Ein kleines Lächeln umspielte ihre Lippen. „Ja. Sehr oft. Damals haben wir das Gästehaus zum Arbeiten genutzt. Die Mädchen wussten, dass sie uns dort nicht stören durften.“

„Ich habe sein Buch über Führungskraft und Diplomatie gelesen. Es war Recherche für einen meiner Artikel. Damals habe ich auch deine Arbeit kennengelernt.“ Jack hatte endlich die Chance gehabt, seine alten Notizen durchzusehen, um herauszufinden, woher er Gingers Namen kannte. Die Funde waren interessant gewesen, doch es gab noch so viel, was er nicht wusste. Zu ihrer Zeit waren Bertrand und Ginger Delavie ein unglaubliches Powerpaar gewesen, doch Gingers Arbeit hatte meist hinter den Kulissen stattgefunden.

„Oh, wirklich?“ Sie zuckte mit einer schmalen Schulter, die ihre wahre Stärke Lügen strafte. „Tja, wenn du ein Buch darüber schreiben willst …“ Ihre Stimme verebbte, und der Kommentar hing wie eine Herausforderung in der Luft.

Vermutlich meinte sie ein Buch über ihren Mann, doch der war es nicht, der Jack faszinierte. „Frauen wurden damals nicht für ihre Bemühungen anerkannt.“

„Ich habe nicht gearbeitet, um Anerkennung zu erlangen.“

„Nein.“ Er warf die andere Stockhälfte für Scout. „Hast du Mathematik studiert?“

„Nur auf der Highschool. Ich bin nicht zur Uni gegangen.“

„Warum nicht?“

„In den 1950er-Jahren wurde es in einigen Kreisen als extravagant angesehen, eine Frau auf die Universität zu schicken. Meine älteren Brüder – mögen sie in Frieden ruhen – hatten studiert, und ich habe einfach ihre Lehrbücher aufmerksamer gelesen als sie.“

Jack fiel es schwer, diese Erklärung zu akzeptieren, aber andererseits hatte sich in den vergangenen Jahrzehnten einiges verändert.

„Wie kam es dazu, dass du für die CIA gearbeitet hast?“

„Wer behauptet das?“

„Ich bin Investigativreporter“, antwortete Jack. „Einige haben dich ein Codierungs-Ass genannt. Wie bist du zu dieser Arbeit gekommen?“

Ein Falke zog über ihnen seine Kreise auf der Suche nach kleinen Beutetieren. Scout richtete die Ohren auf, fasziniert von dieser seltsamen, unbekannten Kreatur.

„Alles fing mit Bertrand an“, sagte Ginger, bevor sie aus ihrer Verträumtheit aufwachte. „Bist du hergekommen, um über mich zu schreiben?“

„Nein, Ma’am, das bin ich nicht. Aber du hast in deiner Karriere viele wertvolle Beiträge geleistet. Vielleicht ist es an der Zeit, dass du einige davon aus deiner Perspektive schilderst.“ Er hielt den Atem an. Würde sie mit ihm reden?

Sie verengte den Blick. „Wie hast du Summer Beach gefunden?“

„Eines Tages habe ich eine zufällige Abfahrt vom Highway genommen und bin hier gelandet. Ich dachte damals, wenn ich mich irgendwann entschließen sollte, ein Buch zu schreiben, dann wäre das hier der perfekte Ort dafür.“ Er legte die Hände um ein Knie und schaute aufs Meer hinaus, wo die Wellen mit nicht nachlassender Macht an die Felsen schlugen.

„Da draußen wirst du deine Inspiration nicht finden."

„Vielleicht hättest du Lust, mir einige Geschichten über deine Arbeit zu erzählen." Er überlegte, dass er das aufzeichnen könnte, und griff nach seinem Handy.

„Oh, ich habe viele Geschichten, aber nicht für das Buch, an das du vermutlich denkst. Ich habe ein anderes Projekt im Kopf, über das wir uns mal unterhalten sollten." Der Timer an Gingers Uhr ging los. „Das ist für meinen Massagetermin. Wir sehen uns."

Damit glitt sie elegant von dem Felsen und ging den Weg entschieden schneller entlang, als er es getan hatte.

Jack sah ihr nach. Er war hier über einen der brillantesten Köpfe des zwanzigsten Jahrhunderts gestolpert. Und über ihre genauso faszinierende Enkelin. Wussten Marina und ihre Schwestern von den großartigen Leistungen ihrer Großmutter oder nur von dem langen Schatten, den ihr Ehemann warf?

Marina.

Sie war der Grund dafür, dass er sich nicht auf seine Arbeit konzentrieren konnte. Genauso wie der kleine Junge, der sein Herz gestohlen hatte. Zum Glück war Leo nach dem Ausraster in der Küche am ersten Tag ihm gegenüber aufgetaut. Er war ein gutes Kind, aber Jack sah, wie hart ihn der Zustand seiner Mutter traf. Keiner wusste, wie viel Zeit Vanessa noch blieb.

Nie hätte Jack sich vorstellen können, dass dieser Sommer so einen Verlauf nehmen würde. Und in seinem Hinterkopf hatte er die leise Ahnung, dass danach nichts mehr so sein würde wie zuvor.

13

Marina holte ein weiteres Blech mit Mini-Tartes aus dem Ofen und stellte sie auf das Abkühlgitter. Dann wischte sie sich mit dem Ärmel den Schweiß von der Stirn, den die Hitze, die Old Myrtle ausstrahlte, verursachte. Zum Glück hatte die Küche die Gesundheitsinspektion bestanden.

Marina hatte den ganzen Tag wie verrückt gearbeitet. Zuerst hatte sie alle Formulare, die man ihr im Rathaus gegeben hatte, ausgefüllt, dann alte Rezepte entziffert, Zutaten eingekauft und gebacken. Sie machte sich Sorgen, weil Gwen immer noch nicht zurückgerufen hatte, obwohl sie ihr inzwischen mehrere Nachrichten hinterlassen hatte.

Kai kam hereingeschlendert. Sie summte einen alten Broadway-Hit.

„Irving Berlin?"

„Gut geraten." Kai spreizte die Finger und wedelte mit den Händen neben ihrem Gesicht herum. „*There's No Business Like Show Business* – aber aus welchem Musical ist das?"

Marina zog eine Grimasse. „*Eine Braut für sieben Brüder?*"

„Nein. *Duell in der Manege.*"

„Hast du Sehnsucht nach der Bühne?" Marina blies sich

eine Strähne aus der Stirn. In den letzten Tagen hatte sie unermüdlich gebacken und konnte es kaum erwarten, ihre kleine Ecke des Gemeinschaftsstands auf dem Markt zu beanspruchen, die Cookie ihr angeboten hatte.

„Ich vermisse die Aufregung", sagte Kate mit sehnsüchtigem Ausdruck in den Augen. „Was hast du heute gebacken?"

„Französisches Baguette, Rosmarin- und Olivenbrot und den Schokoladen-Zimt-Zopf." Außerdem hatte sie kleine Blaubeer- und Erdbeertartes gemacht und sich aus einer Laune heraus entschieden, untertassengroße Schoko-Chip-Kekse zu backen. Nichts Besonderes, sondern einfach nur gutes, selbst gemachtes Essen.

Und eine Unmenge an benutztem Geschirr. „Hast du Lust, beim Saubermachen zu helfen?", fragte sie.

„Wenn ich ehrlich bin, würde ich mich lieber als Grafikerin betätigen", sagte Kai und zog die Nase kraus. „Du brauchst eine Webseite, auf der die Leute sich für deine Pop-up-Dinner anmelden können."

Erneut zog Marina eine Grimasse und holte dann das letzte Blech mit den Schoko-Chip-Keksen aus dem Ofen. Dabei verrutschte der Topflappen und das Backblech geriet in Schieflage, sodass die warmen Kekse zu Boden fielen. „Nein!"

„Fünf-Sekunden-Regel!", rief Kai und bückte sich nach einem Keks.

„Was ist hier los?" Ginger blieb am Eingang zur Küche stehen, als ein Keks direkt vor ihren Füßen landete.

Hinter ihr hechtete Jack wie ein Footballspieler nach einem weiteren Keks. „Sucht den jemand oder steht der zur freien Verfügung?", fragte er.

„Wagt es ja nicht, die zu essen", warnte Marina. „Dafür habe ich andere zur Seite gelegt."

Als Jack sich hinkniete, um all die Kekse aufzusammeln, schaute er sich um. „Ich bin beeindruckt. So viele Backwaren auf einem Haufen habe ich seit meiner Kindheit auf der Farm nicht mehr gesehen."

„Das meiste habe ich von Ginger gelernt." Marina warf ein paar zerbrochene Kekse in den Müll. Die warmen Schoko-Chips hatten Spuren auf dem Fußboden hinterlassen.

„Ich wische das eben weg", bot Jack an.

„Das musst du nicht." Marina beugte sich mit einem Lappen vor.

Doch Jack ließ sich nicht beirren und packte eine Ecke des Lappens. Dabei berührten sich ihre Finger. „Du hast den Überwurf im Wohnzimmer gewaschen, nachdem Scout mit seinen dreckigen Pfoten darauf herumgestapft ist. Da kann ich wenigstens den Boden saubermachen." Er nickte in Richtung der Schüsseln, die sich in der Spüle stapelten. „Ich wette, beim Abwasch kannst du auch Hilfe gebrauchen."

„Da hat er recht." Kai wedelte mit einigen Papieren. „Ich habe hier die Entwürfe für die Aufkleber. Die können wir uns ansehen, wann immer du so weit bist."

Marina sank auf die Fersen und ließ widerstrebend den Putzlappen los. Jacks Hand hatte sich so warm und sicher angefühlt. *Was für ein Mann bietet so einfach seine Hilfe an?* Keiner, den sie in den letzten zwei Jahrzehnten kennengelernt hatte. Sie zog eine Augenbraue hoch und sah Jack an. „Du machst das nur, weil du hoffst, dann ein paar Kekse abstauben zu können."

„Vielleicht. Aber nicht für mich."

Noch immer war Marina sich über Jacks Absichten nicht wirklich im Klaren, aber seine Hilfe würde sie nicht ablehnen.

Während ihrer Unterhaltung hatte Ginger ihre Lesebrille im Leopardenmuster, die sie an einer Kette um den Hals trug, aufgesetzt, um sich Kais Entwürfe anzugucken. „Die sind sehr schön geworden", sagte sie. „Du hast ein

Talent für so etwas, Kai. Wie ich schon immer gesagt habe: Wenn jemand in einem Bereich kreativ ist, ist er es oft auch in anderen."

Marina stand auf und drehte sich zu Kai um. „Okay, zeig mal, was du da hast, Schwesterherz."

Kai setzte sich neben ihre Großmutter an den Küchentisch. „Während wir auf Tournee waren, habe ich in meiner Freizeit Kollegen geholfen, Fanseiten und Merchandising-Artikel zu entwerfen. Das macht Spaß." Sie legte mehrere Ausdrucke auf den Tisch. „Ich habe eines mit dem Cottage gemacht, ein anderes mit Muschelschalen und Korallen und dann noch das hier mit den Blumen und dem gedeckten Tisch. Welches davon gefällt dir?"

Marina fächelte sich Luft zu. Ihr war immer noch warm. „Die sind alle toll. Aber das Cottage gefällt mir am besten. Das verankert den Namen in den Köpfen der Leute."

Fragend schauten beide Schwestern Ginger an.

„Das bekommt auch meine Stimme", sagte sie.

Kai strahlte. „Wie schön! Das ist auch mein Favorit. Die anderen können wir für die Webseite benutzen. Ich drucke sie als Aufkleber aus, dann können wir sie auf die Papier- und Zellophantüten kleben, die du für die Brote und Kekse gekauft hast."

„Vielleicht solltest du einen Deckel für mich eröffnen", sagte Jack und nahm sich eine Beerentarte.

„Wenn das so weitergeht, werde ich im Herbst nicht mehr in mein Kostüm passen." Kai biss ebenfalls in eine Tarte. „Hmm, köstlich. Die werden sie dir aus den Händen reißen."

„Das hoffe ich", sagte Marina. „Der Markt ist mein erster Test. Und ich habe ein paar für Ivy und Shelly im Inn gemacht. Ginger, möchtest du auch eine probieren?"

„Auf jeden Fall – später zu meinem Tee", antwortete sie. „Sie erinnern mich an die Tartes, die Bertrand und ich immer in London gegessen haben. Sie waren vom persönlichen Koch der Queen, der in Frankreich ausgebildet wurde."

Grinsend sagte Kai: „Ich gehe besser und klebe die Aufkleber auf. Ich mache dir auch Visitenkarten."

Nachdem Ginger und Kai die Küche verlassen hatten, fing Jack an, die restlichen Schüsseln und Backbleche einzusammeln und zur Spüle zu bringen. „Wo finde ich das Spülmittel?", fragte er.

„Rechts unter der Spüle. Aber du musst das wirklich nicht machen", sagte Marina.

„Wenn du das noch einmal sagst, könnte ich dich ernst nehmen."

Marina tat so, als würde sie ihren Mund verschließen. Trotz des holprigen Anfangs hatte Jack sich als durchaus liebenswürdig erwiesen. Also widersprach sie nicht mehr, als Jack Spülmittel in das heiße Wasser gab und anfing, die erste Schüssel abzuwaschen.

„Ich übernehme dann das Abtrocknen", sagte sie und holte ein Geschirrhandtuch aus einer Schublade. Schnell verfielen sie in einen angenehmen Rhythmus. Seit dem Luau an Bennetts Boot hatte Marina ein paar Mal an den kleinen Jungen gedacht, den sie mit Jack zusammen gesehen hatte.

„Es war schön, dich vor Kurzem im Jachthafen zu sehen", sagte sie. „So lange Zeit am Stück zu schreiben muss schwer sein."

„Ach, so schlimm ist das nicht", sagte er schnell. „Scout erinnert mich immer daran, wenn es Zeit ist, einen Spaziergang zu machen."

„Ich fand es auch schön, deine Freunde kennenzulernen", kehrte Marina zum eigentlichen Thema zurück. „Denise und John und ihre Tochter. Und Vanessa und Leo."

Für einen Moment hielt Jack inne, als überlege er seine Antwort sorgfältig. Marina wartete.

„Es sind gute Leute", sagte er schließlich.

„Und Leo ist bezaubernd. Ihr zwei scheint eine ganz besondere Verbindung zu haben."

Wieder zögerte Jack. „Vanessa ist eine alte Freundin und Kollegin. Es tut mir weh, sie so zerbrechlich zu sehen." Er atmete tief durch. „Für ihren Sohn werde ich alles tun, was ich kann. Er ist ein guter Junge."

Marina spürte eine gewisse Endgültigkeit in Jacks Worten, doch sie konnte das Gefühl nicht abschütteln, dass mehr hinter der Geschichte steckte. Leo sah Jack so unglaublich ähnlich.

„Ginger und du, ihr scheint euch gut zu verstehen", sagte sie schließlich. Oft hatte sie die beiden in ein Gespräch vertieft auf der Terrasse sitzen sehen.

„Deine Großmutter hat ein aufregendes Leben geführt", sagte er und fing an, ein Backblech zu schrubben. Der Themenwechsel schien ihn zu entspannen.

„Ja, ihre Geschichten sind definitiv unterhaltsam", stimmte Marina lachend zu. „Hat sie dir viel erzählt?"

„Sie hat mir erzählt, wie sie an ihre Arbeit gekommen ist."

„Die meisten Leute glauben, dass Statistikerin zu sein ziemlich langweilig ist, aber sie scheint es geliebt zu haben. Vor allem nach dem Tod meines Großvaters. Ihre Arbeit hat sie an die spannendsten Orte der Welt geführt."

„Statistikerin, hm?" Jack sah sie grinsend an. „Ist das die Geschichte, die die Familie erzählt?"

Was meint er damit? Gereizt antwortete sie. „Das ist die Wahrheit."

„Vor ein paar Jahren habe ich einen Artikel über eine der Frauen geschrieben, die Ginger ausgebildet hat. Die reden nicht viel, wie du wissen musst. Doch ich habe mich an ihren Namen erinnert."

„Ich kann dir nicht folgen."

Jack zog die Augenbrauen zusammen. „Du weißt, was Ginger macht, oder?"

„Natürlich. Das habe ich doch gerade gesagt." Leicht irritiert trocknete sie ein Backblech ab und stellte es weg.

Amüsiert reichte Jack ihr ein weiteres, das er gerade abgespült hatte. „Das glaube ich nicht."

Sie schnippte einen Wassertropfen in seine Richtung. „Ich denke, ich kenne meine Großmutter." Die feinen Härchen in ihrem Nacken richteten sich gereizt auf. Gerade, als sie anfing, diesen neuen Jack zu mögen, tauchte der alte Jack wieder auf.

„Wirklich?"

Ginger tauchte in der Tür auf. „Ich habe euch hier streiten gehört."

„Wir streiten nicht. Jack irrt sich einfach." Mit heftigen Bewegungen trocknete Marina das Backblech ab und stellte es ebenfalls an seinen Platz zurück.

Ginger verschränkte die Arme vor der Brust. „Ehrlich gesagt irrt er sich nicht."

Marina stemmte eine Hand in die Hüfte. „Würde einer von euch mich in euer Geheimnis einweihen?"

Ginger nickte Jack zu.

„Vor ein paar Jahren", fing er an. „Habe ich eine der Top-Decodiererinnen des Landes interviewt. Sie verehrte deine Großmutter, die ihr alles beigebracht hatte, was sie wusste."

Marina starrte ihn an. „Sorry. Ich glaube, ich habe gerade etwas falsch verstanden …"

„Nein, das hast du nicht." Ginger neigte bescheiden den Kopf. „Auch wenn einige der anderen mich überholt haben. Wobei die meisten von ihnen heute Computer benutzen."

„Wovon redest du da?", fragte Marina langsam.

„Künstliche Intelligenz ist ehrlich gesagt der nächste Schritt", antwortete Ginger. „Dennoch, es muss jemanden geben, der die Algorithmen entwickelt und die Maschinen trainiert."

„Das meinte ich nicht." Marina massierte sich die Schläfen. Sie versuchte, sich an eine Geschichte zu erinnern, die sie mal gehört hatte. Über weibliche Dechiffrierspezialisten. Frauen, die während des Zweiten Weltkriegs aktiv waren. Aber dafür war Ginger zu jung.

Ihre Großmutter setzte sich und faltete die Hände auf dem Tisch, als wartete sie darauf, dass Marina gedanklich aufholte.

„Warum hast du das nie erwähnt?", fragte sie.

„Ich habe die Arbeit nicht gemacht, um Aufmerksamkeit auf mich zu ziehen", antwortete Ginger schulterzuckend. „Nur wenige Menschen hätten verstanden, was genau ich tue. Und wir durften nicht darüber reden." Nun lächelte sie. „Niemand will hören, was eine Statistikerin macht. Deshalb war dieser Beruf so sicher."

„Sicher?", wiederholte Marina. Mit einem Mal wirkte ihre Großmutter wie eine Spionin. „Du klingst, als hättest du für die CIA gearbeitet."

„So würde ich es nicht nennen." Um Gingers Mundwinkel zuckte es. „Man könnte sagen, dass ich eine Beraterin war. Und mit Bertrands vollem Terminkalender …"

„Warte mal, du hast das schon gemacht, als Grandpa noch gelebt hat?" Er war in den 1980er-Jahren beim Schwimmen im Ritz Hotel in Paris an einem Herzinfarkt gestorben, als Marina noch ein Teenager gewesen war.

Leicht ungeduldig tippte Ginger mit einem perfekt manikürten Nagel auf die Tischplatte. „Dadurch bin ich ja überhaupt erst zu dem Job gekommen, verstehst du?"

„Durch Grandpa?"

Ginger ließ ein mysteriöses Lächeln aufblitzen. „Mehr oder weniger, meine Liebe. Jahrzehntelang befanden wir uns mitten im Kalten Krieg."

Alle Gedanken an Jack und Leo und ihre Brote für den

Markt waren aus Marinas Kopf verschwunden. Sie spürte, wie ihr Puls sich beschleunigte, und warf das Geschirrhandtuch beiseite, bevor sie sich zu Jack umdrehte. „Ich kann nicht fassen, dass du nichts davon erwähnt hast."

Jack hob abwehrend die Hände und trat einen Schritt zurück. „Ginger hat es mir gerade erst erzählt. Ich dachte, du wüsstest es."

„Beruhigt euch mal wieder, ihr beiden." Ginger erhob sich zu ihrer imposanten Größe und strich sich die Hose glatt. „Ich kann mir nicht vorstellen, was du noch wissen willst, Marina. Ich habe an ein paar Codes gearbeitet. Es war wie Puzzles zu lösen. Mehr war da nicht."

Dann schaute sie die beiden kryptisch an. „Das ganze Leben ist ein Puzzle, und man kann es auf unterschiedlichste Weise zusammensetzen oder auseinandernehmen. Wenn ihr mich jetzt entschuldigen wollt, auf mich wartet eine Partie Bridge." Damit verließ sie die Küche.

Marina stürzte sich verbal auf Jack. „Was gibt dir das Recht, dich in unsere privaten Angelegenheiten einzumischen?", wollte sie wissen und ignorierte dabei, dass sie vor wenigen Minuten dasselbe bei ihm versucht hatte.

Er rieb sich mit der Hand übers Gesicht und versuchte vergeblich, seine Amüsiertheit zu verstecken. „Komm schon, man kann ihren Namen googeln."

„Wer googelt seine eigene Großmutter? Sie hat mal Mathe unterrichtet – wusstest du das? Direkt hier in Summer Beach." Marina zeigte in Richtung des Ortes. „Eine Mathelehrerin aus einer Kleinstadt ist keine Spionin. Und damit Ende der Geschichte."

Jack presste sich eine Hand gegen die Brust. „Das habe ich nie gesagt."

Aus der Ferne drang Scouts Bellen an ihre Ohren.

„Du wirst gerufen." Marina öffnete die Hintertür.

Kopfschüttelnd ging Jack hinaus und in Richtung Gästehaus. Marina knallte die Tür hinter ihm zu.

Als sie wütend durchs Haus stapfte, sah sie durch ein Fenster Ginger wegfahren. An der Tür zum Büro blieb Marina stehen und lehnte sich mit verschränkten Armen an den Türrahmen. Die Holzvertäfelung schien immer noch den Duft des Vanilletabaks von der Pfeife ihres Großvaters in sich zu tragen – oder es waren die Vanille-Räucherstäbchen, die Kai hier drinnen gerne abbrannte. „Wie viel weißt du über unsere Großmutter?"

Kai holte einen Stapel bedruckter Seiten aus dem Drucker. „Was ist das denn für eine Frage?"

Marina zeigte in Richtung des Gästehauses. „Mr. Ich-weiß-alles hat gerade etwas angedeutet, das mir ein sehr ungutes Gefühl gibt."

Kai lächelte. „Du meinst den Pulitzerpreis-Gewinner?"

„Ich meine es ernst."

Kai schaute auf. „Was willst du mir sagen? Dass Ginger mal Stripperin war?"

Marina blieb der Mund offen stehen. „Ist das dein Ernst?"

„Was glaubst du?", fragte Kai lachend.

Marina verdrehte die Augen. „Ich muss mal an deinen Computer." Bevor ihre Schwester etwas sagen konnte, hatte Marina sich vor den Laptop gesetzt und fing an zu tippen.

Sekunden später tauchten die Ergebnisse auf, und die beiden Schwestern starrten fassungslos auf den Monitor.

14

„Wer ist Grandma *COBOL*?", fragte Kai und beugte sich vor, um besser sehen zu können. „Die Frau neben ihr sieht aus wie Ginger." Sie las die Bildunterschrift. „Diese massive Maschine ist ein Univac-Computer aus den frühen 60er-Jahren. Das war lange vor den ersten PCs."

„Und somit ein Dinosaurier, was Computer angeht", sagte Marina. „Das war ungefähr zu der Zeit, als Ginger und Grandpa an der Ostküste gelebt haben, oder?" Das alte Foto war ein wenig unscharf, aber Ginger war trotzdem gut zu erkennen. „Mal sehen." Sie klickte auf den Namen der anderen Frau. „Grace Hopper. Flottenadmiral Hopper, um genau zu sein. Sie hat die Freiheitsmedaille des Präsidenten erhalten. Ich glaube, das ist die höchste Ehre des Landes."

„Aber wofür?", fragte Kai. Die neuen Aufkleber, die sie für Marina machte, waren vollkommen vergessen.

Marina klickte auf einen weiteren Link. „Wow. Grace war eine unglaubliche Frau. Doktor der Mathematik von Yale, Reservistin der Navy, und das hier." Sie zeigte auf den Bildschirm. „Sie war dafür bekannt, mathematische Notationen in Computercode umzuschreiben. Sie hat den aller-ersten maschinellen Übersetzer geschrieben.“

„Und die Programmiersprache COBOL erfunden.“ Kai presste sich eine Hand an die Stirn. „Das ist riesig. Ich frage mich, ob Ginger mit ihr zusammengearbeitet hat.“

„Vielleicht. Offensichtlich weiß Jack mehr über das berufliche Wirken unserer Großmutter als wir. Und sie hat es bestätigt. Aber das ist noch nicht alles.“ Marina verschränkte die Arme. „Ist dir je aufgefallen, dass Ginger immer ein wenig vage bleibt, was ihre Reisen angeht?“

Kai nickte. „Ich habe in ihr nie mehr gesehen als eine Mathelehrerin oder die Frau eines Diplomaten.“

„Das sind beides wichtige Positionen.“ Marina warf ihrer Schwester einen Blick zu.

„Ich weiß. Aber sich mit Leuten wie Flottenadmiral Harper und Julia Childs und Prinzen und Herzögen und wer weiß wem zu treffen? Ich dachte immer, sie hätte sich die Geschichten nur ausgedacht, aber vielleicht hat unsere Großmutter ein anderes Leben geführt, das wir nicht verstanden haben, als wir noch jünger waren.“

„Vielleicht tut sie das immer noch“, überlegte Marina laut und dachte über das nach, was sie da vor sich auf dem Laptop sah. „Jack meinte, sie wäre Decodiererin gewesen. Eine Kryptologin. Was nicht schwer zu glauben ist. Wir alle haben als Kinder mit ihr Spiele gespielt, bei denen wir Codes und Chiffren entschlüsselt haben.“

„Wie es aussieht, kennt sie noch mehr Leute in hohen Positionen“, sagte Kai und klickte auf einen weiteren Link. „Da ist sie auf dem Gelände der CIA.“

„Aber Grandpas Arbeit hat sie an alle möglichen Orte der Welt gebracht, da war es nur natürlich, dass sie viele hochgestellte Persönlichkeiten kennengelernt haben.“ Marina kniff die Augen zusammen und betrachtete das Foto genauer. „Sie steht vor einer Skulptur, die aussieht wie Buch-stabensuppe. Wow, sie ist wunderschön. Wie eine große, von

Grünspan überzogene Papyrusrolle mit unzähligen Buchstaben. Und neben ihr steht der Kopf der CIA.“

Kai las die Schlagzeile: „*Kryptos: Ein nicht zu entschlüsselnder Code?*“ Dann lehnte sie sich zurück und sagte: „Warum habe ich das Gefühl, als wäre ich Alice, die durchs Wunderland stolpert?“

Marina lachte. „Oder Forrest Gump, wo unsere Großmutter sich in seine Geschichte eingebaut hat, ohne dass wir davon wissen.“ Sie stützte das Kinn in die Hand. „Aber irgendwie ergibt das alles Sinn. Erinnerst du dich an die Hinweise, die sie uns an unseren Geburtstagen immer hinterlassen hat und die wir lösen mussten, um unsere Geschenke zu finden.“

„Das hat so viel Spaß gebracht“, erinnerte Kai sich. „Ich erinnere mich noch an die Cäsar-Chiffre, die sie uns beigebracht hat. Sie hatte unsere neuen Sommerkleider versteckt und uns den Code lösen lassen, um sie zu finden. Ich glaube, ich war damals sieben.“ Sie grinste. „Vielleicht hat sie hier im Haus noch mehr verschlüsselte Botschaften versteckt.“

Marina schaute sich um. „Das kann man nie wissen.“ Ginger hatte oft ganz eigene Gründe für ihr Tun. Die Menschen bezeichneten sie oft als *rätselhaft*. Doch für Marina, Kai und Brooke war sie einfach immer die faszinierende Großmutter gewesen, die sie liebten.

„Genug davon“, sagte Marina leicht überwältigt. Sie schloss das Browserfenster und fragte sich, ob Ginger ihnen wohl später mehr erzählen würde. „Im Moment haben wir noch viel zu tun, wenn ich morgen früh rechtzeitig auf dem Markt sein will.“

Sie kehrten in die Küche zurück, um zu gucken, ob die Backwaren inzwischen weit genug abgekühlt waren. Während Marina die Brote, Tartes und Kekse einpackte, klebte Kai die Aufkleber auf die Tüten.

„Für wie viel verkaufst du die?“, fragte Kai.

„Ich habe mich auf dem Markt bei Leuten umgesehen, die Waren in einer ähnlichen Preisgruppe angeboten haben", erklärte Marina und schlug ihr Notizbuch auf. „Das sind die Ergebnisse."

Kai warf einen Blick darauf. „Das sind gute Preise. Bist du sicher, dass du damit Geld verdienen kannst?"

„Nach Abzug der Standgebühr und der Kosten für die Backformen, die Zutaten und so weiter kaum. Aber meine Anfangskosten werden sich im Laufe der Zeit amortisieren. Und ich muss anfangen, die Zutaten beim Großhandel zu kaufen – das geht aber erst, wenn ich weiß, wie viel ich von was verkaufe."

Kai zog die Augenbrauen zusammen. „Du meinst das hier ernst, oder? Ich dachte, du würdest im Herbst wieder in deinem alten Job anfangen."

„Es kann sein, dass ich das muss. Aber dafür müsste mir jemand eine Stelle anbieten. Im Moment bin ich *Persona non grata*. Du hast das Meme gesehen."

Kai seufzte. „Ja, es hat in den sozialen Medien getrendet."

„Oh. Das wusste ich nicht." Vorsichtig schob Marina ein Brot in eine Tüte und verschloss sie. „Es gibt einen Unterschied, ob du wegen deiner Arbeit bekannt bist oder weil du dich wie ein Trottel verhalten hast."

„Ich glaube, vielen Frauen hast du leidgetan."

„Das bezahlt aber meine Rechnungen nicht."

„Jetzt klingst du wie Ginger."

Marina klappte das Notizbuch zu. „Ich habe zwei Kinder, die aufs College gehen."

„Vielleicht machst du dir deswegen zu viel Druck. Wenn du ihnen das Studium bezahlen kannst – super. Aber du selbst hast es auch aus eigener Kraft geschafft."

„Und das war schwer." Marina erinnerte sich daran, wie sie nebenbei in Restaurants und Cafés hatte arbeiten müssen, um ihre Studiengebühren bezahlen zu können.

„Und trotzdem war es eine der glücklichsten Zeiten in meinem Leben. Vor Stan, vor den Kindern, als ich ganz allein war."

„Ich hasse es, das sagen zu müssen, aber du bist wieder am Anfangspunkt angekommen. Ich liebe Heather und Ethan, aber die beiden können sich um sich selbst kümmern, wenn du es nicht kannst. Sie sind achtzehn und somit erwachsen."

Marina sah ihre Schwester stirnrunzelnd an. „So gerade eben." Sie dachte an Ethan und was für eine schwere Zeit er gerade durchmachte.

„Du bist so eine typische Mutter." Kai schüttelte den Kopf. „Lass sie auf eigenen Beinen stehen."

„Du hast kein Recht, mich zu kritisieren. Meine Kinder sind das Wichtigste für mich." Marina hielt inne. Kai würde vielleicht nie erfahren, wie es war, Mutter zu sein. Und sie wusste, dass ihr das Sorgen bereitete.

„Du musst nicht noch Salz in die Wunde streuen", schoss Kai zurück. „Nur weil du bisher die Supermom warst."

„Ich stehe unter sehr viel Druck", entgegnete Marina angespannt. „Du hast keine Ahnung, was es bedeutet, für Kinder und ihre Entwicklung zu funktionsfähigen Menschen verantwortlich zu sein." Sobald die Worte ihren Mund verlassen hatten, tat es ihr leid.

„Das liegt aber nicht daran, dass ich es nicht versucht habe, oder? Zumindest habe ich einen Verlobungsring. Und was hast du? Ein Meme. Und alle lachen über dich." Kai drückte sich vom Tisch ab und stürmte davon.

„Nein, nein, nein", murmelte Marina, als das Bedauern in ihr aufstieg. „Warum musste ich das sagen?" Sie war immer die große Schwester gewesen; diejenige, die es richtig machen sollte. Und sie kannte Kais empfindliche Punkte. „Was stimmt mit mir nur nicht?"

Der Stress der Arbeitslosigkeit, die öffentliche Demütigung und die Sorgen über ihre Kinder wuchsen ihr langsam über den Kopf – und ließen sie Dinge tun, die sie dann bereute.

„Ich muss mich bei ihr entschuldigen", sagte sie, während sie Tränen der Wut auf sich selbst zurückblinzelte. Aus dem großen Küchenfenster sah sie, dass Kai in Richtung Meer ging. Nun hielt sie inne und zog ihre Schuhe aus. Mit einem Flipflop in jeder Hand fing sie an, zu rennen, wobei der Sand nur so unter ihren Füßen aufwirbelte.

Schon als Kind war Kai oft gerannt, wenn sie aufgebracht oder traurig gewesen war. Mit den Füßen durch den Sand zu laufen hatte gegen ihre Anspannung geholfen.

Ihre Schwester mochte viel im Kopf haben, doch Marina konnte nicht anders, als sich für diesen Zusammenbruch verantwortlich zu fühlen.

„Frisches Brot!", rief Marina den Menschen zu, die an ihrem Stand vorbeikamen, doch niemand hielt an. Sie kam sich vor wie ein Jahrmarktschreier, was ihr ein wenig peinlich war.

Als niemand auf sie achtete, machte sie sich wieder daran, ihre Auslage zu sortieren. Inzwischen hatte sie die Brote, Kekse und Tartes wohl schon ein Dutzend Mal hin und her geschoben, doch nichts schien zu helfen.

Während der letzten zwei Stunden hatten sie nichts verkauft, dabei hatten die beiden Schülerinnen der Highschool, die neben ihr standen, beinahe alle ihre Rice-Crispy-Snacks an den Mann gebracht. Sie freute sich, dass die beiden unternehmerische Erfahrungen sammelten, aber wenn sie einander noch einmal nach einem Verkauf abklatschten, würde sie schreien. Und Cookie, die Organisatorin des Marktes, schien von ihr wenig beeindruckt. So würde sie diesen Tisch nie wieder bekommen – oder auch nur die Gebühr für den heutigen Tag bezahlen können.

Was machte sie nur falsch?

„Frisches Brot!", rief sie noch einmal.

„O mein Gott, du klingst, als würdest du dich dafür entschuldigen, Raum einzunehmen", sagte Kai und lehnte sich gegen die Tischkante. „Hör auf, das Offensichtliche zu verkünden."

„Wann bist du gestern Abend nach Hause gekommen?" Um Mitternacht hatte Marina das letzte Mal nachgeschaut, aber Kai war noch nicht daheim gewesen.

Kai ließ ein schiefes Lächeln aufblitzen. „Behältst du mich im Auge?"

„Nein. Es ist mir nur aufgefallen. Mehr nicht."

Kai nahm ein Brot und eine Tüte mit Keksen in die Hand. „Soll ich dir zeigen, wie man das hier macht?"

„Du hast noch nie etwas auf dem Markt verkauft." Dennoch zuckte Marina mit den Schultern, denn wenn jemand etwas verkaufen konnte, dann vermutlich Kai. Jung und blond zu sein schadete bestimmt auch nicht. „Nur zu, wickle sie alle mit deinem Charme ein."

„Du meinst, das ist alles, was man dafür braucht?" Kai wirkte ein wenig verletzt, als sie eine Brottüte öffnete. „Hast du Handschuhe?"

„Wofür?"

„Wie hast du es nur geschafft, diesen Stand zu kriegen? Ich bin gleich zurück." Kai ging zu einem anderen Verkäufer gegenüber, der ihr nach einem kurzen Wortwechsel ein paar frische Latexhandschuhe, ein Messer und einen Pappteller gab. Kai zog die Handschuhe an und machte sich daran, das Rosmarinbrot, einen Schoko-Chip-Keks und eine Blaubeertarte aufzuschneiden. Sobald sie alles auf dem Teller arrangiert hatte, wandte sie sich an die vorbeikommenden Marktbesucher.

„Selbst gebackenes Rosmarinbrot!", rief sie in ihrer selbstbewussten Bühnenstimme. „Die weltbesten Schoko-Chip-Kekse. Zum Sterben leckere Blaubeertartes."

„Du kannst nicht einfach alles verschenken", zischte Marina, die zusah, wie die Leute zum Probieren stehen blieben und dann weitergingen. Ein Paar, das aussah, als wäre es gerade von seiner Jacht gestiegen, nahm sich noch mal nach. Marina verdrehte die Augen. Vermutlich könnte sie den Verlust in ihrer Steuererklärung abschreiben. Das war doch ein Lichtblick, oder?

„Warte es nur ab", sagte Kai.

Das Jacht-Pärchen ging bis zum Ende des Markts und kehrt dann um.

Die Frau ging schnurstracks auf Marinas Stand zu. Als sie auf das Rosmarinbrot zeigte, klimperten die goldenen Armbänder an ihrem Handgelenk. „Das Brot ist schrecklich."

„Wie bitte?" Am liebsten hätte Marina sich unter dem Tisch verkrochen.

Die Frau schaute über den Rand ihrer dunklen Sonnenbrille. „Weil es dafür verantwortlich sein wird, dass ich einen Extra-Tag im Fitnessstudio einlegen muss", erklärte sie lächelnd. „Aber das ist es wert. Ich hätte gerne zwei Stück. Ich werde gegrillte Käsesandwiches damit machen."

Ihr Ehemann trat zu ihr. „Vergiss nicht die Schoko-Chip-Kekse. Nimm gleich ein Dutzend."

Marina keuchte auf und wusste kaum, was sie sagen sollte. Meinten die beiden das ernst?

„Sehr gern", sagt Kai und schoss zu Marina hinter den Stand. „Haben Sie die Tartes schon probiert? Ich mag sie am liebsten mit Schlagsahne und einem Hauch Zimt. Aber sie passen auch hervorragend zu Champagnercocktails zum Brunch auf dem Boot. Oder als Nachtisch bei Sonnenuntergang."

„Ich stimme für eine Kugel Eis dazu", sagte der Mann.

„Wir könnten sie heute Abend bei der Dinnerparty servieren", überlegte die Frau. „Bitte packen Sie auch sechs davon ein."

Marina war zu verblüfft, um etwas zu sagen. Echte Kunden, die wirklich das kauften, was sie gebacken hatte. „Wollen Sie gar nicht wissen, was das kostet?“, fragte sie schließlich.

Kai und die Frau schauten einander kurz an und brachen dann in Lachen aus.

„Kassier einfach ab“, flüsterte Kai ihrer Schwester zu.

Marinas Wangen brannten. Sie war hier definitiv fehl am Platz. Hatte sie so lange zu einer Kamera gesprochen, dass sie vergessen hatte, wie man mit Menschen kommunizierte?

Kai steckte eine von Marinas neuen Visitenkarten in die Tüte und gab diese dem Pärchen. „Rufen Sie gerne an oder schicken Sie uns eine E-Mail, wenn Sie Ihren nächsten Einkauf reservieren wollen. Wir sind immer ziemlich schnell ausverkauft“, sagte sie selbstbewusst. „Es würde mir leidtun, wenn wir Sie enttäuschen müssten.“

„Oh, das ist aber nett von Ihnen“, sagte die Frau. „Und nehmen Sie auch Extrawünsche an?“

„Solange ich sie machen kann“, sagte Marina, weil sie noch zögerte, mit ihren leicht eingerosteten Kenntnissen anzugeben.

„Meine Schwester ist zu bescheiden. Sie kann alles machen.“

Nachdem das Paar gegangen war, sagte Kai zu ihr: „Am Ende hast du es fast richtig gemacht. Aber keine Angst, du bekommst den Dreh schon noch raus.“

„Du bist ein Naturtalent“, sagte Marina. „Ich komme mir so dumm vor.“ Sie konnte eine Kamera anstarren und Millionen Menschen die aktuellen Nachrichten verlesen, aber ihre Muskeln für persönliche Interaktionen waren verkümmert.

Kai warf sich die Haare über die Schultern. „Vergiss nicht, ich bin ein Profi. Für mich ist das hier nur eine andere Art der Bühne.“

Während Kai weiter Kostproben verteilte, verkaufte Marina ihre Vorräte lange, bevor der Markttag zu Ende war. Als sie ihre Schwester beobachtete, dachte sie daran, wie sehr sie Kai liebte. Ihr wurde klar, dass sie nicht allein und ihre Verbindung immer noch stark war, selbst wenn sie mal miteinander stritten.

Nachdem Marina den Tisch abgewischt hatte, berührte sie Kai an der Schulter. „Habe ich dir schon gesagt, dass mir meine Bemerkungen von gestern leidtun?"

„Das musst du nicht." Kai ergriff ihre Hand. „Wir waren beide angespannt, und mir tut es auch leid."

„Als ich dich eben beobachtet habe, ist mir ein Gedanke gekommen." Sie hielt kurz inne. „Würdest du diesen Sommer über gerne in meinem Business mitmachen? Ich bin besser in der Küche und du bist ein Naturtalent im Umgang mit Menschen."

„Stell dein Licht nicht unter den Scheffel", sagte Kai. „Du bist wie lange im Fernsehen gewesen?"

„Das ist etwas anderes. Als Nachrichtensprecherin musste ich mich und meine Gefühle zurückhalten. Hier muss ich neu lernen, mit echten Menschen zu agieren."

Kais Miene wurde weich. „Ehrlich gesagt ist mir das schon aufgefallen."

Marina fuhr fort: „Ich kenne meine Fähigkeiten, und ich kenne deine. Vielleicht werde ich nie wieder im Fernsehen arbeiten, und ich bin mir noch nicht mal sicher, ob ich das überhaupt wollen würde. Zum ersten Mal in meinem Leben möchte ich das, was ich tue, lieben. Selbst wenn ich damit nicht viel Geld verdienen kann. Das ist in meinem Alter doch nicht zu viel verlangt, oder? Aber was ist, wenn ich es wagen würde, größer zu träumen? Und mich mit den Menschen zusammentue, die ich am meisten bewundere, so wie dich und Ginger? Gemeinsam sind wir alle stärker."

„Das würde mir gefallen. Aber du weißt, dass ich nicht allzu lange hierbleibe." Kai nickte in Richtung der

Menschen um sie herum. „Das hier ist deine Bühne, nicht meine. Doch wenn ich mich je irgendwo niederlassen würden, dann hier bei dir und Ginger."

„Denk über mein Angebot nach, okay?" Marina schaute zum Meer. „Jetzt verstehe ich, warum Ginger das Cottage immer behalten wollte, selbst wenn sie und Grandpa woanders gearbeitet haben. Dieser Ort ist ein Stück vom Paradies, und ich kann hier viel Gutes bewirken."

Und es ging nicht nur um sie. Marina hatte darüber nachgedacht, wie sie den anderen Restaurantbesitzern im Ort helfen könnte. Was Boz über die finanzstarken Wettbewerber im Nachbarort gesagt hatte, hatte sie verstört. Sie hasste es, zu sehen, wenn hart arbeitende, engagierte Menschen, die sich ihren Traum erfüllt hatten, übervorteilt wurden. Geschäftsleute würden sagen, dass es einfach um das Überleben des Stärkeren ging, aber einige Kämpfe waren einfach nicht fair.

Kai brachte das Messer und den Teller zu dem anderen Verkäufer zurück und bedankte sich. Als sie zurückkam, fragte sie: „Was hast du dir wegen Heathers und Ethans Studiengebühren überlegt?"

„Ich werde tun, was ich kann. Vielleicht hast du recht. Meine Kinder sind alt genug, um zu verstehen, dass das Leben kompliziert werden kann. Ich habe vor, mit ihnen darüber zu sprechen, sich für finanzielle Unterstützung zu bewerben." Sie stieß Kai in die Rippen. „Also, bist du dabei?"

Kai senkte den Blick. „Ich kann nicht. Ich bin schon eine andere Verpflichtung eingegangen."

„Du hast eine neue Rolle? Das ist ja super." Obwohl sie enttäuscht war, freute Marina sich für ihre Schwester. Sie wusste, dass Kai ein wenig unruhig war und ihre Arbeit und die Bühne vermisste.

„Nein, aber ich bin mir sicher, die bekomme ich im Herbst." Kai bis sich zögernd auf die Unterlippe. „Bitte nicht böse werden, aber ich habe gestern Abend Dimitri angerufen. Wir haben uns lange unterhalten, und ich habe eingewilligt, ihn diesen Sommer zu heiraten." Während sie das sagte, verlosch das Licht in ihren Augen.

Marina ergriff Kais Hand und spürte, dass sie zitterte. „Bist du dir sicher?"

Kai zögerte, bevor sie nickte. „Du hattest auch in vielen Dingen recht. Ich bin vermutlich sowieso zu alt, um eine Familie zu gründen. Es ist an der Zeit, dass ich mit dem zufrieden bin, was ich kriegen kann." Sie zuckte zusammen. „Das war nicht so gemeint, wie es klang. Dimitri ist ein guter Kerl, und er hat eine tolle Beziehung zu seinen Kindern."

Marina sah, wie die Schultern ihrer Schwester nach unten sackten. Vor fünfzehn Minuten hatte die selbstbewusste Kai noch voller Freude mit Fremden geplaudert und sie zu Freunden gemacht. „Muss das so schnell gehen? Ihr seid doch erst seit einem Monat zusammen."

„Er meinte, wenn ich nicht zu ihm nach Chicago komme, ist das mit uns vorbei."

Marina verzog das Gesicht. „Das ist ein Ultimatum. Darauf solltest du nicht reinfallen."

„Du schlägst also vor, dass ich einen anständigen Mann sitzen lassen, der mich heiraten will, was – Überraschung! – nicht allzu oft passiert?"

„Nur weil du den sprichwörtlichen Spatzen in der Hand hast, bedeutet das nicht, dass er auf lange Sicht für dich gut ist. Das habe ich selbst schmerzhaft lernen müssen."

„Aber Grady hat dich verlassen", entgegnete Kai.

„Daran musst du mich nicht erinnern. Doch ich habe viel über die Situation nachgedacht und daraus gelernt. Was wäre, wenn ich beschlossen hätte, Grady zurückzuerobern? Wäre er es wert gewesen? Einige Fehler kann man verzeihen, aber er war weit über das Rehabilitierungsalter hinaus. Ich will nicht sagen, dass es unmöglich ist, aber es ist doch ziemlich unwahrscheinlich, dass er sich noch ändert. Du musst Zeit haben, um zu verarbeiten, dass sich deine Träume einer eigenen Familie nicht erfüllen werden. Und ich bin mir nicht sicher, dass du dir die schon genommen hast. Denn das ist die Krux an der Situation, und du musst ehrlich mit dir sein."

Kai schwieg, und Marina wusste, dass sie ihre sensibelste Stelle getroffen hatte. Gemeinsam verließen sie den Markt und fuhren den kurzen Weg zum Cottage.

Marina streckte die Hand aus und berührte Kais Schulter. „Danke für deine Hilfe heute. Ohne dich hätte ich das nicht geschafft. Und mach dir keine Sorgen, du findest schon eine Lösung für deine Beziehung mit Dimitri." Sie lächelte. „Und dann ist da ja auch immer noch Axe."

„Er ist wirklich nett anzusehen", sagte Kai. „Und er hat mal in einem Sommermusical mitgemacht."

„Ein singender Bauunternehmer." Marina fuhr vor dem Cottage vor und hielt an. „Dass dir andere Männer überhaupt auffallen, bedeutet an sich schon etwas."

Auf dem Weg ins Haus bemerkte Marina einen Wagen, der vor dem Cottage parkte. Vermutlich hatte Ginger Besuch. Nachdem sie ihre Handtasche abgestellt hatte, klopfte es an der Tür. Sie ging hin und öffnete.

Ein älterer Mann mit Sonnenbrille und Polohemd stand vor ihr. „Marina Moore?"

„Ja."

Er reichte ihr einen Stapel Papiere. „Die Dokumente wurden Ihnen offiziell zugestellt."

Marina warf die Hände in die Luft. „Oh, um Himmels willen", sagte sie und ihre Kehle zog sich vor Wut zusammen. Dahinter steckte garantiert Hal.

Kai eilte zu ihr. „Was ist los?"

„Bitte nehmen Sie die Papiere an, Ma'am", sagte der Mann.

„Lassen Sie mich das mal sehen." Kai schnappte ihm die Papiere weg, woraufhin der Mann sofort davoneilte.

„Was für ein kleiner Fiesling", sagte Kai und fing an zu blättern. „Die sind von der Firma, der der Sender gehört. Die verklagen *dich*?"

Marina sah, wie der Mann in seinen Wagen sprang und davonfuhr. „Er macht nur seinen Job auf Geheiß der miesen Typen im Sender", sagte sie wütend.

In dem Moment klingelte ihr Handy.

„Gwen, ich bin gerade offiziell verklagt worden", sagte Marina statt einer Begrüßung.

„Ich wollte dich anrufen, um dich zu warnen. Ich war in Kontakt mit einem Anwalt, der meinte, du solltest dich darauf vorbereiten. Wir müssen darüber sprechen. Wann kannst du herkommen?"

Marina schluckte schwer. Gerade jetzt, wo ihr Leben aussah, als würde es bergauf gehen, konnte sie keine juristischen Probleme gebrauchen. „Ich muss nächste Woche meine Wohnung ausräumen. Dann können wir uns treffen."

„Ich bin mir nicht sicher, ob die Anwälte so schnell agieren können. Du solltest deinen eigenen Anwalt anrufen."

Nachdem sie aufgelegt hatte, umarmte Kai sie. „Das tut mir so leid. Aber ich komme mit dir nach San Francisco."

„Was ist mit Dimitri in Chicago?"

Kai schloss sie fester in die Arme. „Du bist meine Schwester."

15

Jack lehnte sich auf seinem Stuhl zurück und streckte die Finger. Sein aus Holz geschnitzter Schreibtisch im Monterey-Stil stand vor einem großen Fenster mit Blick auf den Strand – es war eine der besten Aussichten, die man sich für Inspiration nur wünschen konnte.

Das gesamte Gästehaus war förderlich für die Kreativität und im frühen kalifornischen Strandstil eingerichtet. Weiße Überzüge schützten die abgenutzten Sofas, Dekokissen mit rosafarbenen Flamingos und grünen Palmenblättern sorgten für Farbkleckse, und auf den Fliesen aus mexikanischem Terrakotta lag ein Webteppich in verschiedenen Sandtönen. Es war wie eine Zeitkapsel aus dem Leben in Kalifornien der Sechzigerjahre, was ihm gut gefiel.

Er machte sich noch ein paar Notizen, bevor er seinen Laptop schloss. Auch wenn er mit seinen Recherchen vorankam, war er immer noch nicht sicher, welchen Blickwinkel er für seine Biografie über Ginger Delavie einnehmen wollte. Er musste die ersten drei Kapitel schreiben und eine detaillierte Outline formulieren, bevor er sein Projekt an seinen Agenten schicken konnte. Wenn Ginger nur seine

Fragen beantworten würde. Doch sie wollte immer noch nicht über ihre Arbeit reden.

Scout wusste, wenn der Laptop zugeklappt wurde, bestand die Chance auf einen Strandspaziergang. Also erhob er sich und kratzte mit der Pfote an Jacks Bein. Dabei zog er die Lefzen zurück, als würde er grinsen.

„Hey meine Junge", sagte Jack. „Das ist ein toller Ausdruck. Behalte ihn einen Moment bei."

Er schnappte sich seinen Skizzenblock und klappte ihn auf. Zu Zeichnen hatte ihn schon immer entspannt, und oft schickte er seine Bilder an seine Neffen und Nichten. Scout war sein aktuelles Lieblingsobjekt. Schnell setzte Jack ein paar Striche aufs Papier und lächelte, als er sah, wie gut es ihm gelungen war, Scouts Persönlichkeit einzufangen.

„In Texas bist du berühmt", erklärte er und kraulte ihn hinter den Ohren. Die Kinder hatten ihn um weitere Zeichnungen von Scout angebettelt. Manchmal fragte sich Jack, wie es wohl gewesen wäre, wenn er seiner ersten Leidenschaft gefolgt wäre. Auf jeden Fall hätte er dann ein anderes, ruhigeres Leben geführt, so viel stand fest.

Doch eine Sache war ihm jetzt klar geworden: Auch wenn er für seine investigativen Reportagen bekannt war, die ihn oft auf Reisen geführt hatten, würde er seinen Arbeitsstil ändern müssen, um ihn an das Leben mit Leo anzupassen. Dafür wäre der ruhigere Weg definitiv besser gewesen. Das mit Vanessa und Leo war so schnell gegangen, dass er immer noch dabei war, seine Gefühle zu verarbeiten und Pläne zu machen.

Zufrieden mit seiner Arbeit klappte Jack den Skizzenblock zu. Die Zeichnung würde er später beenden.

Er schnalzte mit der Zunge und zog sich eine dünne Windjacke über. Am Morgen konnte es am Strand noch frisch sein, vor allem, wenn der Wind landeinwärts blies. Auf sein Signal hin sprang Scout auf und folgte ihm zur

Tür. Dort setzte er sich und wartete schwanzwedelnd, bis Jack ihm die Leine angelegt hatte.

„Guter Junge", sagte Jack. „Wer hätte gedacht, dass du so klug bist?"

Er arbeitete am liebsten morgens, sobald die Sonne aufging. Deshalb war er normalerweise um diese Uhrzeit auch schon bereit für eine erste Pause und einen Spaziergang am Strand. In den letzten paar Tagen hatte er eine gewisse Routine in seinem Alltag gefunden. Auch wenn er noch lange nicht so fit war wie der Bürgermeister von Summer Beach, spürte er, wie seine Lungenkapazität mit jedem Tag stieg, was sich gut anfühlte.

Da er an diesem Vormittag mit Bennett verabredet war, um sich ein Haus anzugucken, das nicht weit entfernt lag, schlug er die entsprechende Richtung ein.

Nach ein paar Minuten sah er Bennett schon vor dem Haus warten, das nur ein paar Straßen vom Strand entfernt lag. Es war so gebaut, dass man von dort trotzdem einen traumhaften Ausblick aufs Meer hatte.

„Bist du heute früh gelaufen?", fragte Bennett.

„Nein, das kommt später. Aber ich werde langsam schneller."

„Demnächst findet hier ein Zehn-Kilometer-Lauf statt", erklärte Bennett. „Da solltest du mitmachen." Er beugte sich vor, um Scout zu streicheln. „Deinen Begleiter kannst du gerne mitbringen. Es handelt sich um einen Spendenlauf für das Tierheim." Ein Wagen näherte sich, und Bennett schaute auf. „Ah, da sind sie ja."

Denise und John stiegen aus dem SUV und halfen Vanessa, die auf der Rückbank saß. Leo und Samantha kamen ebenfalls heraus. Sie sahen noch ein wenig verschlafen aus.

„Ich habe einen Neffen in ungefähr eurem Alter", sagte Bennett. „Vielleicht würdet ihr gerne mal mit ihm zusammen vom Steg aus schnorcheln."

Bei diesen Worten strahlten Leo und Samantha. „Dürfen wir?", fragte Leo seine Mutter und ging dann neben ihr her.

„Das klingt nach einem großen Spaß", antwortete Vanessa. Sie blieb vor dem schindelgedeckten Haus stehen. „Was für ein schönes Sommerhaus. Es erinnert mich an die Häuser in Nantucket."

Bennett holte einen Schlüssel aus seiner Tasche. „Es hat zwei Schlafzimmer mit angrenzendem Bad und ein weiteres Gästezimmer. Dazu ein Loft mit einem Observationsdeck. Ich dachte, das könnte für euch passen. Die Besitzer wollten das Haus verkaufen, haben dann aber entschieden, es erst einmal den Sommer über zu vermieten. Es könnte hier und da ein wenig renoviert werden, aber insgesamt ist es sehr komfortabel."

Denise hakte sich bei Vanessa unter. „Wir werden hier eine großartige Zeit haben. Ich weiß gar nicht, warum wir das nicht schon früher gemacht haben."

Während sie durch das in frischen Weiß- und Türkistönen eingerichtete Haus schlenderten, erklärte Bennett die Einzelheiten.

„Jeder Raum ist mit einem Deckenventilator ausgestattet. Man muss nur die Fenster öffnen und die Meeresluft hereinlassen. Zum Strand und in den Ort kann man leicht zu Fuß gehen." Er öffnete die Tür zu einem der Schlafzimmer, das auf eine Terrasse hinausging. Ein mit Glyzinen bewachsenes Rankgitter schirmte die Terrasse vor der Sonne ab, und der Duft von Gardenien lag süß in der Luft.

„Das hier wäre perfekt für dich", sagte Denise zu Vanessa.

„Ja. Es gefällt mir gut." Sie schaute sich erfreut um.

Jack führte sie auf die Terrasse, wo in einer Ecke ein Springbrunnen mit einem Löwenkopf vor sich hinplätscherte.

„Ich kann mir gut vorstellen, hier zu sitzen und zu

lesen“, sagte sie und streckte die Hand nach ihrem Sohn aus, der immer in ihrer Nähe war.

Jacks Herz schwoll für sie an. Denise und John schauten sich mit den Kindern den Rest des Hauses an und verteilten die Räume. Samantha gefiel das mit Meerjungfrauen dekorierte Zimmer.

„Das Loft ist toll“, schwärmte Leo. Der luftige Raum war in Marineblau und Weiß eingerichtet, und eine Wendeltreppe führte aufs Dach, wo sich die Observationsplattform befand.

„Dann ist es deines“, sagte Vanessa. „Wir können ein Teleskop auf dem Dach aufstellen, damit du die Sterne angucken kannst. Ich glaube, dieses Haus ist perfekt für uns.“

Jack wusste, dass das Hospiz nicht weit weg war, und war dankbar, dass Denise, John und Samantha für Leo da sein konnten. Er hasste es, an das zu denken, was vor ihnen lag, auch wenn er sich darauf freute, Leo öfter zu sehen.

„Dann nehmen wir es“, sagte John und schüttelte Bennetts Hand.

Nachdem alle wieder nach draußen gegangen waren, schloss Bennett die Haustür ab und sagte: „Ich habe alle nötigen Papiere bei mir im Büro. Ihr könnt sie entweder dort ausfüllen oder mitnehmen.“

„Warum etwas aufschieben, was man gleich erledigen kann?“, fragte John und legte einen Arm um die Schultern seiner Frau, die wiederum Vanessas Hand hielt.

„Solange ich irgendwo sitzen kann“, sagte Vanessa.

Jack fand, dass sie besser aussah als bei seinem ersten Besuch in Los Angeles. Er hoffte, dass ihr Zustand sich verbessert hatte und sie die Krankheit vielleicht sogar besiegen könnte, auch wenn er wusste, dass das nicht realistisch war. Dennoch, die Hoffnung starb zuletzt. Er respektierte Vanessa und den Weg, für den sie sich entschieden hatte. Es war nicht leicht gewesen, dessen war er sich sicher, aber sie schien mit ihrer Entscheidung zufrieden zu sein.

Seitdem er sie in Santa Monica wiedergetroffen hatte, waren sie und Leo ständig in seinen Gedanken.

Scout winselte neben ihm und schlug mit dem Schwanz auf den Boden. Jack kraulte ihn am Kopf. „Während ihr euch um die Formalitäten kümmert, kann ich mit den Kindern und Scout an den Strand gehen", schlug er vor. Dieser bittersüße Sommer war seine Gelegenheit, seinen Sohn besser kennenzulernen.

Aufgeregt schauten Leo und Samantha ihre Eltern an, die dem Plan zustimmten.

Und so marschierte Jack mit zwei Kindern und einem Hund in Richtung Strand. Dort angekommen ließ er die Kinder ihre Schuhe ausziehen, während er an einem Souvenirstand ein Frisbee kaufte.

Am Strand waren nicht viele Leute. Die Surfer kehrten von einem Morgen auf den Wellen zurück, und ein paar Menschen spazierten durch den Sand. Hoch über ihnen saß ein Rettungsschwimmer, der die verbliebenen Surfer und ein Pärchen mit Kindern im Blick behielt, die in der Brandung tollten.

Jack gab Leo das Frisbee. „Weißt du, wie man das wirft?"

„Na klar", sagte Leo, und er und Samantha kicherten.

Was für eine dumme Frage für Kinder, die am Strand leben, dachte Jack. „Scout kennt das noch nicht, also sag ihm, dass er Sitz und Bleib machen soll. Dann wirf das Frisbee so weit, wie du kannst, und gib ihm das Kommando: *Bring's.*"

Scout richtete die Ohren auf, als würde er alles in sich aufnehmen. Dann trottete er zu Leo und machte neben ihm Sitz, wobei er vor Aufregung hechelte.

„Guck ihn dir an", sagte Leo und riss die Augen auf. „Er weiß genau, was hier los ist."

„Er ist sehr aufmerksam und lernt schnell. Komm, jetzt wirf das Frisbee so weit du kannst.“

Scout neigte den Kopf und schaute gebannt zu, wie das Frisbee durch die Luft segelte und auf dem Sand zu liegen kam.

„Was sagst du jetzt?“, fragte Jack. „Und mach dazu diese Handbewegung.“ Er zeigte auf das Frisbee.

„Bring’s“, sagte Leo und ahmte Jacks Geste nach.

Scout rannte so schnell los, dass er beim Stoppen am Frisbee vorbeischlitterte. Dann schnappte er es mit dem Maul und kam glücklich zurückgelaufen.

Leo und Samantha wechselten sich mit dem Werfen ab und hatten eine großartige Zeit.

„Hatte einer von euch schon mal einen Hund?“, fragte Jack.

„Wir haben eine Katze“, antwortete Samantha. „Die ist jetzt gerade bei meiner Tante.“

„Ich wollte immer einen Hund“, gestand Leo. „Aber meine Mom meint, die machen viel Arbeit.“

Einige von Jacks liebsten Erinnerungen aus seiner Kindheit waren die mit seinem Hund Buster. „Tja, ihr könnt diesen Sommer so viel Zeit mit Scout verbringen, wie ihr wollt. Ich wohne in dem Gästehaus beim Coral Cottage, gleich auf der anderen Seite des Orts. Ihr könnt ihn abholen, wann immer ihr Lust habt.“

„Äh, da müssen wir unsere Eltern fragen“, sagte Leo, und Samantha nickte.

„Klar. Das verstehe ich.“ Jack wurde bewusst, dass er noch viel über das Elternsein lernen musste.

„Aber das wäre so cool“, sagte Leo sehnsüchtig.

„Komm, versuchen wir was anderes mit Scout“, schlug Jack vor. Er nahm das Frisbee und warf es in die Luft, aber bevor es zu Boden fiel, gab er Scout das Kommando. Der Hund zögerte kurz, doch als Jack den Befehl wiederholte, raste er los. Dann sprang er hoch und schnappte sich das

Frisbee aus der Luft. Über diesen neuen Trick war Scout so aufgeregt, dass er im Galopp zu ihnen zurückrannte und zweimal im Kreis um sie herumlief, bevor er stehen blieb.

„Wow, das hat ihm gefallen", sagte Leo.

Jack kraulte Scouts Nacken. „Er ist ein kluger Hund. Man kann ihm viel beibringen. Achtet nur drauf, ihn von Gemüse- und Blumengärten fernzuhalten. Er liebt es, dort Chaos anzurichten."

Die Kinder hatten so viel Spaß mit Scout, dass Jack einen Schritt zurücktrat und die drei beobachtete. Dabei dachte er an all das, was ihm entgangen war. Er konnte Vanessa keinen Vorwurf machen – schon gar nicht jetzt -, dennoch verspürte er einen Anflug von Traurigkeit darüber, dass er so viel verpasst hatte.

Aber er war auch dankbar, dass Vanessa sich bei ihm gemeldet hatte. Die Alternative wäre gewesen, dass er eines Tages als alter Mann einem erwachsenen Leo die Tür geöffnet hätte, um von ihm darüber informiert zu werden, dass er sein Vater war.

Nein, es war besser, nur einen Teil von Leos Kindheit mitzuerleben als gar nichts.

Ich bin jetzt ein Vater. Jack ließ diesen Gedanken sacken und spürte das ganze Ausmaß der Verantwortung. Und es war immer noch kompliziert. Leo hatte keine Ahnung, und bald würde der Junge den tragischen Verlust seiner Mutter erleben müssen. Jack wusste, dass er nur ein schwacher Ersatz für Vanessa sein würde.

Was konnte er seinem Sohn bieten? Er hatte sein gesamtes Leben damit zugebracht, auf der ganzen Welt Geschichten hinterherzujagen. Nun hatte er zwar viel zu erzählen, aber Schwierigkeiten damit, zu entscheiden, in welche Richtung sein Manuskript gehen sollte. Manchmal wünschte er sich, er wäre Illustrator geworden, doch alles, was er in dieser Richtung konnte, hatte er sich selbst beigebracht.

Vielleicht war es der Unterschied zwischen einem Artikel und der längeren Form eines Buchs. Was auch immer es war, es fiel Jack schwer, sich zu fokussieren. Ob er Leo und Vanessa im Kopf hatte, Scout ihn für einen Spaziergang anstupste oder Marina ihn ablenkte … Es fiel ihm nicht leicht, die Notizen zu sortieren, die er sich im Laufe der Jahre gemacht hatte.

Und dann war da noch Ginger. Als sie sich vor Kurzem auf den Klippen getroffen hatten, hatte sie ein anderes Projekt angesprochen, war jedoch nicht wieder darauf zurückgekommen. Könnte da ein Thema liegen?

Egal, wofür er sich entschied, er musste bald einen Entwurf an seinen Agenten schicken.

Jetzt, wo Jack für Leo verantwortlich war, würde sich sein Leben verändern. Irgendwann im Herbst würde Leo auf die Schule gehen müssen. Er fragte sich, wie es Vanessa bis dahin gehen würde. Vielleicht könnte er in den kommenden Sommern mit Leo im Camper losfahren und das Land erkunden?

„Achtung!“, rief Leo.

Jack duckte sich gerade rechtzeitig, um nicht von dem fliegenden Frisbee getroffen zu werden. Oder seinem Hund, der ihm mit flatternden Ohren nachrannte.

Dann hörte er hinter sich einen Schrei und wirbelte herum. Er sah Scout, der auf Marina stand und ihr das Gesicht ableckte. Das Frisbee trudelte langsam neben ihnen in den Sand. Scout schien mit Marina zusammengestoßen zu sein und freute sich nun überschwänglich darüber, sie zu sehen.

„Nein, Scout. Aus!“ Jack eilte Marina zu Hilfe. Leo und Samantha folgten ihm und riefen dabei Scouts Namen.

Jack schubste Scout zur Seite und half Marina, sich aufzusetzen. „Das tut mir so leid. Hast du dich verletzt?“

„Nicht wirklich. Außer, Sand in den Haaren zu haben, zählt.“ Sie schüttelte die Haare aus und wischte sich den

Sand vom Kleid. „Guck dir mal Scout an", sagte sie dann. „Ich glaube, er grinst mich an."

Jack wischte ihr ein wenig Sand von der Wange. Ihre Haut war so weich – was ihm nicht auffallen sollte.

Leo trat auf sie zu. „Es tut mir leid, Ma'am. Das war meine Schuld."

Jack legte einen Arm um seine Schultern. „Diese Frisbees können einen ganz schön anderen Weg als geplant einschlagen." Er zerzauste Leo die Haare. „Es war nett von dir, dich zu entschuldigen."

„Und ich akzeptiere die Entschuldigung, auch wenn sie nicht nötig gewesen wäre", sagte Marina. „Ich hätte darauf achten müssen, wo ich langgehe. Aber ich war tief in Gedanken versunken."

„Bleib noch sitzen", sagte Jack. „Du könntest dich verletzt haben. Was macht dein Knöchel?" Als er sie anschaute, kam ihm der Gedanke, dass sie eine dieser Frauen war, die mit dem Alter immer schöner wurden.

„Dem geht es gut. Aber der verdammte Hund ..." Sie drohte Scout mit dem Finger. „Wir müssen mal ein ernstes Wörtchen miteinander reden."

Als würde Scout sie verstehen, näherte er sich Marina mit gesenktem Kopf und hängender Rute. Sie strich ihm mit der Hand über das seidige, goldene Fell.

„Entschuldigung angenommen", sagte sie.

Jack nahm das Frisbee und warf es Leo zu. Scout raste sofort hinterher.

„Er ist ein echter Charakter", sagte Marina und schlang die Arme um ihre angezogenen Knie. „Ich weiß nur noch nicht, was für einer."

„Er ist wie ein übergroßes Kind", sagte Jack und setzte sich neben ihr in den Sand. Die Sonne brachte die goldenen Strähnen in Marinas Haaren hervor.

„Die Kinder sind süß." Marina warf die Haare zurück. „Ivy hat mir erzählt, dass Bennett heute Denise und John ein Haus gezeigt hat. Sie wollen es mit Vanessa und Leo zusammen mieten, oder?"

„Ja. Bennett macht ihnen gerade den Mietvertrag fertig, und ich dachte, ich könnte in der Zeit ein wenig Spaß mit den Kids haben."

Marina beschirmte sich die Augen, um die beiden zu beobachten. „Es sind gute Kinder. Ich erinnere mich noch daran, als meine Schwestern und ich unsere Großmutter immer im Sommer hier besucht haben. Wir haben den ganzen Tag am Strand verbracht und sind nur zum Essen nach Hause gegangen. Oder wir sind durch den Ort gestromert und haben unsere gesparten Pennys für Eis ausgegeben."

„Das klingt nach einer idealen Kindheit."

„Auf viele Arten war es das auch. Summer Beach ist ein toller Ort für Familien."

„Und für Singles eines gewissen Alters?" Jack zog eine Augenbraue in die Höhe.

Marina lachte – ein wenig nervös, wie ihm auffiel. „Das weiß ich nicht." Abrupt wechselte sie das Thema. „Wie läuft es mit dem Schreiben?"

„Langsamer, als mir lieb ist", gestand er.

„Ich weiß, was du meinst." Sie nickte. „Ich habe viele Beiträge für die Nachrichten geschrieben und hatte nie Zeit, an mir zu zweifeln. Aber ohne eine Deadline wäre ich verloren."

„Wir haben beide Nachrichten gemacht, nur auf unterschiedliche Weise", sagte Jack. „Vermisst du es?"

Marina stützte das Kinn auf die Knie. „Ich dachte, es würde mir fehlen, doch das tut es nicht. Aber ich bin ja auch nur durch Zufall in dem Beruf gelandet."

„Hast du dir den Sommer über freigenommen?"

„Nicht so wie du. Ich habe meinen Job verlassen …" Sie hielt inne und schüttelte den Kopf. „Ich will meinen Beruf wechseln. Es ist an der Zeit, das zu tun, was ich wirklich will."

„Und was ist das?"

Ihre Augen leuchteten auf. „Ich hatte gerade einen großartigen Testlauf auf dem Markt. Dank Kais Hilfe habe ich alle meine Sachen verkauft. Das ist Teil eines größeren Plans. Ich will auch Dinner im Cottage anbieten. Und eines Tages möchte ich hier in Summer Beach ein Café eröffnen."

„Das ist beeindruckend. Und ein ziemlicher Karrierewechsel." Zum ersten Mal fühlte Jack sich in Marinas Gegenwart entspannt. Sie wirkte auch wesentlich lockerer. Er lehnte sich ein wenig in ihre Richtung, und sie zog sich nicht zurück, sondern schob sich nur eine Haarsträhne hinters Ohr.

„Es ist seltsam, aber sobald ich mir hier die Zeit genommen habe, langsamer zu machen, wurden viele meiner Probleme wesentlich klarer. Und meine Familie hier zu haben – Menschen, die mich wirklich kennen – hilft auch."

„Da hast du wirklich Glück", sagte Jack.

Sie schaute ihn einen Moment schweigend an, bevor sie fragte: „Hast du keine Familie in der Nähe?"

Jack schaute über den Strand zu Leo. Technisch gesehen hatte er Familie hier. „Es ist kompliziert."

Marina nickte verständnisvoll und stellte keine weiteren Fragen mehr zu dem Thema.

Im Laufe ihrer Unterhaltung merkte Jack, dass er sich wohlfühlte und hoffte, dass sie noch lange so sitzen bleiben würden. Deshalb war er ein wenig enttäuscht, als er Denise und John sah, die ihnen zuwinkten.

„Sieht so aus, als müsste ich die Kinder zu ihren Eltern zurückbringen", sagte er. Er räusperte sich. „Hättest du Lust, dass wir mal zusammen einen Kaffee trinken gehen? Ich frühstücke oft im Java Beach."

„Ich habe gehört, dass das die Klatsch- und Tratschzentrale ist", erwiderte sie. „Aber in ein paar Tagen bringe ich einige Hors d'œuvre für die Happy Hour ins Seabreeze Inn." Sie hielt inne, als überlege sie. „Da könntest du als ehemaliger Gast sicher auch dazukommen."

„Das wäre schön." Ein Kribbeln durchlief ihn. So hatte er sich schon seit einer Ewigkeit nicht mehr gefühlt. Er stand auf und streckte Marina die Hand hin, um ihr aufzuhelfen. Ihre Hand fühlte sich weich an, doch ihr Griff war fest.

„Habe ich noch irgendwo Sand an mir?"

„Nur ein wenig." Jack strich ihr über die Schulter, aber nicht, weil sie dort Sand hatte, sondern weil er nicht widerstehen konnte, ihre seidige Haut zu berühren. „So. Jetzt ist alles gut."

„Wir sehen uns", sagte Marina mit einem kleinen Lächeln und setzte dann ihren Spaziergang fort.

Während Jack ihr hinterherschaute, rief er nach Leo und Samantha. „Kommt, es ist an der Zeit, euch fürs Mittagessen frischzumachen." Noch hatte er die ganzen Elternsprüche nicht drauf, aber er ging davon aus, dass Kinder immer hungrig waren, nachdem sie am Strand gespielt hatten.

Er schien recht zu haben, denn die Kinder kamen angelaufen, und Jack musste grinsen.

Scout lief mit dem Frisbee im Maul hinter ihnen her. Jack half den Kindern, ihre sandigen Füße an einer Dusche am Strand abzuspülen, während Scout mit dem Wasser spielte. Jack nahm an, dass ein nasser Hund besser war als ein sandiger.

„Isst Marina mit uns zu Mittag?" Leo tauschte einen Blick mit Samantha und beide kicherten.

„Sie hat andere Pläne", antwortete Jack.

„Sie ist hübsch", sagte Samantha. „Ist sie deine Freundin?"

„Ich habe sie gerade erst kennengelernt." Jack zerzauste den beiden das Haar. „Es braucht eine Weile, bis man

Freund und Freundin ist. So, jetzt zieht eure Schuhe an, dann suchen wir eure Eltern."

Während Jack über seine Worte nachdachte, fiel ihm auf, dass er nicht viel über Marina wusste. Doch er würde gerne mehr über sie erfahren. Er legte einen Arm um Leos Schultern und fragte sich, wie es als alleinerziehender Vater wohl mit dem Dating ablief. Und wie Leo darauf reagieren würde.

Doch am wichtigsten war: Wann hatte Vanessa vor, ihrem Sohn zu erzählen, wer Jack wirklich war?

16

San Francisco

Marina wischte sich die staubigen Hände an ihrer Jeans ab und schaute sich in der leeren Wohnung um. Sie stand an der Kreuzung von ihrem alten und ihrem neuen Leben. Kai hatte ihr geholfen, die letzten beiden Jahrzehnte zu sortieren und einzupacken.

Das große, dreistöckige viktorianische Haus war in Wohnungen unterteilt worden. Auch wenn die Zimmer klein waren, hatte Marina die Lage in der Nähe des Golden Gate Parks immer geliebt. Dort hatten sie und ihre Kinder viele Nachmittage verbracht. Hier waren Heather und Ethan zur Schule gegangen. Marina würde viele gute Freunde zurücklassen, aber sie konnte es nicht erwarten, ein neues Kapitel in Summer Beach aufzuschlagen. Und alle ihre Freunde hatten ihr versichert, dass sie sie dort besuchen würden.

„Musst du dich nicht langsam fertigmachen?", fragte Kai.

Marina hasste es, wieder ein Kostüm anziehen zu müssen, aber sie hatte einen Termin mit ihrer Anwältin Yasmin im Büro des Anwalts der Gegenpartei.

„Darauf freue ich mich wirklich nicht", sagte sie und nahm ein Tagebuch in die Hand, das sie beim Packen gefunden hatte. „Ich habe allerdings das Gefühl, dass Yasmin das hier interessant finden wird." Sie steckte es in ihre Handtasche, um es nicht zu vergessen. Was sie im Sinn hatte, war vielleicht etwas weit hergeholt, aber einen Versuch war es wert.

Als sie später ihren Wagen geparkt hatte und die Eingangshalle des Wolkenkratzers betrat, sah sie ihre Anwältin auf einem Sofa sitzen und in ihren Notizen blättern. Marina ging auf sie zu.

Yasmin erblickte sie und stand auf. Dabei strich sie sich die Haare glatt und richtete ihre rote Brille. „Wir sind beinahe so weit, anzufangen", sagte sie.

Laut Marinas Angestelltenvertrag musste sie sich für eine Mediation zur Verfügung stellen. Obwohl die kalifornischen Gesetze sich langsam zugunsten der Arbeitnehmer änderten, ließ sich dieser Prozess nicht umgehen.

Gemeinsam gingen sie auf die Fahrstühle zu, und kurz danach erreichten sie die Büros der Kanzlei des Fernsehsenders. Als Besitzer eines Milliardenunternehmens hatte Hals Vater vermutlich ganze Armeen von Anwälten im gesamten Land.

Durch die Fenster im vierzigsten Stock konnten sie die Golden Gate-Brücke im Hintergrund sehen. Die Kanzlei war ganz in Anthrazit und Grau eingerichtet, und die überwältigend männliche Atmosphäre sollte definitiv einschüchternd wirken.

Und es funktioniert. Marina atmete tief ein und dachte an all das, was sie im Sender hatte durchmachen müssen. Sie beschloss, sich nicht länger einschüchtern zu lassen. *Damit ist jetzt Schluss.* Kurz betastete sie ihre Handtasche, um sicherzugehen, dass das Tagebuch noch da war.

„Je höher die Etage, desto höher die Honorare", sagte Yasmin und schaute sich um. „Ich glaube, die haben Angst vor dir. Das hier kann ein langer, ermüdender Prozess werden, aber das Ziel ist, eine günstige Einigung zu erzielen."

Marina versuchte, in dem engen Rock, der ihrem hungrigen, dünnen Körper einst perfekt gepasst hatte, zu atmen. Mit einer entschlossenen Geste holte sie das Tagebuch heraus.

„Als Kai und ich meine Sachen gepackt haben, bin ich über ein paar Notizen gestolpert, die ich mir im Laufe der Jahre gemacht habe. Ich dachte, das könnte heute vielleicht nützlich sein." Sie gab Yasmin das Buch. „Was meinst du?"

Bevor Yasmin einen Blick in das Tagebuch werfen konnte, erschien eine Assistentin, um sie zu einem Konferenzraum zu führen, in dem der ganze Mediationsprozess stattfinden würde. Auf dem Weg durch die Etage dämpften dicke Teppiche ihre Schritte.

Ein großes Fenster zu einem Konferenzraum durchbrach die lange Wand des Flurs. Drinnen saß Hal mit einem Team von Anzugträgern am Tisch. Seine Anwälte, wie Marina vermutete. Neben ihm saß Babe. Sie trug ein eng sitzendes Kleid mit einem tiefen V-Ausschnitt und sah genauso aus, wie Hal seine Frauen bevorzugte. Als die beiden aufschauten, drehte Marina schnell den Kopf weg.

Sich diesem Prozess zu unterziehen war mental herausfordernd, aber als Marina vor Jahren zur Nachrichtensprecherin befördert worden war, hatte sie die entsprechende Vereinbarung unterzeichnet. Sie war lange relativ glücklich in ihrem Job gewesen, doch das hatte sich nach dem Verkauf des Senders geändert, als Hal zu ihnen gestoßen war. Er war entschlossen gewesen, die Sendung ins einundzwanzigste Jahrhundert zu holen, wie er alle gerne erinnerte.

Mit dem Konzept war Marina einverstanden gewesen, doch nicht mit dem Unsinn, der dann stattgefunden hatte. Deshalb hatte sie sich die Dinge, die sie unfair und geschmacklos fand, aufgeschrieben. Hal spielte darin eine Hauptrolle, aber auch Babe tauchte auf. Ursprünglich hatte Marina diese Geschehnisse nur niedergeschrieben, um Dampf abzulassen; sie hatte sie nie anderen zeigen wollen. Doch das könnte sich nun ändern.

Nachdem Marina und ihre Anwältin sich in einem anderen Konferenzraum niedergelassen hatten, schlug Yasmin das Tagebuch auf. Beim Lesen weiteten sich ihre Augen.

„Hat das schon mal jemand gesehen?", fragte sie.

„Abgesehen von meiner Schwester, nein. Ich habe diese Ereignisse nur zur emotionalen Verarbeitung aufgeschrieben. Aber ich dachte, dass sie heute vielleicht hilfreich sein könnten." Marina wusste, was sie da hatte, aber nur Yasmin konnte den wahren Wert bestimmen.

Entschlossenheit spiegelte sich in Yasmins Miene. „Damit könntest du sie auf Belästigung verklagen. Wir werden es als Verhandlungsmittel einsetzen."

„Ich will einfach nur, dass diese Idioten aus meinem Leben verschwinden", sagte Marina. „Ich kann mein eigenes Geld verdienen. Aber lass sie das nicht wissen."

„Verstanden", sagte Yasmin. „Warte hier. Ich werde mich mal mit Hals Jungs unterhalten."

Marina saß da und lauschte dem Ticken der Wanduhr. Dabei dachte sie an die letzten zwanzig Jahre zurück und verglich ihr damaliges Leben mit ihrem heutigen. Abgesehen von dem regelmäßigen Gehaltscheck war sie in Summer Beach wesentlich glücklicher. Dort sah sie eine Zukunft vor sich mit Familie und Freunden und einer

Arbeit, die sie liebte. Dort wäre ihre Zukunft das, was sie daraus machte.

Wenn sie nur Hal und Babe und die juristischen Probleme loswerden könnte.

Yasmin kehrte zurück und steckte einen Zettel in ihre Aktentasche. „Wir gehen", sagte sie ruhig.

Als Marina fragen wollte, warum, zwinkerte Yasmin ihr zu und ging zur Tür.

Schweigend fuhren sie mit dem Fahrstuhl nach unten und traten in den Sonnenschein hinaus. Erst jetzt wandte Yasmin sich an Marina.

„Herzlichen Glückwunsch." Sie brach in ein breites Lächeln aus und reichte Marina das Tagebuch. „Du bist eine freie Frau. Sie sind den Deal eingegangen und haben zugestimmt, die ganze Sache fallen zu lassen. Außerdem habe ich eine gute Abfindung für dich rausgeschlagen." Yasmin nannte eine Zahl, die Marina lächeln ließ.

Das war mehr, als sie erhofft hatte, aber definitiv das, was sie verdiente. Sie könnte das Geld nutzen, um ihr neues Geschäft zu starten und ihre Ersparnisse aufzufüllen. Sie presste sich das Tagebuch an die Brust. „Wie kann ich dir danken?"

„Dank dir selbst. Indem du so detaillierte Aufzeichnungen mit Daten, Orten und Ereignissen gemacht hast, hast du sie in die Ecke gedrängt." Yasmin lächelte. „Als ich gegangen bin, ist Babe zu mir gekommen und hat mir ihre Visitenkarte gegeben. Ich glaube, Hal hat ein großes Problem am Hals."

„Das ist das Beste, was ich seit Langem gehört habe", sagte Marina. Vielleicht hatte Babe erkannt, dass Hal sie nicht besser behandeln würde, als er Marina behandelt hatte. Aber das Ganze ging sie jetzt nichts mehr an.

Sie umarmte Yasmin zum Abschied und ging mit neuer Leichtigkeit in ihren Schritten zu ihrem Auto. Sie war frei. Auf dem Weg zu ihrer Wohnung rief sie Gwen und Ginger an, und beide Frauen freuten sich für sie. Kaum hatte sie ihre Wohnung betreten, stürzte sie sich auf Kai und schlang ihr die Arme um den Hals. „Es ist vorbei!", rief sie.

Nachdem sie Kai erzählt hatte, was passiert war, legte ihre Schwester einen kleinen Freudentanz für sie hin, der Marina lachen ließ. Sie zog sich schnell um und beeilte sich dann, Kai beim Einpacken der restlichen Sachen zu helfen.

Kurz darauf kam Kai mit einem Karton aus der Küche. „Das ist der Rest von deinem Geschirr", sagte sie und stellte den Karton auf einen Stapel im Wohnzimmer.

AM NÄCHSTEN MORGEN putzten Marina und Kai die Wohnung, während sie auf die Umzugshelfer warteten. Marina wrang den Mopp aus. „Sobald der Truck beladen ist, können wir ins Hotel gehen, duschen und nach Summer Beach zurückfahren."

„Jetzt haben wir endlich was zum Feiern", antwortete Kai.

„Hast du was von Dimitri gehört?"

Traurigkeit huschte über Kais Gesicht. „Er bestraft mich mit Schweigen."

„Ja, das Leben besteht nicht nur aus Herzen und Rosen. Es ist wichtig, dass Paare ihre Differenzen aus der Welt schaffen, bevor sie heiraten."

Kai lehnte sich gegen den Kaminsims. „Hast du dich je mit Stan gestritten?"

Marina lachte, als sie sich an ihre hitzigen Diskussionen erinnerte. „Die Dinge, über die wir uns nicht einig waren, kommen mir jetzt so trivial vor. Einmal hat Stan vergessen, die Stromrechnung zu bezahlen, und mitten in einer Party gingen die Lichter aus. Jemand hat ihm gegenüber eine Bemerkung dazu gemacht, was mir so unendlich peinlich war. Wir haben dann Kerzen herausgeholt und hatten noch viel Spaß. Aber ich habe zwei Tage lang nicht mit ihm gesprochen. Was mir jetzt unglaublich kindisch vorkommt.“

„Ich wäre auch sauer gewesen“, sagte Kai.

„Es ist eine Sache, enttäuscht zu sein, weil jemand einen Fehler gemacht hat, der zu einer unangenehmen Situation geführt hat. Aber das Ganze passierte zwei Tage, bevor Stan zu einem Auslandseinsatz musste. Ich hatte viel Zeit, darüber nachzudenken und die Sache zu relativieren. Als er zurückkam, hatte ich mich verändert. Wir beide haben gelernt, Probleme zu lösen und weiterzumachen. Das Leben ist zu kurz, um nicht zu lachen. Und ich bin froh, dass wir viel gelacht haben.“

Kai legte einen Arm um sie. „Und nun sind wir hier.“

„Älter und weiser. Wir machen jetzt einfach andere Fehler.“ Marina zog die Nase kraus.

„Deinen Job hinzuschmeißen war kein Fehler. Warte nur, bis wir wieder in Summer Beach sind. Die ganzen Rezepte, die du ausprobierst, und die Menüs, an denen du arbeitest, werden beweisen, wie talentiert du bist.“

„Hat dir schon mal jemand gesagt, dass du die Beste bist?“

„Gleichfalls“, sagte Kai. „Und wenn ich nächstes Mal mit Dimitri rede, werde ich ihm sagen, dass ich froh darüber bin, dass wir uns streiten. Denn wir müssen einander besser kennenlernen, bevor wir uns ein Leben lang binden.“ Sie hielt inne und strich sich mit der Hand übers Gesicht. „Es wird ihm nicht gefallen, aber ich werde die Hochzeit verschieben. Das Ganze ist ein bisschen zu überstürzt.“

„Das halte ich für klug“, sagte Marina. „Auch wenn ich weiß, dass es schmerzhaft ist.“

Es klingelte, und Marina drückte auf den Summer.

Kurz darauf standen drei muskulöse Möbelpacker vor ihrer Wohnungstür. „Soll das alles ins Lager?“, fragte einer von ihnen.

„Bis auf die Kartons da an der Wand“, erklärte Marina

und deutete auf die paar Kartons, die in ihren Wagen passen würden.

Als die Männer anfingen, die Reste von Marinas Leben hinauszutragen, klingelte ihr Handy. Ethans Bild erschien auf dem Display.

„Hey Mom. Wie läuft es mit dem Umzug?"

„Ziemlich gut, Süßer. Ich lagere alle meine Sachen für ein halbes Jahr ein, bis ich in Summer Beach Fuß gefasst habe."

„Du willst wirklich dortbleiben?", fragte er ein wenig ungläubig.

„Ich bin mir sicher, dass Heather dir das Meme gezeigt hat", sagte Marina und verzog das Gesicht. „Meine Agentin meint, dass ich mir eine Auszeit nehmen soll, bevor ich mich wieder auf Jobsuche begebe. Aber ich liebe Summer Beach und habe ein nagelneues Business, das mich wieder ganz nach vorne bringen wird." Sie biss sich auf die Unterlippe. Mit ihren Kindern sollte sie realistischer sein.

„Solange du glücklich bist, Mom", sagte ihr Sohn.

Marina beschloss, das Thema direkt anzusprechen. „Ich wollte eigentlich persönlich mit euch darüber reden", sagte sie. „Es ist wichtig, dass wir Vorbereitungen für das nächste Semester treffen."

„Was meinst du damit?"

„Ich habe die Duke kontaktiert und die Anträge für finanzielle Unterstützung angefordert. Du und Heather, ihr könnt weiter aufs College gehen und wir zahlen die Studiengebühren später ab. Ihr beide müsst allerdings mit eurem Studium auf dem Laufenden bleiben."

„Ja, was das angeht …" Ethans Stimme verebbte.

„Hast du schon einen Sommerjob gefunden? Wenn nicht, bei Ginger im Haus ist noch Platz. Ich kann dir helfen, hier eine Arbeit zu finden."

„Mom, bitte." Ethan stieß hörbar den Atem aus. „Ich habe angerufen, weil ich mit dir reden muss."

Sofort richteten sich Marinas mütterliche Antennen auf. „Ich höre."

„Die Sache ist die … Die Duke ist eine großartige Uni, aber nicht für mich."

„Wenn es um deine Noten geht – du kannst Nachhilfe nehmen", warf Marina schnell ein. „So viel wie du brauchst. Wir haben das Problem schon einmal überstanden. Das schaffst du wieder. Das weiß ich, Ethan. Heather kann dir auch helfen. Gib jetzt nicht auf."

„Mom, hör mir zu. Bitte."

Während die Möbelpacker mit Kartons um sie herumliefen, packte Marina ihr Handy fester. „Okay."

„Das hier ist kein Problem, bei dem du herbeieilen und es lösen musst", sagte Ethan ernst. „Ich bin kein Kind mehr, und ich weiß, was ich will. Golfspielen ist alles, was ich je gewollt habe. Wenn ich die Zeit, die ich zum Studieren aufwende, ins Training investieren würde, glaube ich, mehrere Level aufsteigen zu können."

„Aber deine Bildung …"

„Ich kann immer noch später an die Uni zurückkehren. Und es muss nicht die Duke sein. Ich weiß, dass die sehr teuer ist."

„Liebling, darüber musst du dir nicht den Kopf zerbrechen. Ich würde für dich und Heather alles tun."

Ethan seufzte laut. „Ich habe das Studium bereits geschmissen und suche mir einen Freund, bei dem ich wohnen kann, um jeden Tag zu trainieren. Ich will Profi werden und damit nicht warten, bis ich mein Studium beendet habe. Golf ist das Einzige, in dem ich wirklich gut bin."

Marina kaute auf einem Fingernagel. „Du könntest auch andere Dinge finden, die dich interessieren."

Verärgert platzte es aus Ethan heraus: „Ich habe Dyslexie. Aber wusstest du, dass einige der Top-Golfer das auch haben? Ich weiß, dass ich es schaffen kann. Ich werde nicht an die Duke zurückkehren. Das ist vorbei."

Marina presste sich eine Hand auf die Augen, um die Tränen zurückzuhalten. *Was würde Stan tun?* Sie hörte die Ernsthaftigkeit in der Stimme ihres Sohnes, dennoch war sie eine Mutter, die nur das Beste für ihre Kinder wollte.

Also versuchte sie es noch einmal. „Du weißt, dass deine zukünftigen Jobaussichten ohne einen Abschluss begrenzt sein werden."

Erneut seufzte Ethan frustriert. „Hast du überhaupt ein Wort von dem gehört, was ich gesagt habe? Mein Gott, Mom, warum kannst du nicht einfach mal zuhören? Ich bin ein mieser Student, aber ich bin ein solider Golfer. Ich werde immer irgendeinen Job in einem Golfclub finden."

Marina tigerte auf und ab, während sie versuchte, einen Weg zu finden, um zu ihrem Sohn durchzudringen. Das hier war nicht das, was sie für ihn geplant hatte. Sie hatte hart gearbeitet, um ihren Kindern die Ausbildung zu ermöglichen, die sie brauchen würden.

Und dann traf sie die Erkenntnis.

Sie war gerade dabei, ihr Leben zu verändern, um das zu tun, was sie wirklich wollte. Konnte sie ihrem Sohn nicht das Gleiche gönnen? Sie warf einen Blick zu Kai, die sie mitfühlend anschaute. So schwer es auch war, ihren Traum für ihren Sohn loszulassen, sie musste ihn seinen eigenen Traum leben lassen.

Also atmete sie einmal durch und sagte: „Ich verstehe dich. Wenn ich dich irgendwie unterstützen kann ..." Sie hatte Ethan und Heather bereits gesagt, dass sie die Kartons mit ihren Sachen ganz vorne ins Lager stellen würde, damit sie sich holen konnten, was immer sie benötigten.

„Danke, aber ich schaff das schon", sagte Ethan. „Ich habe auf dem Golfplatz des Country Clubs hier in Durham gearbeitet und daher ein paar Ersparnisse."

„Das hast du mir gar nicht erzählt." Und Heather auch nicht.

„Davon hat niemand etwas gewusst. Ich wollte sehen, ob ich einen Job im Golfbereich bekommen kann. Und das habe ich."

Marina war beeindruckt. „Du hast die ganze Sache wirklich gut durchdacht, oder?"

„Ja. Mach dir um mich keine Sorgen. Ich schaffe das."

Seufzend sagte Marina: „Ich gebe zu, eben war ich erst geschockt, aber du sollst wissen, dass ich stolz auf dich bin und darauf, dass du deinem Herzen folgst." Ihr Sohn war nicht länger ein Kind, und er machte die ersten Schritte in die Zukunft, die er für sich wollte.

„Danke, Mom."

Sie hörte die Dankbarkeit in seiner Stimme und wünschte, sie könnte ihn umarmen. Nachdem sie ihm gesagt hatte, wie lieb sie ihn hatte, legte sie auf und schickte ihrer Tochter eine kurze Nachricht.

„Wow", sagte Kai und zog eine Augenbraue hoch. „Ich nehme an, Ethan hat sein Studium geschmissen. Ich frage mich, was Heather davon hält. Sie könnte sich im Stich gelassen fühlen."

„Das hoffe ich nicht. Ich habe ihr eine Nachricht geschickt, um sicherzugehen. Aber ich bin mir sicher, dass sie für Ethan auch nur das Beste will." Dennoch konnte sie den Gedanken nicht abschütteln, dass Kai recht hatte.

„Wir sollten etwas essen gehen, sobald die Wohnung leer ist", sagte Kai. „Ich bin kurz vorm Verhungern."

Marina nahm ein paar Scheine aus ihrer Hosentasche und reichte sie Kai. „Das geht auf mich. Du kennst meine Lieblingsrestaurants. Hole uns etwas, das uns über Wasser hält."

„Sushi, Frühlingsrollen, Cannoli oder Tacos?"

„Überrasch mich. Und bevor wir fahren, muss ich noch

ein paar Foodie-Recherchen betreiben. Hast du Lust, dass wir einen Tag länger bleiben?"

„Hm, das klingt gut. Ich habe keine anderen Pläne." Damit eilte sie zur Tür hinaus.

Nachdem Kai wieder da war, setzten sie sich in eine Ecke des Wohnzimmers, aßen Sushi und unterhielten sich über den vor ihnen liegenden Sommer, während die Möbelpacker weiter Kartons schleppten.

Sobald der Truck beladen war, schloss Marina die Tür zur Wohnung ab und brachte den Schlüssel nach oben zu ihrer Vermieterin. Dann gingen sie und Kai zu dem Inn, das sie gebucht hatten, und duschten. Den Rest des Tages und den nächsten Vormittag verbrachten sie damit, viele von Marinas Lieblingsrestaurants zu besuchen. Da sie lange in diesem Viertel gelebt hatte, kannte sie die meisten Besitzer. Und nachdem sie ihnen von ihren Plänen in Summer Beach erzählt hatte, boten ihr einige an, sie jederzeit anzurufen, wenn sie einen Rat benötigte.

„Was ist das Herausfordernste daran, ein eigenes Restaurant zu haben?", fragte Marina eine der Besitzerinnen.

„Die Konsistenz in der Qualität der Speisen, die richtigen Leute anzustellen – und den ganzen Tag auf den Beinen zu sein." Die Frau stützte sich mit den Händen auf dem Tresen ab und strahlte. „Aber ich liebe es, gutes Essen zuzubereiten, das die Leute genießen. Essen ist Liebe – und man muss lernen, andere zu bedienen."

„Ich denke, das gilt für viele Berufe", sagte Marina. In ihrer vorherigen Position war sie jeden Morgen früh aufgestanden, voller Vorfreude darauf, die Nachrichten mit den Zuschauern zu teilen. Viele hatten ihr über die sozialen Medien oder per E-Mail geschrieben, um sich für ihren freundlichen, ruhigen Stil zu bedanken. Als Hal auf den Plan getreten war, hatte er sich beschwert und gemeint, sie wäre zu nett – er sagte, sie wäre ein Dinosaurier –, und dass die Zuschauer von heute kontroversere Sendungen sehen wollten.

Kontroverse Sendungen und junge, sexy Frauen. Das waren die Nachrichten, wie sie Hal vorschwebten.

Für den Fehler hat er bitter bezahlt. Damals hatte der Kommentar sie tief getroffen, doch heute konnte Marina darüber lachen. Wenn sie ein Dinosaurier war, dann war das in Ordnung. Sie war zu alt und zu erfahren, um gegen ihre journalistischen Prinzipien anzugehen.

Und nun befand sie sich wieder an einem Punkt in ihrem Leben, an dem sie es kaum erwarten konnte, morgens aufzustehen und andere zu bedienen. Nur würde sie dieses Mal nicht die Nachrichten servieren, sondern gutes Essen und eine entspannte Atmosphäre am Meer.

Es kribbelte ihr in den Fingern, wieder mit der Arbeit loszulegen.

Als ihr kleines Auto gepackt war, fuhren Marina und Kai noch ein letztes Mal an ihrer alten Wohnung vorbei. Mit einer Hand am Lenkrad schaute sie zu dem viktorianischen Gebäude hoch. „Das ist das Ende einer Ära, oder?"

„Nun ist jemand anderes dran, hier neu anzufangen", sagte Kai. „Du hast Summer Beach."

„Und einen Sommer, um diese verrückte Idee zum Laufen zu bringen."

Kai legte eine Hand auf ihren Arm. „Die Idee ist nicht verrückt. Ich habe vor, ein paar Wochen in der Sonne zu entspannen, während Dimitri Deals in Chicago und New York abschließt, aber ich bin bei deinem Projekt voll dabei."

„Du kannst jederzeit gehen", sagte Marina.

„Ich weiß. Aber mir gefällt die Energie." Sie trommelte mit den Händen auf das Armaturenbrett. „Komm, es ist an der Zeit, dass du wieder an die Arbeit gehst."

„Das erinnert mich …" Marina schickte eine kurze Nachricht an Ivy. *Auf dem Weg nach Summer Beach. Ist es okay, die ersten Hors d'œuvres morgen früh zu liefern?*

Ivys Antwort folgte sofort: *Ich kann es nicht erwarten! Fahr vorsichtig. Wir sehen uns morgen. Die Gäste werden sich freuen. Wann geht es mit deinen Dinnerpartys los?*

Aufregung stieg in Marina auf, und sie zeigte Kai die Nachricht. „Sieht so aus, als würde es wirklich losgehen."

Kai hüpfte auf ihrem Sitz. „Soll ich während der Fahrt eine Einkaufsliste für dich schreiben?"

„Das wäre super. Ich will eine Standardliste mit den Dingen, die ich für bestimmte Gerichte brauche. Das wird mir in der Zukunft viel Zeit sparen, und außerdem kann ich so die Kosten für die Mahlzeiten besser berechnen, um den schlussendlichen Preis festzulegen. Dann weiß ich auch, mit welchem Gewinn ich rechnen kann, und kann meine Rentabilität kalkulieren."

„Das ist clever." Kai streckte sich nach hinten, um ein Notizbuch aus ihrer Handtasche zu holen. „Du klingst schon ganz wie eine Unternehmerin."

„Mein Besuch im Rathaus war ein Weckruf. Anfangs fand ich die ganzen Anträge einschüchternd, aber die braucht es nun mal, wenn man professionell sein will."

„Einen Schritt nach dem anderen, wie Ginger immer sagt."

Als Marina sich an die Worte von Boz erinnerte, kam ihr eine Idee. Schnell berichtete sie Kai von dem harten Wettbewerb, dem sich die Restaurants in Summer Beach ausgesetzt sahen. „Ich weiß, ich bin die Neue im Ort. Aber die richtigen Berichte in der Presse könnten bei diesem Problem helfen."

Kai schüttelte den Kopf. „Das Problem scheint tiefer zu gehen. Die Restaurants in Summer Beach bieten großartiges Essen an, aber die Besucher wissen nichts davon. Das könnte mit ein Grund dafür sein, warum sie nur kommen, um an den Strand zu gehen."

„Das wäre dann ein Fall für eine PR-Agentur", überlegte Marina und trommelte mit den Fingern auf das

Lenkrad. „Was wäre, wenn es eine jährliche Veranstaltung gäbe, bei der alle Restaurants zeigen können, was sie anzubieten haben? Sozusagen eine riesige Verkostungsparty."

„Vielleicht könnte ein bekannter Koch die Restaurants bewerten?" Kais Augen weiteten sich. „Wie heißt noch dieser Koch mit den weißblonden Haaren und dem coolen Auto?"

„Der bekommt Trilliarden Anfragen", winkte Marina ab. „Wir brauchen etwas, auf das wir uns verlassen können und das schnell und effektiv ist."

Kai schlug ihr Notizbuch auf und nahm den Stift in die Hand. „Okay, Zeit für ein Brainstorming. Ich bin bereit."

„Lass die Ideen fließen", sagte Marina und fädelte sich in den Verkehr ein. „Wir sind auf dem Weg."

Auf der Fahrt nach Summer Beach diktierte Marina ihrer Schwester eine Einkaufsliste, Menü-Ideen und sogar Rezepte, die sie im Kopf hatte. Je mehr sie von Anfang an auf Standards setzen konnte, desto leichter würde es werden, vor allem, wenn das Business anfing, zu gedeihen.

Sie brainstormten Ideen, die den örtlichen Restaurants und der gesamten Gemeinde Summer Beach helfen könnten. Marina konnte es nicht erwarten, diese Ideen zu teilen, und sie würde mit Ivy und Mitch anfangen.

Als sie Stunden später vor dem Cottage anhielten und anfingen, die Kartons auszuladen, kam Jack aus dem Gästehaus.

„Willkommen zurück!", rief er ihnen zu. Scout drängte sich aufgeregt an ihm vorbei. „Braucht ihr Hilfe?"

„Gerne", antwortete Marina. Scout umkreiste ihre Beine und bettelte um Aufmerksamkeit. „Hey du. Hast du mich vermisst?" Sie kniete sich hin, um Scout hinter den Ohren zu kraulen, und der Hund winselte Kai an, mitzumachen.

„Natürlich", sagte Jack und nahm ein paar Kartons. „Wo sollen die hin?"

„In die Garage", sagte Marina. „Danke. Ich habe an der Seite ein wenig Platz gemacht, bevor wir gefahren sind. Der Öffner für das Tor hängt neben der Hintertür in der Küche. Wenn Ginger zu Hause ist, sollte die Tür offen sein."

Nachdem Jack außer Hörweite war, sagte Kai: „Ich glaube, Jack hat dich mehr vermisst als Scout."

„Das bezweifle ich."

„Ich weiß nicht …" Kai grinste. „Was ist da zwischen euch?"

„Absolut gar nichts." Doch noch während sie das sagte, verspürte sie einen kleinen Stich in der Brust. Jack hatte etwas an sich, das ihren Puls beschleunigte, sobald er in der Nähe war. „Ich habe keine Zeit, um über ihn nachzudenken."

„Da ist was", beharrte Kai. „Ich kenne diesen Ausdruck in deinen Augen."

„Okay, bevor ich nach San Francisco gefahren bin, hatten wir eine gute Unterhaltung. Jack hat mit Leo und Samantha am Strand Frisbee gespielt, und Leo hat das Frisbee aus Versehen in meine Richtung geworfen. Scout ist ihm nachgelaufen und hat mich über den Haufen gerannt. Danach haben wir eine Zeit am Strand gesessen und uns unterhalten, und dann hat Jack mir geholfen, den Sand abzuklopfen."

Kais Augen blitzten auf. „Das klingt ganz wie in einem Liebesroman."

„Ach hör auf. Da war nichts Liebesromaniges dran. Pst. Er kommt zurück." Marina beobachtete Jack. Scout ging neben ihm her und schaute bewundernd zu ihm hoch.

„Habt ihr noch mehr?", fragte Jack.

Marina beugte sich in den Wagen, um einen Karton vom Rücksitz zu nehmen. „Jupp. Den hier. Und auf der anderen Seite sind auch noch welche."

Jack nahm sich die nächste Fuhre Kartons und marschierte damit wieder zur Garage.

„Was habe ich dir gesagt?" Kai stieß einen kleinen Schrei aus. „Hast du das gesehen? Er hat den Anblick genossen, als du dich ins Auto gebeugt hast."

„Kai! Das hat er nicht. Er hat nicht mal in meine Richtung geschaut."

„Tja, er war nicht offensichtlich, aber ich habe es trotzdem mitbekommen. Ich bin sehr gut darin, Körpersprache zu lesen. Er hat nur aus Anstand weggeschaut. Du weißt, was das bedeutet."

„Hör sofort damit auf." Marina erinnerte sich an ein Versprechen, das sie Jack gegeben hatte, und strich sich mit der Hand übers Gesicht. „Guck mal, Ginger winkt dir vom Fenster aus zu. Du solltest besser nachschauen, was sie will."

Kai drehte sich um. „Nein, tut sie nicht. Ich bin nicht mehr sechs."

Jack und Scout kehrten zurück. „Was habt ihr sonst noch?"

„Nur diese da." Marina zeigte auf die letzten Kartons. Kai lehnte am Auto und schien nicht vorzuhaben, sich zu rühren.

Marina räusperte sich. „Ich catere morgen die Happy Hour im Seabreeze Inn. Du meintest, dass du vielleicht auch vorbeischauen wolltest?"

„Klar." Jacks Miene erhellte sich. „Ich muss mal vom Computer weg."

Marina hakte ihre Daumen in die Taschen ihrer Jeans. „Wie läuft's mit dem Schreiben?"

„Ich bin noch dabei, meine Notizen zu ordnen, aber ich sehe langsam ein Ende."

„Wie schön. Und danke für deine Hilfe." Nach dem, was Kai gesagt hatte, fühlte Marina sich ein wenig unsicher. „Dann sehe ich dich morgen?"

„Ich würde dein Debüt um nichts in der Welt verpassen." Er schnippte mit den Fingern und zeigte zum Gästehaus, woraufhin Scout sofort losrannte.

Sobald die Schwestern im Cottage waren, brach Kai in lautes Lachen aus. „Es besteht kein Zweifel daran, dass Jack an dir interessiert ist."

Marina dachte an die Unterhaltung am Strand zurück. Sie spürte, dass sie dabei war, Gefühle für Jack zu entwickeln, hatte aber Angst davor, wieder in so einem Schlamassel zu landen wie mit Grady.

„Ich habe keine Zeit für so einen Unsinn", sagte sie deshalb. „Vor allem nicht nach Grady. Kai, ich bin kein Kind mehr, und ich habe zwei eigene Kinder, um die ich mich kümmern muss."

Ginger tauchte aus der Küche auf. „Ich habe gesehen, dass Jack dir mit den Kartons geholfen hat. Ist zwischen euch jetzt alles in Ordnung?"

„Alles prima. Außer dass meine Schwester sich in den Kopf gesetzt hat, dass ich an ihm interessiert bin."

„Okay, wenn du das so ausdrücken willst." Kai zuckte mit den Schultern. „Wobei ich gesagt habe, dass *er* an *dir* interessiert ist."

Ginger zog eine Augenbraue hoch. „Er ist ein ganz feines Exemplar von einem Mann. Er könnte jemanden sehr glücklich machen."

Marina riss die Augen auf. „Ich kann nicht glauben, dass du das gerade gesagt hast."

Ginger wirbelte herum, sodass ihr Kaftan im Zebramuster in der Meeresbrise wehte. „Tja, ich bin noch nicht tot", sagte sie, bevor sie in die Küche zurückkehrte.

Marina fuhr sich mit der Hand durch die Haare. „Ich weiß nicht, was in euch gefahren ist, aber ich muss jetzt Lebensmittel kaufen." Sie nahm ihre Handtasche und ging hinaus zu ihrem Wagen.

Interesse an Jack – oder irgendeinem anderen Mann – zu entwickeln war wirklich das Letzte, was sie gerade im

Sinn hatte. Und Jack hatte eigene Sorgen. Sie wusste zwar nicht, welche, aber sie spürte, dass er etwas verheimlichte.

Sie wollte nicht in komplizierte Probleme hineingezogen werden. Von denen hatte sie selbst genügend.

Als sie den Motor anließ, kam Kai aus dem Haus gestürmt und winkte mit der Einkaufsliste. „Die hast du vergessen."

Marina ließ das Fenster herunter und nahm die Liste. „Ich will nichts mehr über Jack Ventana hören. Ich muss arbeiten. Ethan hat zwar sein Studium geschmissen, aber ich muss ihn trotzdem noch finanziell unterstützten und dafür sorgen, dass Heather weiter studiert. Das hier ist mein Leben, Kai."

Kai stützte sich an der Autotür ab. „Genau das meine ich. Das Leben kann hart sein, aber wenn man nicht wenigstens versucht, jeden Tag besonders zu machen, was hat das alles dann für einen Sinn? Was Jack angeht – ich weiß, dass du gerade erst über Grady hinweg bist. Aber ist es nicht schön, zu wissen, dass es da jemanden gibt, der dich attraktiv findet? Mach damit, was du willst." Sie verzog das Gesicht und machte eine dramatische Geste mit der Hand. „Mehr habe ich dazu nicht zu sagen."

Marina fing an zu lachen. Sie wollte nicht böse auf Kai sein. „Wir sind eine ganz schön verrückte Familie, weißt du das?"

Und da bezog sie sich mit ein. Dennoch stahl sich Jack immer öfter in ihre Gedanken. Bei allem, was sie mit Grady durchgemacht hatte, war sie jedoch nicht sicher, ob das klug war. Ein Sommer; mehr ist das hier nicht, sagte sie sich.

17

Am nächsten Morgen machte Marina sich in der Küche des Cottages an die Arbeit. Sie bereitete die Hors d'œuvres für Ivys Happy Hour im Seabreeze Inn vor. Nachdem sie den gekühlten Teig aus dem Kühlschrank geholt hatte, nahm sie Gingers altes, hölzernes Nudelholz aus einer Schublade.

Ein wenig Mehl auf dem Holz und dem Teig sorgten dafür, dass der Teig nicht klebte, als sie ihn gleichmäßig ausrollte, um ihn als Boden für die Mini-Walnuss-Pilz-Pasteten zu verwenden, die sie schon oft gemacht hatte.

„Das Nudelholz ist beinahe so alt wie ich", sagte Ginger, als sie in die Küche kam. „Es war ein Hochzeitsgeschenk von einer meiner Tanten und hat die Welt mit mir bereist."

Marina tippte mit dem Nudelholz auf die Arbeitsplatte. „Ich erinnere mich, dass ich es zum ersten Mal benutzt habe, um damit Knetmasse auszurollen."

„Ist es nicht interessant, dass einige Dinge ein längeres Leben genießen als wir?" Ginger schaute sich in der Küche um.

Marina hob den Kopf. Solche Bemerkungen von ihrer

Großmutter machten sie immer nervös. „Geht es dir gut, Grandma?"

Ginger legte einen Arm um sie und gab ihr einen Kuss auf die Wange. „Mir geht es wunderbar, meine Süße. Du nennst mich nicht oft Grandma."

Marina war dankbar, dass sie und ihre Schwestern Ginger immer noch hatten. „Vielleicht fühle ich mich ein wenig nostalgisch. Ich habe daran gedacht, wie ich diese Pasteten das erste Mal für dich und Grandpa gemacht habe. Ich glaube, damals war ich achtzehn."

„Vielleicht hätte ich dich damals mehr ermutigen sollen, in die kulinarische Richtung zu gehen. Julia Child hätte es geliebt, dich kennenzulernen und einige ihrer Rezepte mit dir zu teilen."

„Aber ich hatte dich, und du hattest ihre Rezepte. Sogar die besonderen. Welches ist dein Favorit?"

„Mit ihrem Boeuf Bourguignon oder ihrer Quiche Lorraine kann man nichts falsch machen. Und ihre Crêpe Suzette sind zum Sterben. Diese Rezepte findest du in ihren Büchern, die ich dir gegeben habe." Ginger füllte einen Kessel mit Wasser und stellte ihn auf den Herd. „Sie gemeinsam mit Jacques Pepin in *Cooking in Concert* zu sehen war so schön. Die Sendung erinnert mich immer an die Zeit, die ich mit ihr in Boston verbracht habe."

Marina stach Kreise aus dem Teig aus, die sie dann nacheinander in die Muffinform presste.

Ginger inspizierte die Arbeitsfläche, auf der Marina ihre abgewogenen Zutaten organisiert hatte. „Das ist sehr *mis en place*", sagte sie.

„Du hast mir beigebracht, organisiert anzufangen und zu bleiben. Das hilft."

„Brauchst du bei irgendetwas Hilfe?"

„Danke, aber ich habe alles im Griff." Marina war im Fluss und genoss es.

Ginger gab losen Earl Grey in ein Tee-Ei und klappte es

zu, bevor sie es in die Teekanne hängte. Der Duft nach Zitrone und Bergamotte wehte durch die Küche. „Was für Hors d'œuvres machst du?"

„Das hier werden Walnuss-Pilz-Pastetchen mit frischem Thymian aus dem Kräutergarten. Es war reichlich da, deshalb dachte ich, dass es dir nichts ausmachen würde. Außerdem werde ich Gurkenröllchen mit Krebsfleisch, Avokadocreme und einem Löffelchen Tobiko servieren."

„Gute Wahl. Die Gurkenröllchen servierst du als Erstes? Sie sind feiner vom Geschmack."

„Natürlich", sagte Marina. „Dazu gibt es noch Birnenscheiben mit Ziegenkäse und krossem Pancetta, alles mit ein wenig Honig beträufelt. Die Zutaten für die endgültige Fertigstellung habe ich schon im Inn."

Sie zeigte auf eine Glasschüssel. „Und abgerundet wird das mit meinen Luau-Spareribs, die gerade in einer Marinade aus Reisessig, Sojasoße, Ingwer und Knoblauch ziehen. Am Ende werden sie mit Sesamkörnern und Frühlingszwiebelringen garniert. Dazu gibt es Rosmarin- und Olivenbrot mit Olivenöl."

„Das klingt köstlich. Ich bin mir sicher, dass die Gäste es genießen werden." Ginger nahm zwei antike Teetassen vom Regal. „Was meinst du, wann wir unser erstes Dinner hier veranstalten?"

„Bei der Happy Hour wird Ivy es verkünden." Marina hielt inne, um die Mischung aus Pilzen, Walnüssen, Thymian und Zwiebeln auf dem Herd umzurühren. „Was das sonstige Marketing angeht, habe ich vor, am Wochenende auf dem Markt Flyer zu verteilen. Kai hat die Webseite fertiggestellt und ich werde ein paar Anzeigen auf örtlichen Social-Media-Accounts posten. Ich habe vor, in zwei Wochen das erste Dinner zu geben. In der Zwischenzeit werde ich weiter auf dem Markt verkaufen."

Ginger wärmte die Teetassen mit heißem Wasser vor.

„Veranstaltungen wie diese werden sich in Nullkommanichts in Summer Beach herumsprechen."

„Das hoffe ich." Marina erinnerte sich an die Liste von Ideen, die sie und Kai auf der Fahrt von San Francisco zusammengestellt hatten. „Hat es in Summer Beach jemals ein Food-Festival gegeben, bei dem die einheimischen Restaurants ihre Künste gezeigt haben?"

„Nicht, dass ich wüsste. Warum?"

„Ich habe über das nachgedacht, was Boz mir vor Kurzem erzählt hat. Dass die großen Ketten den kleinen Restaurants die Gäste stehlen. Wäre es nicht interessant, ein Verkostungsfestival zu veranstalten? Wir könnten Summer Beach zu einem Mekka für Foodies machen und gleichzeitig die einheimische Wirtschaft stärken."

„Das ist eine fabelhafte Idee", sagte Ginger. „Und wo würde dieses Festival stattfinden?"

„Ivy hat mal erzählt, dass sie im Seabreeze Inn letztes Jahr einen Kunstmarkt veranstaltet haben. Vielleicht können wir das da machen."

„Oder hier", schlug Ginger vor. „Der Garten ist groß genug. Die Leute könnten problemlos vom Ort zu Fuß herkommen. Und für die, die mit dem Auto kommen, gibt es ausreichend Parkplätze. Das würde deiner Arbeit noch mehr Aufmerksamkeit einbringen."

„Kai hat angeboten, sich um das Entertainment zu kümmern. Das könnten wir auf der Terrasse machen. Und ich könnte gucken, ob die lokale und regionale Presse Interesse hat, darüber zu berichten." Je länger sie über die Idee sprachen, desto aufgeregter wurde Marina. „Wir könnten es *Der Geschmack von Summer Beach* nennen. Kai könnte sicher in kurzer Zeit eine eigene Webseite erstellen, und ich stelle die Idee den Restaurantbesitzern vor."

„Cookie könnte dir vermutlich auch helfen", sagte Ginger. „Dein Enthusiasmus gefällt mir. Also, was hält dich zurück?"

Marina lachte. „Nichts. Ich mache mich besser an die Arbeit und werde mal mit Bennett sprechen, wann ein gutes Datum für das Festival wäre. Ich denke, wir brauchen mindestens einen Monat Vorlaufzeit."

Ginger stellte die Tassen und die Teekanne auf den Küchentisch. „Was ist der letzte Stand bezüglich der Erweiterung der Terrasse?"

„Axe kann nächste Woche anfangen. Er hat angerufen, während ich in San Francisco war, und mir einen Kostenvoranschlag geschickt. Den wollte ich aber erst mit dir durchgehen."

Es bereitete ihr immer noch ein wenig Unbehagen, ihre Großmutter damit zu belasten, dass sie ihr Unternehmen aus dem Cottage heraus aufbauen wollte. „Bist du sicher, dass dir die ganze Unruhe hier nichts ausmacht? Mit dem Neubau der Terrasse und den Dinnerpartys fürchte ich, ziemlich viel Unruhe in dein Leben zu bringen."

„Du klingst, als wüsstest du nicht, was ich mag", antwortete Ginger. „Wann hast du mich je im Schaukelstuhl in einer Ecke sitzen sehen?"

Das Bild brachte Marina zum Lachen. „Das meinte ich nicht."

Ginger reckte entschlossen das Kinn. „Wir haben das Leben so zu leben, als wäre es das größte Geschenk, das uns je gemacht wurde – denn das ist es. Ich habe jede Minute geliebt, die mir gegönnt wurde, selbst die schweren. Und ich habe noch lange nicht vor, ruhiger zu werden, also lass uns die Show starten." Der Wasserkessel pfiff, und Ginger nahm ihm vom Herd. „Hast du Zeit, dich für einen Moment hinzusetzen?"

„Ja. Sehr gerne." Marina schaltete die Platte, auf der die Pilzmischung köchelte, aus und schob die Pastetenförmchen in den Ofen, während Ginger den Tee aufgoss.

„So", sagte sie, als sie sich zu Ginger an den Tisch setzte.

„Ich freue mich darauf, wieder Leben im Haus zu

haben“, sagte Ginger. „Bertrand und ich haben immer so viele Gäste gehabt – noch dazu so faszinierende Menschen aus aller Welt. Ich könnte über das, was du hier vorhast, nicht glücklicher sein.“

Marina sah förmlich vor sich, wie Ginger Gäste à la Auntie Mame aus dem Film *Die tolle Tante* empfing, die dem Abend ein theatralisches Element verpassten. Allein Zeugin davon zu sein, wie Ginger Spaß hatte, war den Aufwand schon wert. Ginger schenkte Tee ein, während sie sich über die neue Terrasse unterhielten. Marina zeigte ihr die, die ihr gefiel. „Das wäre eine wunderschöne Ergänzung des Cottages, selbst wenn die Dinner ein Flop werden sollten ...“

„Wage es ja nicht, diese Energie ins Universum zu schicken“, unterbrach Ginger sie empört.

Marina lachte. „Du klingst wie Kai.“

„Was glaubst du, von wem sie das hat?“, schnaubte Ginger. „Aber diese Art von Gerede will ich nicht hören. Du wirst Erfolg haben, also leg mit voller Kraft los.“

„Ich werde Axe anrufen und ihm den Auftrag geben“, sagte Marina und nippte an ihrem Tee. Ginger nahm es mit der Zubereitung immer sehr genau, und Marina musste zugeben, dass es sich lohnte. „Er meinte, das Ganze würde nicht lange dauern.“

„Nach allem, was ich gehört habe, ist er ein guter Mann.“

Die Eieruhr piepte, und Marina stand auf. „Zurück an die Arbeit.“

Ginger musterte Marinas Jeans und T-Shirt. „Ich weiß, wir sind hier am Strand, aber du ziehst dich um, bevor du ins Seabreeze Inn gehst, oder?“

„Wenn ich die Zeit habe“, antwortete Marina mit Blick auf die Uhr. „Ich werde sowieso die meiste Zeit in der Küche stehen und alles vorbereiten. Ivy wird die Betreuung der Gäste übernehmen.“

Ginger schüttelte den Kopf. „Die Vorbereitungen erledigst du, bevor die Gäste kommen. Du musst die Sprecherin für dein Unternehmen sein. Das kann keiner besser als du. Wenn ich ausgetrunken habe, helfe ich dir, die Gurkenröllchen zu machen, während du die Avocadoemulsion zubereitest. Und ich habe ein Auge auf die Spareribs. So hast du ausreichend Zeit, um schnell unter die Dusche zu springen und dich umzuziehen. Kai und ich werden dir helfen, im Inn alles vorzubereiten. Man muss immer sein Bestes geben, meine Liebe."

WÄHREND GINGER DIE KÜCHE AUFRÄUMTE, dusche Marina und zog sich um. Dann trug sie das erste Tablett mit den Hors d'œuvres zum Auto. Als ihr Handy klingelte, lehnte sie sich gegen ihren Wagen und ging ran. „Hi Heather, was gibt's?"

Die Stimme ihrer Tochter explodierte durch die Leitung. „Mom, was um alles in der Welt hast du dir nur dabei gedacht?"

„Wie bitte?"

„Du hast Ethan die Erlaubnis gegeben, sein Studium hinzuschmeißen? Nach all den Vorhaltungen, wie wichtig das College ist? Wie konntest du nur?"

„Es ist seine Entscheidung." Marina biss sich auf die Unterlippe. Sie spürte, dass das hier kein kurzes Gespräch werden würde.

„Nein, das ist es nicht", jammerte Heather, die immer verzweifelter klang. „Ethan hat mich hier ganz allein zurückgelassen. Auf die Duke zu gehen war nicht mal meine Idee. Ich habe das nur gemacht, weil er ein Golfstipendium bekommen hat. Er hat mich angefleht und gesagt, er bräuchte meine Hilfe, und jetzt lässt er mich im Stich. Ich habe morgen eine Abschlussprüfung, die ich seinetwegen nicht bestehen werde."

Marina glaubte zu wissen, was hinter all dem steckte.

Irgendwie musste sie ihre Tochter beruhigen und wieder auf die richtige Spur für ihre Prüfung bringen. „Heather, gibt es jemanden, den du anrufen kannst, um mit dir gemeinsam zu lernen?"

„Wie hätte ich hier neue Freunde finden können, wenn Ethan jeden einzelnen Menschen runtermacht, den ich kennenlerne? Niemand hat seinen Ansprüchen genügt. Es war, als wollte er, dass ich die ganze Zeit bei ihm bin. Also nein, ich kenne niemanden, den ich anrufen könnte."

„Das wusste ich nicht, Liebling." Heather und Ethan hatten sich auch in der Vergangenheit schon gestritten, aber nicht so. Marina musste Heather beruhigen, doch sie war sich schmerzlich bewusst, dass die Minuten vergingen und sie noch zu spät zu ihrem ersten Event kommen würde. Dennoch würde sie für ihre Tochter da sein.

„Ethan hat mich allein gelassen. Wenn er mich brauchte, war ich immer da, aber als ich ihn angefleht habe, nicht zu gehen, war ihm das egal."

„Ich verstehe, warum du dich so fühlst." Marina wusste, wie es war, im Stich gelassen zu werden – noch dazu im Fernsehen. „Das Semester ist fast vorbei", sagte sie schnell. „Jetzt zählen deine harte Arbeit und deine sorgfältigen Noti- zen." Auch wenn Heather sich immer gut auf Prüfungen vorbereitete, war sie oft nervös. Vielleicht war ein Teil ihrer Hysterie über Ethans Verhalten darauf zurückzuführen.

„Wegen Ethan habe ich nicht lernen können", wimmerte Heather und brach in laute Schluchzer aus.

Marina wünschte, sie könnte jetzt da sein und ihre Tochter in die Arme nehmen und trösten. Das erste Jahr weit weg von zu Hause war für beide Kinder schwer, und Heather und Ethan waren bisher noch nie in ihrem Leben getrennt gewesen.

Dennoch hatte Ethan seine Entscheidung getroffen. Selbst wenn Marina damit nicht zu hundert Prozent einver- standen war, konnte sie seinen Standpunkt verstehen. Vielleicht würde er seine Meinung noch ändern und im Herbst auf ein anderes College gehen. Aber was wurde dann aus Heather?

Ihre Tochter war zum ersten Mal in ihrem Leben ganz allein.

Marina sah, dass Ginger aus dem Fenster schaute. Ganz offensichtlich machte sie sich auch Sorgen wegen der Zeit. „Heather, gibt es vor Ort niemanden, mit dem du reden kannst?"

„Nein. Ethan hat meine neuen Freunde nie gemocht. Er meinte, es wären alles oberflächliche, reiche Mädchen, und die Jungs fand er noch schlimmer. Die Klugen hat er als Angeber bezeichnet." Sie schniefte. „Ich hasse es, wenn er so überheblich ist."

„Es ist ein herausforderndes College mit einem hohen akademischen Anspruch", erklärte Marina und fragte sich, ob es ein Fehler gewesen war, ihre Kinder ans andere Ende des Landes zu schicken. „Aber ich dachte, für dich wäre die Duke eine gute Wahl."

„Es ist nicht die Duke. Es könnte überall sein. Ethan ist weg, und ich kann mich auf nichts konzentrieren. Ich werde durch meine Prüfungen rasseln, und das ist dann ganz allein seine Schuld."

Jetzt verstand Marina es endlich. Heather war Ethans Unterstützung beim Lernen gewesen, während Ethan mit seinem Talent, schnell Freundschaften zu schließen, Heather die sozialen Kontakte ermöglicht hatte, die sie benötigte. „Süße, du kannst das auch ohne Ethan. Ich weiß, es ist zu spät im Jahr, um noch Freunde zu finden und damit die Unterstützung, die du brauchst, aber im Moment musst du einfach tief durchatmen und alles in die richtige Perspektive rücken."

„Ich weiß nicht, was das heißen soll."

Marina warf einen Blick zum Cottage und sah Ginger an der Tür stehen. Sie tippte mit dem Finger auf ihre Uhr.

Marina nickte. Aber auch wenn ihr Debüt wichtig war, Heather brauchte sie gerade.

„Zeig Ethan, aus was für einem Holz du geschnitzt bist", sagte Marina. „Er schaut zu dir und deinen akademischen Fähigkeiten auf. Vielleicht schüchtern sie ihn sogar ein. Oder er ist ein wenig neidisch darauf. Golf mag für ihn die richtige Wahl sein, aber deine schulischen Leistungen waren immer eine Quelle des Stolzes. Du kannst in allem erfolgreich sein, was du dir in deinen fabelhaft funktionierenden Kopf setzt. Kannst du dir einen anderen Ort zum Lernen suchen? Wo du dich konzentrieren kannst, aber nicht allein bist?"

Heather schniefte. „Ich schätze schon."

„Ich weiß, du bist im Moment so wütend, dass du Ethan verprügeln könntest, aber vergiss nicht, er ist auch dein größter Fan. Und er wird sich schrecklich fühlen, wenn du deine Prüfungen vermasselst. Genau wie du, Süße. Richte deine Gedanken auf das, was getan werden muss und auf sonst nichts, um die nächste Woche zu überstehen. Ich weiß, dass du das kannst. Und nach den Abschlussprüfungen kommst du nach Summer Beach. Du hast dir ein wenig Zeit am Strand verdient."

„Aber was ist mit nächstem Jahr? Ich will nicht ohne ihn hierbleiben."

„Ich bin mir sicher, dass es da eine Lösung gibt, an die wir noch nicht gedacht haben. Aber jetzt geh erst einmal eine Runde Laufen, um den Kopf zu frei zu kriegen. Mach dir nur Gedanken um dich, nicht um Ethan. Ich weiß, du kannst deine Prüfungen mit guten Noten bestehen, aber du musst dich konzentrieren und fleißig lernen. Und damit fängst du am besten jetzt gleich an. Kriegst du das hin?"

Wieder schniefte Heather. „Ich schätze schon." Ihre Stimme klang ganz klein, aber wenigstens hatte sie aufgehört zu weinen.

Obwohl die Minuten ihr durch die Finger glitten, musste

Marina für Heather ruhig bleiben. Dieser Moment könnte den Kurs von Heathers akademischer Karriere bestimmen. „Ich liebe dich, Süße. Egal, was passiert. Aber wenn du zulässt, dass dich diese Geschichte herunterzieht, könntest du es bereuen. Kannst du die Laufschuhe anziehen, die ich dir zum Geburtstag geschenkt habe?"

„Ich glaube schon."

„Dann mach das. Ich warte so lange." Marina betete, dass sie Heather durch diese Situation hindurchhelfen konnte. Wenn ihre Tochter die Prüfungen vergeigte, würde es schwerer für sie, das College zu wechseln, sollte sie das tun wollen. Noch dazu wäre Heather dann am Boden zerstört.

Aus dem Augenwinkel sah sie, dass die Haustür aufging und Ginger und Kai mit weiteren Tabletts, die mit Frischhaltefolie bedeckt waren, nach draußen eilten. Sie presste sich eine Hand aufs Herz. „Danke." Dann zeigte sie auf ihr Handy und flüsterte: „Das ist Heather. Sie ist wegen Ethan aufgebracht."

„Wir machen das", sagte Kai. „Kümmere du dich um sie."

Heather war wieder in der Leitung. „Ich habe sie", sagte sie mit festerer Stimme.

„Okay. Dann zieh sie an." Marina hörte, wie Heather das tat.

„Jetzt nimm dir deinen Schlüssel, die Kopfhörer und deinen Ausweis."

„Mom?" Heather klang ruhiger.

„Ja, Liebes?"

„Ich glaube, ich schaffe das jetzt. Ich bin immer noch sauer auf Ethan, aber ich werde ihm zeigen, dass ich es auch ohne ihn schaffe. Ich komme schon klar. Jetzt gehe ich laufen, und dann suche ich mir einen Coffeeshop in der Nähe und fange an zu lernen. Danke, Mom. Danke, dass du mich verstehst. Ich hab dich lieb."

„Ich dich auch, Süße. Du schaffst das." Marina schickte ihr noch ein paar Luftküsse, bevor sie auflegte. Es war eine Herausforderung, so weit von ihrer Tochter entfernt zu sein, aber Heather hatte am Ende besser geklungen. Was Ethan anging – mit ihm würde sie auch noch mal reden müssen.

Ginger und Kai hatten inzwischen das Auto beladen.

„Wir können es immer noch rechtzeitig schaffen", sagte Kai. „Wir nehmen den Rest der Sachen. Fahr schon mal los, wir treffen und dort."

Mit klopfendem Herzen stieg Marina ein. Rechtzeitig war pünktlich genug.

18

Marina fuhr so schnell sie konnte, ohne die Tabletts mit den Hors d'œuvres auf der Rückbank in Gefahr zu bringen, durch die schmalen Straßen von Summer Beach. Heathers Anruf hatte sie in ihrem Zeitplan nach hinten geworfen, aber dank Gingers und Kais Hilfe hatte sie die Zeit wieder einholen können, wofür sie dankbar war. Sie fuhr am Seabreeze Inn vorbei auf den hinteren Parkplatz und stellte ihren Wagen dort ab, wo Ivy es ihr gesagt hatte: direkt neben dem kirschroten Chevrolet-Cabriolet.

Nachdem sie den Motor ausgeschaltet hatte, blieb sie noch einen Moment sitzen, um sich zu sammeln. So nervös war sie seit ihrem ersten Tag als Nachrichtensprecherin nicht mehr gewesen. Sie sehnte sich danach, Essen zuzubereiten, das die Leute liebten. Doch jeder hatte einen anderen Geschmack.

Zu viel Salz für den einen war die perfekte Menge für jemand anderen.

Marina warf einen Blick auf die Rückbank. Sie hatte eine Auswahl an Appetithäppchen gemacht, um verschiedene Geschmäcker zu befriedigen, aber sie wusste, dass es unter den Gästen harsche Kritiker geben konnte. Außerdem hatte sie sich sehr viel Mühe gegeben, bei den Kostproben für ihre Menüs alle möglichen gesundheitlichen Restriktionen und Allergien zu berücksichtigen.

Ivy tauchte auf der Treppe des großen, alten Herrenhauses auf und winkte. Sie trug ein fließendes Top mit Blumenmuster, dazu eine türkise Kette, Jeans und Kitten-Heels im Leopardenprint. Der Effekt war ein lässiges, aber dennoch sorgfältig zusammengestelltes Outfit. „Brauchst du Hilfe?"

„Gerne. Kai und Ginger kommen gleich nach." Marina umarmte Ivy zur Begrüßung. Sie war so froh, dass sie ihre alte Freundschaft wieder hatten aufleben lassen. Und dass sie Gingers Rat gefolgt war und sich umgezogen hatte. Zu einem kanariengelben Sommerkleid, das ihr trotz ihrer langsam in die Breite gehenden Hüften immer noch passte, hatte sie sich eine Korallenkette von Ginger geliehen.

„Ich freue mich so für dich", sagte Ivy. „Ich bin mir sicher, dass du mit deinem Vorhaben Erfolg haben wirst. Und deine intimen Dinner lassen sich sicher auf die persönlichen Wünsche der Gäste zuschneiden. Das würde den Leuten gefallen. Obwohl das von mir auch ein wenig egoistisch ist, denn ich will, dass du in Summer Beach bleibst."

Marina öffnete die hintere Tür ihres Minis. „Das hängt davon ab, ob ich dieses Business ans Laufen kriege oder nicht."

„Ja, das verstehe ich." Ivy nahm das Tablett an, das Marina ihr reicht. „Hat Boz dir helfen können?"

„Er hat mir einen ganzen Stapel an Formularen gegeben und mich meines Weges geschickt. Ich fürchte, an dem Tag war ich ein wenig überwältigt und frustriert, aber das hatte nichts mit Boz zu tun. Ehrlich gesagt habe ich von ihm wertvolle Einblicke gewonnen."

Gemeinsam eilten sie die Rampe zur Hintertür hinauf, die Shelly für sie aufhielt. „Als ich Boz das erste Mal getroffen habe, habe ich auch nicht gerade den besten Eindruck gemacht“, gestand Ivy. „Ich glaube, er ist gestresste Städter gewöhnt, die nach Summer Beach kommen.“

„Aber wenn wir erst einmal eine Weile hier sind, werden wir alle entspannter“, warf Shelly ein, die ein kurzes weißes Sommerkleid trug und ihre kastanienfarbene Mähne in einem lockeren Dutt auf dem Kopf zusammengefasst hatte.

Marina fiel auf, dass Ivy und Shelly so unterschiedlich waren wie sie und Kai. Und dann war da noch Brooke, die Erdmutter der drei Moore-Schwestern, die so mit ihrer Familie beschäftigt war, dass Marina und Kai sie kaum noch zu sehen bekamen. Brooke hatte nicht mal Zeit, regelmäßig eine Nachricht zu schicken, aber Marina war entschlossen, sie bald zu sehen.

Die Küche des Seabreeze Inn war wie ein Zeitsprung zurück in die Sechzigerjahre. Zwei türkisfarbene Kühlschränke summten vor sich hin. Marina und Ivy stellten die Tabletts auf die lange Arbeitsfläche, die früher für große Abendgesellschaften genutzt worden sein musste.

„Ich habe in Gertie Platz gemacht, falls du was kühl stellen musst“, sagte Ivy.

Marina sah die alten Ungetüme an. „Die Kühlschränke haben Namen?“

„Ja. Der andere ist Gert“, erklärte Shelly. „Gert und Gertie passt zu ihnen, wobei Gertie diejenige von beiden ist, die härter arbeiten muss.“

Marina dachte an den alten Herd, den Ginger Myrtle nannte, und lachte. „Ich glaube, in Summer Beach zu leben wird mir gefallen.“

„Du musst mal zu meiner Yogaklasse kommen“, sagte Shelly. „Als du hier gewohnt hast, habe ich dich wegen deines Knöchelns in Ruhe gelassen, aber der sieht inzwischen richtig gut aus.“

„Ja, er bereitet mir kaum noch Probleme“, bestätigte

Marina. Sie warf einen Blick auf die Küchenuhr, die wie eine Muschel geformt war. Viel Zeit zum Vorbereiten blieb ihr nicht mehr. „Wir holen besser den Rest der Hors d'œuvres rein."

Zu dritt entluden sie schnell den Wagen. Währenddessen teilte Marina ihre Idee bezüglich eines Verkostungsfestivals mit Ivy, die sofort anbot, ihren Gästen davon zu erzählen, um Interesse zu generieren. Dann entschuldigte sie sich, um nach eben diesen Gästen zu schauen, während Marina sich in der Küche ausbreitete.

„Wir haben ein paar große Servierplatten, wenn du die brauchst", sagte Shelly. „Die nimmt Mitch immer für seine Kekse. Sie könnten dir ein paar Wege in die Küche ersparen."

„Das wäre gut." Von diesen Dingen hatte Marina noch zu wenig, aber sie versuchte, erst einmal Kosten zu sparen – vor allem angesichts des Ausbaus der Terrasse. Wobei sie zugeben musste, dass Axe ihr einen angemessenen Preis gemacht hatte.

„Ich hole sie eben." Shelly verschwand und kehrte kurz darauf mit einem Armvoll antiker Servierteller zurück. „Die gehörten unter anderem zu den Schätzen, die wir im Haus gefunden haben."

Marina schaltete den Ofen an, um die Walnuss-Pilz-Pasteten und die Luau-Spareribs aufzuwärmen.

In dem Moment stießen Kai und Ginger zu ihnen. „Sag uns, was wir tun sollen", bat Ginger.

Marina wies sie an, die kalten Gurkenröllchen auf einer Servierplatte zu arrangieren, während sie die Birnenscheiben mit dem krossen Pancetta fächerförmig anordnete. Sie arbeiteten schnell, und bald war alles fertig.

„Los geht's", sagte Marina und hob sich eine schwere Servierplatte auf die Schulter. Im Musikzimmer stellte sie sie auf den Tisch, den Ivy ihr zeigte.

Der Raum wurde von antiken Kronleuchtern erhellt. An

einer Seite stand ein glänzender Flügel, auf der anderen gab es einen in Marmor eingefassten Kamin. Die Glastüren zur Veranda standen offen und ließen die nachmittägliche Brise herein. Ein paar Gäste entspannten am Pool. Hinter ihnen rollten die Wellen an den Strand. Marina konnte sich keinen besseren Ort für ihr Debüt vorstellen.

„Die sehen sensationell aus", sagte Poppy und ließ den Blick über die Hors d'œuvres gleiten. „Ich bin froh, dass du so viel mitgebracht hast. Wir haben ein paar Einheimische und neue Sommerresidenten eingeladen, um die Kunde von deinem neuen Geschäft weiter zu streuen."

„Das ist großartig. Danke", sagte Marina. Dieses Event könnte der Startschuss für ihre Zukunft in Summer Beach sein. Oder – wenn die Gäste ihr Essen hassten – das Ende ihrer neuen Karriere. Anspannung ergriff sie, und sie schaute zu der goldbronzenen Uhr, die laut auf dem Kaminsims tickte. Bald würde sie es wissen.

Nachdem sie alles aufgetragen hatte, faltete Marina ihre Hände, um das Zittern zu unterdrücken. Langsam trudelten die Gäste zur Happy Hour ein. Ihre Outfits reichten von stylishen Kaftanen bis zu Cocktailkleidern. Ein junges Mädchen setzte sich ans Klavier und fing an, *What a Wonderful World* zu spielen, und Marina spürte, wie die Stimmung im Raum sich sofort hob.

Sie beobachtete die Reaktion der Gäste, als sie ihre Teller mit einer Auswahl an Hors d'œuvres füllten und sie probierten. Das war die beste Marktforschung, die sie sich wünschen konnte. Mitch kam mit einem Tablett voller frisch gebackener Haferkekse herein, die er mit Cranberrys, Macadamia-Nüssen und weißer Schokolade verziert hatte. Offensichtlich waren das bekannte Favoriten unter den Gästen, denn hier wurde ebenfalls sofort zugegriffen.

Ginger, die neben Marina stand, begrüßte die Menschen, die sie kannte, während Kai zur Musik summte. Marina lächelte, als sie Leilani und Roy erblickte.

„Wie geht es dem neuen Garten?", fragte Leilani.

„Er wächst und gedeiht", antwortete Marina, die in diesem Moment Jack erblickte, der in Begleitung von Vanessa, Denise und John gekommen war. Die beiden Kinder stürzten sich sofort auf die Kekse und gingen dann zur offenen Verandatür. „Solange Scout sich fernhält."

„Was ist das nur mit Scout?" John und Vanessa, die sich bei ihm untergehakt hatte, gesellten sich zu ihnen. „Er ist wesentlich beliebter als ich."

Marina sah Vanessa an. „Möchtest du dich setzen? Da hinten steht ein gemütlicher Ohrensessel, von dem aus du die Kinder draußen sehen kannst."

„Das wäre schön", sagte Vanessa, und Jack half ihr, es sich gemütlich zu machen.

„Kann ich dir einen Teller mit Hors d'œuvres bringen?", fragte Jack. „Die hat Marina gemacht."

„Ich habe im Moment keinen großen Appetit, aber ich wünschte, ich hätte ihn. Das sieht alles köstlich aus." Vanessa berührte Marinas Hand.

„Ein andermal", erwiderte sie sanft.

Als Jack ging, um Vanessa ein Glas Wasser zu holen und nach den Kindern zu sehen, folgte Vanessa ihm mit ihrem Blick. „Er ist so ein guter Kerl. Ich weiß nicht, was ich ohne ihn gemacht hätte." Sie umfasste Marinas Hand fester und fuhr fort: „Er hat mir mal das Leben gerettet, wusstest du das? Wir haben über eine gefährliche Situation berichtet, und er hat sich über mich geworfen, um mich vor dem Kugelhagel zu schützen." Sie hielt kurz inne. „Ich fürchte, ich habe ihn in der Vergangenheit unterschätzt."

Ihre Worte zerrten an Marinas Herzen. Diese Frau litt, und Marina hatte Mitleid mit ihr und ihrem Sohn. Außerdem wirkte Vanessa, als wäre sie sehr in Jack verliebt.

„Werdet ihr lange in Summer Beach bleiben?", fragte sie.

„Ich würde gerne so lange bleiben, wie ich kann."

Vanessa schaute durch die offene Tür zum Meer hinaus. „Ich möchte einfach nur die Sonne auf meinen Schultern und die Arme meines Sohnes um mich spüren."

Jack kehrte mit dem Wasser zurück, und Vanessas Wangen röteten sich, als er es ihr reichte. Nachdem Denise und John sich zu ihnen gesellt hatten, entschuldigte Marina sich, um nach dem Essen zu sehen. Sie machte sich eine mentale Notiz, Denise zu fragen, was Vanessa wohl vertragen würde, damit sie ihr etwas Besonderes zubereiten könnte.

Aus dem Augenwinkel sah sie, wie ein Gast sich mehrere Hors d'œuvres nahm. Sie beobachtete, wie er in eine Walnuss-Pilz-Pastete biss und überrascht nickte. Dann sagte er etwas zu der Frau an seiner Seite, bevor er sich daran machte, ihr auch einen Teller zu füllen.

Marina stieß einen erleichterten Seufzer aus. Sie würde die Platten in Kürze auffüllen müssen.

Ivy winkte ihr, und Marina ging zu ich.

„Ich werde alle willkommen heißen und erst Celias Musikschülerin und dann dich vorstellen. Willst du auch ein paar Worte sagen?"

„Sehr gerne. Danke." Auch wenn Marina eine erfahrene Rednerin war, war das hier alles neu für sie, und sie war ein wenig nervös. Schnell strich sie sich ihr Kleid glatt und reckte das Kinn, um den Profi in sich hervorzuholen.

Nachdem der Applaus für die junge Pianistin verebbt war, wandte Ivy sich an Marina. „Heute genießen wir die Hors d'œuvres von Marina Moore, die kürzlich nach Summer Beach zurückgekehrt ist. Sie wird dieses Jahr ein Food-Festival organisieren, das sich *Der Geschmack von Summer Beach* nennt, und sie hat ein neues Unternehmen, von dem sie euch am besten selbst erzählt."

„Danke Ivy", sagte Marina und projizierte ihre Stimme so, dass auch die Gäste auf der Terrasse sie hören konnten. „Ivy, Shelly und Poppy haben mich eingeladen, einige meiner Lieblingsrezepte zu teilen, die Ihnen allen hoffentlich schmecken. Neben dem Food-Festival plane ich auch, Pop-up-Dinner zu veranstalten. Einige werden hier im Inn stattfinden, andere im Coral Cottage, dem Haus meiner Großmutter Ginger am Strand. Ich kann mein Dinnerkonzept überall dorthin bringen, wo Sie es wünschen – zu Ihnen nach Hause, auf Ihr Boot. Das Menü verändert sich ständig und lässt sich an alle Wünsche anpassen …"

Sie erstarrte, als sie eine männliche Stimme sagen hörte: „Das ist sie. Die Frau aus dem Meme." Dann begann die kleine Gruppe um ihn herum zu lachen.

Sie versuchte, sich zusammenzureißen, und fuhr fort: „Wir können auch …"

Imani warf den kichernden Gästen, die nach College-studenten aussahen, einen warnenden Blick zu, um sie zum Schweigen zu ermahnen, doch keiner reagierte. Bald begann eine andere Gruppe zu lachen, und mehrere Köpfe drehten sich zu ihr um.

„Wir können auf die meisten ernährungsspezifischen Wünsche eingehen …" Marina spürte, wie ihre Wangen heiß wurden. Sie war Kameras und Nachrichtenteams gewohnt, aber keine Live-Zuschauer. Mit rasendem Herzen zeigte sie auf die Gruppe an Leuten, die sich kaum noch einkriegen konnte.

„Es stimmt", sagte sie selbstbewusster, als sie sich fühlte. „Ich bin die Meme-Lady. Die Nachrichtensprecherin aus San Francisco, über die Leute in den sozialen Medien gelacht haben." Die Gäste lachten jetzt lauter. Sie musste das hier zu einem Ende bringen. „Nun, ich hoffe, Ihnen allen schmeckt das Essen."

Zutiefst gedemütigt brachte sie ein schwaches Lächeln zustande und eilte dann in Richtung Küche, um die Servier-platten aufzufüllen und dem Spott zu entkommen. Einige Gäste verlagerten unbehaglich das Gewicht, und die Stimmung im Raum schien genauso schnell zu sinken wie die von Marina.

Kai hielt sie an der Tür auf. „Ich bringe diese Party wieder zurück. Vielleicht kennt die junge Pianistin ein paar Musicalhits oder Disneysongs.“

„Das wäre super“, sagte Marina. Auf dem Weg den Flur hinunter hörte sie die ersten Töne von *Cabaret*, und dann fing Kai auch schon an, zu singen. *Gott sei für Schwestern gedankt.*

Ginger folgte ihr in die Küche. „Das war sehr unhöflich von den Leuten“, sagte sie und nahm Marina in die Arme.

Sie musste Tränen der Wut und der Verletztheit zurückblinzeln. „Die Leute waren online so hässlich und gemein, und ich gucke mir ihre Kommentare nicht mehr an. Aber es mir ins Gesicht zu sagen? Während ich zu einer Gruppe gesprochen habe? Ich verstehe solche Menschen einfach nicht.“

Ginger strich ihr übers Haar und gab ihr einen Kuss auf die Wange. „Wenn man im Auge der Öffentlichkeit steht, vergessen die Menschen, dass man Gefühle hat. Man kann sie daran erinnern, aber es ist ihnen meistens egal. Sie kommen sich nur mächtig vor, weil sie jemand anderen niedermachen können.“

„Das hätte ich aus meinem alten Job noch wissen müssen.“ Ab und zu hatten Zuschauer sich über einen Bericht beschwert, der ihnen nicht gefallen hatte, oder Kommentare zu ihrer Kleidung oder ihrer Frisur abgegeben. „Aber es tut immer wieder weh.“

Ginger machte eine Geste mit der Hand. „Steh darüber. Wenn sie tief zielen, fliegst du hoch.“

Marina brachte ein schiefes Lächeln zustande. „Das hast du uns immer gesagt, als wir noch Kinder waren.“ Ginger war immer für sie da gewesen, so wie Marina heute ihre Tochter unterstützt hatte. Als sie so darüber nachdachte, sah sie auf einmal ihren Platz auf dem Band des Lebens.

Ginger legte ihr eine Hand auf die Schulter. „Der Rat ist immer noch gut."

„Ich werde versuchen, mich daran zu erinnern. Ich schätze, jeder Berufszweig hat seine Kritiker." Sie öffnete den Kühlschrank und nahm ein weiteres Tablett mit Canapés heraus. „Die Gurkenröllchen gehen gut."

„Richtig so. Konzentriere dich auf das Positive, meine Liebe."

„Ich stelle mir vor, dass meine ersten Kunden da draußen sind." Marina zog eine Grimasse. „Abgesehen von den jungen Leuten."

„Ganz genau. Du tust, was du liebst. Und jetzt geh wieder da raus und verbreite deine Freude und das gute Essen in dem Wissen, dass die Leute, die zählen, deine Arbeit lieben."

„Steh drüber", sagte Marina mit neuer Entschlossenheit. Dann hob sie das Tablett auf ihre Schulter und ging den Flur hinunter.

Kurz bevor sie das Musikzimmer erreichte, torkelte auf einmal einer der Gäste, die über sie gelacht hatten, um die Ecke.

„Vorsicht!", rief Marina und machte einen Schritt zur Seite, um dem jungen Mann auszuweichen. Verwöhnter Verbindungsbruder, dachte sie. Und dann: Wenn sie tief zielen, fliege hoch.

Vermutlich betrunken und ohne sie wahrzunehmen, taumelte er auf sie zu. Marina presste sich gegen die Wand, aber bezüglich des Tabletts konnte sie nichts unternehmen. Er stieß dagegen, und mit einem Mal flogen alle Gurkenröllchen durch die Luft.

„Nein!", rief Marina, als der silberne Servierteller zu Boden fiel. „Warum musst du mir unbedingt meinen Tag verderben?"

Er drehte sich um und zuckte mit den Schultern. „Sie hätten mir aus dem Weg gehen müssen, Meme-Lady."

„Und was, wenn ich ein älterer Mensch gewesen wäre? Du musst in dieser Welt aufpassen, wo du hingehst." Ihr mütterlicher Instinkt setzte ein, und sie zeigte auf das auf dem Boden liegende Essen. „Jetzt bück dich und heb das auf."

Der junge Mann – der vermutlich recht früh am Tag mit dem Trinken angefangen hatte – schnaubte. „Sie sind hier die Hilfe, Meme-Lady. Das können Sie schön selbst machen." Damit wandte er sich zum Gehen.

Doch auf einmal war Jack da und versperrte ihm den Weg. „Hat es nicht gereicht, diese Frau vor allen Leuten zu beleidigen?" Er stemmte die Hände in die Hüften. „Tu, um was dich die Lady gebeten hat."

„Ach ja? Und wenn nicht?"

Chief Clarkson, der Uniform trug, kam hinter Jack hervor. „Wie klingt eine Anklage wegen Trunkenheit und ungebührlichem Benehmen? Denn wir können es entweder so machen, oder du kannst versuchen, es wiedergutzuma-chen. Und zwar gleich hier und jetzt."

Bennett und Mitch kamen ebenfalls dazu. Grummelnd fing der junge Mann an, das Essen aufzuheben und auf den Teller zu klatschen.

Seine Freunde kamen mit weit aufgerissenen Augen aus dem Musikzimmer. Aber keiner von ihnen rührte auch nur einen Finger, um ihm zu helfen.

„Ich hätte auch gerne eine Entschuldigung", sagte Marina und verschränkte die Arme vor der Brust. Sie war dankbar, dass Jack und die anderen für sie eingetreten waren.

„Sorry."

„Sag es so, als meintest du es ernst, du kleiner Scheißer", sagte Jack.

Der Junge hob abwehrend eine Hand. „Okay. Es tut mir leid. Seid ihr jetzt glücklich?"

Ivy drängte sich durch die Menschen im Flur. „Du wohnst nicht hier im Inn. Mit wem bist du da?"

Eine der jungen Frauen aus der Gruppe hob langsam ihre Hand. „Meine Freundin und ich haben heute Nachmittag erst eingecheckt. Wir haben die Jungs am Strand kennengelernt."

„Entweder sie gehen oder ihr geht", sagte Ivy. „Und ich schlage vor, dass ihr euch nächstes Mal etwas niveauvollere Männer sucht."

Innerlich feuerte Marina ihre Freundin an. Dabei sah sie zu, wie der junge Mann den Rest des Essens aufhob.

Poppy tauchte hinter ihr auf. „Ich habe euch dabei beobachtete, wie ihr Mädchen am Strand aufgerissen habt. Ihr solltet euch schämen." Sie warf ihm eine Rolle Haushaltspapier vor die Füße. „Vergiss nicht, den Flur zu wischen, bevor du gehst."

Marina wandte sich an Jack und ihre neuen Freunde. „Danke", sagte sie, denn sie war für ihr Eingreifen wirklich dankbar. Sicher, sie hätte die Situation ignorieren und dem Rat von Ginger folgen können, aber es bedeutete ihr viel, dass ihre Freunde diesen Jungen zur Rechenschaft gezogen hatten. Vielleicht hatte er daraus ja sogar was gelernt.

Zufrieden ging sie in die Küche zurück, um ein neues Tablett zu holen.

Jack folgte ihr. „Das war ein hartes Debüt. Geht es dir gut?"

Marina nickte. „Danke, dass du mir beigesprungen bist."

„Der Junge hatte es darauf angelegt. Zu viel Sonne, zu viel Bier, aber das ist kein Grund, sich wie ein Armleuchter zu benehmen. Wenigstens hat er nicht dieses schöne Kleid ruiniert." Er berührte ihre Hand und hielt Marinas Blick einen Moment länger fest als üblich. „Dein Essen ist wirklich ein Kunstwerk – und unglaublich köstlich. Wie kann ich dir jetzt helfen?"

Die schlichte Berührung jagte einen Blitz durch Marinas

Körper, und sie machte einen Schritt auf die Wärme und Sicherheit zu, die Jacks Arme zu versprechen schienen. Doch dann dachte sie an Vanessa und wie die arme Frau Jack mit so viel Liebe und Bewunderung angeschaut hatte. Und sie wusste, dass sie nie etwas tun würde, um einer Frau wehzutun, die eine so schwere Last zu tragen hatte.

Also riss sie sich in letzter Sekunde zusammen und trat einen Schritt zurück. „Danke, aber ich mach das schon."

Mit Besorgnis im Blick schaute Jack sie an und griff erneut nach ihrem Arm. „Marina, du bist nicht allein."

Der Schrei eines Kindes von draußen erregte ihre Aufmerksamkeit, und sie rannten beide zum Fenster.

„Jetzt bist du dran!!", rief Leo, der Samantha in ihrem Versteck hinter einer Chaiselongue gefunden hatte.

Samantha brach in lautes Lachen aus, bevor sie sich die Hände vor die Augen hielt und anfing, zu zählen.

„Puh", sagte Marina. „Das sieht aus wie eine aufregende Partie Verstecken."

„Ich bin froh, dass die beiden das Fiasko im Flur nicht mitbekommen haben", sagte Jack hörbar erleichtert. „Das sind nicht die Vorbilder, die sie benötigen."

„Kinder können sowohl von gutem als auch von schlechtem Verhalten lernen. Ich freue mich, dass sie Spaß haben." Marina kehrte zur Arbeitsfläche zurück und hob das Tablett an. Jack nahm sich ein weiteres und folgte ihr ins Musikzimmer.

Nachdem die Happy Hour zu einem Ende gekommen war, stand Marina an der Spüle und wusch die Servierplatten ab, die sie sich geliehen hatte.

Auf einmal tauchte ein Glas Rotwein neben ihr auf.

„Ich glaube, das hast du dir verdient", sagte Kai. „Ich wünschte, ich wäre im Flur dabei gewesen, um diesem Schnösel die Meinung zu geigen. Aber ich war zu dem Zeitpunkt mitten in *Phantom der Oper*."

„Ich bin froh, dass du die Gäste abgelenkt hast." Marina

schüttelte sich das schaumige Wasser von den Händen und trank einen Schluck Wein. Dann stieß sie einen Seufzer der Erleichterung aus. „Jetzt muss ich nur abwarten und gucken, ob ich durch diese Veranstaltung neue Kunden gewinne."

Kai strahlte. „Denise hat gefragt, ob du auch Picknick-körbe für den Strand machen würdest. Ich habe ihr gesagt, dass ich mir dessen beinahe sicher bin. Sie wird dich anrufen."

„Das ist toll. Danke." Marina umarmte ihre Schwester. „Ich weiß nicht, was ich heute ohne deine und Gingers Unterstützung gemacht hätte."

Shelly kam mit einer leeren Servierplatte in die Küche. „Ich hatte auf Reste gehofft, aber die Gäste haben nicht das kleinste Fitzelchen übrig gelassen. Das ist ein gutes Zeichen."

Nachdem die Küche aufgeräumt war, ging Marina in Begleitung von Ivy, Shelly und Kai nach draußen zu ihrem Auto. Shelly warf einen Blick zu Jack und Vanessa, die mit Denise und John auf der Terrasse saßen und die Kinder beobachteten. „Jack und Vanessa wirken so nett. Es ist trau-rig, dass sie so krank ist. Aber wenigstens verstehen sie sich um Leos willen gut. Viele Expartner vertragen sich nie wieder. Das tut mir für die Kinder immer so leid."

Marina hörte fasziniert zu.

„Ich glaube nicht, dass sie ein Paar sind", sagte Kai.

Shelly zuckte mit den Schultern. „Jetzt vielleicht nicht mehr. Aber Leo sieht genauso aus wie Jack. Und der Stolz in Jacks Augen, wenn er den Jungen anschaut, lässt keinen Zweifel daran, dass Leo sein Sohn ist."

Die Ähnlichkeit war Marina auch schon aufgefallen. Vanessa schien von Jack regelrecht hingerissen zu sein, während er sich ihr gegenüber immer warmherzig und respektvoll verhielt, aber mehr nicht. Sie fragte sich, was zwischen den beiden passiert war.

Ivy stieß ihrer Schwester mit dem Ellbogen in die Rippen. „Kein Klatsch über Gäste."

„Er ist kein Gast mehr", protestierte Shelly und zog eine Grimasse.

„Das bedeutet nicht, dass er zum Abschuss freigegeben ist", gab Ivy zurück. „Und du wirst diese Geschichte nicht wiederholen. Schon gar nicht im Java Beach. Auch wenn das hier ein kleiner Ort ist, haben die Leute ein wenig Privatsphäre verdient. Oder willst du etwa, dass alle über dich und Mitch tratschen?"

Shelly senkte den Kopf. „Vergiss, dass ich irgendetwas gesagt habe."

Aber das konnte Marina nicht. *Ist es das, was Jack geheim hält? Und wenn ja, warum?*

19

Jack warf eine Decke über das Bett, stellte einen Stapel schmutzigen Geschirrs in den Ofen und stopfte seine dreckige Wäsche in den Schrank. Normalerweise räumte er nicht so auf, aber Ginger würde jede Sekunde hier sein.

Er hatte sie angerufen und gefragt, ob sie sich treffen könnten, um über seine Buchidee zu sprechen. Dazu hatte er das Java Beach vorgeschlagen, doch davon hatte sie nichts hören wollen. *Ich habe jetzt Zeit. Wenn du angezogen bist, komme ich gleich rüber.*

Als Ginger an die Tür klopfte, schob Jack mit dem Fuß noch schnell Scouts zerkaute Spielzeuge unter das Hundebett. Scout neigte verwirrt den Kopf schief, und Jack kraulte ihn kurz hinter den Ohren. „Sorry, Kumpel. Du kriegst sie nachher wieder." Dann zeigte er auf die Hundedecke und schnippte mit den Fingern. „Bleib."

Widerstrebend rollte Scout sich zusammen.

Noch einmal fuhr Jack sich mit der Hand übers Haar, dann öffnete er die Tür. „Guten Morgen. Komm rein."

„Du arbeitest schwer, wie ich sehe", sagte Ginger mit einem kleinen Lachen und zeigte auf seinen Schreibtisch.

Jack spürte, wie ihm die Röte in die Wangen stieg. Der ganze Tisch war mit Zeichnungen übersät, die er vergessen hatte, wegzuräumen. Sie waren kaum ein Anzeichen dafür, dass hier ein ernsthafter Schriftsteller am Werk war.

„Äh, ja." Hastig sammelte er die Zeichnungen zusammen. „Einige alberne Skizzen für meine Neffen und Nichten."

„Darf ich?" Ginger streckte die Hand aus und wackelte mit den Fingern.

Jack fühlte sich zwar ein wenig in die Ecke gedrängt, konnte sich ihrer Bitte aber nicht verweigern.

Ginger setzte ihre Lesebrille auf, die sie an einer glitzernden Kette um den Hals trug und die das intelligente Funkeln in ihren Augen noch stärker hervortreten ließ. *Die Farbe von kolumbianischen Smaragden* – so würde er sie in seinem Buch beschreiben.

„Das sind ganz zauberhafte Zeichnungen", sagte sie. „Das ist Scout, oder? Und Leo und Samantha. Wie charmant. Hast du je etwas mit deinen Illustrationen gemacht?" Sie sah ihn erwartungsvoll an.

„Nein, das ist nur ein Zeitvertreib." Er hakte die Daumen in die Taschen seiner Jeans und wippte auf den Fersen. „Ich hatte nie eine Ausbildung, aber es macht mir Spaß. Und es macht die Kinder glücklich."

Ginger tippte auf die Seiten. „Kreativ in einem Bereich, kreativ in anderen Bereichen. Die Formen, die Kreativität annehmen kann, sind aufregend, findest du nicht?" Ohne auf eine Antwort zu warten, fuhr sie fort: „Zeichnen, schreiben, singen, kochen. Naturwissenschaften und Mathematik. Sogar internationales Unternehmertum und diplomatische Verhandlungen. Heute nennt man das *unkonventionelles Denken.* Ich schätze, jede Generation hat ihre Schlagwörter." Sie zuckte mit den Schultern und blätterte weiter.

Jack fiel ein, was sich noch in dem Stapel an Zeichnungen befinden könnte, und streckte die Hand aus. „Da ist nicht viel mehr."

„Ach nein?" Ginger hatte die letzte Illustration erreicht. „Tja, wenn ich es nicht besser wüsste, würde ich sagen, dass das hier Marina ist." Mit einem kleinen Lächeln gab sie ihm die Blätter zurück.

Jacks Ohren brannten, was ein sicheres Zeichen dafür war, dass sie ihn erwischt hatte. Er hatte Marina an einem Tag gezeichnet, als sie draußen gesessen hatte. Hierbei handelte es sich nicht um eine Zeichentrickfigur, sondern um eine ernsthaftere Zeichnung.

Er räusperte sich. „Was das Buch angeht, an dem ich arbeite. Ich würde gerne ein paar Interviews mit dir anberaumen, um über deine Errungenschaften zu sprechen."

„Genug davon", sagte Ginger. „An so einem Projekt bin ich nicht interessiert. Wie ich schon sagte, ich bin mit meinem Leben noch nicht fertig, also wo wäre da der Sinn?"

Jack fühlte sich wie ein Heliumballon, dem die Luft ausging. Er hatte das Konzept bereits seinem Agenten vorgestellt. Natürlich könnte er auch ohne Gingers Unterstützung weitermachen, aber das verursachte ihm ein unangenehmes Gefühl – als würde er herumschnüffeln. „Willst du nicht noch mal darüber nachdenken? Ich würde gerne mit dir zusammen daran arbeiten."

Er hörte etwas und senkte den Blick. Scout hatte diesen Moment gewählt, um seine Spielzeuge unter dem Hundebett hervorzuziehen.

Ginger winkte seinen Vorschlag ab. „Ich habe gehört, dass Denise und John überlegen, in Summer Beach zu bleiben. Leo auch?"

„Ja, aber ..."

Ginger warf noch einen Blick auf seine Zeichnungen und lächelte. „Vielleicht habe ich eine andere Idee." Sie ging zur Tür und blieb kurz stehen, um Scout anzusehen, der fröhlich eines seiner Spielzeuge zerfetzte. „Was für ein

wundervoller Begleiter. Ich habe eine sehr gründliche Putz-
frau, die einmal in der Woche kommt. Vielleicht kann sie
dich noch in ihren Zeitplan aufnehmen. Immerhin wirst du
bald ziemlich viel Arbeit vor dir haben."

„Aber ich …"

Ginger hob eine Hand. „Ich muss jetzt los. Wir reden
später."

Nachdem die Tür hinter ihr ins Schloss gefallen war, ließ
Jack sich auf seinen Schreibtischstuhl sinken. Ginger war
einer der flüchtigsten Interviewpartner, die er je getroffen
hatte.

In diesem Moment fiel ihm auf, dass sie durch das Glas
in der Ofentür einen klaren Blick auf die knall orangefar-
benen Kaffeebecher gehabt haben musste.

„Gib", sagte er und zog an dem Spielzeug, das Scout im
Maul hatte. Dann sammelte er die Füllung auf, die im
ganzen Raum verstreut war. „Das lässt mich schlecht
dastehen … Als ob ich das nicht selbst hinbekäme."

Dann dachte er an das, was Ginger gesagt hatte.
Immerhin wirst du bald ziemlich viel Arbeit vor dir haben. Was sollte
das bedeuten?

Später am Morgen brachte Marina den Picknickkorb
vorbei, den Denise bestellt hatte.

„Willst du mit uns an den Strand kommen?", fragte
Jack.

„Danke, aber ich habe heute viel zu tun", antwortete sie,
bevor sie wieder zum Cottage zurückeilte.

Bei dieser abrupten Reaktion fragte Jack sich, ob Ginger
ihr gegenüber wohl seine Zeichnung von ihr erwähnt hatte.
Doch jetzt hatte er keine Zeit, sich darüber Gedanken zu
machen. Er war mit Vanessa, Denise und John am Strand
verabredet.

„Hast du deine Seite gesichert?", rief er etwas später, als

er einen Hering in den Sand drückte. Wenn er losließe, würde der vom Meer kommende Wind sonst das Sonnensegel davonfliegen lassen. Das würde den Kindern vermutlich gefallen, aber es wäre kein guter Start für einen Tag am Strand.

„Jupp", antwortete John.

Sobald das Segel festgezurrt war, stellte Jack darunter einen Campingtisch für vier Personen auf. Denise breitete eine mit Muschelschalen und Seesternen bedruckte Tischdecke darüber und packte dann den Picknickkorb aus, den Marina mit Prosciutto und Melone, Miniburgern mit kaltem Truthahn und Avocado sowie hausgemachten Kartoffelchips mit Trüffelöl gefüllt hatte.

„Das sieht köstlich aus", sagte Jack, der kurz vorm Verhungern war.

„Greif zu", forderte Denise ihn auf. „Marina ist wirklich ein Schatz. Wir freuen uns schon auf das Food-Festival. Das ist so eine tolle Idee."

Jack füllte sich einen Teller und fing an, mit Genuss zu essen. Zu wissen, dass Marina das alles zubereitet hatte, machte das schlichte Picknick zu etwas ganz Besonderem.

Er hielt inne. Wie war er auf *diesen* Gedanken gekommen? Während er weiter aß, starrte er gedankenverloren aufs Meer.

Wenn er ehrlich war, ging ihm Marina immer öfter durch den Kopf. Bei der Veranstaltung im Seabreeze Inn hatte er sie gegen den jungen, privilegierten Idioten verteidigt, der sich über sie lustig gemacht und ihr damit das Debüt zerstört hatte, für das sie so hart gearbeitet hatte. Er hatte sie danach in die Arme nehmen wollen, ihr aber stattdessen nur versichert, dass sie nicht allein war.

Wie lahm, dachte er. Andererseits wurde sein Leben mit jedem Tag komplizierter – worüber er sich aber nicht beschweren wollte. Marina hatte gerade erst zwei Kinder aufs

College geschickt, und er stand nun kurz davor, ein Vollzeitvater zu werden. Wäre sie dafür zu haben, so ein Leben mit ihm zu teilen? Als ehemaliger nomadischer Junggeselle war er es nicht gewohnt, an andere Leute zu denken, wenn es um Lebensentscheidungen ging. Diese Art von Gedanken war für ihn völlig neu. Zuerst ein Hund, dann ein Kind und jetzt …

Nein. Das ist zu kompliziert.

Nachdem er aufgegessen hatte, beschirmte er seine Augen gegen die Morgensonne. Der dichte Frühnebel, den die Einheimischen Juni-Trübsinn nannten, löste sich auf, und durch die schnell dahinziehenden Wolken blitzten immer wieder Sonnenstrahlen. In der Ferne rollten die Wellen an, und Surfer in Neoprenanzügen erhoben sich auf ihren Brettern. Jack sehnte sich danach, das auch mal zu probieren. Vielleicht könnten er und Leo diesen Sommer Unterricht nehmen.

Dick in eine Decke eingemummelt entspannte Vanessa sich auf einer Liege neben dem Zelt, wo sie die Sonne auf dem Gesicht spüren konnte. Sie lächelte strahlend. „Ich habe mich so danach gesehnt, genau das hier zu machen. Summer Beach ist so herrlich friedlich. Ganz im Gegensatz zu Santa Monica, das vollkommen überlaufen ist." Sie winkte Leo zu, der mit Samantha in der Brandung spielte und Watvögel jagte. „*Mi hijo*, komm und lass dich mit Sonnencreme einreiben."

Leo kam herbeigelaufen. Seine kleine Brust hob und senkte sich heftig unter der Aufregung und Anstrengung. Vanessa rieb ihn mit Sonnencreme ein und gab ihm dann einen Kuss auf die Stirn. Er umarmte sie, bevor er wieder zu Samantha zurücklief.

Jack holte seinen Skizzenblock aus dem Rucksack und setzte sich auf einen Liegestuhl. Wenn die Worte mal nicht kommen wollten, genoss er es, zu zeichnen. Heute war so ein Tag. Während er die Kinder beim Spielen beobachtete, machte er ein paar Skizzen und fing dann an, die Details einzuarbeiten, wobei er vor sich hin summte.

„Was für ein wunderbarer Lebensstil", sagte Denise und öffnete eine Dose Mineralwasser, die sie Vanessa reichte, bevor sie sich auch eine nahm.

John, der ebenfalls auf einem Liegestuhl saß, verschränkte die Hände hinter dem Kopf. „Warum bleiben wir nicht hier?"

„Ach, wenn das doch nur dein Ernst wäre", lachte Denise.

„Das ist es." Er schaute zum Horizont. „Ich rede seit Jahren davon, meine eigene Beratungsfirma zu gründen. Wieso nicht jetzt?"

Ein Lächeln breitete sich auf Denises Gesicht aus. „Samantha würde durchdrehen vor Freude. Sie war so traurig darüber, dass wir vom Strand wegziehen."

„Das würde bedeuten, dass Leo und Samantha hier gemeinsam zur Schule gehen könnten." In Vanessas Augen schimmerte Hoffnung. „O Denise, das wäre perfekt für ihn."

„Vorausgesetzt, ich bleibe hier", sagte Jack, doch sobald die Worte ausgesprochen waren und er die Veränderung auf Vanessas Miene sah, bereute er sie. „Wobei ich nicht vorhabe, wegzuziehen", ergänzte er schnell.

Innerlich zuckte er zusammen. Er klang wie die Politiker, die er interviewt hatte und die sich nie festlegen wollten. Doch er meinte es ernst. Er musste für die anstehenden Veränderungen in Leos Leben flexibel bleiben.

Entschlossen legte er seinen Skizzenblock beiseite. „Ich habe gehört, dass bei der Lokalzeitung von Summer Beach eine Stelle als Redakteur frei ist." Das hatte Bennett ihm bei der Happy Hour im Inn erzählt. Der Verdienst wäre nicht sonderlich gut, aber es war eine Arbeit, die Jack mit links erledigen konnte. „Und das Gästehaus hat ein zweites Schlafzimmer, in dem Leo wohnen könnte."

„Außer, er will bei uns bleiben", warf Denise sanft ein.

Bei dem Kommentar zog sich Jacks Herz zusammen, doch er wusste, dass Leo mit Denise und John aufgewachsen war. „Es ist an der Zeit, dass wir diese Unterhaltung mit Leo führen.“

Eine Welle aus Gefühlen huschte über Vanessas Gesicht. Sie kaute auf ihrer Unterlippe, während sie die Kinder beobachtete, die ein Stück entfernt im Sand spielten. Schließlich sagte sie: „Als Leo noch ein Baby war, dachte ich, es wäre leicht, ihn allein großzuziehen. Aber sobald er mit der Schule anfing, hat er begonnen, Fragen zu stellen. Er wollte einen Vater haben und wissen, wo sein Vater war. Ich habe es nicht über mich gebracht, ihm zu sagen, was ich getan hatte.“

Jack verspürte ein warnendes Kribbeln in seinem Nacken. „Was hast du ihm gesagt?“

Denise und John wandten den Blick ab, und Vanessa senkte den Kopf. „Ich habe ihm gesagt, dass sein Vater und ich uns getrennt haben, bevor er geboren wurde; bevor sein Vater wusste, dass ich schwanger bin. Das war nicht wirklich gelogen.“

„Aber es lässt mich aussehen wie den Bösen. Als wenn ich dich verlassen hätte.“ Aufgebracht fuhr Jack sich mit der Hand durch die Haare. Die Sache würde noch komplizierte werden, als er gedacht hatte.

„Jack, es tut mir so leid“, sagte Vanessa. „Ich habe nie damit gerechnet, mich mal in dieser Situation zu befinden. Je älter Leo wurde, desto schwerer wurde es, ihm die Wahrheit zu sagen.“ Eine einzelne Träne rollte ihr über die Wange. „Ich habe Angst, dass er wütend wird, und dem kann ich mich nicht stellen. Er ist doch alles, was ich habe.“

Jack wollte Verständnis haben, aber die Sache musste geklärt werden. Er kniete sich neben Vanessa in den Sand und umfasste ihre Hände. „Du bist stärker, als du denkst, Vanessa. Das weiß ich. Gemeinsam können wir ihm die Wahrheit sagen.“

„Wir werden auch für ihn da sein", sagte John. „Er ist euer Sohn und wir wollen uns nicht in eure Beziehung mit ihm einmischen. Aber ich hoffe, ihr verstehst, dass Leo verletzlich ist. Er braucht Vertrautheit um sich."

Vanessa lehnte ihren Kopf an Jacks Schulter, und gemeinsam sahen sie zu, wie Leo und Samantha sich mit ihrem Eimer daran machten, eine Sandburg zu bauen.

Auch wenn er Leo erst vor Kurzem kennengelernt hatte, wurde Jacks Bindung zu dem Jungen mit jedem Tag stärker und wand sich wie schnell wachsender Efeu um sein Herz. Doch die Frage blieb: Würde Leo ihn je akzeptieren?

20

Nachdem sie sich ihren morgendlichen Kaffee eingeschenkt hatte, setzte Marina sich an den roten Resopaltisch in der Küche und checkte ihre E-Mails. Sie war erfreut, eine Bestellung von ihren ersten Kunden auf dem Markt zu sehen. Sie wollten Brot, Tartes und Kekse für den nächsten Markttag vorbestellen.

Eine E-Mail von einer Frau, der das *Starfish Café* gehörte – ein beliebtes Restaurant in Summer Beach – tauchte auf. Die Frau hatte von der Veranstaltung im Seabreeze Inn gehört und bat Marina, doch einen Nachmittag mit ihren Backwaren vorbeizukommen. Marina dachte, dass das der perfekte Anlass wäre, um ihr das Food-Festival vorzustellen. Mitch hatte sich mit seinem Java Beach bereits angemeldet.

Kai war auf der Terrasse. Sie hatte angeboten, die Bauarbeiten an der neuen Terrasse zu managen. Und Marina wusste auch, warum, denn ein ganzer Schwarm an Männern sowie einige Frauen waren gerade dabei, Holz und andere Materialien abzuladen, und mittendrin stand Axe und dirigierte seine Mitarbeiter.

Das Hämmern und Surren der Maschinen erfüllte die Luft mit dem Rhythmus der Veränderungen, und Marina hieß die Geräusche willkommen. Sie liebte es, zuzusehen, wie ihr Traum Gestalt annahm.

Sie rief ihre Schwester Brooke an, in der Hoffnung, sie zu Hause zu erwischen, doch sie erreichte wieder nur den Anrufbeantworter.

„Hey Brooke, vermutlich bist du im Garten. Ich lasse gerade die Terrasse an Gingers Cottage erweitern und hatte gehofft, dass Alder, Rowan und Oakley vorbeikommen können, um zu helfen. Ich biete ihnen so viel zu essen, wie sie können, und ich weiß, dass das viel ist. Wir könnten auch ein Barbecue am Strand machen wie in alten Zeiten. Ich würde mich so freuen, dich mal wiederzusehen.“

Ginger kam in die Küche. „Guten Morgen, Sonnenschein.“

„Hi. Ich habe Brooke gerade eine Nachricht hinterlassen. Sie ist immer so schwer zu erreichen.“

„Ja, mit den Jungs und dem Garten hat sie viel um die Ohren. Wenn Alder nächstes Jahr Auto fahren darf, sollte es etwas leichter werden.“

Marina erinnerte sich noch an die Zeit, als sie die Zwillinge in der Gegend hatte herumfahren müssen. Sie legte das Handy beiseite und trank einen Schluck von ihrem Kaffee.

Ginger trug Yogakleidung für ihren forschen Marsch auf die Klippen, wo sie regelmäßig meditierte. Marina hatte sie ein paar Mal begleitet. Von Gingers Lieblingsfelsen aus konnte man die Boote auf dem Wasser sehen und manchmal sogar die vorbeiziehenden Wale beobachten. Die Weite war ehrfurchtgebietend.

Mit einem Blick nach draußen sagte Ginger: „Kai zeigt definitiv Talente als Managerin.“

„Sie zeigt noch viel mehr als das“, merkte Marina an und zog eine Augenbraue hoch.

Kai trug ein weißes Hemd, an dem zu viele Knöpfe offen waren. Die Enden hatte sie an der Taille verknotet, sodass ein feiner Streifen Haut zwischen ihnen und dem Bund ihrer eng sitzenden Caprihose zu sehen war. Dazu trug sie schwarze Slipper mit kleinem Absatz, Armreifen aus Ebenholz und Creolen. Die Haare hatte sie zu einem lockeren Zopf geflochten. Marina wusste, dass ihre Schwester ein gutes Stilempfinden hatte, aber das sorgfältig aufgetragene Make-up verriet ihr, dass Kai noch etwas anderes im Sinn hatte.

Sie beobachtete, wie Kai an jedem von Axes Worten hing. „Kai hat heute früh unter der Dusche einen Gershwin-Song geschmettert, also weißt du, dass irgendetwas in der Luft liegt."

„Ja, das habe ich auch gehört. Eine schwungvolle Interpretation von *I Got Rhythm*." Ginger gab Sahne in ihren Kaffee. „Sie scheint von Axe fasziniert zu sein. Stell dir mal vor, die beiden würden zusammen singen. Er hat so einen schönen Bariton. Letztes Jahr am Unabhängigkeitstag hat er beim Lagerfeuer am Strand gesungen." Sie tippte mit dem Löffel gegen den Rand ihres Bechers. „Hast du diesen Dimitri mal kennengelernt?"

„Nein. Aber er hat Kai einen Ring geschenkt, der sagt: Finger weg, sie gehört mir."

„Das hat Kai mir gar nicht erzählt", sagte Ginger verwundert. „Man würde doch meinen, dass er zuerst die Familie kennenlernen wollte."

„Ich habe den Eindruck, dass er ein sehr ichbezogener Mensch ist, der erwartet, dass sich die Welt – und Kai – um ihn dreht."

„Tja, das wird nicht funktionieren." Ginger schüttelte den Kopf.

„Ich hoffe, dass sie sich da draußen nicht das Herz bricht."

Ginger seufzte. „Es ist nicht Kai, um die ich mir Sorgen mache."

Marina erhaschte einen Blick auf Jack und Leo, die mit

Scout am Strand waren. Seitdem Denise, John und Vanessa das Strandhaus gemietet hatten, war Leo jeden Tag vorbeigekommen, um Jack zu besuchen. Manchmal mit Samantha, manchmal allein.

Marina musste ständig an Shellys Bemerkung nach der Happy Hour im Inn denken. Konnte Leo wirklich Jacks Sohn sein? Und wenn ja, warum sagte Jack das nicht einfach? Sie konnte sich nicht vorstellen, warum er so ein großes Geheimnis darum machen sollte.

„Du beobachtest Jack ziemlich oft", merkte Ginger lächelnd an.

„Wirklich?" Marina hatte Ginger von Shellys Kommentar erzählt. Wenn jemand ein Geheimnis wahren konnte, dann ihre Großmutter. „Ich denke immer noch darüber nach, warum er uns nicht sagt, ob Leo sein Sohn ist."

„Vielleicht geht es uns nichts an. Oder vielleicht ist Leo ein Verwandter. Er könnte sein Neffe sein."

„Daran habe ich noch gar nicht gedacht", gestand Marina. Das würde vieles erklären.

Später am Nachmittag ging Marina nach draußen, um das Gerüst für die Terrasse zu inspizieren, das die Arbeiter gebaut hatten. Der Geruch nach frisch gesägtem Holz lag in der Luft, und sie konnte es nicht erwarten, das fertige Ergebnis zu sehen. Sie hatte bereits entschieden, wo sie die Tische aufstellen wollte, und suchte auf Garagenverkäufen und in Anzeigen nach gebrauchten Terrassenmöbeln.

Als sie Scouts fröhliches Bellen hörte, drehte sie sich um. Jack war gerade aus dem Gästehaus getreten. Vermutlich hatte er gearbeitet, nachdem Leo gegangen war. Nicht, dass sie ihn beobachten würde oder so.

Nun joggte er hinter Scout her.

„Hey", sagte er und verlangsamte neben ihr.

„Ich habe dich noch nie am Strand joggen sehen."

„Bennett hat mich inspiriert. Heute früh bin ich ein paar

Meilen gelaufen." Er tätschelte seinen Bauch. „So langsam komme ich wieder in Form."

Mit all dem Backen in letzter Zeit entwickelte Marina sich in die entgegengesetzte Richtung, aber die paar Extrakilos machten ihr nichts aus. Dennoch machte sie jeden Tag einen langen Spaziergang am Strand. Vielleicht würde sie wirklich mal zu einer von Shellys Yogastunden gehen oder ein paar Bahnen schwimmen.

„Ich habe Leo vorhin gesehen", sagte sie.

„Ja. Er ist ein tolles Kind. Genau wie Samantha." Im Gehen holte Jack einen Tennisball aus seiner Hosentasche und warf ihn in Richtung Strand. Scout raste sofort los.

Marina ging neben ihm her. Sie zogen beide ihre Schuhe aus und wanderten barfuß durch den Sand. Es fühlte sich wie das Natürlichste der Welt an, so neben Jack herzuschlendern. Sie hatten schon ein paar Spaziergänge mit Scout unternommen. Dabei hatten sie festgestellt, dass sie viel gemeinsam hatten. Sie kamen beide aus dem Nachrichtengewerbe und teilten den Drang, der Wahrheit auf die Spur zu kommen.

Und genau dieser Drang kitzelte Marina jetzt.

Die Wellen rollten an den Strand und das kühle Wasser scheuchte kleine, braungefleckte Sanderlinge auf dünnen Beinchen vor ihnen her. Über ihnen schrien Möwen und tauchten ins Meer, um kleine Fische zu fangen.

Marina wagte sich vorsichtig vor. „Da Vanessa so krank ist, ist es schön, dass Denise und John ihr mit Leo helfen. Und du auch."

Jack nickte. „Ja, das mit ihrer Krankheit ist wirklich eine Schande."

„Hast du Leo schon als Baby gekannt?"

„Äh, nein." Jack schob die Hände tiefer in die Taschen seiner Strandbermuda. „Ich habe ihn erst diesen Sommer kennengelernt."

„Wirklich? Wow. Als ich euch das erste Mal zusammen

gesehen habe, hätte ich schwören können, dass ihr miteinander verwandt seid." Ihre Kühnheit ließ Marina schlucken, aber sie konnte nicht anders.

Jack sah sie fragend an. „Wie kommst du darauf?"

„Er sieht dir wahnsinnig ähnlich." Oh, sie war so nah dran.

Doch Jack erwiderte nichts, sondern ging schweigend weiter, während die Brandung ihre Füße umspülte.

Marina konnte nicht widerstehen, noch ein wenig tiefer zu graben. „Sorry, hast du gesagt, dass du mit Leo verwandt bist?"

„Ich habe gar nichts gesagt." In seiner Stimme lag ein Unterton, den sie noch nie gehört hatte. Dann blieb er stehen und seufzte.

„Ich kann dir nicht folgen." Marina blinzelte verwirrt. *So nah dran.*

Jack drehte sich zu ihr und stemmte die Hände in die Hüften. „Leo ist mein Sohn, okay? Ist es das, was jedes neugierige Klatschmonster in diesem Ort wissen will?"

Oh. Da hatte sie wohl einen Nerv getroffen. „Jack, ich wollte nicht neugierig sein." Aber das war sie gewesen.

Und Jack durchschaute ihre vorgespielte Unschuld. „Doch, wolltest du. Und ich verstehe das. Es liegt in unserer Natur. Aber diese Sache geht niemanden etwas an. Wenn wir so weit sind, es den Leuten zu sagen, werden wir es tun."

Mit einem Mal dämmerte es Marina. „Leo weiß nichts davon, oder?"

Jack senkte den Blick und schüttelte den Kopf. „Es ist kompliziert."

„Wann hast du …"

„Davon erfahren? Vor ein paar Wochen. Vanessas Eltern wären nicht mit mir einverstanden gewesen und sie selbst wollte nicht heiraten. Ich hatte keine Ahnung. Leo war das Ergebnis einer Nacht, an die keiner von uns sich sonderlich gut erinnert."

„So etwas passiert", sagte Marina verständnisvoll.

„Mir eigentlich nicht. So ein Typ war ich noch nie." Jack wirkte ein wenig verlegen. „Vanessa und ich haben für unterschiedliche Zeitungen gearbeitet und über eine schreckliche Geiselsituation in einem Sektencamp berichtet. Die hat sich über Wochen hingezogen, und die Spannung war beinahe unerträglich. In dem Camp befanden sich auch Kinder. Die sind zwar irgendwann unverletzt freigelassen worden, aber in der Zwischenzeit war es ein paar Mal sehr eng. Eines Abends ging unter den Reportern eine Flasche Tequila herum, um den Stress abzubauen." Er zuckte mit den Schultern. „Den Rest kannst du dir denken. Aber ich hatte immer den größten Respekt für Vanessa."

„Hast du sie danach noch mal wiedergesehen?"

„Nein, aber ich habe ihre Karriere verfolgt. Vanessa hat sich den Regionalnachrichten zugewandt. Bei solch schweren Aufträgen kommt es oft vor, dass Leute einen Burn-out erleiden, aber damals hatte es mich überrascht, dass es ihr so ging. Sie war immer eine starke Frau."

Marina nickte nachdenklich. „Wir haben uns bei der Happy Hour ein wenig unterhalten. Ich bewundere ihre Stärke."

„Tja, und da sind wir nun", sagte Jack. „Ich will es Leo sagen, aber Vanessa fürchtet, dass er dann wütend auf sie wird."

„Deshalb soll es keiner erfahren."

„Und das soll auch so bleiben", sagte er mit fester Stimme. „Zumindest bis wir es Leo gesagt haben. Ich hoffe, dass nicht allzu wild spekuliert wird. Ich weiß, wie Kleinstädte sein können, denn ich bin in einer aufgewachsen."

Marina würde dafür sorgen müssen, dass Shelly ihre Verdächtigungen nicht weitererzählte. Bevor sie Jack jedoch antworten konnte, spritzte eine eisige Welle sie bis zur Taille nass und warf sie mit ihrer Wucht um.

Marina schrie auf, und Jack packte sie um die Taille,

wobei sie beide in der starken Rückströmung auf die Knie fielen.

„Halte dich fest!", rief er.

„Das versuche ich!" Die riesige Welle hatte sie unvorbereitet getroffen. Nun kämpfte sie gegen die Wucht des Meeres an und schluckte dabei viel Salzwasser. Eine weitere Welle brach über ihnen zusammen und riss Marina mit sich ins tiefere Wasser. Überwältigt kämpfte sie darum, die Balance zu halten, während die Algen um ihre Knöchel wirbelten und sie in ihrer Bewegungsfreiheit einschränkten. Ihre Flipflops wurden von der Strömung davongetragen.

Jack, der sich inzwischen hingekniet hatte, schlang seine Arme fester um sie und zog sie mit letzter Kraft an den Strand. Nachdem sie stolpernd auf eine Düne gefallen waren, beugte Marina sich vor und hustete das Meerwasser aus.

„Geht es dir gut?" Jack zupfte die Algen von ihr und strich ihr dann über den Rücken und das Haar.

„Hm", brachte sie hervor, bevor sie erneut einen Hustenanfall erlitt. Schließlich rollte sie sich auf den Rücken und breitete die Arme aus. „Ich kann nicht fassen, wie schnell das gegangen ist."

Jack beugte sich über sie. „Ich bin froh, dass es dir gut geht. Für einen Moment dachte ich …"

„Ich auch …" Er war so nah, dass sie die dunklen Wimpern feucht auf seiner Haut liegen sah. Seine Lippen waren nur einen Hauch von ihren entfernt. Da sie gerade dem möglichen Tod entronnen war, wurde sie auf einmal von einem verrückten Verlangen erfüllt, und so hob sie den Kopf ein wenig und berührte sanft seine Lippen.

Die Verbindung war in diesem Moment so viel mehr, als sie sich je erträumt hatte, und eine Woge der Wärme brandete in ihr auf und ließ ihren Körper bis in die Zehenspitzen kribbeln.

Mit einem Mal drängte Scout sich zwischen sie und

warf Jack in seiner Ungestümtheit um. Dann leckte er Marina enthusiastisch und besorgt das Gesicht ab.

„Igitt, nasser Hund", rief sie lachend und schob Scout von sich. „Mir geht es gut, du überfürsorglicher Hund."

„Weg da, Kumpel", sagte Jack und nahm den Ball, den Scout hatte fallen lassen, um ihn so weit weg zu werfen, wie er nur konnte. Sobald Scout sich versichert hatte, dass es Marina gut ging, galoppierte er glücklich seinem Ball hinterher. Jack drehte sich zu Marina um.

„Das tut mir leid." Er schob ihr eine feuchte Haarsträhne hinters Ohr. „Ich meine nicht Scout. Also, den auch, aber … Ich wollte die Situation nicht ausnutzen und …"

„Das hast du nicht", unterbrach ihn Marina, deren Herz so heftig pochte, dass sie sicher war, er konnte es hören. Es kribbelte sie in den Fingern, ihn noch einmal an sich zu ziehen und das zu beenden, was sie begonnen hatten, aber der Moment war vorbei.

Jack stand auf und half ihr auf die Beine. Dann legte er einen Arm um ihre Taille. „Ab jetzt werden wir besser auf die hinterlistigen Wellen achten. Wir hätten wesentlich mehr verlieren können als nur deine Flipflops."

„Das war kaum eine Monsterwelle, aber sie hat sich so angefühlt." Marina lehnte sich an ihn und genoss die Wärme seiner Haut an ihrer, denn das eisige Wasser des Pazifiks ließ sie immer noch zittern.

„Wir sollten zusehen, dass du aus den nassen Klamotten rauskommst und dir was Warmes anziehst", sagte er und rieb ihre Hände.

„Du bist auch total durchnässt."

„Ich bin ein Mann. Aber ein prasselndes Feuer klingt im Moment tatsächlich gut." Der Wind hatte aufgefrischt und trieb einen leichten Nebel vom Meer heran.

„Bald haben wir eine Feuerstelle." Wobei sie für deren Aufbau die Hilfe von Brookes Söhnen brauchte.

„Warum machen wir nicht ein Feuer in meinem kleinen

Kamin?", bot Jack an. „Du hast noch gar nicht gesehen, was ich mit dem Gästehaus angestellt habe, und außerdem habe ich eine Suppe, die geradezu nach frischem Brot schreit."

So sehr Marina seinen Vorschlag annehmen wollte, sie war nicht sicher, ob sie es sollte. Ihr Herz war immer noch nicht ganz verheilt. „Das wäre schön, könnte aber auch ein wenig heikel werden, oder?"

„Vielleicht." Die Hoffnung verschwand aus seiner Miene. „Deine Großmutter ist meine Vermieterin, und ich bin ein ziemlich komplizierter Kerl." Er ließ ihre Hände los. „Komm. Ich begleite dich zum Haus zurück."

Barfuß machten sie sich auf den Weg zum Coral Cottage. Dabei lehnte Marina sich gegen Jack und genoss es, seinen Arm um sich zu fühlen. Dennoch stieg auch Enttäuschung in ihr auf.

Wenn sie sein Angebot doch nur nicht so schnell abgelehnt hätte.

21

„**B**rooke, ich bin so froh, dass Chip und du gekommen seid." Marina umarmte ihre Schwester und deren Mann Charles, der immer noch seinen Spitznamen aus der Highschool trug.

„Ich habe dir viel frisches Gemüse mitgebracht", sagte Brooke und wies ihre Söhne an, die Tüten auf die Arbeitsfläche in der Küche zu stellen. Was die drei großen, schlaksigen Teenager auch taten. „Heute früh habe ich Unmengen an Kräutern, Tomaten, Paprika, Salat und Grünkohl aus dem Garten geerntet, dazu Zitronen, Orangen und Grapefruits. Ginger sagte, dass du dieser Tage viel kochst."

„Ich verkaufe Backwaren auf dem Markt und liefere Snacks für ein paar kleinere Veranstaltungen im Seabreeze Inn. Das gehört meiner Freundin Ivy und ihrer Schwester Shelly."

„Wie clever! Ich bin froh, dass du etwas gefunden hast, was du liebst." Brooke schob sich den locker geflochtenen, rotbraunen Zopf über die Schulter. „Diese Jungs hier verschlingen förmlich alles, was ich dem Garten entlocken kann. Was definitiv hilft, die Lebensmittelkosten niedrig zu halten. Dieses Jahr habe ich doppelt so viel gepflanzt wie sonst."

Brooke trug ein T-Shirt zu einem gerüschten Baumwollrock und Birkenstocksandalen. Sie und ihr Mann waren sehr bodenständig. Chip war der Leiter einer Feuerwehrwache in einem kleinen Ort östlich von San Diego. Die beiden hatten sich auf der Highschool verliebt, als Chip der Captain der Footballmannschaft gewesen war, und Brooke hatte schon damals gerne im Garten gearbeitet.

„Ich habe die Erdbeeren vergessen." Brookes Miene fiel in sich zusammen. „Die hättest du geliebt."

Marina umarmte sie erneut. „Ist schon gut. Das hier reicht, um ein ganzes Baseballteam zu verköstigen."

„Ja, die Jungs essen wirklich für ein ganzes Team." Brooke presste sich eine Hand an die Stirn. „Ich weiß nicht, was in letzter Zeit mit mir los ist." Sie warf die Hände in die Luft und ließ sie dann sinken.

Marina umfasste eine Hand ihrer Schwester. „Wenn du Überschuss aus deinem Garten hast, kaufe ich ihn dir gerne ab. Ich werde viel frisches Gemüse brauchen, und deines sieht so gesund aus."

„Ich soll es dir verkaufen?" Zögernd hob Brooke eine Augenbraue. „Ich kann kein Geld von dir nehmen."

„Steck es in den Collegefonds der Jungs", sagte Marina. „Oder spare es für einen Urlaub."

„Ja, es ist eine Weile her, seitdem wir uns den mal gegönnt haben."

Ginger und Kai kamen herein und begrüßten alle mit herzlichen Umarmungen. Marina sah, wie Brooke ihren Kopf für einen Moment an Gingers Schulter lehnte, als wäre sie dankbar für die kurze Atempause. Das machte ihr Sorgen. Ihre Schwester schien heute emotional durcheinander zu sein; was andererseits mit drei aktiven Jungs zu Hause kein Wunder war. Marina erinnerte sich daran, wie

Heather und Ethan, als sie noch jünger waren, jeden ihrer freien Momente gefüllt hatten.

„Kommt, Jungs“, hallte Chips Stimme durch die Küche. „Lasst uns mal die Terrasse anschauen.“

„Ich bin dir und den Jungs für eure Hilfe wirklich dankbar“, sagte Marina.

„Hey, dafür ist die Familie da“, antwortete er. „Ich wünschte nur, Stan wäre noch bei uns.“

„Ich weiß.“ Chip und Stan waren gute Freunde gewesen und oft gemeinsam angeln gegangen. Es war lieb von ihm, sich nach all den Jahren noch daran zu erinnern.

„Ich habe gehört, was dein schnieker Freund dir da oben in San Francisco angetan hat“, sagte er und senkte die Stimme. Dann zog er Brooke an seine Seite und legte einen Arm um sie. „Brooke hat es mir erzählt. Das tut uns beiden so leid.“

„Mir geht es wieder gut.“ Marina reckte das Kinn. Je mehr Zeit sie in Summer Beach verbrachte, desto mehr verschwand Grady in der Vergangenheit. Wo er auch hingehörte. Und dann war da noch Jack. Sie war nicht sicher, ob es eine gute Idee wäre, sich in ihn zu verlieben, aber sie konnte die wachsende Anziehung nicht leugnen.

Marina ging voraus zum Deck, das sich über den Sand erstreckte. Axe hatte eine große Ladung Pflasterstein dagelassen, mit denen sie einen Weg vom Deck zur Feuerstelle legen wollte, die sich in sicherer Entfernung vom Haus und anderen leicht entflammbaren Dingen befand. Dafür gab es in Summer Beach strikte Regeln.

Er hatte ihr auch Instruktionen hinterlassen und markiert, wo sie die Steine verlegen sollten. Diese Fürsorge um ihr Budget war sehr nett gewesen.

Chip zeigte den Jungs, wie sie die Steine zu legen und in den Boden zu klopfen hatten, um dann Sand darüber zu streuen und so das Fischgrätmuster zu festigen.

„Das sieht aus, als hättest du das schon mal gemacht“, sagte Marina.

Chip stützte sich kniend mit einer Hand auf dem Oberschenkel ab. „Das habe ich auch. Ich helfe oft meinen Kumpels von der Feuerwehr.“ Er schaute sich auf dem Grundstück um. „Du solltest darauf achten, dass der Bereich rund um die Feuerstelle immer großzügig freigeschnitten ist.“

„Das mache ich“, versicherte sie ihm. „Ich habe von dem großen Brand letztes Jahr gehört.“ Sie ging wieder zum Deck zurück, und Kai folgte ihr.

„Axe hat einen Superjob gemacht“, sagte Kai und verzog dann das Gesicht. „Aber seine Crew hat leider mit Lichtgeschwindigkeit gearbeitet.“

Marina entdeckte einen sehnsüchtigen Unterton in der Stimme ihrer Schwester. „Hattest du Glück mit ihm?“

Kai schüttelte den Kopf. „Vielleicht habe ich es übertrieben. Ich habe gehört, dass seine letzte Freundin Mitglied einer professionellen Segelcrew war. Vermutlich zieht er solche Frauen vor.“

Marina wusste nicht, was sie darauf sagen sollte. Kai war Axe gegenüber ziemlich offensiv aufgetreten und hatte ständig mit ihm geflirtet. „Vielleicht möchte er auch lieber derjenige sein, der die Frau erobert.“

Kai legte den Kopf schief. „Meinst du? Dann versuche ich das nächstes Mal vielleicht.“

„Das ist kein Spiel, Kai. Entspann dich einfach. Wenn er dich wiedersehen will, wird er sich bei dir melden. Ich glaube, du hast deine Position sehr klar gemacht.“

„Ja, schätze schon.“ Sie seufzte. „Seiner tiefen Stimme könnte ich den ganzen Tag zuhören. Ich würde ihn gerne mal singen hören.“

„Komm.“ Marina legte ihrer Schwester einen Arm um die Schultern. „Hilf mir, die Lichterketten anzubringen.“

Je weiter der Tag fortschritt, desto mehr nahmen der Pflasterweg und der Platz um die Feuerstelle herum unter Chips Anleitung Gestalt an. Alder, der älteste Junge, lernte schnell, und seine beiden jüngeren Brüder halfen, indem sie Pflastersteine und Sand schleppten.

Kai hatte Axe gebeten, eine große Leiter dazulassen, damit sie die Lichterketten anbringen konnten. Die Decke über dem Deck bestand aus Balken, die den Blick auf den offenen Himmel freiließen. Beleuchtet würde das abends wunderschön aussehen. Marina und Kai wechselten sich damit ab, auf die Leiter zu klettern und die Ketten um die Balken zu winden.

Zwischendurch hielt Marina inne, um ihre Arbeit zu bewundern. Sie war zufrieden mit ihrem Fortschritt. „Wo sind eigentlich Ginger und Brooke?"

„Ich habe sie vorhin in Richtung Ort gehen sehen. Vielleicht sind sie auf dem Markt." Kai schaute in die Richtung. „Sie waren tief in eine Unterhaltung versunken. Kam dir Brooke heute auch ein wenig seltsam vor?"

„Ja. Aber das ist kein Wunder. Sie hat ein ganzes Haus voller Testosteron. Es ist gut, dass sie mit Ginger spricht." Dennoch machte Marina sich Sorgen um sie. „Ich habe Brooke gefragt, ob sie mir einen Teil ihrer Ernte verkauft. Dann kann ich sie auch öfter sehen."

„Das ist eine gute Idee."

Ein paar Minuten später tauchte ein mit Pflanzen und Blumentöpfen beladener Truck vor dem Cottage auf.

„Speziallieferung!", rief Ginger und winkte aus dem Fenster von Roys Wagen. Brooke saß zwischen ihnen und wirkte schon wesentlich fröhlicher.

„Was ist das?" Marina kletterte von der Leiter.

Ginger und Brooke stiegen aus. „Ich fand, das Deck ist noch ein wenig kahl", erklärte Ginger. „Ein paar Palmen und Ficus-Bäume lockern das Ganze sicher auf, meinst du nicht? Stell dir nur vor, wie es aussieht, wenn rote und pink-farbene Geranien zwischen Farnen aus diesen fabelhaften Töpfen quellen, die Leilani gerade hereinbekommen hatte."

Marina umarmte ihre Großmutter. „Danke. Die Pflanzen werden dem Ganzen den perfekten Rahmen geben."

„Die sind nicht von mir", sagte Ginger. „Jack hat sie geschickt. Er müsste auch gleich hier sein."

„Jack?" Das überraschte sie.

„Wir sind ihm im Supermarkt über den Weg gelaufen", erklärte Ginger. „Er hat vorgeschlagen, dass wir zu *The Hidden Garden* gehen, weil er etwas Besonderes für dich kaufen wollte. Er meinte, du hättest ihm das Deck gezeigt und erwähnt, dass ein paar Pflanzen darauf hübsch aussehen würden."

„Das Gartencenter ist wunderschön", sagte Brooke. „Die Pflanzen sehen alle so gesund aus. Und Leilani und Roy sind genauso pflanzenverrückt wie ich."

Marina fiel auf, dass ihre Schwester ruhiger wirkte als bei ihrer Ankunft. Vielleicht hatte sie eine gute Unterhal-tung mit Ginger gehabt, vielleicht hatte aber auch das Gartencenter diese beruhigende Wirkung gehabt. Wie auch immer, es war gut, die alte, lächelnde Brooke zu sehen.

Hinter ihnen hatte Roy die Ladeklappe des Trucks geöffnet und war dabei, die Pflanzen auszuladen. Jack und Leo kamen auf nagelneu aussehenden Fahrrädern angefahren.

Marina bedeutete Jack, anzuhalten, und ging auf die beiden zu. Sie waren vom Wind zerzaust und hatten einen leichten Sonnenbrand, wirkten aber glücklich. Im Näher-kommen verspürte sie ein leichtes Zupfen an ihrem Herzen. „Das war so lieb von dir, Jack. Danke." Sie sah, dass Leo strahlte. „Sind das neue Fahrräder?"

„Ja. Ich brauche mehr Bewegung", sagte Jack. „Leo hat

sich bereit erklärt, beim Aussuchen der Räder zu helfen. Er hat auch versucht, mich zum Kauf eines Skateboards zu überreden." Kurz hielt er inne, um dem Jungen das Haar zu zerzausen. „Vielleicht nächstes Mal. Ich bin noch dabei, wieder in Form zu kommen."

„Wir sind quer durch Summer Beach gefahren. Das war so cool", sagte Leo. „Wusstest du, dass Samantha hier im Herbst zur Schule geht? Anstatt normalen Sportunterricht haben die hier Schwimmen und Segeln und Surfen. Mom meint, dass wir vielleicht auch hierbleiben. Das fände ich super."

Leo wirkte ganz aufgeregt, aber Marina hörte auch einen Hauch von Traurigkeit hinter seinen Worten. Was verständlich war. Sie streckte ihm eine Hand hin. „Komm, dann stelle ich dir meine Neffen vor. Der jüngste, Oakley, ist ungefähr in deinem Alter."

Jack nickte zustimmend, und Leo sprang von seinem Fahrrad. Dann folgte er Marina zu Chip und den Jungs, während Jack die Fahrräder wegstellte.

Auf dem Weg fragte Leo: „Bist du jetzt endlich Jacks Freundin?"

Marina schaute in seine ernsten Augen und lächelte. „Nicht wirklich. Wie kommst du darauf?"

„Jack meinte, es dauert eine Weile, bis man Freund und Freundin ist, aber das ist schon ein paar Wochen her. Ich wollte nur wissen, ob ihr irgendwelche Fortschritte gemacht habt."

„Ich verstehe." Leo war so ernst, dass Marina ein Lachen unterdrücken musste. „Und hält er dich über den Status auf dem Laufenden?"

„Ne. Deshalb habe ich ja dich gefragt. Ich weiß, dass Mädchen viel lieber über diese Liebessachen reden als wir Jungs. Das sagt Samantha zumindest."

„Sind du und Samantha denn Freund und Freundin?"

„Nein. Wir sind beste Freunde. Aber vielleicht heiraten wir trotzdem, wenn wir älter sind. Das habe wir noch nicht entschieden."

„Es ist weise, diese Entscheidung noch ein wenig aufzuschieben." Marina nickte gedankenverloren. Dann warf sie einen Blick über ihre Schulter und sah, dass Jack ihnen folgte und zuhörte. „Beste Freunde zu sein ist für den Moment perfekt."

„Wir können auch Freunde sein, oder? Ich mag dich sehr. Und meine Mom mag dich auch. Sie hat total gute Menschenkenntnis. Das sagt sie immer. Samanthas Mom findet das auch. Die beiden sind sich fast immer einig, außer, wenn sie es nicht sind. Denn sie sind auch beste Freundinnen. Ich glaube, wenn ich einen Dad hätte, wäre er vermutlich der beste Freund von Samanthas Dad."

„Du bist ziemlich klug", sagte Marina. „Und ich merke auch, dass du sehr umsichtig bist. Du kannst gerne jederzeit mit mir reden – ich habe immer ein offenes Ohr für dich." Nun hatten sie Chip und die Jungs erreicht, und Marina stellte alle einander vor. Chip bezog Leo gleich in die Arbeiten mit ein und trug ihm und Oakley auf, schon mal damit anzufangen, die Feuerstelle zusammenzubauen.

Jack stieß Marina mit der Schulter an. „Worum ging es da eben?"

„Leo redet gern", sagte Marina. „Er ist sehr aufmerksam. So wie sein …" Sie hielt inne und war peinlich berührt, weil sie sich beinahe verplappert hätte. „Du weißt, was ich meine."

Jack berührte ihre Hand. „Es gefällt mir, dass er sich mit dir wohlfühlt."

„Er ist ein süßer Junge." Marina schaute zu Leo. „Er wird eines Tages viel Unterstützung benötigen."

Roy bedeutete ihnen, dass er alle Pflanzen und Töpfe ausgeladen hatte. „Das ist alles, Leute. Sagt uns Bescheid, wenn ihr noch was braucht."

„Das machen wir!", rief Jack ihm zu.

Brooke kam zu ihnen. „Wow, Chip und die Jungs haben große Fortschritte gemacht. Habt ihr Lust, mir beim Eintopfen der Pflanzen zu helfen, während die Jungs weiterarbeiten?"

Marina und Jack nickten, und Ginger ging ins Cottage, um die nötigen Werkzeuge und Gartenhandschuhe für alle zu holen. Das Set, das Marina beim letzten Mal benutzt hatte, gehörte eigentlich nur zur Küchendekoration, worüber sie beide sehr gelacht hatten.

„So", sagte Ginger. „Ich werde mit Kai die restlichen Lichterketten aufhängen. Ich kann es gar nicht erwarten, dass der Abend hereinbricht und wir sie anmachen können."

Gemeinsam mit Brooke und Jack machte Marina sich an die Arbeit. Sie kam immer noch nicht über diese fürsorgliche Geste hinweg. Während sie die Pflanzen eintopfte, fiel ihr auf, dass Jack und Brooke sich gut verstanden. Sie beide kannten sich mit Pflanzen und deren Pflege aus. Doch als sie anfingen, sich über verschiedene Erden und Käfer und Kompost zu unterhalten, stieg sie mental aus.

Nachdem sie fertig waren, verteilte Jack die Blumentöpfe auf dem Deck und half dann, die gebrauchten Terrassenmöbel rauszuholen, die Marina gerettet und restauriert hatte. Die meisten hatten nur eine gründliche Reinigung und neue Kissen benötigt. Sie hatte ein paar Tische und einige Bänke und Stühle. Während sie die Möbel aufstellten, strich Jack mit seiner Hand an Marinas entlang, und sie verspürte das gleiche Kribbeln wie am Strand. Sie fing seinen Blick auf und sah, dass es ihm genauso ging.

„Jetzt die Adirondack-Stühle", sagte sie und spürte, wie ihr die Hitze in die Wangen stieg.

„Kein Problem." Jack hielt ihren Blick noch einen Moment länger fest.

Nan und Arthur von *Antique Times* hatten ihr einen guten

Preis für die Adirondack-Stühle gemacht, die Kai in einem leuchtenden korallenrot gestrichen hatte, damit sie zum Cottage passten. Marina hatte vor, die Stühle und ein paar Bänke um die Feuerstelle herum aufzustellen.

Als das Deck schlussendlich fertig eingerichtet war, umarmte Marina ihre beiden Schwestern. „Ohne euch und den Rest dieser verrückten Familie hätte ich das nie geschafft.“

Ginger fing an, Gläser mit eisgekühltem Prosecco für die Erwachsenen und Ginger Ale für die Kinder zu verteilen. „Ich denke, jetzt ist ein Toast angebracht.“

Sobald sie alle ein Glas hatten, hob Ginger ihres an. „Auf den Mut, seinen Träumen zu folgen. Auf Marina, weil sie dieses Abenteuer angestoßen hat, und auf Kai, die alles gegeben hat, um es zum Erfolg zu führen. Was für ein Team ihr seid. *Salut!*“

„Und auf Brooke, die jetzt offiziell meine Gemüselieferantin ist“, ergänzte Marina.

Chip wirkte überrascht, aber Brooke strahlte übers ganze Gesicht.

Marina schaute sich die Menschen an, die sie liebte, und wünschte, Heather und Ethan könnten hier sein. Sie hoffte, dass die beiden sie im Sommer besuchen kämen, auch wenn sie Sommerjobs gefunden hatten.

Und dann schaute sie zu den neuesten Mitgliedern dieser Truppe – Jack und Leo. Sie fragte sich, wohin ihre Reise die beiden wohl führen würde. Während sie einen Schluck Prosecco trank, musterte sie Jack über den Rand ihres Glases hinweg und überlegte, ob zwischen ihnen beiden jemals mehr sein würde.

Was würde Jack tun, wenn sein Sabbatical am Ende des Sommers vorüber war? Leo hatte davon gesprochen, hier zur Schule zu gehen, aber bedeutete das, dass er bei Denise und John blieb?

Die Fragen wirbelten nur so durch ihren Kopf. Langsam

senkte sich die Dämmerung über den Strand. Dank Brooke hatten sie den ganzen Tag über genügend zu essen gehabt, aber für den Nachtisch war Marina zuständig.

Also tippte sie an ihr Glas, um die Aufmerksamkeit aller zu erreichen. „Lasst uns die Lichter anschalten und das erste Feuer entzünden."

Als sie den Lichtschalter betätigte, jubelten alle. Die Lichterketten zauberten die perfekte Atmosphäre. Mit dem sanften Rollen der Wellen im Hintergrund und den neuen Palmen und Ficusbäumen, die sanft in der Brise wehten, war das neue Deck genauso bezaubernd, wie sie es sich vorgestellt hatte. Jetzt musste sie es nur noch mit Menschen füllen.

„Ich habe eine Überraschung für alle. Versammelt euch um die Feuerstelle und legt schon mal los. Ich bin gleich zurück." Damit verschwand Marina im Haus, um die Zutaten für s'mores zu holen. Sie hatte Ingwerwaffeln gekauft und Schokoladentafeln aus dem örtlichen Süßwarenladen. Dazu den größten Beutel Marshmallows, den sie hatte finden können.

Während sie in der Küche war, klingelte ihr Handy, und sie ging ran.

„Hi Marina, ich bin's, Denise. Dein Picknickkorb war so köstlich, dass wir uns gefragt haben, ob du nächstes Wochenende Zeit für eines deiner Dinner hast? Jack meinte, du hättest ein neues Deck direkt am Strand. Das klingt so schön."

„Ja, da habe ich Zeit", antwortet Marina ruhig, obwohl sie innerlich vor Freude jubelte. „Soll ich euch ein paar Menüvorschläge mailen, damit ihr gucken könnt, was ihr wollt?"

„Perfekt. Wir planen mit acht Leuten, aber die Zahl bestätige ich dir vorher noch mal."

Marina prüfte, ob sie auch wirklich aufgelegt hatte, bevor sie einen Jubelschrei ausstieß. Sie war auf dem richtigen Weg, und das fühlte sich so gut an. Trotz des katastrophalen Debüts im Inn hatte ihr Essen seinen Wert bewiesen. *Nächstes Wochenende. Eine Woche, um alles fertigzustellen.* Würde sie das schaffen?

Wenn sie ehrlich war, hatte sie keine andere Wahl.

22

ack arbeitete gerade an seinem Schreibtisch, als Scout mit der Pfote an seinem Bein kratzte und winselte, dass er raus wollte.

„Schon wieder? Du warst doch gerade erst draußen. Ich wette, du bist nur gelangweilt." Er kraulte ihn unterm Kinn. „Später, mein Junge."

Jack hatte an dem Exposé für das Buch gearbeitet, um das sein Agent gebeten hatte. Auch wenn Ginger nicht mitmachen wollte, musste er etwas abliefern. Noch immer überlegte er den passenden Titel, wo bei ihm *Die Codeknackerin* gut gefiel. Oder vielleicht *Ginger Delavie: Ein entschlüsseltes Leben.*

Das setzte natürlich voraus, dass es ihm gelänge, Gingers Leben zu entschlüsseln. Ihm fehlten immer noch so viele Informationen. Er hatte ausführliche Recherchen zu Betrands Zeit im diplomatischen Dienst betrieben. Hatte über Gingers Freundschaft mit Julia Child gelesen, die während des Zweiten Weltkriegs für das Amt für strategische Dienste gearbeitet hatte, den Vorläufer der CIA. Aber was er nicht herausgefunden hatte, war, wie Ginger der Sprung von der Diplomatengattin zur brillanten Code-Hackerin gelungen war.

Und Ginger weigerte sich, mit ihm zu kooperieren. Sie wollte schlicht nicht darüber reden. *Es gibt unzählige interessantere Menschen als mich*, hatte sie gesagt.

Was sollte das heißen? Arbeitete sie immer noch?

Ginger war ihm ein Rätsel. Und noch mehr, seitdem sie ihm eine Nachricht auf der Mailbox hinterlassen hatte: *Genug von dem langweiligen Buch, das du schreiben willst. Ich habe eine andere große Idee, mein Lieber. Hör sie dir mal an. Ich bin morgen früh auf meinem Felsen.*

Jack konnte sich nicht vorstellen, was Ginger im Sinn hatte. Aber er würde sich mit ihr treffen und ihr zuhören.

Nun stand er auf und streckte sich. Scout tat es ihm gleich. Ginger hatte ihm gesagt, dass sie und ihr Mann das Gästehaus einst als Büro genutzt hatten. Er konnte förmlich vor sich sehen, wie Bertrand Delavie an einem Schreibtisch saß – vielleicht sogar an genau dem hier – und seine Bücher schrieb, während Ginger an einem anderen Tisch Codes entschlüsselte. In dem kleineren Schlafzimmer stand ein stabiler Safe mit einem aufgemalten Datum: 1940. Wie lange war der wohl nicht mehr geöffnet worden? Er stellte sich vor, dass Bertrand und Ginger darin vertrauliche Papier aufbewahrt hatten.

Was befindet sich wohl jetzt darin?

Ginger war ein faszinierendes Subjekt – genau wie ihre Enkelin. Zuzusehen, wie Marina ihr Leben umkrempelte und sich eine neue Karriere aufbaute, war inspirierend. Und in diesem Moment, wo er am Rande einer lebensverändernden Transformation stand, konnte er jegliche Inspiration gebrauchen.

Was er für Marina empfand, ging über alles hinaus, was er je erlebt hatte. Und doch durfte er sich von seiner Verantwortung für Leo nicht ablenken lassen, denn Vanessas Gesundheitszustand verbesserte sich nicht.

Jedes Mal, wenn er Leo sah, sehnte Jack sich danach, den Jungen in die Arme zu nehmen und ihm die Wahrheit zu sagen. Doch Vanessa war noch nicht so weit, und er musste ihre Wünsche respektieren.

Als Jack sich streckte, erblickte er hoch oben ein Fenster, das ihm noch nie aufgefallen war. Auf dem Sims davor standen ein paar alte Bücher. Wenn er das Fenster öffnen könnte, würde das für bessere Durchlüftung in dem kleinen Raum sorgen. Aus einer Laune heraus kletterte er auf den Schreibtisch. Als er die Hand nach dem Fenstergriff ausstreckte, sah er ganz an der Seite eine lederne Mappe stehen. Er schob das Fenster auf und griff nach ihr.

In dem Moment sah er Marina auf seine Tür zugehen. Sie sah ihn auch, und so sprang er schnell vom Tisch und öffnete ihr.

„Hi", sagte sie fröhlich. „Ich habe ein paar Gerichte ausprobiert und mich gefragt, ob du Lust hast, mir beim Mittagessen auf dem Deck Gesellschaft zu leisten."

„Oh, was für eine nette Idee. Sehr gerne." Er lächelte, denn Zeit mit ihr zu verbringen war immer ein Geschenk.

„Was hast du damit vor?" Marina zeigte auf die staubige Ledermappe, die er noch in der Hand hielt. Sie war mit einem Reißverschluss verschlossen.

„Die habe ich gerade da oben auf dem Sims gefunden."

„Wenn sie Ginger gehört, würde ich sie gerne sehen."

„Dann komm rein." Er zog die Tür weiter auf, und Marina trat ein. Nachdem Jack die dicke Staubschicht abgewischt hatte, zog er den etwas störrischen Reißverschluss auf. Die Mappe war ein Relikt aus einer anderen Zeit. Er schlug sie auf, und ein Schwarz-Weiß-Foto starrte ihn an.

Marina griff an ihm vorbei, wobei ihr Arm seinen streifte, und strich mit den Fingern über das Foto. „Das ist eines von Gingers alten Fotoalben, aber ich habe es noch nie gesehen. Sieh nur, wie jung meine Großeltern da sind. Und die Mode – schmale Krawatten, Turmfrisuren. Ich schätze,

das Bild ist irgendwann in den Sechzigerjahren aufge-
nommen worden." Sie blätterte um und strich mit dem
Finger über die Bildunterschriften. „Paris, April 1961.
Boston, Mai 1962. Guck, hier ist sie mit Julia Child in der
Küche."

Sie blätterte noch einmal um. Die frühen Farbfotos
waren zu gedämpften Rot-, Grün- und Gelbtönen verblasst.
„Einige sind Urlaubsfotos, andere mit hochgestellten Persönlichkeiten. Ich erkenne einige von ihnen wieder."

„Deine Großmutter war eine Pionierin in ihrem
Gebiet", sagte Jack und erinnerte sich an das, was er bei
seinen Recherchen erfahren hatte. Es war ein Risiko, aber
vielleicht konnte Marina ihm helfen. Für sein Treffen mit
Ginger am nächsten Morgen musste er so gut wie möglich
vorbereitet sein.

Marina grinste. „Meinst du als Mathematiklehrerin in
einer Kleinstadt, als Statistikerin oder als Kryptologin im
Kalten Krieg? Sie ist wirklich ein Chamäleon."

Wenigstens war Marina dieses Mal nicht böse auf ihn.
„Deine Großmutter hat sich zwar Statistikerin genannt, aber
als ich einen Artikel über eine andere Frau geschrieben
habe, fand ich Beweise dafür, dass sie weit mehr gewesen
ist." Ginger war seiner Erfahrung nach eine sehr beschei-
dene Person. „Ginger hat eine natürliche Neugierde für
alles, was um sie herum passiert, aber ich habe sie nie wirklich über sich oder ihre Errungenschaften reden gehört."

„Stimmt, das hat sie noch nie getan." Marina tippte auf
ein Foto. „Sieh dir nur diesen riesigen Computer hinter ihr
an. Damals haben die ganze Etagen eingenommen. Kai und
ich haben im Internet ein paar alte Fotos von Ginger mit
einer in diesem Bereich sehr berühmten Frau gefunden."

Das hier war der Einstieg in die Unterhaltung, die er mit
ihr führen wollte. „Im Laufe meiner Recherchen für den
Artikel", sagte er, „habe ich entdeckt, dass Ginger eine bril-
lante Mathematikerin und Kryptologin war. Sie war eine

der am meisten geschätzten Codebrecherinnen des Kalten Krieges. Außerdem war sie dafür verantwortlich, Verschlüsselungsmethoden für die Übermittlung von vertraulichen Informationen zwischen Diplomaten auf der ganzen Welt zu entwickeln.“

Marina schwieg einen Moment. „Und woher weißt du das?“

„Über Ginger selbst ist nicht viel geschrieben worden, aber sie wurde in verschiedenen Artikeln erwähnt. Es scheint, als wäre sie die Macht hinter vielen Männern gewesen, die die Lorbeeren für ihre Arbeit eingeheimst haben. Vielleicht hat sie es aber auch vorgezogen, im Hintergrund zu bleiben. Hat sie dir je etwas davon erzählt?“

Marina rieb sich über die Stirn und schüttelte den Kopf. „Ich weiß, was sie vor Kurzem gesagt hat, aber Verschlüsselungen? Kalter Krieg? Das klingt wie aus einem Film, und es fällt mir immer noch schwer, es zu glauben. Andererseits …“ Sie sah ihn an. „Ich will dir etwas im Cottage zeigen. Und ich möchte mir dieses Album gemeinsam mit Ginger ansehen.“ Sie nahm das Album und ging zur Tür.

„Bleib“, sagte Jack zu Scout, dann schloss er hastig die Tür und folgte Marina.

Sie führte ihn in ihr Schlafzimmer mit dem antiken Kleiderschrank. Auf dem Bett lag eine fluffige weiße Bettdecke. Es roch herrlich weiblich nach Puder und Cremes und anderen weichen Düften, die er von ihr kannte. Konzentrier dich, ermahnte er sich.

„Guck mal da oben.“ Kurz unterhalb der Decke verlief eine Bordüre.

„Die Bordüre meinst du?“

„Ja. Ginger hat sie per Hand gemalt und uns aufgefordert, ihre Bedeutung herauszufinden.“

„Das sieht einfach nur nach einem Muster aus.“ Schnörkel, Wellen und Formen in Dunkelblau, Aquamarin und Meeresgrün zierten die Bordüre.

„Sieh genauer hin", forderte Marina ihn auf. „Siehst du die Abstände zwischen einigen der Zeichen? Und es sind Zeichen. Es ist eine Chiffre."

„Du meinst ein Code?"

„Nein, das ist etwas anderes." Marina drehte sich zu ihm um. Ihre Augen funkelten. „Ich weiß, das ist ein wenig akademisch, aber eine Chiffre ist eher wie ein Morsecode, der übrigens falsch benannt ist. Es ist eine Chiffre, weil es mit Symbolen arbeitet – oder mit Syntax. Die Punkte und Striche stehen für Buchstaben und können per Ton, Licht oder durch einfaches Aufschreiben übermittelt werden. Ein Code beschreibt das Wort selbst, wohingegen eine Chiffre jeden einzelnen Buchstaben darstellt."

„Warte mal, das verstehe ich nicht." Jack fuhr sich mit der Hand durch die Haare. Er war verwirrt – nicht von dem, was Marina sagte, sondern von Gingers Grund dafür. „Deine Großmutter hat euch das alles beigebracht, aber euch nie erzählt, dass sie Kryptologin ist?"

„Tja, das ist wohl reine Semantik, schätze ich." Marina schaute wieder zu der Bordüre und lächelte. „Als wir noch jung waren, hat sie meinen Schwestern und mir durch Spiele alles über Codes und Chiffren beigebracht. Genauso hat sie es mit Mathe und Fremdsprachen gemacht. Wobei Kai im Lernen von Sprachen wesentlich besser ist als ich."

Jack versuchte, das alles zu verarbeiten. „Sie hat euch mentale Flexibilität beigebracht; das Verständnis dafür, dass dasselbe Konzept auf verschiedene Arten präsentiert werden kann. Durch Sprache, Codes oder mathematische Ausdrücke."

„Das stimmt. Auch wenn sie noch weiter gegangen ist und Ton und Licht benutzt hat. Wie beim Morse-Code."

Jack folgte ihrem Blick. „Ich nehme an, du kannst das lesen?"

„Es ist ein Satz, den sie immer benutzt hat, um uns zu sagen, wie sehr sie uns liebt." Marina deutete auf die

Symbole. „So tief wie das Meer, so weit wie der Himmel, für immer durch die Zeit, so ist meine Liebe für euch." Sie schürzte die Lippen. „Auch wenn wir lange gebraucht haben, um das herauszufinden. Ich erinnere mich noch, dass ich mal einen Tag krank im Bett lag. Während ich an die Decke starrte, fing alles auf einmal an, einen Sinn zu ergeben. Ich habe es mithilfe von Stift und Papier gelöst. Und weißt du was? Ich habe mich danach sofort besser gefühlt. Das ist die Macht der Liebe – und die Macht des Geliebtwerdens. Natürlich hat Ginger sich gefreut, dass ich es gelöst hatte. Sie liebt Spiele."

Jack nickte langsam. „Gibt es hier im Haus noch weitere Beispiele?"

„Ich habe ein paar Keramiken und Stickereien gesehen, die sie vor Jahren gemacht hat. Das war ein kleines Spiel zwischen ihr und Grandpa. Was irgendwie süß ist, wenn man so darüber nachdenkt."

„Was genau stand darauf?"

„Sie hatten ihre geheimen Wege, einander zu sagen, wie sehr sie den anderen liebten, ohne dass andere es mitbekamen", erklärte sie. „Symbole und Zeichen, ähnlich wie diese Comedienne Carol Burnett, die sich am Ende von jeder ihrer Sendungen am Ohr gezupft hat, um ihrer Großmutter zu sagen, dass sie sie liebt. Während langweiliger Diplomatenfeiern kam ihnen das vermutlich gut zupass. Wer sie je zusammen gesehen hat, hatte keinen Zweifel daran, wie sehr sie einander geliebt und bewundert haben."

Nachdem sie sich noch eine Weile unterhalten hatten, schlug Marina vor, aufs Deck hinauszugehen und zu essen. Es gab einen Spinatsalat mit Erdbeeren und Feta, dazu ein cremiges Zitronen-Balsamico-Dressing und gebackene Parmesan-Chips. Doch für Jack war das Beste an dem Essen, mit Marina zusammen zu sein.

Daran könnte er sich tatsächlich gewöhnen.

Marina fragte ihn, wie es Leo ging, und Jack erzählte ihr, dass er in ein paar Tagen mit ihm angeln gehen würde.

„Du wirst ein toller Vater sein", erklärte sie voller Überzeugung.

Jack war dankbar für ihr Vertrauen in ihn, denn er selbst hatte viele schlaflose Nächte damit verbracht, an Leo und ihre gemeinsame Zukunft zu denken. Noch nie zuvor hatte er dieses ziehende Gefühl in der Magengegend verspürt, das ihn sich fragen ließ, ob er das mit dem Vatersein richtig machte. Wobei er im Moment in Leos Augen immer noch nur ein Freund war.

„Ich bemühe mich", sagte er. „Aber ich mache mir auch Sorgen, wie Leo reagieren wird, wenn wir es ihm sagen. Ich hätte als Kind vermutlich einen Anfall bekommen, wäre auf mein Fahrrad gesprungen und gefahren, bis ich nicht mehr konnte. Ich habe keine Ahnung, was Leo tun wird."

Marina nahm seine Hand, und ihr Mitgefühl war tröstend. „Ich weiß, dass du das gut machen wirst."

Obwohl ihre Unterhaltung sich danach Marinas Plänen und Gingers Errungenschaften zuwandte, war Jack nicht sicher, wie Marina darauf reagieren würde, wenn er ihr erzählt, dass er vorhatte, ein Buch über ihre Großmutter zu schreiben.

Dafür ist später noch Zeit, dachte er. Wenn sein finales Exposé abgenommen worden wäre. Und wenn das nicht der Fall sein sollte, müsste er sich sowieso ein anderes Thema suchen.

Sie wollten gerade anfangen, abzudecken, als Scout aufs Deck gesprungen kam.

„Hey du", sagte Marina. Scout legte eine Pfote in ihren Schoß und sah sie freudig an.

„Ich habe vergessen, die Tür abzuschließen." Jack schüttelte den Kopf. „Ich schätze, Scout ist bereit für einen weiteren Spaziergang. Wenn er die Wahl hätte, würde er den ganzen Tag am Strand verbringen." Er beugte sich zu

Marina vor und berührte ihre Hand. „Aber ich will dir beim Abwasch helfen."

Lachend tätschelte sie seinen Arm. „Geh nur. Ich mach das schon. Aber ich komme auf das Angebot zurück."

Jack bedauerte zwar, dass er nicht mehr Zeit mit Marina verbringen konnte, machte sich aber mit Scout auf den Weg zum Strand. Er tröstete sich mit dem Gedanken, dass er noch den ganzen Sommer hatte, um sie besser kennenzulernen. Wobei, angesichts der Herausforderungen, die vor ihm lagen, könnte das auch reines Wunschdenken sein.

Später am Nachmittag ging Jack zu dem Haus, das Vanessa, Denise und John gemietet hatten. Vanessa hatte ihn nach seinem Lunch mit Marina angerufen.

Es ist ein Notfall, hatte sie ihm gesagt und ihn gebeten, auf ein Gespräch mit Leo vorbereitet zu sein.

Jack wusste, was das bedeutete.

Mental so gut vorbereitet, wie er nur sein konnte, klopfte er an die Tür.

„Es ist offen!", rief Vanessa.

Er ging hinein und fand Vanessa draußen auf einer Chaiselongue sitzend. Auf der einen Seite der Terrasse sprudelte ein Springbrunnen, auf der anderen verströmten Beete mit Jasmin und Rosen ihren Duft. Vanessas Augen waren rot gerändert, als hätte sie geweint, und sie hatte einen gehäkelten Poncho fest um sich gezogen.

Sie zeigte zum Loft. „Leo ist oben."

„Was ist passiert?" Jack kniete sich neben sie und nahm ihre Hand.

„Er hat Denise und John gehört, als sie sich in ihrem Zimmer unterhalten haben. Ich werfe ihnen das nicht vor. Ihr Zimmer liegt direkt unter dem Loft. Diese alten Häuser sind nicht sonderlich gut isoliert, und wenn die Fenster offen stehen …" Erschöpft hielt sie inne.

„Es ist sowieso an der Zeit, dass er es erfährt", sagte Jack und setzte sich neben ihr auf einen Stuhl. „Er sieht mir sehr ähnlich."

„Ja, ich habe die Kommentare auch mitbekommen", gestand Vanessa leise. „Bist du bereit?"

Jacks Magen zog sich vor Anspannung zusammen, aber er bemühte sich, sich nichts anmerken zu lassen. Wäre Leo traurig, wütend oder erfreut? Er wusste nicht viel über zehnjährige Jungs, und es war lange her, dass er in dem Alter gewesen war. Er wusste auch nicht, wie es war, eine sterbenskranke Mutter zu haben.

„Ja, ich bin bereit", sagte er. „Ich glaube, es würde helfen, wenn Leo jemanden hätte, mit dem er über alles reden könnte. Einen Profi."

„Das ist eine gute Idee. In Los Angeles hatten wir eine Kinderpsychologin, die er ab und zu aufgesucht hat, als ich krank wurde." Sie hob eine Hand und ließ sie wieder fallen. „Würdest du ihn bitten, herunterzukommen?"

„Na klar." Jack stand auf und ging die Treppe zum Loft hinauf, wo Leo kleine Rennautos auf einem selbstgebauten Parcours fahren ließ. Jack hatte in seinem Alter das Gleiche gemacht. „Hey Leo. Wie geht's?"

„Ganz okay", antwortete er, ohne aufzusehen.

„Deine Mom will mit dir reden. Kannst du nach unten kommen?"

Leo richtete sich auf. „Ich weiß, worüber sie mit mir reden will."

„Ach ja?"

Leo nickte und wirkte elendig. Dann nahm er ein kleines Auto in die Hand und öffnete und schloss die Türen. „Ich habe Samanthas Eltern miteinander reden gehört. Ich wollte nicht lauschen." Er wiegte sich auf seinen Fersen vor und zurück. „Ich habe Mom danach gefragt."

„Tja, und jetzt will sie mit dir darüber reden." Jack schluckte schwer. Es war an der Zeit, dass er sich für diesen kleinen Jungen zusammenriss. „Und ich auch."

Leo schaute Jack mit großen Augen an. Seine Lippen zitterten. „Samanthas Eltern wissen, wer mein Dad ist. Sie meinten, meine Mom soll es mir jetzt sagen und nicht noch länger warten."

Jack kniete sich neben Leo und nahm sich auch ein kleines Auto. Während er die Räder drehte, fragte er: „Hast du eine Ahnung, wer dein Dad sein könnte?"

Leo schüttelte den Kopf und kämpfte gegen die Tränen. „Ich habe Angst", flüsterte er.

„Wovor hast du Angst, Kumpel?" Jacks Herz zog sich für seinen Sohn zusammen, der in seinem jungen Leben schon so viel durchmachen musste.

Leo ließ das Auto fallen und schlang seine Arme um Jacks Hals. Die Tränen kamen schnell und tropften auf Jacks Haut, während der kleine Junge vor Angst und Trauer am ganzen Körper bebte. Jack legte seine Arme um ihn und strich ihm beruhigend über den Rücken. „Ist schon gut. Lass alles raus."

Schluchzend platzte es aus Leo heraus: „Ich habe Angst … dass er … wer immer er ist … nicht nett zu mir ist. Dass er nicht so ist wie du."

Jacks Augen wurden feucht, und er drückte seinen Kopf gegen Leos. „Wie wäre es, wenn ich dein Dad sein könnte?"

Leo zögerte, dann nickte er und weinte noch heftiger.

„Hey, hey", sagte Jack und wiegte ihn in den Armen. „Alles wird gut."

„Aber du bist es nicht … Du kannst es nicht sein", stieß Leo zwischen Schluchzern aus.

Jack zog ihn fester an sich, genauso wie sein Dad es früher bei ihm gemacht hatte. „Ich habe eine Überraschung für dich, die dir, glaube ich, gefallen wird. Ich weiß, dass sie mir gefällt."

Schniefend zog Leo sich zurück und sah ihn an.

„Ich werde von jetzt an dein Dad sein. Es gibt niemanden sonst, Leo. Ich *bin* dein Vater."

Leo brach zusammen, und erneut flossen die Tränen, aber dieses Mal vor Freude. Jack zog seinen Sohn an sich. Sein Herz war so voller Liebe für diesen Jungen – eine Liebe, die vollständiger und erfüllender war als alles, was er sich je hätte vorstellen können.

Als er einen Blick über Leos Schulter warf, sah er Vanessa auf der obersten Treppenstufe sitzen. Auch ihr liefen die Freudentränen über die Wangen.

Jack nahm an, dass Leo später bestimmt Einzelheiten wissen wollen würde, aber für den Moment war das hier genug.

23

arina lehnte an der Arbeitsplatte in der Küche und überflog ihr Menü und die Rezepte für ihr erstes Pop-up-Dinner, das Denise und John für diesen Abend gebucht hatten. Vanessa und Jack sowie zwei andere Paare aus Los Angeles würden ebenfalls kommen.

Gerade wollte sie mit den Vorbereitungen anfangen, als eine vertraute Stimme rief: „Mom! Bist du da?" Dann fiel die Fliegengittertür zu.

Als Ethan um die Ecke kam, empfing Marina ihn mit einer Umarmung. „Liebling! Ich freue mich so, dich zu sehen. Was für eine Überraschung. Ich wünschte, ich hätte gewusst, dass du kommst."

Marina war außer sich vor Freude, ihren Sohn zu sehen. Ethan war seit dem letzten Mal noch mal gewachsen. Er war immer noch schlank, hatte aber an Muskelmasse zugelegt und sah Stan immer ähnlicher. Für sie war er jedoch immer noch ihr kleiner Junge.

„Sorry, dass ich nicht angerufen habe", sagte er. „Ich habe einen Last-minute-Flug bekommen." Dann wackelte er mit den Augenbrauen. „Das riecht gut hier. Hast du was zu essen für mich?“

Marina umarmte ihn noch einmal. „Das hier ist für meine Gäste heute Abend, aber ich habe noch Reste von einer Quiche im Kühlschrank oder frische Hafer-Rosinen-kekse im Keksglas.“

„Von denen habe ich schon gehört.“ Ethan schnappte sich ein paar Kekse. „Wow, das ist ein großartiges Deck“, sagte er mit Blick nach draußen. „Ich habe Tante Kais Fotos auf Instagram gesehen. Echt cool.“ Er setzte sich. „Wie geht es dir, Mom?“

„Wesentlich besser“, sagte sie und zog die Ofenhand-schuhe an, um das Brot aus dem Ofen zu holen. „Heute Abend gebe ich hier mein erstes Dinner.“

„Wirklich? Deine Webseite ist übrigens ziemlich cool.“

„Danke. Kai hat sie gemacht.“ Marina dachte an ihre Unterhaltung mit Heather. „Hast du in letzter Zeit mit deiner Schwester gesprochen?“

Ethan wirkte zerknirscht. „Sie nimmt meine Anrufe nicht an und ignoriert meine Nachrichten. Sie tut so, als hätte ich sie im Stich gelassen.“

„Glaubst du, dass du das getan hast?“

„Mom, komm schon. Ich habe auch ein Leben. Und College ist einfach nicht mein Ding.“

Marina stellte die heißen Backformen auf ein Abkühlgit-ter. „Aber Heather ist es wichtig. Sie ist dir dahin gefolgt.“

„Das musste sie nicht“, sagte er, wirkte aber ein wenig schuldbewusst. „Hey, kann ich ein Glas Milch haben?“

„Im Kühlschrank“, sagte Marina leichthin. Er war alt genug, um es sich selbst zu holen. „Heather glaubte, dass du beim Lernen Hilfe benötigst. Sie hat auch viel Zeit damit verbracht, dir zu helfen, oder? Mehr, als du vermutlich zugeben willst. Was sie davon abgehalten hat, Freund-schaften zu schließen.“

Mit einem schweren Seufzer stand Ethan auf und

schenkte sich ein Glas Milch ein. „Du hast keine Ahnung, wie schlecht ich mich fühle, weil ich sie da zurückgelassen habe. Aber sie hat ihre Abschlussprüfungen mit Bravour bestanden. Ich konnte das nicht, Mom. Sobald ich ein Buch oder einen Prüfungsbogen anschaue, dreht sich alles in meinem Kopf. Aber wenn ich auf dem Golfplatz stehe, fällt das alles von mir ab. Auf dem Green bin ich wie jeder andere auch." Er grinste. „Nur besser als die meisten. Ich habe dir erzählt, dass einige der besten Golfer Dyslexie haben, oder?"

„Das verstehe ich", sagte Marina um Geduld bemüht. „Und ich unterstütze dich darin, einer Profikarriere eine Chance zu geben. Aber ich hätte es auch gern, wenn du dich bei deiner Schwester entschuldigst. Sie hat dir immer den Rücken freigehalten – mehr, als du ahnst."

Ethan starrte einen der Kekse an. „Ich habe auch versucht, sie zu unterstützen."

Marina schloss die Ofentür und zog die Handschuhe aus. „So etwas beruht immer auf Gegenseitigkeit. Versuch, sie auf andere Weise zu erreichen. Aber warte, bis die Prüfungsphase vorbei ist. Im Moment ist sie sehr darauf fokussiert."

„Ja, ich weiß, wie sie in diesen Phasen ist." Er tauchte einen Keks in die Milch und biss dann davon ab. „Ich glaube, sie würde gerne nach Kalifornien zurückkommen und mit ihren Freundinnen zusammen studieren. Das hat sie ab und zu erwähnt."

Marina nickte. „Darüber werden wir diesen Sommer sprechen."

Ethan aß den letzten Keks und trank sein Glas aus. „Ich bin auf dem Weg nach San Diego, um mich mit Freunden zu treffen. Vielleicht haben sie da einen Job für mich. Aber kann ich ein paar Tage hierbleiben?"

„Brookes altes Zimmer ist frei. Aber frag Ginger vorher."

„Ich hole schon mal meine Sachen."

„Ich habe gesagt, dass du erst Ginger fragen sollst!", rief Marina ihm hinterher. *Jungs.* Waren die alle so? Ethan war alles in allem ein guter Junge, aber seine Golf-Besessenheit machte ihr langsam Sorgen. Sie hoffte, dass es ihm die Befriedigung verschaffen würde, nach der er sich sehnte.

Sie freute sich darüber, dass er ein paar Tage hierbleiben würde. *Und wenn er in San Diego Arbeit findet, wäre er nahe genug, um mich oft zu besuchen,* dachte sie, als sie sich wieder an die Vorbereitungen für das Abendessen machte. Es würde unter anderem ihre Luau-Spareribs und die Birnenscheiben mit Pancetta, Ziegenkäse und Honig geben. Dazu einen gemischten grünen Salat mit Frühlingsgemüse, der bereits im Kühlschrank stand. Denise und John würden den Wein selbst mitbringen.

Nachdem sie noch mal einen Blick auf das Menü geworfen hatte, machte sie sich daran, den nächsten Gang vorzubereiten. *Limoncello Langustinos* mit Gemüse an braunem und Wildreis. Zum Nachtisch gäbe es gebackene *palmieres*, Schweineohren aus Blätterteig, die mit Hagelzucker bestreut wurden, dazu hausgemachtes Vanilleeis, in Ahornsirup gekochte Beeren und warme Erdbeersauce.

Als sie Schritte auf dem Deck hörte, schaute Marina auf und sah Jack mit einem Arm voller Zitrusfrüchte, die er auf ihre Bitte hin in Gingers Garten gepflückt hatte. Die Zitronen waren für die Garnitur, und den Saft der süßen Blutorangen würde sie für den Willkommenscocktail nutzen.

„Bin ich zu spät?", fragte Jack, als er die Küche betrat.

„Nein. Gerade rechtzeitig. Kannst du die für mich waschen?"

„Natürlich." Er trat an die Spüle, wusch die Früchte und legte sie zum Trocknen beiseite. „Du brauchst eine Kochjacke", zog er sie auf. „Und eine große *toque blanche*."

„Keine Kochmützen für mich", erwiderte sie lachend. „Und mein T-Shirt leistet mir gute Dienste." Wobei die Idee an sich ganz lustig war. „Vielleicht habe ich irgendwann einmal eine Kochjacke mit eingesticktem *Coral Café* darauf.“ Sie hob einen Streifen gelbe Paprika hoch. „Willst du probieren?“

„Unbedingt.“ Er beugte sich vor, und sie steckte ihm das Stück in den Mund. „Hm, knackig.“ Er strich mit den Lippen kurz über Marinas Wange und überraschte sie mit diesem kleinen Kuss.

Sie kicherte, genoss die Aufmerksamkeit aber. Über den Kuss am Strand hatten sie nie wieder gesprochen.

„Wer ist das?“, hörte sie Ethan fragen.

Marina wirbelte herum und spürte, wie sie vor Verlegenheit rot wurde. „Das ist Jack. Er ist Autor und wohnt den Sommer über im Gästehaus.“

Jack streckte seine Hand aus. „Ich freue mich, dich kennenzulernen.“

„Ja. Gleichfalls.“ Ethan reckte das Kinn. „Habt ihr was miteinander?“

„Was? Nein, Ethan, so ist das nicht“, versicherte Marina ihm schnell. „Wir sind nur Freunde.“

„Ich habe gesehen, dass er dich geküsst hat, Mom. Mein Gott, sei doch einfach ehrlich. Du bist gerade erst dieses Ekel Grady losgeworden. Sehnst du dich nach unserem Auszug so verzweifelt nach Aufmerksamkeit?“

„Ethan William Moore, ich schäme mich für deine Manieren.“

„Wie du meinst.“ Kopfschüttelnd wandte er sich zum Gehen.

Jack zog eine Augenbraue hoch. „Sorry. Ich hatte ihn nicht gesehen.“

„Ethan ist gerade erst angekommen. Ein Überraschungsbesuch.“ Marina schaute aus dem Fenster zu dem Wagen, der gerade vor dem Cottage vorfuhr. Den Jungen hinter dem Lenkrad kannte sie. „Wie es aussieht, hat er einen seiner Sommerkumpels angerufen, die er von hier kennt. Er hatte also sowieso vor, zu gehen." Dennoch war es ihr unangenehm, dass ihr Sohn diesen kleinen Kuss mitbekommen und daraus voreilige Schlüsse gezogen hatte.

„Ich schätze, das war nicht die beste Art, um deine Kinder kennenzulernen", sagte Jack entschuldigend.

Marina sah ihn an und hatte keine Ahnung, was er damit meinte. Also ließ sie es gut sein. Sie hatte noch viel zu tun und war ein wenig nervös, was das Dinner anging. „Er wird ein paar Tage hierbleiben, also könnt ihr vielleicht noch mal von vorne anfangen." Sie stemmte die Hände in die Hüften. „Und du lenkst mich ab, also raus mit dir."

„Wird Kai dir helfen?"

Marina wusch sich die Hände und trocknete sie an einem Geschirrhandtuch ab. „Sie wird die Gäste begrüßen und unseren Willkommensdrink, den *Coral Cottage Cooler*, servieren, den Wein öffnen und die Gänge auftragen. Was ist eigentlich mit den Kindern?"

„Leo und Sam werden im Gästehaus sein", sagte Jack. „Denise wird dafür sorgen, dass sie etwas früher zu Abend essen, und ich stelle ihnen unbegrenzte Computerspiele und Streamingdienste zur Verfügung. So sind sie nah genug, um ab und zu mal nach dem Rechten zu sehen. Ich sorge auch dafür, dass sie die Tür abschließen, damit Scout nicht zum Strand abhaut und die beiden ihn einfangen müssen."

Während eines Strandspaziergangs hatte Jack ihr erzählt, dass Leo nun wusste, dass er sein Vater war. Marina war froh, dass die Sache gut verlaufen war und die beiden einander immer näherkamen. Vielleicht wird sich Vanessas Gesundheit auch verbessern, dachte sie, auch wenn sie wusste, dass sie gerade eine schwere Zeit durchmachte. Für den Abend hatte Marina extra eine Rinderbouillon mit Gemüse-Julienne für sie zubereitet, für den Fall, dass sie keinen rechten Appetit hatte.

„Ich schätze, ich mache mich besser wieder an die

Arbeit“, sagte Jack. „Und ich muss noch überlegen, was ich heute für das Dinner in diesem noblen Restaurant anziehe.“

Marina lächelte. „Ich denke, dein bestes T-Shirt und Flipflops sind genug.“

„Bist du nervös?“

Da Marina die Hälfte der Gäste kannte, war der Druck nicht allzu groß, auch wenn Denise und John einen ausgezeichneten Geschmack hatten. „Ein bisschen. Die Vorbereitungen laufen wie geplant und das Wetter sieht gut aus. Was könnte also schiefgehen?“

„Fordere die Götter nicht heraus“, warnte Jack und drückte ihre Schulter. „Du schaffst das. Ich kann es kaum erwarten, dich in Aktion zu sehen.“

Nachdem er gegangen war, fing Marina an, die Blutorangen für den Champagner-Cocktail auszupressen. Ihr Handy vibrierte mit einer Nachricht von Denise. *Reicht das Essen für noch einen weiteren hungrigen Gast? Einen Summer-Beach-VIP. Ich bezahle auch dafür!* Eine Reihe fröhlicher Emojis folgte.

Marina erstarrte. Sie hatte die genaue Anzahl an *Langustinos* und nicht genügend Zeit, um mehr zu kaufen – falls es überhaupt noch welche gab. Die Bestellung dafür hatte sie vor mehreren Tagen aufgegeben.

Es ist nur eine Person mehr. Irgendwie würde sie das hinkriegen – wenn sie auch nicht wusste, wie. Also schrieb sie zurück: *Kein Problem. Freue mich darauf, euch alle zu bedienen.*

Wegen der Kinder hatte Denise ein frühes Dinner gebucht. Marina rechnete gegen halb sechs mit ihnen. Um neun Uhr wären sie vermutlich schon wieder auf dem Heimweg. Die anderen beiden Paare wohnten im Seabreeze Inn.

Eine halbe Stunde später kam Kai in einem hellrosa Sommerkleid und Espadrilles in die Küche geschlendert. Die Haare hatte sie zum Pferdeschwanz gebunden, und ein paar lose Strähnen umrahmten ihr Gesicht. Sie hatte nur rosafarbenen Lipgloss und Rouge aufgetragen, denn mehr Make-up benötigte sie nicht.

Marina schaute lächelnd auf. „Du siehst heute besonders bezaubernd aus, Kai."

„Findest du? Ich hatte einfach nicht die Energie, um einen großen Aufwand zu betreiben."

Seitdem Axe nicht auf ihre Flirtversuche eingegangen war, war Kai betrübt und summte ständig sehnsüchtige Songs wie *Memory* aus dem Musical *Cats* vor sich hin.

Marina öffnete den Kühlschrank und holte ihre Zutaten heraus. „Hast du was von Dimitri gehört?"

„Er bestraft mich mal wieder mit Schweigen. Aber davor hatte er davon geredet, mich hier zu besuchen."

„Es ist besser, wenn du jetzt erfährst, worauf du dich einlassen würdest", sagte Marina und zog eine Augenbraue in die Höhe. Auch wenn sie ihre Schwester immer unterstützen würde, glaubte sie nicht, dass diese Beziehung eine Chance hatte. „Trotzdem, es wäre gut für ihn, alle kennenzulernen."

„Er müsste den Ginger-Test bestehen", sagte Kai stirnrunzelnd. „Aber heute Abend werde ich weder an ihn noch an Axe denken. Das hier ist dein Abend, dein Debüt, und wir werden viel Spaß haben." Dann summte sie wieder eine kleine, traurige Melodie.

„Ich habe nur eine Bitte: Kannst du den Soundtrack wechseln? *Send in the Clowns* ist doch etwas zu deprimierend."

Kai grinste schief. „Ich werde etwas Jazz auflegen." Axe hatte Kabel verlegt und Chip hatte Lautsprecher angeschlossen, sodass sie auf der Terrasse Musik spielen konnten.

Als Kai zurückkehrte, sagte sie: „Das riecht alles ganz wundervoll. Vielleicht musst du mir das eine oder andere Rezept beibringen."

Marina schaute auf. „Das mache ich gern."

Als sie sich auf einen der Barhocker sinken ließ, deutete Kai auf Marinas Outfit. „Du musst dich noch umziehen.“

„Ach was. Wir sind hier am Strand.“ Marina schob sich eine Strähne aus dem Gesicht und warf einen Blick auf die Uhr. In dem Moment fuhren zwei Autos vor. Schnell versuchte sie, die Aufregung niederzudrücken, die in ihr aufstieg, und sagte: „Sie sind da.“

„Und wir sind bereit“, sagte Kai und glitt vom Hocker.

Nachdem sie rausgegangen war, um die Gäste zu begrüßen, kam Ginger mit einer offenen Flasche Wein und zwei antiken Gläsern, die sie vor Jahrzehnten auf einem Pariser Flohmarkt erstanden hatte, in die Küche. Ihren Wein lagerte sie in dem Alkoven neben dem Esszimmer, der mit Regalen, einem speziellen Weinkühlschrank und allem, was man sonst noch brauchte, ausgestattet war.

„Für die Köchin“, sagte sie und stellte die Gläser ab. „Es ist eine alte Tradition, während des Kochens einen Schluck zu trinken.“ Sie schenkte den goldfarbenen Wein großzügig in die Gläser und schob eines Marina zu.

„Oh, ich glaube, das kann ich nicht.“ Marina musste an diesem Abend einen klaren Kopf behalten.

„Unsinn. Julia Child hat beim Kochen oft ein Glas Wein getrunken.“ Bei der Erinnerung lächelte Ginger. „Und das hier war einer ihrer Lieblingsweine – der erste, den sie mir nähergebracht hat. Ein Weißburgunder. Ich erinnere mich, dass Julia sogar während der Fernsehsendungen beim Kochen getrunken hat.“

Ginger hob ihr Glas in einem Toast auf ihre geliebte Freundin und zeigte dabei auf ein abgeliebtes Exemplar von ihrem Buch *Französisch Kochen*, das einen Ehrenplatz auf dem Regal in der Küche einnahm. „Sie war wunderbar. Und ihre Bouillabaisse war einfach superb.“ Sie verwirbelte den Wein im Glas. „Sie hat mal gesagt: ‚Ich genieße es, mit Wein zu kochen. Manchmal gebe ich ihn sogar ins Essen.‘“ Ginger stieß mit Marina an. „Ein paar Schlucke lösen die Anspannung.“

„Woher weißt du, dass das nötig ist?“

„Du läufst Gefahr, eine ständige Falte zwischen deinen Augenbrauen zu entwickeln.“ Mit dem Daumen strich sie über Marinas Stirn. „Hals und Beinbruch, meine Liebe.“

„Das ist mein Spruch“, sagte Kai, die wieder in die Küche kam „Und wo ist mein Wein?“

Marina hob ihr Glas. „Der hier ist von der Chefin verordnet. Sind schon alle da?“

Kai nickte. „Fast alle. Ich habe sie zum Tisch gebracht, und Jack ist mit den Kindern auf dem Weg zum Gästehaus. Ein Gast fehlt noch.“ Sie nahm die Karaffe mit dem *Coral Cottage Cooler* und sagte im Rausgehen: „Ich spare mir meinen Wein für später auf.“

Marina trank einen Schluck und schloss kurz die Augen. „Ausgezeichnet.“

Ginger nahm eine Schürze von einem Haken an der Wand. „Ich bin bereit, dich zu unterstützen, meine Liebe. Betrachte mich für den Abend als deinen *sous chef*.“

„Wo warst du vor ein paar Stunden?“, fragte Marina halb im Scherz.

„Ich lag in einem wundervollen Lavendelbad und habe Tschaikowsky gehört. Ich musste Kais traurige Lieder aus dem Kopf bekommen.“

Marina lachte, war aber froh, dass Ginger nun hier war. Nicht, dass sie es nicht allein schaffen würde, aber mit Ginger brachte es mehr Spaß. Es war so wie in alten Zeiten, als ihre Großmutter ihr das Kochen beigebracht hatte.

Sie nahm sich ebenfalls eine saubere Schürze und ging aufs Deck hinaus, um die Gäste zu begrüßen. Durch die üppigen Grünpflanzen und die bunten Kissen mit korallen-farbenen und türkisen Blumenmustern wirkte die neue Terrasse sonnig und fröhlich. Eine leichte Brise trug den Duft vom Meer heran, und im Hintergrund spielte leise

Jazzmusik. Alle sahen sehr entspannt aus. Marina hätte mit dem erweiterten Deck nicht glücklicher sein können.

„Willkommen zum Eröffnungsdinner im Coral Cottage", sagte sie, während Kai strahlend neben ihr stand. Sie schaute sich am Tisch um – Denise und John, Vanessa und Jack, zwei neue Paare. „Fehlt noch einer?"

John lehnte sich in seinem Stuhl zurück und winkte in Richtung eines Trucks, der in diesem Moment vorfuhr. „Axe ist da. Wir haben uns heute mit ihm und einem Architekten getroffen, um über das Haus zu sprechen, das wir hier bauen lassen wollen. Die Entscheidung dafür ist gerade gefallen, deshalb feiern wir heute Abend."

Axe kam über den neuen Pflasterweg und staunte. „Das habt ihr wirklich gut gemacht", sagte er, als er Marina begrüßte.

„Ohne meine Familie hätte ich das nicht geschafft", sagte sie. Dann fiel ihr auf, dass Kai sich leicht hinter sie gestellt hatte. „Und ohne Kai natürlich", fügte sie an und trat einen Schritt zur Seite.

In Axes Miene spiegelte sich freudige Überraschung. „Kai. Wie schön, dich wiederzusehen."

„Hi", sagte sie mit leicht brüchiger Stimme. „Lasst uns den Wein einschenken." Sie presste Marina den Weinkorken in die Hand und murmelte: „Kannst du das übernehmen?"

Ein Anflug von Enttäuschung huschte über Axes Gesicht, als Kai im Haus verschwand. „Ich öffne die Flaschen", bot er an.

„Danke." Marina gab ihm den Korkenzieher. Mit seinen großen Händen und den muskulösen Armen ließ Axe das Entkorken der Flaschen vollkommen mühelos aussehen.

„Euer neues Haus ist nicht alles, was wir heute zu feiern haben", nahm Vanessa den Faden von vorher wieder auf. Dabei schenkte sie Jack ein süßes Lächeln und griff nach seiner Hand. „Jack hat heute einen Anruf bekommen. Er hat etwas Besonderes zu verkünden."

Unbewusst presste Marina sich eine Hand an die Kehle und versuchte, ihre Beklommenheit zu verbergen. Waren Jack und Vanessa …? Sie brachte es nicht über sich, den Gedanken zu Ende zu denken, auch wenn zwischen ihr und Jack überhaupt nichts lief. Dann dachte sie an Leo und schalt sich. Das hier ging sie nichts an. Kai war nicht die Einzige, die in die Küche zurückgehen sollte.

„Ich kann wirklich noch nicht drüber reden", wehrte Jack kopfschüttelnd ab.

Denise lachte. „Du hast es Vanessa erzählt. Dann kannst du es uns jetzt auch verraten."

Vanessa war sichtlich stolz auf Jack, doch Marina fragte sich, was für ein Geheimnis Jack mit ihr, aber nicht mit den anderen teilen würde.

„Jack hat einen Buchvertrag", platzte es schließlich aus Vanessa heraus. „Und sag ihnen, über wen du schreiben wirst." Ihre Augen funkelten. „Marina, ich glaube, das wird dir gefallen."

Nickend schenkte Marina Wein ein und versuchte, ruhig zu bleiben.

„Vanessa, ich kann das noch nicht sagen." Jack wirkte unbehaglich.

„Ginger Delavie", sagte sie. „Ist das nicht wundervoll?"

Geschockt ließ Marina ein paar Tropfen Wein auf das Tischtuch fallen, die sie schnell mit ihrer Schürze aufwischte.

Da sie alle anstarrten, sagte sie: „Wie hast du dich dafür entschieden?" *Und hast du Ginger gefragt? Und worüber genau willst du schreiben?* Sie hatte so viele Fragen, aber am meisten störte sie, dass sie es auf diese Weise erfahren musste. Er hätte den Anstand haben können, es ihr persönlich zu sagen. Vanessa konnte sie jedoch keinen Vorwurf machen. Vermutlich ahnte sie nicht, dass Jack die Grenzen der Familie überschritten hatte.

Jack verlagerte sein Gewicht und sagte: „Ginger ist eine bemerkenswerte Frau, nicht wahr?"

Marina war so verärgert, dass sie sich nicht traute, etwas dazu zu sagen. Stattdessen erklärte sie ihnen in aller Ruhe das Menü und ging dann ins Haus, um nach Kai zu schauen. Die stand hyperventilierend neben Ginger in der Küche.

Jetzt war nicht der richtige Zeitpunkt, um Ginger von Jacks Buchplänen zu erzählen. Wenn sie davon wusste, hätte sie garantiert etwas gesagt. Es fiel Marina schwer, sich von ihrer Verärgerung nicht überwältigen zu lassen. Sie atmete ein paar Mal tief durch. Dieser Abend musste gut werden. Und außerdem musste sie sich um Kai kümmern.

„Warum hast du mir nicht gesagt, dass Axe kommt?", jammerte ihre Schwester und schlug sich die Hände vors Gesicht. „Sieh doch nur, wie ich aussehe. Wie ein … wie ein Mauerblümchen."

„Pst", wies Marina sie zurecht. „Du siehst gut aus. Und Axe freut sich, dich zu sehen. Jetzt reiß dich zusammen und geh da wieder raus. Wir sind Profis."

Kai verdrehte die Augen. „Ich bin so was von tot." Sie straffte die Schultern und öffnete die Hintertür.

„Vergiss die Vorspeise nicht!", rief Marina hier nach und zeigte auf den Servierteller mit den Birnenscheiben. Kai nahm ihn auf, zwang sich zu seinem Lächeln und ging nach draußen. Immerhin war sie eine sehr gute Schauspielerin.

Ginger zuckte mit den Schultern. „Kai ist so schön. Was hat sie für ein Problem?"

„Ich glaube, sie trägt schon so lange Bühnen-Make-up, dass sie vergessen hat, wie es ist, sich ohne es zu sehen." Marina warf eine Hand in die Luft. „Ich glaube auch, dass diese Reaktion ihr einen neuen Blick auf die Dimitri-Situation schenken sollte. Wenn sie immer noch für Axe schwärmt, wie ernst kann es ihr dann mit Dimitri sein?"

„Das Herz einer Frau ist ein komplexes Wunder", sagte Ginger. „Was steht als Nächstes auf dem Menü?"

„Die Luau-Spareribs." Ginger hatte recht, überlegte Marina und dachte an ihre gemischten Gefühle für Jack. Heute Abend hatte er sein wahres Gesicht gezeigt, und das konnte sie kaum ignorieren. *Rote Flaggen, die in der Brise wehen.* Sie trank noch einen Schluck Wein und richtete ihre Aufmerksamkeit dann auf die nächste Vorspeise.

Der Abend verging ohne weitere Vorfälle, bis sie zu den *Limoncello Langostinos* kamen.

Marina stützte die Hände auf die Arbeitsfläche. „Wegen des zusätzlichen Gastes in letzter Minute fehlt uns ein Kaisergranat. Ich wollte sie im Schmetterlingsschnitt servieren, aber ich denke, wir sollten sie halbieren. Anstatt sie auf Tellern zu reichen, kann Kai mit der Servierplatte herumgehen und den Gästen die Wahl zwischen einem oder zwei Stücken geben. Ich wette, dass einige der Frauen – vermutlich Vanessa – nur eines nehmen werden. Und ich glaube, eine der Frauen aus Los Angeles ist auf Diät. Sie hat bisher nicht sonderlich viel gegessen."

„Eine hervorragende Lösung", sagte Ginger und nahm ein großes Messer in die Hand. Dann schnitt sie die Kaisergranate durch, und bald war das Gericht fertig.

Marina erklärte Kai die Planänderung und schickte sie mit der Servierplatte nach draußen. Als sie die Gäste beobachtete, atmete Marina erleichtert aus. „Genau, wie ich es mir gedacht habe", sagte sie.

Danach war es an der Zeit für das Dessert. Ginger half, indem sie die Eiscreme auf den Teller verteilte, während Marina Beeren hinzugab und Sauce darüber träufelte.

Als Kai die Teller nach draußen brachte, wandte Marina sich an Ginger. „Jack hat gerade verkündet, dass er ein Buch über dich schreibt. Wusstest du davon?"

Ginger schüttelte den Kopf. „Das ist nicht in Ordnung."

„Richtig", sagte Marina. „Jack hat sich falsch verhalten, und ich werde mal ein Wörtchen mit ihm reden."

In dem Moment platzte Kai wieder in die Küche. „Letzte Runde, Cognac an der Feuerstelle. Haben wir die richtigen Gläser?"

„Ich helfe dir." Marina sammelte die Gläser zusammen, während die Gäste zur Feuerstelle gingen. Alle waren tief in eine Unterhaltung verstrickt, als sie und Kai die Gläser verteilten. Danach kehrte Marina in die Küche zurück, während Kai dortblieb und sich mit Axe und Denise unterhielt.

Marina war erleichtert. Bis jetzt war das Dinner ein Erfolg gewesen. Als Kai in die Küche zurückkehrte, klatschte Marina mit ihr und Ginger ab. „Wir haben es geschafft."

„Du hast es geschafft", korrigierte Kai sie. „Das war so professionell. Unsere Gäste haben darum gebeten, dass die Köchin sich für einen Cognac zu ihnen setzt. Aber wie wäre es erst einmal mit dem Wein, der mir versprochen wurde?"

Während Ginger ihr einschenkte, frischte der Wind auf und blies die neuen Palmen auf der Terrasse um.

„Wow, das kam plötzlich", sagte Kai und lief nach draußen. „Ich kümmere mich darum."

Marina starrte aus dem Küchenfenster und atmete geschockt ein. Kurz vor der Küste und im fahlen Mondlicht kaum zu sehen, erhob sich ein dunkler Wirbel vom Meer in den bleiernen Himmel. Grauen stieg in ihr auf, als sie versuchte, die Bedrohung einzuschätzen. Es war ein ruhiger Abend gewesen und die Wettervorhersage hatte nichts von Regen gesagt. Und doch bestand kein Zweifel daran, was sich da gerade aufs Land zubewegte.

„Ginger, das solltest du sehen."

Ihre Großmutter schaute neben ihr aus dem Fenster. „Das ist eine Wasserhose. Und sie nähert sich dem Land."

Sie schnappte sich eine gelbe Regenjacke vom Haken an der Tür.

Eine weitere Böe fegte über die Terrasse und riss die sorgfältig aufgehängten Lichterketten ab. Eine der Frauen aus Los Angeles lachte laut auf, als der heftige Wind ihr die Haare ins Gesicht blies.

„Wir müssen die Gäste sofort ins Haus holen", sagte Ginger und zog die Tür auf.

Marina beobachtete mit steigender Panik, wie die Wasserhose immer näher kam und mit zunehmender Macht direkt auf das Gästehaus zuhielt, in dem sich die Kinder befanden.

Mit einem Gebet auf den Lippen rannte sie los und durch den heulenden Wind auf das Gästehäuschen zu.

<h1 style="text-align:center">24</h1>

Der Wind fegte vom Meer durch den Garten. Doch die Dinnergäste waren so in ihre Unterhaltung vertieft, dass sie gar nicht bemerkten, dass die Wasserhose inzwischen auf Land getroffen war und sich zu einem Tornado entwickelte, der direkt aufs Gästehaus zuhielt.

Mit hämmerndem Herzen lief Marina durch den Garten und ignorierte den Regen, der ihr ins Gesicht biss, und die Palmenwedel, die sich wild im Wind bogen. Scouts verzweifeltes Jaulen erklang aus dem Gästehaus. Marina warf einen Blick zurück und sah voller Entsetzen, wie der Rüssel der Windhose über den Strand fegte und den Sand aufwirbeln ließ.

Ein quer über den Weg liegender Ast brachte sie zum Stolpern. Sie fiel, rappelte sich auf und lief trotz ihrer aufgeschrammten Schienbeine weiter.

Die Windhose kam noch ein Stück näher. Sofort wusste Marina, dass es zu spät war, um die Kinder aus dem Gästehaus zu holen. Ihr Blick verschwamm, als sie sich darauf konzentrierte, die Tür zu erreichen.

Mit einem Mal sprang die Tür auf und Scout raste aus

dem Haus. Leo und Samantha waren ihm dicht auf den Fersen.

„Geht wieder rein und bleibt drin!", rief Marina ihnen zu, doch der Wind riss ihr die Worte von den Lippen. Sie streckte eine Hand aus, um Scout zu packen, aber der Hund war zu schnell und zu stark für sie.

Die Kinder.

Die Worte schienen um sie herum zu hallen. „Geht rein!", rief eine tiefe Stimme.

Jack. Sie schnappte nach Luft, konnte aber nicht nach hinten schauen.

Blätter wurden ihr ins Gesicht geschleudert, und ein stacheliges Palmblatt kratzte ihren Unterarm auf. „Geht rein!", rief sie den Kindern erneut zu. Als sie die kleine Terrasse vor dem Haus erreichte, stolperte Samantha gerade rückwärts durch die Tür und zog einen verängstigten Leo mit sich.

„In die Badewanne", rief sie und zog die beiden an den Armen auf die Beine, um sie dann mit sich zu dem Badezimmer zu schleifen, das sich zwischen den beiden Schlafzimmern befand.

Ein ohrenbetäubendes Getöse dröhnte um das Häuschen herum, als Marina die Kinder in die Badewanne schubste und sich auf sie warf. Schluchzend vor Angst klammerten Leo und Samantha sich aneinander.

„Haltet euch an der Armatur fest", rief sie keuchend. Leise betend platzierte sie die Hände der beiden an der richtigen Stelle.

Während die Hütte unter der Wucht des Tornados bebte, ging die Badezimmertür auf und Jack kam herein. Er zog John am Hemdkragen mit sich. Dann beugten sich beide beschützend über die Wanne, und Jack rief: „Haltet euch fest!"

Einen Moment später wurde das Dach angehoben und Regen prasselte auf sie herab.

„Daddy!", rief Samantha, während Leo sich mit aller Macht an Jack festkrallte. Mit einem donnernden Röhren klapperten die Dachziegel wie fallende Dominosteine zu Boden.

„Schützt eure Köpfe!", rief Jack.

Aneinandergeklammert ließen sie den chaotischen Wirbelsturm über sich ergehen, der genauso schnell weiterzog, wie er gekommen war, und sie durchnässt und erschöpft zurückließ. Ein paar Minuten später richteten sie sich vorsichtig auf. Der Boden des Badezimmers war mit den Scherben der geborstenen Fensterscheibe übersät.

Marinas Herz klopfte hart, und sie hatte Schwierigkeiten, zu atmen. „Wir haben es geschafft. Gott sei Dank."

„Passt auf, dass ihr euch an den Scherben nicht verletzt", ermahnte Jack und zupfte Glassplitter aus den Haaren und von der Kleidung der Kinder.

Samantha schluchzte an der Schulter ihres Vaters, und John zog sie fest an sich und wiegte sie vor und zurück. Tränen liefen ihm über die Wangen, als er Marinas Hand voller Dankbarkeit drückte. Aus einer Schnittwunde an seinem Kopf tropfte Blut.

„Du bist verletzt", sagte Marina.

John verzog das Gesicht. „Ich bin beinahe bewusstlos geworden, aber nichts kann mich von meinem kleinen Mädchen fernhalten." Er gab Samantha einen Kuss auf die Wange.

„Wo ist Mom?", fragte Leo. Er zitterte unter dem Schock.

„Im großen Haus." Jack schlang die Arme um ihn und strich ihm die Haare glatt. „Es geht ihnen gut. Der Tornado hat das Haus verschont."

Marina versuchte immer noch, wieder zu Atem zu kommen, als sie aus der Badezimmertür schaute. Keramikscherben lagen wie Konfetti auf dem Boden. Der schmiedeeiserne Kronleuchter, den Ginger aus Mexiko mitgebracht hatte, war auf das Sofa vor dem Fernseher gefallen. Da hatten die Kinder vermutlich gesessen, als Scout aufgesprungen war, um zu flüchten.

Das Ausmaß dessen, was die Kinder nur knapp verfehlt hatte, traf sie, und sie musste für einen Moment die Augen schließen. Ihre Zähne klapperten voller Entsetzen bei dem Gedanken daran, was sie vorgefunden hätten, wäre sie nur ein paar Sekunden später gekommen.

Der arme Scout. Marina legte eine Hand auf Jacks Schulter und fragte sich, ob der Hund es wohl geschafft hatte. Sie wünschte, sie hätte auch Scout retten können, aber sie hatte nur den Bruchteil einer Sekunde Zeit gehabt, um sich zu entscheiden, ob sie den Hund packen oder die Kinder in Sicherheit bringen sollte.

Als Jack die Zerstörung in dem Häuschen sah, legte er einen Arm um Marina und zog sie an sich. „Du hast es gerade noch rechtzeitig geschafft. Danke. John und ich waren zwar kurz hinter dir, aber ich glaube nicht, dass wir …" Er brach ab.

Marina vergrub ihr Gesicht an seiner Schulter. Sein Hemd war nass und zerrissen, und seine Haut voller Kratzer, von denen einige bluteten.

Als sie sich schließlich alle aufrappelten, hörten sie von draußen verzweifelte Rufe. Denise und Kai suchten sich einen Weg durch die Zerstörung zu ihnen.

Vor Erleichterung schluchzend sank Denise neben Samantha auf die Knie.

„Es geht ihnen gut!", rief Kai nach draußen. Dann streckte sie ihre Hände aus und half Marina auf. „Gott sei Dank, dass du sie noch rechtzeitig erreicht hast."

Marina fühlte sich in Kais Armen ganz schlaff. „Wir brauchen einen Erste-Hilfe-Koffer. John hat eine heftige Schnittwunde am Kopf."

„Der Kronleuchter hat mich ausgeknockt", sagte er und

berührte vorsichtig die größer werdende Beule an seinem Kopf.

„Hast du Scout gesehen?", fragte Marina ihre Schwester.

„Er ist nicht hier?" Kai schaute fragend von Marina zu Jack. „Der arme Kerl. Vielleicht versteckt er sich irgendwo."

Die Gruppe verließ den Schutz des Badezimmers und durchquerte vorsichtig den Wohnraum. Ginger hatte Vanessa mitgebracht, die sich in einen Sessel sinken ließ und die Arme nach ihrem Sohn ausstreckte. Leo stolperte in ihre Umarmung, und sie zog ihn an sich und umhüllte ihn mit ihrer Liebe. Jack berührte sie an der Schulter, woraufhin sie dankbar zu ihm aufschaute.

„Jack hat mich beschützt", erklärte Leo seiner Mutter. „Ich meine, mein *Dad* hat mich beschützt." Er zögerte und spielte mit dem Saum seines T-Shirts. „Kann ich ihn Dad nennen?", fragte er mit einer Mischung aus Freude und Stolz.

„Wenn du das möchtest", antwortete Vanessa.

Eine Welle der Dankbarkeit überkam Jack, als er sich hinkniete und seinen Sohn umarmte. „Das würde mir viel bedeuten, mein Sohn", sagte er und seine Stimme stockte bei diesen Worten.

Leo schlang die Arme um ihn, und Marina beobachtete die beiden mit verschleiertem Blick. Auch wenn sie ihre Unstimmigkeiten hatten, Jack mit Leo zu sehen, erfüllte sie mit neuem Respekt. Sie fing Vanessas Blick auf und lächelte. Marina wusste, welche Herausforderung es war, ein Kind allein aufzuziehen. Auch wenn Heather und Ethan ihren Vater nicht gekannt hatten, fehlte ihnen seine Präsenz in ihrem Leben. Jack und Leo konnten sich so glücklich schätzen, dass sie einander gefunden hatten.

In der Ferne heulten Sirenen, und die blinkenden Lichter der Rettungsfahrzeuge erhellten die Nacht. Andere hatten vielleicht nicht so viel Glück wie wir, dachte Marina und biss sich auf die Unterlippe. Sie musste nach ihren Nachbarn sehen.

Ginger reichte ihr und Kai Taschenlampen und Strandhandtücher. „Bringen wir alle ins Haus zurück, wo sie untersucht werden können. Der Strom ist ausgefallen, seid also vorsichtig, wo ihr hintretet. Im Garten herrscht ein ziemliches Chaos."

Die Eltern wickelten ihre Kinder in die Strandhandtücher, und Marina legte eines um Vanessas Schultern. Vanessa hob den Kopf und umfasste Marinas Hand. „Jack hat mir gesagt, dass du Leo gerettet hast. Wie kann ich dir je dafür danken?"

„Ich bin nur froh, dass ich rechtzeitig hier war", sagte Marina und strich mit dem Daumen über Vanessas Handrücken, der sich wie Pergament anfühlte. „Ich habe auch Kinder." Sie dachte an Ethan und betete, dass er unbeschadet geblieben war. Dann betastete sie ihre Taschen und merkte, dass sie ihr Handy in der Küche gelassen hatte und ihn nicht anrufen konnte.

Sie sah Kai draußen stehen und trat vorsichtig auf das, was von der gefliesten Terrasse übrig war. Die Markise war abgerissen und der Bistrotisch und die Stühle lagen verstreut im Garten.

Beim Anblick der Schäden wurden ihr die Knie weich. Sie hatten es überlebt, aber nur so gerade eben.

„Kai, hast du dein Handy dabei?", fragte sie. „Ich muss Ethan anrufen." Eine leichte Übelkeit stieg in ihr auf. Was, wenn er und seine Freunde den Tornado nicht hatten kommen sehen?

„Nein, sorry", sagte Kai und riss dann die Augen auf. „Ich hoffe, er war nicht in der Nähe von dem Ding."

„Ich kann ihn anrufen", sagte Jack, der in diesem Moment aus dem Haus kam.

Marina sagte ihm die Nummer und er wählte. Ihre Hände zitterten so stark, dass die das Handy kaum stillhalten konnte. Es klingelte ein paar Mal, und Marina schloss die Augen und flehte ihren Sohn in Gedanken an, ranzugehen.

Endlich hörte sie seine Stimme: „Wer ist da?"

Erleichterung durchflutete sie. „Ich bin's, Mom. Ich rufe von Jacks Handy aus an. Hast du die Wasserhose gesehen? Wart ihr in der Nähe?"

„Uns geht es gut, aber es war knapp. Wie geht es euch?"

Marina hörte das Zittern in seiner Stimme. Es war das erste Mal, dass er die Gewalt der Natur so aus der Nähe gesehen hatte. „Der Tornado hat das Gästehaus getroffen, aber wir haben alle überlebt."

„Wow", er klang überwältigt. „Wir helfen gerade ein paar Leuten, ihre Häuser auszugraben. Ich komme so schnell heim, wie ich kann."

„Bleib da und hilf weiter. Wir sind ein wenig durchge-schüttelt, aber es ist nichts Ernstes." Dennoch wollte sie, dass John sich untersuchen ließ. Er war beinahe bewusstlos geworden und seine Wunde blutete immer noch.

Ginger ging mit einer Laterne in der Hand voran zum Haus. Der Wind war abgeebbt, doch es regnete noch. Nachdem der Tornado mit solch einer Wucht übers Land gefegt war, wirkte das Meer verstörend ruhig.

Marina suchte sich einen Weg durch nasse Algen, Treib-holz und zerbrochene Dachziegel, die überall im Garten lagen. Als sie beinahe am Haus war, erklang ein Jaulen, das andere verängstigte Hunde in der Nachbarschaft in wildes Gebell ausbrechen ließ.

Marinas Herz machte einen hoffnungsvollen Satz. „Scout?", rief sie, und Jack fiel mit ein. Nach ein paar Minuten kam Scout zitternd auf sie zugeschlichen. Als er Jack sah, wedelte er winselnd mit dem Schwanz. „Er hat es geschafft!", rief Marina glücklich.

Jack ging in die Knie und zog Scout an sich. „Du bist dem bösen Sturm davongelaufen, hm? Gut gemacht."

„Ich glaube, er hat versucht, uns zu warnen", sagte Marina und kniete sich ebenfalls hin, um Scout zu streicheln. Dieses Mal hieß sie den Geruch nach nassem Hund willkommen. Scout lehnte sich an sie und wackelte wie zustimmend mit dem Kopf. „Er hat gebellt und ist aufs Cottage zugelaufen."

„Guter Junge", lobte Jack und nahm dann Marinas Hand, bevor er ihre zerschrammten Beine anschaute. „Du bist verletzt. Kannst du gehen?"

Sie nickte wie betäubt. „Vielleicht wird der Schmerz durch den Wein, den ich beim Kochen getrunken habe, gelindert." Oder es war das Adrenalin, das immer noch durch ihre Adern rauschte.

Das Dinner, um das sie sich solche Sorgen gemacht hatte, wirkte im Vergleich zu dem, wie der Abend geendet hatte, beinahe trivial. Sie war zwar immer noch verärgert wegen Jacks Entschlossenheit, über Ginger zu schreiben, doch im Moment war es wichtiger, nach ihren Nachbarn zu erkundigen.

„Ethan hilft mit seinen Freunden vor Ort, und wir müssen nach unseren Nachbarn schauen. Ich kenne einige von den Älteren, die hier schon lange wohnen. Begleitest du mich?"

„Natürlich", antwortete er.

„Ginger und Kai können sich hier um die anderen kümmern." Kurz schoss ihr durch den Kopf, wie viel Arbeit morgen auf sie warten würde, um das Chaos zu beseitigen. „Ich schätze, unsere Gäste wollen sich bald auf den Heimweg machen. Aber kannst du vorher dafür sorgen, dass John seine Wunde untersuchen lässt?"

„Ich bin mir sicher, dass Denise sich darum kümmert", versicherte er ihr.

Sobald alle sicher im Cottage waren, entzündete Ginger ein paar Kerzen und kochte auf Myrtle, dem alten, verlässlichen Gasherd, Tee und Kaffee. Kai verarztete die Kratzer und Schnittwunden, während Marina sich schnell die nasse Kleidung auszog. Glasscherben fielen klimpernd zu Boden, als sie ihre Jeans ausschüttelte. Wieder einmal dachte sie, wie viel Glück sie gehabt hatten. Nachdem sie sich etwas Trockenes angezogen hatte und in ihre Gummistiefel geschlüpft war, brachte sie Jack ein T-Shirt und eine Jogginghose von Ethan. Dann wartete sie in der Küche auf ihn.

„Bereit?", fragte sie, als er zu ihr kam.

„Bereit", bestätigte er und schnippte mit den Fingern nach Scout. „Dieser Hund hat eine gute Nase. Vielleicht kann er helfen."

Draußen suchten sie sich einen Weg durch die Trümmer. Sie gingen von Haus zu Haus und klopften an die Türen, um sich zu versichern, dass es allen gut ging. Ein paar Häuser hatten ebenfalls ihr Dach verloren. Der Anblick der Schneise der Verwüstung, die der Tornado hinterlassen hatte, schockierte Marina.

Sie sah Bennett und Chief Clarkson vor einem der Häuser stehen, die zusammengebrochen waren. Beide trugen Arbeitshandschuhe und Stiefel. Die Feuerwehr war ebenfalls vor Ort und räumte die Trümmer so schnell wie möglich beiseite. Marina erinnerte sich, dass Ivy ihr einst erzählt hatte, dass Bennett bei der Freiwilligen Feuerwehr war. Schnell eilten sie und Jack auf ihn zu, wobei Scout immer in Jacks Nähe blieb.

Bennett winkte ihnen. „Marina, dein Sohn und seine Freunde waren heute Abend eine große Hilfe."

„Das freut mich. Ethan ist ein guter Junge." Sie warf Jack einen Blick zu. „Sobald man ihn näher kennengelernt hat."

Jack nickte. „Und er will seine Mutter beschützen, was gut ist."

Der Polizeichef zeigte auf das Haus. „Ethan ist hinten. Er hat dort jemanden gehört und Hilfe gerufen. Wir graben schon eine Weile, aber dieses Haus ist am schwersten getroffen worden."

„Vielleicht können wir auch helfen“, bot Marina an.

„Das Gebäude ist nicht sicher“, sagte Chief Clarkson stirnrunzelnd. „Wir haben aber ausgebildete Such- und Rettungskräfte hier.“ Er trank einen Schluck Wasser und nickte in Richtung Bennett. „Wir sollten besser weitermachen.“

Mit einem Mal richtete Scout die Ohren auf und bellte.

Bennett blieb stehen und drehte sich um. „Hört er etwas?“

„Was ist los, Kumpel?“ Jack massierte Scouts Nacken, doch der Hund beruhigte sich nicht.

Marinas Herz raste. „Ich denke, Scout glaubt, dass da jemand drin ist.“

„Wir haben uns Sorgen um die Petrovs gemacht, das junge Ehepaar, das hier wohnt“, sagte Bennett. „Niemand hat sie gesehen. Sie könnten weggefahren sein, aber andererseits steht ihr Auto noch hier.“

Scout lief bellend und winselnd vor dem Haus auf und ab.

„Wir müssen es versuchen“, sagte Jack.

Bennett nickte. „Gehen wir.“

Sie suchten sich einen Weg zur Rückseite des Hauses, wo Marina ihren Sohn sah, der an der Seite der Feuerwehrmänner arbeitete.

Er schaute auf und nickte ihr zu, dann machte er weiter. „Ungefähr von da habe ich das Rufen gehört“, erklärte er und zeigte auf eine Stelle, die ein Feuerwehrmann mit der Taschenlampe anstrahlte. „Das glaube ich zumindest. Es war ziemlich dunkel.“

Scout rannte auf eine andere Stelle zu. Dann stützte er sich mit den Vorderpfoten auf einem Stein ab und bellte die Trümmer an.

Jack lief ihm nach. „Scout hat etwas gefunden.“

„Los, los!", rief Chief Clarkson. Sofort fingen alle an, an der Stelle zu graben. Marina und Ethan arbeiteten Hand in Hand mit Jack und Bennett.

Sobald die Stelle geräumt war, sprang Scout vor und fing an, mit den Pfoten zu scharren.

„Hier!", rief Bennett und stemmte eine umgefallene Tür hoch. „Kommst du da durch, Jack?"

Marina meldete sich. „Ich bin kleiner", sagte sie mit Blick zu Jack. Er nickte, und sie robbte auf dem Bauch durch die schmale Öffnung. „Hallo! Ist da jemand?"

Schweigen.

Sie steckte eine Hand durch eine noch kleinere Öffnung und winkte. „Hallo? Könnt ihr mich hören?" Sie wartete einen Moment, dann spürte sie wie durch ein Wunder, dass jemand ihre Hand berührte. Ihr Puls beschleunigte sich. „Hier ist jemand!", rief sie.

„Helft uns", stieß eine Frauenstimme erstickt aus.

Mehrere Feuerwehrmänner schoben einen Schrank beiseite, während Marina unter die Reste eines Betts griff und die Hand der jungen Frau umfasste.

„Mein Mann ist auch hier. Wir sind bis ins Schlafzimmer gekommen und unters Bett gekrochen."

Alle halfen, die beiden zu befreien. Das Pärchen hatte zwar einen Schock, war aber zum Glück nicht ernsthaft verletzt. Dennoch übernahm das Rettungsteam die beiden und brachte sie ins Krankenhaus.

Marina legte einen Arm um Ethan. „Ich bin so froh, dass du sie gehört hast. Und sehr stolz auf dich."

„Ich auf dich auch, Mom." Obwohl Ethan erfreut wirkte, schüttelte er ihr Kompliment ab. „Austin und ich haben nur versucht, zu tun, was wir können. So wie du es mir beigebracht hast." Er nickte Jack zu. „Du hast auch gleich mitgemacht."

„Das musste sein", sagte Jack. „Aber du hast heute etwas sehr Gutes getan." Scout drängte sich zwischen sie und lehnte sich an Ethan. Schwanzwedelnd bettelte er um Aufmerksamkeit von dem neuen Menschen. Dabei hatte er das breiteste Grinsen von allen.

Ethan beugte sich vor und kraulte ihn hinter den Ohren. „Ohne dich hätten wir das nicht so schnell geschafft."

„Kommst du mit zum Cottage?", fragte Marina.

„Macht es dir was aus, wenn ich bei Austin übernachte?" Er schaute zu seinem Freund.

„Nein, mach nur", sagte sie. „Wir bringen Jack in Brookes Zimmer unter. Das Gästehaus ist zu zerstört, als dass er dort wohnen bleiben könnte."

„Scout und ich können in meinem Camper übernachten", protestierte Jack.

Ethan schenkte ihm ein schiefes Grinsen. „Nimm das Zimmer. Übrigens, schickes Outfit."

Die beiden schüttelten einander die Hand, und Ethan und Austin machten sich auf den Weg.

Marina und Jack sprachen noch kurz mit Bennett und Chief Clarkson, und als klar war, dass sie an diesem Abend nichts mehr ausrichten konnten, traten sie den Rückweg zum Cottage an. Scout lief tänzelnd neben ihnen her.

Auf dem Weg schaute Marina sich um. Morgen würde es viel zu tun geben, aber jetzt wollte sie sich nur in eine heiße Badewanne legen und dann ins Bett gehen. Dann fiel ihr wieder ein, dass sie wegen Jacks Buchprojekt verärgert war.

Als könnte er ihre Gedanken lesen, sagte er: „Wenn ich im Cottage bleibe, könnte das ein wenig unangenehm werden, oder?"

Sein Tonfall sorgte dafür, dass Marina sich ganz klein fühlte, weil sie nach den Ereignissen des Abends solche Gedanken hatte. Widerstrebend sagte sie: „Aber du brauchst einen Platz zum Wohnen. Und deine Klamotten und dein Computer ..."

Jack winkte achselzuckend ab. „Ich habe nicht viel

dabei. Morgen wühle ich mich durch das Chaos und gucke, was ich retten kann. Was den Computer angeht, habe ich schon vor langer Zeit gelernt, meine Arbeit vor Gefahren zu schützen. Ich werde mich morgen früh nach einer anderen Unterkunft umhören."

Als er das sagte, wurde Marina bewusst, dass sie ihn vermissen würde. Auch wenn sie nicht immer in allem einer Meinung waren. „Hast du vor, in Summer Beach zu bleiben?"

Er zögerte, bevor er ihre Hand ergriff. „Dafür gibt es mehrere verlockende Gründe."

Auch wenn seine Berührung wie ein Blitz durch sie hindurchfuhr, riss Marina ihre Hand zurück. „Wir müssen immer noch über das Buch reden, das du über meine Großmutter schreiben willst."

Jack wirkte verletzt. „Darüber solltest du mit Ginger reden."

Marina beschleunigte ihre Schritte. „Wenn sie in sensiblen Bereichen gearbeitet hat, wie du sagst, könnte die Enthüllung von vertraulichen Details über ihr Leben und ihre Arbeit − und die von Bertrand − zu unwillkommener Aufmerksamkeit führen und sie gefährden. Glaub ja nicht, dass ich das Thema fallen lasse."

„Marina, es tut mir leid. Aber ich kann nicht …"

„Du *willst* nicht." Sie marschierte los, ohne auf ihn zu warten. Dass ein Mann *sie* hinterging, war eine Sache. Aber dass er die Menschen hinterging, die ihr am Herzen lagen, war wesentlich schlimmer.

„Ich habe einen Computer gefunden!", rief Marina über die Musik der Beach Boys, die aus den Lautsprechern dröhnte, weil Kai fand, dass das die perfekte Hintergrundmusik für ihre Aufräumarbeiten war. Obwohl sie immer noch angespannt war, musste Marina zugeben, dass die Musik die Arbeit leichter machte und außerdem schöne Erinnerungen an den Strand in ihr weckte.

Energisch zog sie eine gepolsterte Tasche unter den Trümmern im Wohnzimmer des Gästehauses hervor. Die Gedanken daran, wie Vanessa am Vorabend Jacks Buchvertrag verkündet hatte, hatten sie kaum schlafen lassen. Doch auch wenn sie wenig mit ihm sprach, gehörte das Gästehaus zum Grundstück ihrer Großmutter, und deshalb arbeiteten sie alle zusammen.

Der gesamte Haushalt war seit dem Morgengrauen auf den Beinen, als Scout entschieden hatte, dass es Zeit für einen Spaziergang wäre. Die Nacht war für keinen von ihnen erholsam gewesen. Jack hatte in Brookes altem Zimmer geschlafen, das direkt neben Kais Schlafzimmer lag, und das hatte ausgereicht, um Marina unruhig zu machen, auch wenn sie es nur ungern zugab. Während der Nacht war der Strom zurückgekehrt – die Lampen waren angegangen und die Jazzmusik, die sie beim Dinner gespielt hatten, war laut durch das Haus gehallt. Bei Sonnenaufgang war Marina in Jeans und T-Shirt in die Küche gestolpert und hatte eine Tasse Kaffee getrunken, bevor sie sich an die Arbeit gemacht hatte.

Nun suchte sie sich einen Weg in die Küche, wo Kai gerade fegte, während Jack die Scherben und Trümmer in Müllbeutel warf.

„Willst du gucken, ob dein Laptop unbeschädigt ist?", fragte Marina und hielt die Laptoptasche hoch. Die Anspannung zwischen ihnen war beinahe greifbar. Jack hatte zwar geholfen, die Kinder während des Tornados zu beschützen, aber das sprach ihn nicht von seiner Sünde frei, ohne Gingers Beteiligung mit ihrer Biografie weiterzumachen. Ihre Großeltern hatten mit geheimen Informationen gehandelt, und Marina machte sich Sorgen, dass Jacks Dreistigkeit Ginger in Gefahr bringen könnte. Oder zumindest zu unwillkommenen Untersuchungen von Gingers goldenen Jahren führen würde.

Jack richtete sich auf. „Die Tasche sollte wasserfest sein." Er legte sie auf die Arbeitsplatte und zog den Reißverschluss auf. „Komplett trocken. Ich habe den Laptop weggelegt, als Leo und Samantha hergekommen sind."

Er drückte auf den Knopf, und der Laptop erwachte zum Leben. „Bei meiner Arbeit wusste ich nie, wohin mich ein Artikel bringen würde oder was mich dort erwartete. Deshalb habe ich alle möglichen Vorsichtsmaßnahmen getroffen."

Marina zupfte an einem der gelben Gummihandschuhe, die sie anhatte. „Zum Beispiel wenn du unautorisierte Biografien über ältere Frauen schreibst?"

„Du verstehst das alles ganz falsch." Jack schaltete den Laptop aus und legte ihn beiseite.

„Warum erklärst du es mir dann nicht so, dass mein Frauengehirn es verstehen kann?" Marina nahm einen Stapel durchnässter Papiere in die Hand.

„Hey, vorsichtig damit." Jack nahm ihr die Papiere ab. „Das ist meine Arbeit."

Kai schüttete eine Kehrschaufel voller Keramikscherben in den Müll. „Jetzt wird es langsam interessant. Soll ich die Boxhandschuhe rausholen?"

Marina warf ihr einen Blick zu. „Hast du dazu gar keine Meinung? Sie ist auch deine Großmutter."

In diesem Moment kam Ginger in Arbeitskleidung und Stiefeln durch die Tür. „Ihr müsst euch alle mal beruhigen. Es gibt nichts, worüber gestritten werden müsste." Sie ging in das kleinere Schlafzimmer.

Immer gereizter folgte Marina ihr. Sie verstand einfach nicht, warum Ginger nicht genauso verärgert war über Jack wie sie.

Ginger klopfte gegen den alten Safe. „Diese Festung ist uneinnehmbar", sagte sie und fing an, das Rad zu drehen.

„Was brauchst du daraus?", fragte Marina.

Ginger ließ die Tür des Safes aufschwingen. Darin befanden sich mehrere Papierstapel und ein altes Notizbuch, das sie nun herausnahm.

„Dies sind die Geschichten, die ich vor Jahren angefangen habe, zu schreiben", erklärte sie. „Ich bin keine professionelle Autorin oder Illustratorin. Aber wohin Bertrand und ich auch immer gereist sind, es hat mich auf unzählige Idee gebracht, und die habe ich aufgeschrieben." Sie verschloss den Safe wieder und kehrte ins Wohnzimmer zurück.

Marina folgte ihr mit wachsender Neugierde.

Ginger blätterte durch das alte Notizbuch und schaute auf. „Als ich Jacks Zeichnungen von Scout, Leo und Samantha gesehen habe, dachte ich, dass wir zusammenarbeiten könnten. Ich habe ihm von der Idee erzählt, die ich für das erste Buch hatte, und er hat daraus ein Konzept gemacht und seinem Agenten geschickt."

„Und das ist das Exposé, das mein Agent angenommen hat", sagte Jack demonstrativ, während er ein paar Glasscherben aufsammelte.

Marina verschränkte die Arme vor der Brust und sah ihn skeptisch an. „Ein Kinderbuch? Das ist aber nicht das, was Vanessa gesagt hat."

„Ich habe ihr gegenüber mal erwähnt, dass Ginger ein faszinierendes Thema für ein Buch wäre", sagte er. „Aber das ist nicht die Idee, die ich vorgestellt habe. Ich konnte das jedoch nicht richtigstellen, ohne Ginger die Überraschung zu verderben."

Endlich dämmerte Marina, worüber sie hier sprachen. „Das sind deine Geschichten!", rief sie. Ginger mochte sich nicht als Schriftstellerin ansehen, aber sie war eine hervorragende Geschichtenerzählerin.

„Ganz genau", bestätigte Ginger. „All die Geschichten, die ich euch Mädchen immer erzählt habe. Jack und ich sind jetzt Partner. Stellt euch das mal vor."

„Das ist so cool", sagte Kai.

Noch eine Komplikation, dachte Marina und warf Jack einen Blick zu. Doch sie freute sich, dass Ginger ihre ganzen Geschichten zum Leben erwecken würde – dieses Mal in Form eines Buchs. „An welcher Geschichte arbeitet ihr gerade?"

Gingers Augen funkelten aufgeregt. „In dem ersten Buch geht es um einen Jungen und ein Mädchen, ähnlich wie Leo und Samantha, die Geheimnisse aufdecken, indem sie Chiffren und Codes knacken."

Marina erinnerte sich an den Spaß, den sie und ihre Schwestern immer mit Gingers Spielen gehabt hatten. Das würde anderen Kindern sicher genauso gehen.

„Andere Bücher könnten sich um Mathematik drehen, Wissenschaft und Technologie", führte Jack aus. „Wir fangen mit illustrierten Büchern an, aber ich glaube, wir könnten es später um Bücher für Grundschüler erweitern."

Marina war überrascht, dass Ginger so etwas mit Jack geplant hatte, aber es ergab auch Sinn. Sie wandte sich an Jack. „Was ist mit deiner Karriere als Journalist? Gibst du die auf?"

Jack wischte ein zerbrochenes Glas von der Arbeitsplatte in eine Mülltüte. „Jetzt, wo ich mehr Verantwortung für Leo übernehme, kann ich nicht weiter heißen Storys nachjagen wie früher. Ich muss ein paar Veränderungen in meinem Leben vornehmen, und das hier ist eine Chance, das zu tun, was mir gefällt. So wie du."

„Vergiss nicht die offene Stelle bei der Lokalzeitung", warf Ginger ein. „Auch in Summer Beach brauchen wir gute Journalisten."

Kai lachte. „Ich kann mir nicht vorstellen, dass es in Summer Beach viele tiefe Geheimnisse gibt, die es zu untersuchen gilt."

„Das kann man nie wissen." Ginger zog eine Augenbraue in die Höhe. „Du musst Ivy mal nach den unbezahlbaren Artefakten fragen, die sie im Seabreeze Inn gefunden haben."

Summer Beach wird mit jedem Tag faszinierender, dachte Marina und warf Jack ein kleines, entschuldigendes Lächeln zu. Vielleicht war sie zu hart zu ihm gewesen, aber sie würde niemals zulassen, dass jemand aus ihrer Familie bedroht wurde.

In ihrem ehemaligen Beruf hatte sie für ihre Kinder viel ertragen. Doch damit war jetzt Schluss.

Kai drehte die Musik leiser und wechselte zu dem Song *In My Room.* Dabei warf sie Marina einen neckenden Blick zu, bevor sie sich an Jack wandte. „Wirst du im Cottage wohnen bleiben, Jack?"

„Ich habe ihm gesagt, dass er sehr willkommen ist",

sagte Ginger. „Ethan kann auf dem Ausziehbett im Fernsehzimmer schlafen. Oder umgekehrt."

Marina war nicht sicher, was sie davon halten sollte. Angesichts der Emotionen, die Jack in ihr hervorrief, war ein Zimmer den Flur hinunter für sie viel zu nah. Und doch verspürte sie auch dieses nicht nachlassende Gefühl, dass es nicht nah genug war. Sie schaute ihn an.

Er fing ihren Blick auf und hielt ihn ein paar Sekunden länger, als nötig war. „Danke, aber ich habe mit Ivy gesprochen, und sie hat ein Zimmer im Erdgeschoss mit Auslauffläche für Scout frei."

Kai stützte sich auf den Stiel ihres Besens. „Willst du damit sagen, dass es dir schwerfällt, in einem Haus mit drei Frauen zu arbeiten? Das kann ich mir gar nicht vorstellen."

In dem Moment fuhr ein Truck vor dem Cottage vor, und Axe stieg aus.

Schnell zog Kai ihre Gummihandschuhe aus und strich sich die Haare aus dem Gesicht. „Und wieder hat er ein fürchterliches Timing", murmelte sie.

„Das sollte spannend werden", sagte Marina. Es war klar zu sehen, dass sich zwischen Kai und Axe eine gegenseitige Anziehung entwickelte. Gerade an diesem Morgen hatte Dimitri angerufen, um Kai zu sagen, dass er einen Flug nach Summer Beach gebucht hatte. Bald würde Kai eine Entscheidung treffen müssen: kleinstädtischer Bauunternehmer oder Broadway-Produzent. Sie legte einen Arm um die Schultern ihrer Schwester. „Ich stehe hinter dir, Schwesterlein. Folge deinem Herzen."

„Danke", flüsterte Kai, und ihre Augen leuchteten auf.

Axe kam zu ihnen und musste sich leicht ducken, damit er sich nicht den Kopf an dem niedrigen Türrahmen stieß. „Ihr seid dabei aufzuräumen, wie ich sehe. Wie schlägt sich das vorübergehende Dach?"

„Ganz gut", antwortete Ginger. „Jack zieht ins Seabreeze Inn, bis das Gästehaus wieder bewohnbar ist. Wie schnell kannst du das Dach ersetzen?"

„Da ihr die Ersten seid, die angerufen haben, seid ihr auch als Erstes dran", sagte Axe. „Ich kann euch heute Nachmittag ein Angebot schicken." Er tippte sich an den Schirm seiner Baseballkappe. „Wenn es sonst nichts gibt, mache ich mich wieder auf den Weg."

Kai lehnte den Besen gegen die Arbeitsplatte in der Küche. „Axe, ich wollte dich noch nach dem Sommertheater hier fragen."

Ein Strahlen breitete sich auf seiner Miene aus. „Begleite mich zum Truck, dann erzähle ich dir alles."

Marina sah den beiden nach und sagte: „Das wird ein interessanter Sommer."

„Es tut mir ein wenig leid, dass ich das alles verpasse", meinte Jack.

Ginger klemmte sich das Notizbuch unter den Arm. „Du bist ja nicht weit weg. Ich habe das Gefühl, dass du das Feuerwerk auch von dort, wo du bist, sehen wirst. Da ihr hier ja beinahe fertig seid, gehe ich mal wieder." Sie tippte gegen das Notizbuch. „Ich will meine Erinnerungen auffrischen."

Marina wischte den Boden, während Jack seine Sachen packte. „Wir sollten die Fenster offenlassen, damit das Haus trocken kann", sagte sie. Gemeinsam schoben sie alle Fenster auf.

Nachdem Jack den letzten Müllbeutel nach draußen gebracht hatte, setzte er seinen Rucksack auf und hängte sich die Laptoptasche und den Seesack über die Schultern. „Ich schätze, ich ziehe dann mal ab."

„Ja", sagte Marina, der die richtigen Worte fehlten. Scout wartete schon vor dem Gästehaus auf Jack.

An der Tür zögerte er. „Ich habe vermutlich kein Recht, dich das zu fragen, aber hättest du Lust, dich später mit mir am Inn zum Schwimmen zu treffen? Das könnte nach der harten Arbeit schön sein. Der Sonnenuntergang ist umwerfend, und ich könnte uns ein paar Sea Breezes bestellen.“

Marina schüttelte den Kopf. „Jack, ich weiß nicht, was ich sagen soll. Die ganze Sache mit Ginger ...“ Ehrlich gesagt war ihr das jetzt ein wenig peinlich. Aber wichtiger war die Frage, ob sie überhaupt für eine Beziehung bereit war. Sie musste an Ethan und Heather denken und war außerdem gerade dabei, sich selbstständig zu machen. Oder hatte Jack das mit seiner Einladung gar nicht sagen wollen? Vielleicht zog sie schon wieder zu voreilige Schlüsse.

Jack wartete. Dann sagte er: „Ginger hat darum gebeten, es euch sagen zu dürfen. Ich glaube, sie wollte die Neuigkeiten mit euch feiern. Es tut mir leid, dass es so rausgekommen ist.“

Das klang nach etwas, das Ginger tun würde. Während Marina darüber nachdachte, überlegte sie, dass wohl etwas Vergebung von ihrer Seite angesagt war. In dem Moment kam Scout herbei, lehnte sich an ihr Bein und winselte, wie um Jacks Frage zu bestätigen.

Marina lachte. „Da hast du einen wirklich guten Fürsprecher an deiner Seite.“

„Dann kommst du also?“ Er klang ein wenig aufgeregt. „Ich warte am Pool auf dich.“

Wie hätte sie zwei so bittend dreinblickenden Augenpaaren widerstehen können?

Mit ihrer Strohtasche über der Schulter schlenderte Marina durch den tropischen Garten des Seabreeze Inn. An Shellys sonnengelbem Hibiskus und den duftenden weißen Jasminblüten vorbei. Sie trug einen schlichten silber-blauen Bikini, den sie sich mal für einen Urlaub gekauft, aber dank einer von Hals Entscheidungen in letzter Minute nie hatte anziehen können. Er passte noch, auch wenn ihr Bauch ein wenig über den Rand der Hose quoll. Kai hatte ihr versichert, dass sie gut aussah – aber Kai würde auch nie etwas anderes sagen – und so kurzfristig hatte Marina nichts anderes gehabt.

Sie hatte damals auch den passenden Kaftan dazu gekauft, dessen hauchdünner Stoff von kleinen Silberfäden durchwirkt war. Ihn hatte sie eigentlich nur mitgenommen, weil er so schön war, doch jetzt half er, ihre zerschrammten Schienbeine zu verdecken. Von Ginger hatte sie sich einen Sonnenhut mit breiter Krempe geliehen, um den Kai ein silbernes Tuch gewickelt hatte.

Als sie sich so nun dem Pool näherte, fühlte sie sich ein wenig theatralisch in ihrem Outfit und der dunklen Sonnenbrille. Doch der Pool mit den ihn umgebenden Statuen war selbst wie eine Bühne.

Wie versprochen wartete Jack auf einer Liege unter einem marineblauen Sonnenschirm. Ein flauschiges weißes Handtuch lag auf der Liege neben ihm, und auf dem Tisch dazwischen standen zwei eisgekühlte pinkfarbene Drinks. Jack hatte sich ebenfalls umgezogen und trug eine Badeshorts zu einem weißen T-Shirt.

Schöne Beine, dachte sie bewundernd.

„Willkommen im Paradies", sagte er und stand auf, um sie zu begrüßen. „Du siehst umwerfend aus."

„Ist es nicht zu viel?"

„Zu viel ist nicht ansatzweise genug", antwortete er und nahm ihre Hand.

„Und das von dem Mann, der in einem Campingbus schlafen wollte." Marina lachte leise. „Zitierst du etwa de Beaumarchais?" Das war der französische Autor von *Figaro*, der gesagt hatte: *Wenn es um die Liebe geht, ist zu viel nicht ansatzweise genug.*

„Ja, aber es ist ein voll ausgebauter Campingbus", wich Jack ihrer Frage aus und reichte ihr lächelnd einen Cocktail. „Hier haben wir uns kennengelernt, und da unser Anfang ein wenig holprig war, dachte ich, dass wir noch mal neu anfangen. Wollen wir?"

Marina nippte nachdenklich an ihrem Drink. „Kein verstauchter Knöchel, kein nasser Hund, keine Wasserhose. Ich weiß nicht, es könnte ein wenig langweilig werden."

„Ich habe das Gefühl, dass es beim Delavie-Moore-Clan niemals langweilig wird."

An diesem Nachmittag hatten sie den Pool ganz für sich allein. Während sie sich über die Folgen des Wirbelsturms unterhielten, erzählte Jack, dass Chief Clarkson früher am Tag vorbeigeschaut hatte, um Imani zu sehen, die immer noch im Inn wohnte.

„Der Chief sagte, dem jungen Pärchen, das wir aus den Trümmern des Hauses gerettet haben, geht es gut", sagte Jack. „Die Frau ist im vierten Monat schwanger, deshalb waren alle sehr besorgt. Aber abgesehen von ein paar Prellungen ist ihr nichts passiert."

„Ich frage mich, wo sie wohl untergekommen sind?"

„Sie haben gerade hier eingecheckt." Jack nickte in Richtung des Haupthauses. „Sieht so aus, als wäre das hier *der* Ort für von Naturgewalten und anderen Katastrophen Heimgesuchte. Vor allem für reformierte Nachrichtenvögel wie uns. Aber genug davon – bist du bereit für den Pool?"

„Klar." Marina zog ihren Kaftan aus und Jack entledigte sich seines T-Shirts. Marina sah, dass er sich gestern auch einige Kratzer zugezogen hatte. Gemeinsam gingen sie in den Pool. Das Salzwasser war warm, aber erfrischend, und verlockte Marina, mit den Händen hindurchzustreichen. Der Cocktail zeigte langsam seine entspannende Wirkung und sorgte dafür, dass der Stress in ihr sich nach und nach löste.

Jack hatte einen aufblasbaren Rettungsring dabei, und sie stützten sich beide mit den Armen darauf und paddelten im Wasser, während die Sonne langsam dem Horizont entgegensank. Das Geräusch der Wellen, die an den nur wenige Schritte entfernt liegenden Strand rollten, lieferte die hypnotisierende Hintergrundmusik.

„Wie sieht es mit der Planung des Food-Festivals aus", fragte Jack.

„Da die neue Terrasse den Sturm überlebt hat, steht der Plan noch", antwortete Marina und bewegte träge ihre Beine im Wasser. „Ich habe die meisten der örtlichen Restaurantbesitzer angesprochen, und Bennett hat mir ein paar mögliche Tage im Sommerkalender genannt, die noch frei sind. Sobald ich mit allen Rücksprache gehalten habe, fangen wir an, es zu promoten und ein großartiges Event auf die Beine zu stellen. Ich dachte, wir könnten Spenden für diejenigen sammeln, die nach dem gestrigen Tornado Hilfe benötigen."

„Das ist eine gute Idee", sagte Jack nachdenklich. „Du scheinst wirklich an alles gedacht zu haben."

Marina war dankbar für sein Vertrauen in sie. „Die Köche sind die wahren Stars, deshalb habe ich nicht wirklich viel zu tun. Ich glaube, das wird relativ leicht. Ich meine, was kann schon schiefgehen?"

Jack lachte leise. „Was habe ich dir gesagt? Du sollst die Götter nicht herausfordern. Das letzte Mal, als du so etwas gesagt hast, hatten wir hier kurz danach eine Szene wie aus *Sharknado*."

„In dem Tornado befand sich nicht ein einziger Hai", sagte Marina und presste ihm einen Finger an die Lippen. „Und sprich so nah am Strand nicht von Haien."

Jack fing an, die Titelmelodie von *Der weiße Hai* zu summen, und Marina schlug ihm auf den Oberarm. „Hör auf!", sagte sie lachend. „Ich will mehr über die Illustrationen hören, die du für Gingers Buch im Kopf hast. Das ist ein ganz schöner Karrierewechsel für dich, oder?"

„Ich dachte nie, dass ich von meiner Kunst leben könnte. Dieses Buch ist ein Anfang. Ich habe den ganzen Sommer, um es fertigzustellen und danach zu sehen, ob es sich verkauft.“ Er wurde ernst. „Wenn man jung ist, schlägt man einen Weg ein, ohne zu wissen, wohin er einen führen wird. Und dann wacht man eines Tages auf und steht vor einer scharfen Linkskurve.“

Marina hörte ihm gerne zu. „Ja, ich weiß, wie das ist.“

Jack streckte den Arm über den Rettungsring aus und streichelte Marinas Hand. Dieses Mal zog sie nicht zurück, sondern verschränkte einem Impuls folgend ihre Finger mit seinen.

Vielleicht war sie bereit, ein Risiko einzugehen.

„Du hast mich inspiriert“, sagte Jack. „Du hast all den Mist ertragen, der über dir ausgeschüttet wurde, und dabei immer den Kopf oben gehalten. Das hat mich auch weitermachen lassen.“

Marina spürte, dass er seine Worte ernst meinte. Seine Stimme hatte so einen rauen, emotionalen Unterton, der ganz anders war als die Stimme von Grady. Überraschend stellte sie fest, dass Jack sie an Stan erinnerte. Beide Männer hatten einen grundehrlichen und aufrechten Kern, der Grady fehlte.

„Ich dachte das Gleiche über dich“, gestand sie ihm. „Wenn ich dich mit Leo sehe, sehe ich förmlich die Liebe, die zwischen euch wächst.“

Gefühle schimmerten in Jacks Augen. Er führte Marinas Hand an seinen Mund und strich sanft mit den Lippen darüber. „Zu wissen, was vor ihm liegt, lässt meine Gefühle für ihn nur noch stärker werden. Ich will ihn vor dem Unausweichlichen beschützen, doch das kann ich nicht. Und das schmerzt am meisten. Wenn man jemanden liebt, will man ihm jedes Leid und allen Herzschmerz ersparen.“

„Für ihn da zu sein ist das Wichtigste.“ Marina verstand, dass Jacks oberste Priorität Leo war, so wie es Heather und Ethan für sie waren. Selbst wenn ihre Kinder mal eigene Karrieren und Familien hätten, würden sie immer Teil ihres Lebens sein. Zu sehen, wie Ginger es geschafft hatte, eine gute Balance zu finden zwischen ihrer Verantwortung für sie und ihre Schwestern und dem Leben, das sie führen wollte, inspirierte Marina.

„Ich hoffe, dass du irgendwann dein Superhelden-Handbuch für Alleinerziehende mit mir teilst", sagte Jack.

„Leo wirkt wie ein wundervoller Junge, und ich bin mir sicher, dass du das schon hinbekommst. Neue Fahrräder und ein Frisbee sind ein guter Anfang, aber warme Umarmungen machen die Sache rund. Und Scout zu haben wird auch helfen."

Bei der Erinnerung an die schönen und manchmal auch anstrengenden Zeiten mit ihren Kindern musste Marina lächeln. Vor ihrem inneren Auge stieg eine Vision von einer gemeinsamen Zukunft mit Jack auf, aber das kam ihr so übereilt, so weit weg vor, dass sie die Bilder schnell beiseiteschob. Doch sie musste zugeben, Jack nahe zu sein war noch besser, als sie es sich in ihren Träumen vorgestellt hatte.

Denn, o ja, sie hatte von ihm geträumt, auch wenn sie das nie zugeben würde.

Jack lachte leise. „Wenn mir vor einem Jahr jemand gesagt hätte, dass mein neues Leben so aussieht – an diesem Ort, mit einem Hund und einem Sohn – hätte ich ihm nicht geglaubt."

„Bereust du irgendetwas?"

Jack hielt ihren Blick fest. „Nein. Vor allem nicht in diesem Moment."

Die untergehende Sonne hüllte sie und den Pool in magisches Licht. Während sie sich unterhielten, glitten sie weiter durch das warme Wasser, bis sie Seite an Seite an dem Rettungsring hingen, die Köpfe einander zugewandt.

Goldene Strahlen betonten Jacks lebhafte blaue Augen, die so endlos wirkten wie das Meer, das sich vor ihnen erstreckte. Und als die Sonne den Horizont küsste, nahm Jack Marinas Hand in seine und presste sie an sein Herz.

Eine kleine Welle drückte Marina an ihn, und sie sehnte

sich danach, seine Arme um sich zu fühlen. Sie ergriff die Gelegenheit und strich mit ihrer freien Hand über seine Schultern. Die Berührung seiner Haut war elektrisierend, doch noch erstaunlicher war, dass sie eine Nähe empfand, die sie schon viele Jahre nicht mehr erlebt hatte.

Ohne zu zögern, schlang Jack seine Arme um sie. „Glaubst du, dass wir bei all den Herausforderungen, die vor uns liegen, ab und zu Zeit für uns herausschlagen können?"

„So wie jetzt?"

„Genauso. Und mehr." Er lächelte und umfasste ihr Gesicht mit den Händen. „Ich glaube, unsere Zukunft kann das sein, was wir aus ihr machen."

Und als die Sonne hinter dem Horizont verschwand und den Himmel in ein schimmerndes Rosé tauchte, hob Marina den Kopf, um Jack zu küssen. Seine Lippen zu spüren war wie in ein Paradies des Herzens einzutreten. Keiner von ihnen wusste, was die Zukunft für sie bereithielt, aber Marina spürte, dass ihre Leben auf längere Zeit miteinander verwoben sein würden.

Als Jack sich zurückzog, funkelte in seinen Augen ein Hauch der Liebe, die Marina erst einmal in ihrem Leben erlebt hatte. Sie waren ein Spiegel von ihren Augen, die vor Leidenschaft strahlten. In diesem Frühling hatten sie trotz all der Aufregungen und Umbrüche einige wichtige Samen gesät. Sie fragte sich, was die Sommerernte ihnen wohl bringen würde.

Noch einmal presste sie ihre Lippen auf seine und war sich sicher, dass das hier der Anfang eines unvergesslichen Sommers war.

ANMERKUNG DER AUTORIN

Danke, dass ihr *Rückkehr ins Coral Cottage* gelesen habt. Ich hoffe, es hat euch gefallen. Im nächsten Band *Neuanfang im Coral Cottage* erfahrt ihr, wie Marina ihren Traum von einem Strandcafé verfolgt und Kai in Summer Beach eine neue Leidenschaft entdeckt. Und wenn ihr Lust auf weihnachtliche Freuden habt, dann guckt, was Ginger Delavie und Ivy Bay in *A Summer Beach Christmas* geplant haben. Falls ihr die *Summer Beach: Seabreeze Inn*-Serie mit Ivy und Shelly noch nicht kennt, dann fangt am besten mit *Seabreeze Inn* an.

Auf meiner Webseite JanMoran.com/Deutsch bleibt ihr über alle Neuerscheinungen auf dem Laufenden. Tretet auch gerne meinem VIP-Leseclub bei, um Nachrichten über besondere Angebote oder andere tolle Sachen informiert zu bleiben. Mehr Spaß und andere Leserinnen und Leser, die euren Geschmack teilen, findet ihr in meiner Facebook-Gruppe.

Noch mehr zum Genießen

Noch mehr Sonnenschein und internationale Reisen mit einer Gruppe von Freunden gibt es in der *Love California*-Serie, die mit dem Titel *Flawless* und einem aufregenden Trip nach Paris beginnt.

Außerdem lade ich euch ein, meine historischen Romane zu lesen, darunter *Sterne über dem Comer See, Die Zeit der Traubenblüte,* und *Die Chocolatière,* beides Sagas aus den 1950er-Jahren, die im wunderschönen Italien spielen.

Die meisten meiner Bücher sind als E-Book, Taschenbuch oder Hardcover, als Hörbuch und in großer Schrift erhältlich. Wie immer wünsche ich euch frohes Lesen!

REZEPT FÜR DEN CORAL COTTAGE COOLER

COMPLIMENTS OF GINGER DELAVIE AND MARINA MOORE

Mit freundlicher Genehmigung von Ginger Delavie und Marina Moore

Das Coral Cottage serviert einen erfrischenden Drink in einem lebhaften Korallenrot, das zur Farbe des Cottages passt. Der Saft der Blutorange ist süßer als der einer normalen Orange, und die Frucht hat keine Kerne. Blutorangen stammen ursprünglich aus Italien und Spanien; zu ihnen gehören Sorgen wie Tarocco Moro (auch Morro) und Sanguinello (auch Sanguigno).

Diese köstliche Fruchtmischung ist auch ohne Alkohol köstlich. Das Mischungsverhältnis von Saft zu Sekt oder Mineralwasser kann nach Geschmack variiert werden.

Coral Cottage Cooler

Blutorangensaft
Champagner, Prosecco, Sekt oder Mineralwasser
Erdbeeren
Pfefferminze zum Garnieren

Saft und Champagner, Prosecco oder Sekt zu gleichen Teilen mischen. Für eine erfrischende, nicht-alkoholische Version stattdessen Mineralwasser nehmen. In einem gekühlten Glas mit oder ohne Eiswürfel servieren und mit Erdbeeren und Pfefferminzblättern garnieren.

Wenn ihr keinen Blutorangensaft findet, könnte ihr auch Granatapfelsaft nehmen oder normalen Orangensaft mit einem Schuss Grenadine für die Farbe.

Serviervorschlag:
Dieser Cocktail ist ein erfrischender Farbklecks auf jeder Sommerparty. Er kann in Champagnerflöten, Highball-Gläsern, Einmachgläsern oder jedem anderen hübschen Glas serviert werden.

Genießt ihn!

Und trinkt natürlich immer verantwortungsvoll und lasst im Zweifel das Auto stehen.

ÜBER DIE AUTORIN

JANICE HOLLENBECK MORAN ist Autorin von romantischen Liebesromanen, die regelmäßig auf den Bestsellerlisten von *USA Today* und dem *Wall Street Journal* zu finden sind. Zu ihren Lieblingsdingen gehören eine gute Tasse Kaffee, dunkle Schokolade, frische Blumen, Gelächter und Musik, die ihre Seele berührt. Sie liebt es, zu reisen, und ihre Lieblingsorte, um sich inspirieren zu lassen, sind die mit reicher Geschichte und Geheimnissen - ob vor verschneiten Bergen, palmengesäumten Stränden oder funkelnden Großstadtlichtern. Jan stammt aus Austin, Texas, und einen Hauch von ihrem Akzent hat sie sich bis heute bewahrt, auch wenn sie seit Jahren in Südkalifornien am Strand wohnt.

Die meisten ihrer Bücher sind auch als Hörbuch erschienen, und ihre historischen Romane werden auf Deutsch, Italienisch, Polnisch, Niederländisch, Türkisch, Russisch, Bulgarisch, Portugiesisch, Litauisch und in andere Sprachen übersetzt.

Wenn euch das Buch gefallen hat, hinterlasst doch gerne dort, wo ihr das Buch gekauft habt, oder bei Goodreads eine kurze Bewertung für andere Leser.

Um Jans andere historische und zeitgenössische Romane zu lesen, besucht sie auf JanMoran.com/Deutsch, tretet ihrem VIP-Leseclub bei und kommt in ihre Facebook-Gruppe, um stets über Neuveröffentlichungen, Sonderverkäufe und Wettbewerbe auf dem Laufenden zu bleiben.